HEYNE <

W0344970

BETTINA STORKS

Die Kinder von Beauvallon

Ein Roman nach wahren Begebenheiten

WILHELM HEYNE VERLAG
MÜNCHEN

Von Bettina Storks sind im Diana Verlag und Heyne Verlag erschienen:
Das geheime Lächeln • Leas Spuren • Klaras Schweigen • Die Kinder von Beauvallon
Die Schwestern von Krakau

NEU START KULTUR

Die Beauftragte der Bundesregierung für Kultur und Medien

VG WORT
VERWERTUNGSGESELLSCHAFT WORT

FSC www.fsc.org MIX Papier | Fördert gute Waldnutzung FSC® C014496

Penguin Random House Verlagsgruppe FSC® N001967

Neuausgabe

Neumarkter Straße 28, 81673 München
Dieses Werk wurde vermittelt durch
die Literarische Agentur Thomas Schlück GmbH, 30161 Hannover.
produktsicherheit@penguinrandomhouse.de
(Vorstehende Angaben sind zugleich Pflichtinformationen nach GPSR)

Redaktion: Theresa Klingemann
Umschlaggestaltung: t.mutzenbach design, München
Umschlagmotive: © Arch. École de Beauvallon; mauritius images / AA Images / Alamy / Alamy Stock Photos
Motive Innenteil: © mauritius images / AA Images / Alamy / Alamy Stock Photos
Fotos: Privatarchiv Bettina Storks
Satz: satz-bau Leingärtner, Nabburg
Druck und Bindung: GGP Media GmbH, Pößneck
Printed in Germany
ISBN 978-3-453-27563-8

www.heyne.de

»Das Vergessenwollen verlängert das Exil,
und das Geheimnis der Erlösung heißt Erinnerung.«

Talmud

PROLOG

Sulzburg in Südbaden, 22. Oktober 1940

Obwohl es nicht sehr kalt war, stand Lily Blum mit zitternden Knien in der Morgendämmerung auf dem Marktplatz. Ein Befehl hatte heute Morgen die verbliebenen siebenundzwanzig Mitglieder der jüdischen Gemeinde von Sulzburg nahezu zeitgleich erreicht:

»Sie haben zwei Stunden Zeit bis zur Abfahrt. Einen Koffer pro Person, eine Decke, etwas Reiseproviant, hundert Reichsmark! Es geht auf Reisen, meine Herrschaften!«

Die Männer hatten Schaftstiefel und Uniform getragen. Ihr Ton war so hart gewesen wie ihre Schritte. Aber daran hatten sie sich als Juden schon lange gewöhnt.

In den Häusern um das Judenhaus waren Lichter angegangen, und schon eine Stunde später hatten sich Menschen in Bewegung gesetzt und schließlich wie befohlen auf dem Marktplatz vor dem Schloss versammelt. Im Hintergrund drangen durch den Oktobernebel die Umrisse der nahen Schwarzwaldhöhen, die stets über Lilys Heimatort wachten.

Geistesgegenwärtig hatte Lily all das, was sie am Leibe zu tragen vermochte, doppelt angezogen. Zwei Röcke, zwei Unterhosen, zwei Paar Strümpfe, Pullover und Strickjacke, darüber noch einen Mantel. Anstelle eines Koffers hatte sie eine Schultertasche, die ihrem Vater einst von einem Patienten zugedacht worden war, umgehängt und diese mit allerlei Dingen bestückt. Ihre Lieblingspuppe Rosalie, zwei Fotos, Stifte, Zeichenblock. Dinge, die eine Neunjährige für lebensnotwendig erachtete.

»Wohin bringen sie uns?«, flüsterte eine Frau, die hinter Lily in der Schlange stand. Es war Frau Bloch, ihre Nachbarin.

Die Uniformierten zwangen die Menschen, sich in Reih und Glied aufzustellen.

Fragend sah Lily zu ihrem Vater auf, der ihre Hand fest umklammerte.

»Herr Blum«, hörte sie hinter sich noch einmal Irene Blochs flehende Stimme. Seit Ewigkeiten kam die ganze Familie zur Behandlung. Lilys Vater war der einzige Dentist in der Gemeinde gewesen, aber bereits seit sieben Jahren durfte er nicht mehr praktizieren. In der Praxis seiner Villa, die sie einst bewohnt hatten und die ihres Erkers wegen so genannt wurde, war jetzt ein arischer Dentist zugange.

Im nur zwei Häuser entfernten Judenhaus hatte Lilys Vater seine jüdischen Patienten weiter versorgt.

»Ich weiß es nicht, Frau Bloch«, erwiderte er und drückte Lilys kleine Hand noch fester.

»Nach Freiburg«, antwortete ein Mann.

Mechanisch griff Lily in ihre Schultertasche, nahm die

Fotos heraus und betrachtete sie verstohlen. Eines zeigte die ganze Familie vereint beim Chanukka-Fest mit vielen Kerzen auf dem Esstisch. Mama hatte der Familientradition zufolge alle aufgefordert, sich beim Entzünden ihrer Kerze etwas zu wünschen.

Was hatte sich Lily gewünscht?

Wahrscheinlich etwas, das ihr heute nicht weiterhalf. Einen Hund, eine Katze, einen Kanarienvogel oder einen Christbaum wie den ihrer Freundin Agnes?

Agnes! Beim Anblick des gemeinsamen Fotos mit ihrer Freundin versetzte es ihr einen Stich. Jetzt hatte sie Agnes nicht einmal Auf Wiedersehen gesagt. Als Arierin gehörte Agnes Engler nicht hierher. Das mit der arischen Rasse, durch deren Adern angeblich ein ganz besonderes Blut floss, hatte die Lehrerin der Klasse erklärt, bevor sie vor zwei Jahren getrennt worden war. Fortan war Lily in die jüdische Zwangsschule nach Freiburg gegangen, wo sie unter der Woche bei Verwandten schlief und mit dem Bus an- und abreiste.

Die Mädchen spielten weiterhin unten am Sulzbach auf der Brücke, wo sie sich schon immer ihre Geheimnisse anvertraut hatten.

»Uns bringt keiner auseinander«, versprachen sie einander immer wieder. Agnes hatte Lily die Treue gehalten, auch wenn es ihren Eltern gar nicht gefiel.

Ein Lastwagen näherte sich und bog auf den Marktplatz ein. Vor der Menschengruppe kam er zum Stehen.

Rings um sie wurden Fenster geschlossen.

Eilig schob Lily die Fotos in ihre Manteltasche.

Jemand warf die Plane zurück, und die Menschen begannen einzusteigen. Eine Frau weigerte sich, schrie, weinte und wimmerte schließlich nur noch. Dann wurde sie von einem Uniformierten mit Gewalt auf die Transportfläche geschoben.

Lily vergrub ihr Gesicht im Mantel ihres Vaters.

»Nicht hinsehen, Lily«, vernahm sie dumpf die Stimme ihrer Mutter. In der Ferne entdeckte sie auf der Straße, keine hundert Meter von ihr entfernt, ein rennendes Mädchen mit heruntergerollten Strümpfen. Es blieb stehen, den Blick suchend auf die Insassen gerichtet.

Agnes! Sie war gekommen.

Lily rieb sich die Augen. »Agnes«, rief sie der Freundin zu.

Sofort fanden sich ihre Blicke. In ihren großen blauen Augen stand eine einzige Frage geschrieben.

»Wo gehst du denn hin?«, fragte Agnes außer Atem.

Die blonden Haare fielen ihr ins Gesicht.

»Nach Freiburg«, rief Lily.

Der Fahrer warf den Motor an. Warme Abgase stiegen auf.

In der Manteltasche umklammerte sie das Foto.

»Dann kommst du bald wieder?«, fragte Agnes ängstlich und hielt sich die Nase zu.

Lily presste die Lippen aufeinander. Was sollte sie sagen? Niemand wusste, wohin die Reise ging. Aber hinter vorgehaltener Hand hatte sie außer Freiburg das schaurige Wort Osten gehört. Im Osten erwartete die Juden die Hölle der Arbeitslager und Gettos.

»Ja, bestimmt«, schwindelte Lily. Sie würde es sich einfach wünschen. Wünsche konnten in Erfüllung gehen, wenn man sie nur oft genug aussprach. Am besten abends vor dem Einschlafen in der Dunkelheit.

Wütend schlug ein Gestapo-Mann auf den gekrümmten Rücken einer Frau ein. Im Lastwagen schwoll das Wimmern an, Stimmen überschnitten einander. Alle sagten dasselbe:

Freiburg. Der Osten. Gettos. Judentransport.

Von draußen streckte Agnes, auf Zehenspitzen stehend, Lily die Hand entgegen. Lily versuchte danach zu greifen, erreichte aber nur mit ihren Fingerspitzen die von Agnes.

Dann kam ihr ein Gedanke. Ohne zu zögern, nahm Lily das Kinderfoto aus ihrer Manteltasche und riss es in der Mitte, wo die beiden Freundinnen Hand in Hand posierten, in zwei Teile. Sie streckte ihren Arm aus dem Lastwagen, so weit es ging, das Papier zwischen den Fingerspitzen festhaltend.

Agnes griff nach dem halben Foto, warf einen Blick darauf, strahlte über das ganze Gesicht, winkte und lief dem anfahrenden Lastwagen hinterher.

Mit einem Ruck wurde die Plane heruntergezogen. Dunkelheit. Stille. Lily glaubte, die Angst der Menschen riechen zu können. Durch einen winzigen Spalt sah sie, wie Agnes draußen winkte und immer noch hinter ihnen herlief.

»Wir werden es wieder zusammenkleben, das verspreche ich dir, Lily Blum. Ich warte hier auf dich! Ich warte so lange, bis du wieder da bist«, rief die immer kleiner werdende Freundin dem Lastwagen hinterher.

Wir werden es wieder zusammenkleben. Ja, daran würde sich Lily festhalten. Irgendwann würden sie wieder vereint sein und sich an diesen Tag in Sulzburg erinnern.

Sie würden sagen, dass es nicht so schlimm gekommen war wie befürchtet.

Mit den Fingern strich Lily, lange nachdem der Lastwagen die Stadt verlassen hatte, über das Bildnis von Agnes, von dem sie abgetrennt war. Nur noch die kleine Kinderhand Lilys in der ihrer Freundin war zu sehen.

»Ach, mein lieber Gustav, Lily, mein Kind«, sagte Mama ein einziges Mal und unterdrückte ein Schluchzen. Sie nahm sich ein Taschentuch und verdeckte damit ihre Augen.

Lilys Blick aber ging durch den Spalt nach draußen, wo sich die Welt in dunklen Tälern ausstreckte. Mit den Augen trank sie die vertrauten Landschaften und schmiegte sich an ihren Vater, der eine Hand auf ihr widerspenstiges Haar gelegt hatte.

Es hatte sich nie zähmen lassen, und ein Stück von diesem Haar lag auch in ihrem Wesen. Das jedenfalls behauptete ihre Mutter schon immer.

Der Laster fuhr durch Lilys Heimat, das Markgräfler Land, in Richtung Freiburg. Ganz still wurde es, als hätten die Insassen das Sprechen verlernt, und die Oberkörper der Menschen ruckelten auf der holprigen Straße von rechts nach links, zur Seite, vor und wieder zurück. Draußen wölbte sich der Nebel über die kahlen Hügel, über das Land von Lilys Kindheit, das Land der Reben, das Land ihrer Vorfahren.

Die Reben waren abgeerntet, das Herbsten vorbei.

Lily, so viel stand fest, hatte sich zu Chanukka das Falsche gewünscht. Sie würde zusätzlich zu ihrem Abendwunsch ein Opfer bringen. Vielleicht bekam sie dadurch einen Wunsch frei.

»Doppelt hält besser«, sagte Papa immer zu seinen Patienten.

Am Hauptbahnhof Freiburg wimmelte es von Menschen mit Gepäck, Müttern, im Schlepptau ihre Kinder, Männern in langen Mänteln, mit Aktentaschen unter den Armen. Ein Gewusel von ratlosen Menschen, die von Stöcken und Stimmen auf dem Bahnsteig aufeinander zugetrieben wurden wie Vieh. Fleisch an Fleisch, Knochen an Knochen, Angst an Angst.

Niemand konnte auch nur ahnen, wie präzise der Gauleiter von Baden, Robert Wagner, in vorauseilendem Gehorsam seinem Führer das Geschenk, Baden judenfrei zu machen, vorbereitet hatte. Diese Abschiebung mit dem anschließenden Transport würde er als seinen persönlichen Erfolg verbuchen.

Die Züge setzten sich in Bewegung. Stummes Entsetzen las Lily in den Gesichtern der Erwachsenen, Hilflosigkeit in denen der Kinder. Und Angst. Angst. Angst.

»Seht nur, der Rhein«, sagte eine Frau nach einer Stunde Fahrt. »Da draußen ist der Rhein. Seht ihr das nicht?« Ihre Stimme brach, sie begann zu weinen.

Ein ganzes Abteil atmete erleichtert auf. »Es geht nicht nach Osten.«

Lilys Mutter presste sich die Hand vor den Mund und riss die Augen auf. Ihr Vater lächelte und strich Lily über den Kopf.

Zwei Tage später erreichte der Zug Südfrankreich und bald schon einen Bahnhof, der nicht weit von einem Lager namens Gurs entfernt lag. Gurs, so hieß es, sei die Hölle von Südfrankreich.

Zum ersten Mal in ihrem Leben war Lily über tausend Kilometer von ihrer Heimat entfernt.

Kurz bevor der Zug vor der Kulisse der Pyrenäen in Oloron-Sainte-Marie abbremste, warf Lily ihre Puppe Rosalie aus dem Fenster ins Freie.

AGNES

1

Freiburg im Breisgau, 1965

»Wir müssen reden, Agnes. In meinem Büro.«

Agnes hatte gerade ihren Schreibtisch aufgeräumt. Verwirrt blickte sie zur Tür, durch die ihr Chefredakteur in diesem Moment wieder verschwand.

Es war acht Uhr vorbei – um diese Zeit hatte der Tagdienst längst den Radiosender des Südwestfunks Freiburg verlassen. Es herrschte das übliche Nachtprogramm bis zum nächsten Morgen.

Agnes stand auf, nahm aus einer Schublade ihren Notizblock und einen Bleistift und machte sich auf den Weg in das Büro von Wolfgang Schober, vorbei am Tonstudio, der Teeküche und dem Redaktionskonferenzraum. Die Tür zu Wolfgangs Büro war sperrangelweit geöffnet. Sie klopfte kurz dagegen, trat ein und zog die Tür hinter sich zu.

»Wie lange bist du jetzt bei uns?«, eröffnete Wolfgang das Gespräch und bot ihr mit einer knappen Geste den Stuhl ihm gegenüber an.

Sie setzte sich und schlug ein Bein über das andere. »Im sechsten Jahr. Das weißt du doch. Zuerst war ich das Kaffee- und Botenmädchen. Bis du mich befördert hast.«

Wolfgang grinste, kippelte mit seinem Stuhl, griff nach seinen Zigaretten und zündete sich eine an.

Ja, Agnes hatte es beim Sender zu etwas gebracht, nachdem Wolfgang die Qualität ihrer Stimme erkannt und es einfach mit ihr versucht hatte. Jetzt war sie eine Radiofrau, *die* weibliche Moderatorenstimme des Südwestfunks, der ein Jahr nach dem Krieg gegründet worden und in dem alten Hotelgebäude *Kyburg* in Freiburg Günterstal ansässig war. Im nebenliegenden Neubau befanden sich Kantine, Aufnahmeraum und die technischen Einrichtungen. Günterstal lag idyllisch in einem Tal am Waldrand in Richtung Schauinsland, dem Hausberg Freiburgs.

»Worum geht es?«, fragte sie geradeheraus. Sie registrierte, wie erholt er aussah, braun gebrannt und im Gesicht etwas fülliger. Erst vorgestern war Wolfgang aus seinem Urlaub aus der Provence zurückgekehrt.

Normalerweise redete Wolfgang nicht um den heißen Brei herum.

Agnes schätzte klare Worte, eindeutige Aufträge, am besten mit genauer Zeitvorgabe.

Wolfgang sah Agnes nachdenklich an. Mit zusammengekniffenen Augen nahm er einen tiefen Zug von seiner Zigarette. »Du hast eben eine tolle Radiostimme.«

Er tippte die Asche von seiner Kippe.

»Einer der Gründe, warum ich nie mit dem Rauchen anfangen würde«, erwiderte sie charmant und verscheuchte mit einer Handbewegung eine Rauchwolke. »Du hast mir damals eine Chance gegeben. Das werde ich dir nie vergessen. Also, worum geht es? Immer noch um diese unangenehme Geschichte?«

Bei der *unangenehmen Geschichte* handelte es sich um Agnes' Radiobeitrag zur Antibabypille, den sie unbedingt hatte machen wollen. Zwar gab es seit über fünf Jahren das revolutionäre Verhütungsmittel auf dem deutschen Markt, aber einige Hörer, in der Mehrzahl Männer, waren angesichts der offenkundigen liberalen Botschaft von Agnes' Berichterstattung auf die Barrikaden gegangen. Sie hatte nie von *freier Liebe* gesprochen, jedoch hatten ihr genau das die Kritiker in den Mund gelegt. Ihr war es um die Freiheit für die Frau gegangen. Bis heute fand es Agnes befremdlich, was drei Minuten Sendezeit auslösen konnten. War die Gesellschaft immer noch zu prüde für das Thema Sexualität?

Ihre Generation jedenfalls war es nicht. Viele Hörerinnen hatten Agnes in ihrem Büro angerufen und sich bedankt, ihr Mut zugesprochen. Ganz zu schweigen von den Freundinnen, die sie in Partynächten bestärkten, sie gar beglückwünschten, endlich offen über ungewollte Schwangerschaften gesprochen zu haben. Agnes hatte vor allem etwas in den Köpfen anstoßen wollen. Mit der Antibabypille ging für sie die Chance auf Selbstbestimmung der Frau einher. Schwangerschaft war auf einmal planbar geworden.

Aber die Generation von Agnes' Eltern, die den Minirock und die Beatles verpönte, war offensichtlich noch lange nicht für die Themen bereit, die die jungen Menschen zwanzig Jahre nach dem Krieg beschäftigten. Sie hielt immer noch an dem konservativen Frauenbild *Kinder, Küche, Kirche* fest.

Im Hintergrund hatte Wolfgang, ganz wie es seine Art war, das Tohuwabohu geordnet, stillschweigend bei der Studioleitung die Wogen geglättet und Agnes danach zunächst einmal mit unverfänglichen Themen beauftragt: *Die Badischen Landfrauen. Blick ins Land. Glückwünsche am Morgen.*

Ein Räuspern Wolfgangs holte Agnes in die Gegenwart zurück.

»Muss ich mich immer noch rehabilitieren?«, fragte sie spitz und unterdrückte ein Gähnen. Seit heute Morgen um sechs war sie auf den Beinen. »Hast du einen Besuch zur Hauptversammlung der Kleintierzüchter für mich?«

Sie zwinkerte ihrem Vorgesetzten zu.

Lachend schüttelte dieser den Kopf. »Ich brauche dich in einer anderen Sache, Agnes. Eine längerfristige Recherche, mit der ich dich – und dies ist ein wunderbarer Nebeneffekt – aus der Schusslinie nehme.«

Man musste sie also immer noch aus der Schusslinie nehmen. Agnes fand das bemerkenswert. Aber nicht ihre *Unterstützer* waren das Problem, sondern ihre *Angreifer*, die *Spießer*.

Sie sah ihrem Chef dabei zu, wie er aus einem Aktenberg eine hellbraune Pappmappe herauszog und sie vor sich auf den Tisch legte. »Frankreich«, sagte er knapp. »Interessiert?«

Er hob die Brauen.

»Du hast eine Story aus deinem Urlaub mitgebracht?«

Wolfgang nickte.

Agnes liebte Frankreich, das direkt um die Ecke lag. Bis zum Abitur war Französisch ihr Lieblingsfach gewesen, und auch danach hatte sie die Fremdsprache stets kultiviert. Sie hatte schon kleine Reportagen im Grenzgebiet machen dürfen.

»Lass hören«, sagte sie beherzt, lehnte sich zurück und verschränkte die Arme. »Haute Couture in Paris, Parfümherstellung in der Provence? Französische Küche?« Sie schmunzelte herausfordernd.

Wolfgang erwiderte ihr Lächeln, schüttelte den Kopf und zeigte dann ein ernstes Gesicht. »Das könnte etwas Großes werden, wenn mich meine Reporternase nicht täuscht, Agnes. Es geht um etwas Historisches.«

Historisches. Unmittelbar richtete sich Agnes auf, strich sich die glatten blonden Haare ihres bis zur Schulter reichenden Stufenschnitts aus dem Gesicht und bemühte sich, ihre Aufregung zu verbergen. Eigentlich war sie diejenige mit der guten Nase – das hatte sie bereits mehrfach unter Beweis gestellt. Aber ausgerechnet mit einem Verhütungsmittel war sie über ihren eigenen Ehrgeiz gestolpert.

Tatsächlich bestand Agnes' eigentliches Dilemma darin, dass sie sich beruflich stets mehr als ein Mann beweisen, mehr geben musste. Seitdem sie Radio machen durfte, war sie auf die klassische Frauenrolle reduziert worden und hatte sich tapfer durch Themen gebissen, die sie zutiefst befremdeten: *Die Frau an der Seite eines beschäftigten Gatten. Die liebende Mutter. Das perfekte Mittagessen. Die neuen Einbauküchen.*

Agnes war weder verheiratet, geschieden, noch Mutter. Die dreißig überschritten zu haben, bedeutete, ein für den

Heiratsmarkt fortgeschrittenes Alter erreicht zu haben. Sie war eine berufstätige, ledige Frau, die, *wäre* sie verheiratet, die Einwilligung ihres Ehemanns zur Ausführung ihrer beruflichen Tätigkeit bräuchte. Dafür gab es sogar einen Paragrafen. Nur an wenigen Beispielen zeigten sich die gesellschaftlichen Widersprüche so deutlich wie an den Geschlechterrollen. In der gesellschaftlichen Wirklichkeit waren Mann und Frau keineswegs gleich, wie sie eigentlich seit 1958 laut Gesetz sein sollten.

»Agnes?«

Wolfgangs Stimme drang zu ihr durch. »Du wolltest doch immer etwas Historisches machen.«

Ja, das war es, was sie machen wollte – etwas Wichtiges. Keine langweiligen Vereinsgeschichten, keine Schiffsfahrten auf dem Rhein, keine Jubiläen von Männerchören.

»Ein großes Ding?«, fragte sie und deutete auf die Unterlagen.

Wolfgang legte seine Hände darauf. »Du bist eine der Besten, und ich weiß, welchen Preis du dafür bezahlst.«

Das weißt du nicht, dachte Agnes und lächelte ihr Gegenüber charmant an.

»Außerdem bist du die Einzige bei uns, die fließend Französisch spricht. Ich könnte mir für die Zukunft sogar eine Serie vorstellen. Nicht heute, nicht morgen, aber in absehbarer Zeit. Es geht um ein kleines Dorf in Frankreich während des Zweiten Weltkriegs. Kategorie: Aufarbeitung der dunklen Geschichte der Bundesrepublik.«

Zweiter Weltkrieg. Aufarbeitung. Etwas Politisches. Ein gesellschaftlich relevantes Thema! Das war genau das, was sie wollte – endlich ernst genommen werden.

Nie zuvor hatte sich der Südwestfunk an ein derartiges Thema herangetraut, allenfalls widmeten sich einige Autoren im Ressort *Hörspiele* der braunen Vergangenheit der Deutschen.

Wolfgang öffnete die Mappe.

Agnes konnte ein Konvolut aus Blättern sehen, mehrere davon mit Wolfgangs unleserlicher Handschrift bekritzelt. Kleinere Zeitungsartikel. Wenige Fotos. Neben Wolfgangs Telefon lag sein umfangreicher Schlüsselbund. Sie hatte einmal versucht, die Schlüssel zu zählen, und war auf die stattliche Anzahl von neun gekommen. Wozu besaß dieser Mann denn neun Schlüssel?

»Ich mache es«, sagte sie mit klarer Stimme. »Gibst du mir eine kurze Zusammenfassung?«

Wolfgang grinste. Dann ließ er seinen Blick durchs Fenster in Richtung Horizont schweifen. Keine Wolke war am Himmel zu sehen.

»Ein Dorf in der französischen Drôme namens Dieulefit versteckt während der deutschen Besatzung im Zweiten Weltkrieg unzählige Flüchtlinge, darunter auch jüdische Kinder aus Südbaden. Es gleicht einem Wunder, dass alle überlebt haben. Das ist alles, was ich auf die Schnelle dazu auftreiben konnte.«

Er warf einen Blick auf die Mappe.

Agnes stockte der Atem. *Jüdische Kinder aus Südbaden.* Auf einmal kehrten die Bilder zurück: Ihre Freundin Lily Blum am Marktplatz von Sulzburg, ein halbes Foto. Eine Kinderfreundschaft, die sich um alles scherte, aber nicht um Konfessionen und sonstig Trennendes.

»Jüdische Kinder aus unserer Heimat? Überlebt in Dieulefit?«, stotterte sie. »Ich habe noch nie von diesem Ort gehört.«

»Ich bis vor wenigen Tagen auch nicht.« Wolfgang fuhr sich mit der Hand durch sein schulterlanges graues Haar. »Es war reiner Zufall. Unser Auto blieb auf der Rückfahrt liegen. Die nächste Werkstatt befand sich in diesem verschlafenen Ort. Während zwei Tagen Wartezeit auf Ersatzteile kommt man mit dem ein oder anderen ins Gespräch. Sehr freundliche Leute! Ich war erstaunt, dass einige der Bewohner perfektes Deutsch sprachen.«

»Dieulefit«, wiederholte Agnes nachdenklich. »Das heißt übersetzt: *Gott hat es gemacht.* Was für eine wunderschöne Bedeutung.«

Bis jetzt war Agnes' Wissensstand, dass Lily vor dreiundzwanzig Jahren in dem südfranzösischen Internierungslager Gurs umgekommen oder ermordet worden war, wie sonst sollte man das Aushungern, das Schlagen, das Erfrierenlassen, das Krankmachen bezeichnen? Richtig wahrhaben wollen hatte sie es niemals, zumal sie Jahre nach dem Krieg Lily auf keiner Todesliste gefunden hatte.

Eine leise Stimme hatte immer in ihr geflüstert, dass Lily noch lebte.

»Weißt du, wie viele Gerettete es waren? Haben deine Zeugen die Herkunft der Kinder erwähnt?«

Wolfgang schüttelte den Kopf.

Agnes kannte alle jüdischen Familien ihrer Kindheit aus Sulzburg. So viele waren es nicht.

»Siebenundzwanzig Menschen«, stammelte sie. »Ich beschäftige mich schon länger privat mit der Deportation südbadischer Juden. Es waren siebenundzwanzig Menschen, die am 22. Oktober 1940 aus meinem Heimatort Sulzburg verschwanden«, fuhr sie mit fester Stimme fort, als wolle sie Wolfgangs Gedächtnis und ihr eigenes stimulieren. »Ich war damals dabei, Wolfgang. Ich habe es mit eigenen Augen gesehen. Siebenundzwanzig Menschen, darunter *ein* einziges Mädchen, sind in einer Hauruckaktion im Auftrag von Gauleiter Wagner nach Gurs deportiert worden. Die meisten kamen dort um, und zwar unter jämmerlichen Umständen. Das Lager muss eine Katastrophe gewesen sein, eine einzige Kloake.«

Ihre Stimme brach.

»Es war nur ein Internierungslager, kein Vernichtungslager, Agnes. Kein Mensch ist dort vergast worden.«

Agnes verschlug es für einen Moment die Sprache. In welchem Sprachjargon redeten zwei Angestellte eines öffentlichen Radiosenders hier nach zwei Jahrzehnten auf einer inoffiziellen Ebene von dem größten Verbrechen an der Menschheit? *Nur* ein Internierungslager.

»Nein, niemand ist dort vergast worden«, sagte sie mit bebender Stimme. »Man ließ die Menschen in Gurs verrecken. Am Gestank, an den katastrophalen hygienischen Zuständen. Am Hunger, an der Verwahrlosung, an der Kälte im Winter, an der Hitze im Sommer, an der Hoffnungslosigkeit. Man musste nur ihren Überlebenswillen ausbluten lassen.«

Für einen Moment kämpfte Agnes mit den Tränen.

Wolfgang holte tief Luft.

»In Gurs überließ man die Gefangenen sich selbst. Das Lager stand unter der Aufsicht der Franzosen. *Sie* zeichnen dafür verantwortlich.«

»Richtig«, sagte Agnes gefasst. »Nach nationalsozialistischem Vorbild. Und ab 1942 brachten sie die Häftlinge systematisch in ein Sammellager bei Paris. Von dort übernahmen die Nazis. Auschwitz war die Endstation.«

»Es geht um Hoffnung, Agnes, um etwas Gutes in dieser dunklen Zeit«, sagte Wolfgang beschwörend. »Um Kinder, die von der Résistance aus Gurs gerettet worden waren. Einige von ihnen haben in Dieulefit überlebt. Dieser Ort ist es wert, erkundet zu werden. Die geretteten badischen Juden hier um die Ecke sind unser Aufhänger. Wenn auch nur *ein* Jude aus Südbaden dort überlebt hat, haben wir unsere Story. Suche nach der Verbindung zwischen Gurs, Südbaden und Dieulefit, Agnes!«

Aufhänger. Eine Verbindung zwischen Gurs, Südbaden und Dieulefit. Überlebende. Lily Blum – ein Aufhänger? Agnes wusste: Indirekt sprach Wolfgang von Rechtfertigung, denn es war nicht einfach, die Deutschen mit der Aufarbeitung der eigenen Geschichte zu konfrontieren. Auch bei ihrem Sender würde es heftigen Widerstand geben. Die Bundesrepublik wollte vergessen, den Aufschwung mitnehmen und neu anfangen. Viele waren der Ansicht, nach zwanzig Jahren sei genug Gras über die braunen Flecken gewachsen. Mit zusammengepressten Lippen starrte sie auf die Mappe.

»Ich rieche eine unglaubliche Geschichte«, hörte sie wie aus der Ferne Wolfgangs Stimme. »Wir brauchen Zeugenaussagen. O-Töne. Überleg mal, Agnes: Retter und Opfer leben ja noch! Die Kinder sind heute so alt wie du, knapp dreißig.«

»… auch die Täter leben noch«, warf Agnes ein.

»Résistance. Französischer Widerstand«, fuhr Wolfgang unbeirrt fort. »Wie klingt das in deinen Ohren? Wie hat die Infrastruktur funktioniert? Was haben die Bewohner von Dieulefit riskiert?«

Er warf die Arme in die Höhe, drückte anschließend seine Zigarette aus, klappte die Mappe zu und schob sie Agnes mit einem Ruck zu.

Instinktiv nahm Agnes diese an sich und presste sie gegen ihren Oberkörper. Wie aus dem Nichts war sie mit ihrer Kindheit und einer alten Wunde konfrontiert worden. Wie lange lag das zurück, als ihr der alte Herr Schneider aus Sulzburg vom Tod der ganzen Familie Blum erzählt hatte? Sollte er sich getäuscht haben?

Sie hatte sich das so oft gefragt.

Ein Blick in die Akten, ein paar Telefonate am morgigen Tag – dann würde sie Gewissheit haben, ob ihre tot geglaubte Kinderfreundin überlebt hatte.

Die eigentliche Herausforderung jedoch bestand darin, Professionelles von Privatem strikt zu trennen. Ein Drahtseilakt, aber Agnes hatte schwierige Aufgaben nie gescheut. Im Gegenteil.

Man wuchs an Hindernissen, nicht an Geschenken.

»Auftrag angenommen«, sagte sie schnell, klopfte mit der flachen Hand gegen die Mappe, stand auf und ging zur Tür. Nicht, dass es sich Wolfgang noch anders überlegte.

Als sie sich an der Tür ein letztes Mal umdrehte, sah Wolfgang sie eindringlich an und hob mahnend den Zeigefinger. »Kein Sterbenswort davon zu den Kollegen, alles bleibt unter uns, verstanden? Offiziell musst du deine behäbigen Landesthemen weitermachen.« Er machte drehende Bewegungen aus dem Handgelenk. »Land und Leute, gegebenenfalls auch im Elsass, du weißt schon.«

Ja, Agnes verstand sofort: Ein historisches Thema, das die Menschen indirekt mit ihrer Haltung im Nationalsozialismus konfrontierte, war viel zu brisant für das Programm eines regionalen Radiosenders. Hörspiele bildeten eine andere Kategorie als Fakten. Man würde strategisch klug vorgehen müssen, bevor man damit an die Öffentlichkeit ging.

»Wie lange wirst du zur Einarbeitung brauchen? Drei Tage?«

»Du hörst morgen im Lauf des Tages von mir«, sagte sie.

Mit klopfendem Herzen verschwand sie in ihrem Büro.

Dort angekommen, schloss sie sich ein, zog die Jalousien zu, knipste die Schreibtischlampe an und ließ sich auf ihren Stuhl fallen. Vor ihr lag eine lange Nachtschicht.

»Lily Blum. Sulzburg. Gurs. Dieulefit«, flüsterte sie und fuhr mit geschlossenen Augen über die Mappe, als wolle sie deren Inhalt beschwören.

Lily Blum sollte leben!

Mit einem Ruck öffnete Agnes die Augen und klappte die Mappe auf.

AGNES

2

Freiburg Günterstal, Radioredaktion SWF, 1965

Vom Flur aus waren Stimmen zu hören – der Putztrupp begann mit seiner Arbeit im Sender.

Agnes breitete den Inhalt der Mappe vor sich aus, und mit Wolfgangs Notizen und den Bildern der badischen Deportationen kehrte eine Kindheit in Sulzburg vor ihrem inneren Auge zurück. Sofort war die verschüttete Vergangenheit wieder da. Als sei es gestern erst geschehen.

Sie ergänzte Wolfgangs Konvolut mit ihren eigenen Unterlagen aus Gurs, die sie schon lange hortete, bemühte sich um eine Zuordnung. Vor zwei Jahren aufgenommene Fotos aus der Hölle von Gurs dokumentierten das, was vom Lager der Franzosen übrig geblieben war. Es handelte sich um jenen Ort, an den die Nazis einst Lily und ihre Familie gebracht hatten.

Die Hilflosigkeit von damals erfasste Agnes wie eine Welle. Die letzte Begegnung mit Lily, der Lastwagen, das Geschrei, Gewimmer, der neblige Oktobermorgen. Lilys

Übergabe des zertrennten Fotos, das Agnes bis heute wie ihren Augapfel hütete.

Lily war ihre beste Freundin gewesen. Freundschaft bedeutete, am Sulzbach Steine zu werfen, zusammen die Umgebung zu erkunden, sich Geheimnisse anzuvertrauen und an Schabbat den Schabbesgoi zu geben. Das hatte für die kleine Agnes geheißen, an kalten Wintertagen das vorbereitete Feuer bei den Blums zu entzünden, weil den Juden am Schabbat jegliche Tätigkeit verboten war. Unzählige Male hatte Agnes das Feuer mit Hingabe entfacht und von Lilys Vater dafür Süßigkeiten bekommen. Später auch gegen den Willen ihrer Eltern. Freundschaft bedeutete, sich ein Versprechen auf einem Marktplatz zu geben. Eines, das, davon war Agnes bis vor wenigen Augenblicken ausgegangen, Agnes nicht hatte einlösen können, weil es das Schicksal anders wollte.

Bis in die Morgenstunden las sie im Licht der Schreibtischlampe Wolfgangs Gekritzel über die Hilfsbereitschaft eines ganzen Ortes während des Zweiten Weltkriegs. Wie betäubt notierte sie einige Eckdaten.

Auch in den wenigen von Wolfgang beigelegten Zeitungsartikeln aus Regionalzeitungen fand Agnes keinen konkreten Hinweis über die ursprüngliche Herkunft der Kinder. Die Rede war von Kindern im Allgemeinen, keine Namen, keine Fotos.

Viele Schützlinge hatten bei Familien im Ort so gelebt, als gehörten sie dazu. Agnes wusste um die Privilegien der italienischen Zone: Dort ließ man die Juden weitgehend gewähren. Keiner von ihnen musste einen Judenstern tragen.

Nur im von den Deutschen besetzten Teil Frankreichs war das Tragen eines solchen verpflichtend.

Die Vergangenheitsbewältigung fängt erst an, las Agnes in einem Artikel der *Badischen Zeitung* im Zusammenhang mit einem Besuch von Journalisten und badischen Politikern in Gurs im Jahr 1963. Vor zwei Jahren war eine Delegation dorthin gereist und hatte den Friedhof eingeweiht, um sich der Deportation badischer Juden und der vielen Toten zu erinnern. Wolfgang, der zusammen mit einem befreundeten Redakteur von der *Badischen Zeitung* dort gewesen war, hatte sich bei einer Besprechung überrascht gezeigt, wie viel Agnes bereits über das südfranzösische Lager wusste.

Vergangenheitsbewältigung. In Deutschland nahmen die wenigsten auch nur das Wort in den Mund. Die meisten Deutschen wollten zwanzig Jahre nach dem Krieg ihre Ruhe haben, nichts mehr von den grausamen Taten des Naziregimes hören und schon gar nicht an das Morden erinnert werden. Manche leugneten es sogar. Das deutsche Volk hatte genug gelitten, so die vorherrschende Meinung. Die Gesellschaft befasste sich mit anderen Themen als mit den Sünden ihrer Vergangenheit. Sie hießen: Wohlstand. Vollbeschäftigung. Tote an der vor vier Jahren erbauten Berliner Mauer. Studentenproteste und Zerfall der guten alten Sitten. Das Aufeinandertreffen gegensätzlicher Meinungen hatte Agnes beim Thema Antibabypille bitter erfahren müssen.

»Sodom und Gomorrha«, klagte ihre Großmutter immer wieder, wenn sie ihre Enkelin auf Familienfesten sah. Kopfschüttelnd nahm sie Agnes' Schlaghosen oder gewagte

Minikleider mit den kniehohen Lackstiefeln zur Kenntnis. Der Kleidungsstil ihrer Enkelin war in ihren Augen Ausdruck einer kippenden Sexualmoral, einer schamlosen Verirrung. Nur hätte Agnes' Oma das niemals so benannt.

»Lass sie doch, das ist jetzt modern, und sie hat so hübsche Beine«, beschwichtigte ihre Mutter dann stets, gab sich großzügig. Agnes wusste, dass ihre Mutter insgeheim mit ihrer zur Schau gestellten liberalen Haltung die Hoffnung verband, bei weitaus heikleren gesellschaftlichen Themen niemals Farbe bekennen zu müssen.

In Fragen der Politik teilten Agnes' Eltern die öffentliche Meinung: Was kümmerten den Bürger die Altlasten ihrer Eltern und Großeltern? Einmal musste damit Schluss sein. Eine Haltung, die immer wieder zu Konflikten zwischen Agnes und ihrem unmittelbaren Umfeld geführt hatte. Deshalb hatte sie sich angewöhnt, derartige Äußerungen in ihrer Familie weitgehend unkommentiert zu lassen. Privat betrat Agnes kein Minenfeld, wenn es nicht unbedingt nötig war. In ihrem Beruf sprach sie stets Klartext und stieß dabei bei Kollegen immer wieder auf große Gegenwehr. Agnes machte sich nichts vor: Als einzige Frau in einer Männerdomäne hatte sie für ihren Aufstieg vieles getan, sich zuweilen vorgedrängelt, wenn es um die Berichterstattung regionalpolitischer Themen ging, ganz abgesehen von der klassischen Stimmausbildung, in die sie ein kleines Vermögen investiert hatte.

Wolfgang Schober stach unter den Kollegen hervor. Er kehrte nichts unter den Teppich. Als Sohn eines Alt-Nazis hielt er es für seine Pflicht, auch unbequeme Themen beim Sender aufzugreifen. Agnes' Eltern hingegen waren die klassischen Mitläufer gewesen.

Sie starrte auf die auf ihrem Schreibtisch ausgebreiteten Fotos. Menschen auf Sammelplätzen vor ihrer Deportation aus Baden, ihre Leben in Koffer gestopft. Das Bild aus Sulzburg hatte sich unwiderruflich in ihr Gedächtnis eingebrannt.

Ihr Blick blieb an einem Foto, das ein altes Schulgebäude in Dieulefit zeigte, haften. Es hatte als Zuflucht für die Kinder inmitten von Bäumen, Wiesen und Sträuchern gedient und trug den Namen Beauvallon – schönes Tal.

Dahinter erhoben sich die Berge der Drôme-Provence. Es waren keine Menschen abgebildet.

Ein ideales Versteck, dachte Agnes.

Hatte Lily als eines der Kinder von Beauvallon in Dieulefit überlebt?

Um sich der Flut ihrer Gefühle zu erwehren, überschlug Agnes mit zurückgelehntem Kopf und geschlossenen Augen die historischen Eckdaten, die sie aus peniblen Recherchen kannte. Im Januar 1942 hatte die Wannseekonferenz stattgefunden, wo in geheimer Mission in einer Villa am Berliner Wannsee hochrangige Nazis und Vertreter der deutschen Ministerialbürokratie die *Endlösung*, die systematische Ermordung der Juden Europas, beschlossen und die dazu notwendige Logistik festgelegt hatten. Danach hatten sämtliche Widerstandsgruppen in den von Deutschland besetzten Gebieten damit angefangen, jüdische Kinder in Sicherheit zu bringen.

Lily Blum war das einzige Kind, das am 22. Oktober 1940 aus Sulzburg deportiert worden war.

Agnes öffnete die Augen, und im Spiegel des Fensters registrierte sie ihr Gesicht, ihren blassen Teint. Wie übernächtigt sie aussah, konnte sie sogar im Schutz des schwachen Lichts sehen. Die mit schwarzem Kajal geschminkten Lider ließen ihre Augen riesengroß erscheinen, ein Grund, weshalb Männer sie gern unterschätzten und als hübsches Dummchen abtaten. Sie täuschten sich!

»Ich hätte gerne dein glattes Haar.«

Lily hatte ihr einmal anvertraut, sich das zu Chanukka gewünscht zu haben.

»Und ich deine Locken«, war Agnes' Antwort gewesen.

Nachdem sie die Informationsflut auf sich hatte wirken lassen, machte sie sich weitere Notizen. Die Kinder aus Gurs mussten dank einer französischen Hilfsorganisation an verschiedene Orte in Frankreich gebracht worden sein. Auch nach Dieulefit. Die Häftlinge hatten Nummern, schienen namenlos. Das Bemerkenswerteste, hatte Wolfgang notiert, war das Schweigen der Einwohner von Dieulefit, die aus Protestanten, Katholiken und Juden bestanden. Die Konfession spielte keine Rolle. Es gab keine Denunziation. Das glich einem Wunder.

Würde sie ihre Reporternase zu Lily führen?

Hinter den kalten Fakten einer Flucht steckten 700 Kilometer quer durch die sogenannte *zone libre* Frankreichs, die sich plötzlich vor ihrem inneren Auge wie auf einer Landkarte erstreckte. *Frei* war sie zu keinem Zeitpunkt gewesen. Überall drohten Lebensgefahr, Angst, Verrat, Denunziationen, aber auch unerwartete Hilfe. Agnes vermochte sich die Strapazen für die Menschen, insbesondere für Kinder, nicht einmal im Ansatz auszumalen.

Jetzt lag es an ihr, den Menschen hinter den Zahlen eine Stimme zu geben, den Nummern Namen und Biografien zuzuordnen, die heroischen Taten des Widerstands zu beleuchten. Sie wünschte sich von Herzen, Lily hätte in Dieulefit oder sonst wo überlebt.

Gegen fünf brühte sich Agnes in der Küche Kaffee. Nebenan im Neubau würden die ersten Kollegen in einer Stunde mit dem Tagdienst beginnen. Bald würde der Kollege Preiß mit seiner beliebten Serie *Auf ein Wort, Herr Nachbar* auf Sendung gehen und heute über die perfekte Schneidetechnik für Gartenhecken berichten.

Die Redaktionskonferenz fürs Programm der Sendungen des Folgetages begann um elf. Zugrunde legte man die relevanten Themen der *Badischen Zeitung* vom Vortag. Im Sender war diese Art von Berichterstattung ein offenes Geheimnis, genau wie die verstaubten Entnazifizierungsakten, die sich auf dem Dachboden stapelten. Niemand interessierte sich dafür.

Besonders beliebt waren die Hörspiele in alemannischer Mundart, in denen es auch um die Nazivergangenheit ging. Ganze Familien saßen dann zu Hause vor ihrem Radio und lauschten diesen Vorführungen. Schwächte die Mundart das unangenehme Thema ab? Erreichte man die Menschen mit einem soliden Maß an Tradition?

Langsam stieg Agnes die Stufen hinab zum Archiv und suchte sämtliche Informationen zum Thema *Deportation badischer Juden* heraus und das wenige, das es zum französischen Widerstand gab. Die Akte *Badische Delegation nach Gurs aus dem Jahr 1963* fehlte mit dem Vermerk: *Aktualisierung*. Sie hievte die anderen Akten auf einen

Rollwagen und fuhr mit dem Lastenaufzug zurück nach oben.

Der Boden knarzte, und die Notbeleuchtung beschien den langen Flur. Jedes kleinste Geräusch verstärkte sich wie über ein Megafon. Es war, als krächzte das alte Holz. Agnes blieb abrupt stehen und lauschte. Stille. Jemand hatte diesen Ort einmal mit einem Geisterschloss verglichen und behauptet, in der Nacht schwebten die Seelen der verstorbenen Hotelgäste durch die Räume auf der Suche nach einer Unterkunft.

Agnes schüttelte sich und schob den Wagen in ihr Büro.

Am frühen Morgen, als die ersten Kollegen eintrafen, hob sie den Hörer ab und bat die Zentrale um ein Amt. Im ganzen Haus gab es nur diese eine Leitung. Von der Auskunft erhielt sie die Telefonnummer der Schule Beauvallon in Dieulefit. Es erschien ihr nur logisch, als Erstes dort nachzufragen.

Sie notierte Adresse und Telefonnummer der Ansprechpartnerin, einer Frau namens Madeleine Defour.

An ihrem Kaffee nippend, öffnete sie am Fenster die Jalousien und warf einen Blick hinaus. Der idyllische Stadtteil Günterstal wurde von der aufgehenden Sonne in ein diffuses Licht getaucht. Auf der Straße fuhr der Milchwagen. Die Welt wirkte, als sei sie im Lot.

Agnes ging zur Garderobe und warf ihren Trenchcoat über. Im Stehen notierte sie am Schreibtisch ein kurzes Memo für ihren Chef, steckte es in einen Umschlag und schrieb seinen Namen und *vertraulich* darauf:

Lieber Wolfgang, leider keine Namen der Geretteten aus Sulzburg oder aus den anderen Orten. Es ist nur die Rede von badischen Juden, die namenlos zu sein scheinen. Du hast recht: Wir brauchen Namen, Zeugen, O-Töne. Ich nehme mir nochmals sämtliche Informationen aus dem Archiv vor, werde übermorgen nach Dieulefit aufbrechen und beginne mit der Schule von Dieulefit namens Beauvallon, wo viele Kinder überlebten. Weißt du, wo die Akte Badische Delegation nach Gurs, 1963, *ist? Drei Tage müssten für den Anfang ausreichen. Gruß, Agnes.*

Dann nahm sie die Unterlagen und stieß sie mit beiden Händen auf dem Tisch zusammen.

Einen Blick auf einen Anhang aus Wolfgangs Unterlagen mit einer Statistik zur Einwohnerzahl von Dieulefit werfend, runzelte sie die Stirn. Was sie sah, erreichte ihren Verstand erst verzögert. Sie war derart übermüdet, dass sie das Gefühl hatte zu träumen. Langsam ließ sie sich auf ihren Stuhl fallen.

Dem Anhang war schwarz auf weiß zu entnehmen: Knapp zweitausend Bewohnern in Dieulefit im Jahr 1942 standen tausendfünfhundert gerettete Menschen gegenüber. Der Ort des Wunders hatte fast so viele Flüchtlinge, wie er an Einwohnern besaß, versteckt.

Mit was für einer unglaublichen Geschichte hatte sie es da zu tun? Plötzlich fühlte sie sich hellwach.

Vor Agnes lag die vielleicht größte Widerstandsgeschichte der Rettung von jüdischen Kindern in Frankreich. Gänzlich unerforscht und einer breiten Öffentlichkeit noch völlig unbekannt. Welche Geschichten verbargen sich hinter diesen Zahlen?

Würde man mit dem Bericht über das Schicksal badischer Juden dem Zeitgeist des kollektiven Verdrängens der

Deutschen etwas entgegensetzen? Konnte man die Herzen einer Gesellschaft, die wegsah, mit dem Mut und der Unerschrockenheit der Dorfbewohner von Dieulefit erreichen?

Sie spürte ein Kribbeln auf ihrer Haut und notierte gedankenverloren auf einem weißen Blatt Papier die Zahlen, deren Verhältnis sie sich immer wieder vor Augen führen wollte, um es niemals zu vergessen, egal wie beschwerlich ihre Reise werden würde. Daneben schrieb sie in schön geschwungener Schreibschrift: *Das Wunder von Dieulefit.*

AGNES

3

Dieulefit, 1965

Die Stadt befand sich noch im Tiefschlaf, als Agnes morgens um zwei in ihren jüngst erworbenen VW Käfer stieg. Ihr erstes eigenes Auto! Sie war früh zu Bett gegangen und ausgeschlafen. Vor ihr lag eine achtstündige Autofahrt.

Nur vereinzelt brannten Lichter in den alten Stadtvillen der Unterwiehre. In einem Dachgeschoss in der Innenstadt hatte Agnes eine kleine Zweizimmerwohnung gemietet, die im Winter eigenhändig mit Öl aus Kannen beheizt werden musste. Es roch dann penetrant danach, und die sich aufstauende Hitze war nur mit geöffneten Fenstern zu regulieren.

Dafür besaß sie einen exklusiven Blick auf die Johanneskirche.

Sie fuhr durch die menschenleere Stadt in Richtung Süden und passierte eine Stunde später die deutsch-französische Grenze bei Breisach. Der Zollbeamte kontrollierte ihren Reisepass, den Presseausweis und winkte sie durch.

Über die Lautsprecher des Autoradios – ein Luxus, den sich Agnes nachträglich hatte einbauen lassen – klangen via Radio Luxemburg die Stimmen der Beatles. *She loves you. Yeah, yeah, yeah*. Unmittelbar stieg ihre Laune.

In der Dunkelheit lenkte sie auf der *Route Nationale* ihren VW durch die noch verschlafenen französischen Dörfer, bis sie die Region Rhône-Alpes erreichte. Nur wenige Autos waren unterwegs.

Kurz vor Lyon ließ sie den Wagen auftanken und vertrat sich währenddessen ein wenig die Füße. Sofort nahm sie eine laue Wärme wahr. Sie erinnerte sich an viele Frankreich-Reisen in Richtung Atlantik oder Mittelmeer. Für Agnes bildete die Gegend um Lyon schon immer das Tor zum Süden, was das Klima anging.

Wenige Kilometer später erreichte sie einen kleinen Ort mit einer *boulangerie*.

Beim Betreten des kleinen Ladengeschäfts lag ein buttriger Geruch in der Luft, der sogleich den ganzen Raum erfüllte. Es duftete nach frischen Backwaren, krossem Baguette und Kaffee. Die Regale waren noch nicht eingeräumt, aber in einem Korb konnte Agnes frische Croissants sehen. Sie kaufte zwei davon und fragte den Bäcker beim Bezahlen, wie weit es noch nach Dieulefit war.

»Dieulefit?«, fragte er. »*Jamais entendu.*«

Der Mann hatte noch nie von dem Ort gehört.

Agnes verabschiedete sich und fuhr weiter.

Im Rückspiegel verschwand die Metropole Lyon. Ein Gedanke an die jüngere Geschichte der zweitgrößten

Stadt Frankreichs streifte sie: Hier war während des Kriegs das Zentrum der Résistance gewesen. Ein hochgefährliches Terrain – der sogenannte *Schlächter von Lyon* Klaus Barbie hatte als Chef der Gestapo die Bevölkerung über die Jahre der deutschen Besatzung in Angst und Schrecken versetzt. Er war für seine Brutalität bei Verhören bekannt. Zwei Mal war Barbie nach dem Krieg in Abwesenheit zum Tode verurteilt worden und befand sich immer noch auf freiem Fuß. Niemand wusste, wo einer der größten Verbrecher des NS-Regimes abgetaucht war. Er war keineswegs allein, denn unzählige hochrangige Vollstrecker des nationalsozialistischen Rassenwahns hielten sich, wie man vermutete, in Südamerika versteckt.

Agnes seufzte und schob die düsteren Gedanken beiseite. Was hatte Wolfgang gesagt? *Es geht um Hoffnung, Agnes, um das Gute, das in Dieulefit in diesen dunklen Zeiten geschehen ist.*

Auf der Höhe von Vienne ging die Sonne auf. Über dem Rhônetal wölbte sich ein stahlblauer Himmel. Ein französischer Sender spielte Chansons von Charles Aznavour, der mit seiner unverkennbaren melancholischen Stimme eine verträumte Saite in Agnes zum Klingen brachte.

Je näher sie der Drôme kam, desto mehr veränderte sich die Landschaft. Die Drôme-Provence war geprägt von wilder, ursprünglicher Natur mit Olivenhainen, Obstbäumen und noch kahlen Lavendelfeldern. Im Juni würden dort, so hatte einst ein französischer Literat behauptet, Himmel und Erde den Lavendel umarmen. Aus den Böden würde der *Flores Lavandulae* mit seinen lilafarbenen Blüten sprießen, die Landschaften völlig beherrschen. Für die Parfümherstellung würde die Pflanze eine einzigartige Duftnote entfalten, die sich von dem empfindlichen Lavendel in der Provence durch seine Robustheit unterschied.

Eine knappe Stunde vor ihrer Verabredung mit der Lehrerin von Beauvallon erreichte Agnes Dieulefit. Es lag an einer Anhöhe. Kleine aneinandergebaute Steinhäuser säumten die teils steilen Gassen aus Kopfsteinpflaster. Graue Dächer reflektierten das Licht. An großen Masten durchhängende Elektrokabel versorgten die Häuser mit Strom. Der Ort wirkte friedlich, fast unverwundbar, und Agnes fragte sich, wie das Schweigen der Bevölkerung in dieser Enge funktioniert hatte. Gab es hier Privatsphäre? Aus den geöffneten Fenstern hörte man das Geklapper von Geschirr, und Stimmen der Bewohner überschnitten einander. War der Zusammenhalt auch dieser Enge geschuldet?

Neben einer Fußgängerbrücke stellte sie ihren Käfer ab. Sie schlenderte durch die engen Gassen des Orts – von allen Seiten hörte sie wohlklingende französische Laute: *Bonne journée. À bientôt.* Einen schönen Tag. Bis bald!

Das ganze Dorf schien jetzt unterwegs zu sein.

Eine Frau legte eine Wolldecke über einen kleinen Balkon und grüßte Agnes dabei freundlich. Sie grüßte zurück.

Etwas weiter entfernt entdeckte sie einen Wochenmarkt. Auf den Marktständen türmten sich Berge bunter Tomaten. Die Ochsenherzen besaßen betörende Farben von Tiefrot bis Violett und Orange. Der Geruch der ersten Früchte der Saison lag in der Luft. Die Bauern boten ihre Ernte in Blechschüsseln an: Kartoffeln, Möhren, Salate,

Fenchel, Erdbeeren, Aprikosen. Wenige Stände weiter duftete es nach Zitronen und Knoblauch, nach gebratenem Huhn.

Auf einfachen Holztischen lagen unzählige Käsesorten der Regionen Frankreichs aus. Agnes lief das Wasser im Mund zusammen. In Frankreich war, im Gegensatz zu Deutschland, Käse nicht gleich Käse – es gab ihn in allen denkbaren Varianten aus Ziegen-, Kuh- und Schafsmilch. Jede Region besaß ihre eigenen Vorlieben. Die Zubereitung eines Menüs glich einem Ritual, auch in dieser eher ärmlichen Gegend. Vorspeise, Hauptgang, Dessert. Auch wenn die Zubereitungen einfach und weniger raffiniert als in Paris oder den mondänen Seebädern der Normandie waren – beim Essen ging es um Genuss, den man, das wusste die französische Köchin, egal an welchem Herd sie stand, am besten mit der Zugabe von Butter erzielte. Essen und Trinken galten als Kulturgut, eines, das man tagtäglich feierte, egal wie bescheiden der Tisch gedeckt war. Über die Konserven, die aus Amerika den deutschen Markt erobert hatten, rümpfte man in Frankreich die Nase. Für diese Art *Luxus* waren die Franzosen nicht zu haben.

Etwas abseits verkauften Korbmacher ihre Waren. Ein Stand präsentierte Keramik aus der ortsansässigen Manufaktur. Einst war Dieulefit derentwegen berühmt geworden.

Mit Käse, Baguette, verschiedenfarbigen Oliven und Lavendelhonig machte sich Agnes auf den Weg zurück zu ihrem Auto.

Beauvallon lag etwas abseits des Dorfs in der Senke eines kleinen Tals, begrenzt von steilen Anhöhen mit wuchernden

Pflanzen, als hätte man hier der Natur ihren Lauf gelassen. Eine schmale Schotterstraße führte zu dem leicht ansteigenden Hauptgebäude, dessen Größe man erst gewahr wurde, wenn man unmittelbar davorstand. Es erinnerte sie an das Sanatorium aus Thomas Manns *Der Zauberberg*. Der Vorbau bestand aus einem langen überdachten Balkon, von Rundbögen an den Seiten gestützt.

Hier befand sich also das einstige Refugium der Kinder von Beauvallon? Hier könnte Lilys Zuhause gewesen sein? Jetzt im Frühjahr lag es eingebettet in dichtem Gestrüpp. Auf dem Vorplatz befand sich eine hochgewachsene Kastanie, um deren Wurzeln ein aus Steinen gebildetes Herz angelegt worden war. Aber auch im Winter dürfte es durch die Talsenke vom Dorf aus nicht einsehbar gewesen sein.

Agnes wunderte sich, wie schnell sie in derartigen Kategorien dachte.

Sie stieg aus dem Wagen und holte ihre Tasche mit dem tragbaren Tonbandgerät aus dem Kofferraum. Auch das halbe Foto, das ihr Lily einst auf dem Marktplatz von Sulzburg geschenkt hatte, befand sich darin.

Wir werden es wieder zusammenkleben, das verspreche ich dir, Lily Blum.

Wie lange lag Agnes' kühnes Versprechen nun zurück? Mehr als zwanzig Jahre hatte sie es nicht einlösen können.

Über der Tür hing eine Glocke, die sich mit einer Schnur betätigen ließ. Sie klingelte.

Das Haus schien menschenleer, obwohl hier immer noch normaler Schulbetrieb stattfand. Heute am Samstag hatten die Kinder frei.

Eine junge Frau öffnete Agnes die Tür, ließ sie herein und bat sie, im Eingangsbereich zu warten. »Madame Defour wird gleich bei Ihnen sein und sich um Sie kümmern.«

Dann verschwand die Frau.

Agnes sah sich um. Alles wirkte einfach, zweckmäßig. Das Entree mündete auf zwei Seiten in schmale Flure, von denen Türen abgingen, wo sich vermutlich die Klassenzimmer befanden.

An einer Wand stach ihr eine überdimensional große gerahmte Schwarz-Weiß-Fotografie ins Auge. Aufmerksam betrachtete sie die Kinder, die in einem Kreis auf einfachen Holzstühlen saßen, einige von ihnen im Schneidersitz auf dem Boden. Dem Kleidungsstil zu entnehmen, stammte es aus den Vierzigerjahren. Im Hintergrund ein rechteckiges Sprossenfenster, durch das die Berge zu sehen waren. An den Wänden des Raums hingen Regale mit Büchern. In der Mitte des Kreises stand eine hell gekleidete Frau, ein Buch in den Händen haltend. Alle Kinder blickten gebannt auf sie.

Agnes trat dicht heran und ging jedes einzelne Kind durch. Lilys Wuschelhaar hätte sie unter Tausenden erkannt. Aber Lily war nicht dabei.

»Das waren die morgendlichen Versammlungen der Kinder von Beauvallon«, hörte Agnes eine tiefe Stimme hinter sich. »Marguerite Soubeyran, die Leiterin der Schule, hat sie einst ins Leben gerufen.«

Sie drehte sich um und blickte in das Gesicht einer dunkelhaarigen Frau, die einen Hosenanzug trug. Weiße Bluse, bis oben zugeknöpft. Tiefbraune, ungeschminkte Augen sahen Agnes aufmerksam an. Eine Frau von etwa fünfzig.

Ihre strengen Gesichtszüge ließen sie unnahbar, distanziert erscheinen.

»Sind Sie die Radiofrau aus Freiburg?«

Agnes nickte und reichte ihrem Gegenüber die Hand. »Sie müssen Madame Defour sein. Wir haben telefoniert. Es ist mir eine Freude. Ich bin Agnes Engler.«

»Madeleine Defour«, gab die Frau zurück und stellte sich neben Agnes frontal vor das Foto. »Sie kommen also aus Deutschland zu uns.«

Deutschland. Agnes schluckte. Madame Defours Stimme offenbarte ein gewisses Ressentiment. Es war nicht lange her, dass die Deutschen einen großen Teil Frankreichs besetzt hatten – historisch betrachtet ein Wimpernschlag. Die deutsch-französischen Beziehungen der 1960er-Jahre ließen sich am besten als *heikel* umschreiben, seit der deutsche Bundeskanzler Erhard den Schwerpunkt der Außenpolitik auf die USA gelegt hatte. Damit waren die nach dem Krieg hart erkämpften soliden Beziehungen zu Frankreich seines Vorgängers Adenauer zweitrangig geworden, worauf Frankreich irritiert reagiert hatte. Reparationsleistungen brachten keine Versöhnung und erregten zudem die Gemüter all jener Deutschen, die endlich ihre Ruhe haben wollten.

Könnte man nicht im Kleinen mit der Verständigung anfangen?, fragte sich Agnes.

»Diese Aufnahme stammt aus dem Jahr 1942.«

Madame Defour verschränkte die Arme. »Jeden Morgen vor dem Unterricht vollzogen wir an unserer Schule dieses Ritual und tun das noch heute. Es war und ist die kostbarste Zeit des Tages. Diese Schule orientierte sich an der

Reformpädagogik aus der ersten Hälfte des zwanzigsten Jahrhunderts. Das tut sie heute noch.«

Ihr Ton, der erst hart, fast autoritär klang, hatte sich verändert, Nuancen offenbarten auf einmal etwas Nahbares.

»Die Menschen hier in Dieulefit haben Großes geleistet«, sagte Agnes und bemühte sich, ihre Enttäuschung, Lily nicht auf dem Bild gefunden zu haben, zu verbergen.

Madame Defour schüttelte den Kopf. »Nein. Nichts Großes. Es war uns allen selbstverständlich. Niemand fühlte sich in Dieulefit als Held, nur als Mensch, der das Richtige tat. Wir nennen das hier die Banalität des Guten.«

Die Banalität des Guten.

Madame Defour spielte auf Hannah Arendts Ausdruck der *Banalität des Bösen* an. So hatte die Philosophin als Prozessbeobachterin das Gebaren von Adolf Eichmann vor einem israelischen Gericht im Jahr 1961 bezeichnet. So lange war das nicht her. Eichmann galt als der Organisator von Hitlers *Endlösung.* Vor dem Prozess, der öffentlich via Fernsehübertragung aus Jerusalem um die Welt gegangen war, war Eichmann vom israelischen Geheimdienst in Argentinien aufgegriffen worden, wo er unter falschem Namen nach dem Krieg gelebt hatte. Während der Verhandlung hatte Eichmann mehrfach beteuert, er habe *nur* seine Pflicht getan. Überlebende Zeugen aus Fleisch und Blut, keine Nummern, waren tagtäglich im Fernsehen zu sehen gewesen. Sie berichteten von den Ungeheuerlichkeiten, die ihnen widerfahren waren, und konfrontierten die Öffentlichkeit mit der Wahrheit. Ihre Schilderungen setzten der deutschen Verdrängungskultur Tatsachen entgegen, denn danach hatte Agnes' Generation angefangen, ihren Familien Fragen zu stellen.

Agnes drückte ihre Unterlagen gegen die Brust.

»Und was geschah bei jenen Versammlungen?«, fragte sie.

Die beiden Frauen betrachteten immer noch das Foto.

»Es begann mit dem Glockengeläut. Jeden Morgen vor Schulbeginn. Nach der Versammlung folgte eine Schweigeminute. Danach haben wir eine halbe Stunde lang zum Beispiel ein Gemälde von Chagall, Matisse oder Picasso interpretiert. Mal war es eine markante Textstelle aus einem Roman. Victor Hugo. Gedichte von Éluard. Rilke. Flaubert. Oder wir hörten Musik: Bach. Beethoven. Debussy. Man muss nur die Schönheit lehren und die Liebe zu den schönen Künsten wachsen lassen. Dieser Leitsatz prägt noch heute unsere Schule, unseren Auftrag. Wer die Schönheit erkennt, hat es schwerer, ein böser Mensch zu werden.«

»Das hört sich großartig an«, sagte Agnes, während sie über Madame Defours letzten Satz nachdachte.

Auch die Nazis hatten sich als Kunstfreunde ausgegeben, allen voran Hitler und dessen Stellvertreter Göring. Bilder, die erst seit Kurzem über Fernsehapparate in wenigen deutschen Wohnzimmern flimmerten, kamen ihr in den Sinn. Geraubte Kunstwerke, die man nach dem Krieg unter Tage in österreichischen Salzbergwerken, in Kellern und auf Dachböden von Privathaushalten gefunden hatte.

Auch das Böse bediente sich der Schönheit.

»Nun«, sagte Madame Defour freundlich. »Was genau kann ich für Sie tun? Sie sprechen sehr gut Französisch.

Mein Deutsch ist im Moment vielleicht etwas eingerostet. Ich bekomme erst im nächsten Schuljahr wieder eine Deutschklasse.«

Sie warf einen Blick zur Tür. Nein, Madame Defour war keineswegs distanziert. Reserviert traf es eher. Ihr Kompliment glich dem Lob einer Lehrerin.

»Merci, Madame. Gibt es ein Archiv, etwas, wo ich die jüngste Geschichte dieses Orts nachlesen könnte?«, fragte Agnes und zog den Riemen ihrer Umhängetasche an der Schulter nach oben. Das tragbare Tonbandgerät besaß ein beachtliches Gewicht. »Einen Raum, in dem ich mir einen Überblick verschaffen kann? Hier in Dieulefit müssten noch jede Menge Zeitzeugen leben. Mein Radiosender plant, wie ich bereits ankündigte, eine mehrteilige Reportage über Ihren Ort.«

Madame Defour zögerte kurz, dann sah sie auf ihre Uhr.

»*Ich* bin Ihre Zeitzeugin, Mademoiselle«, sagte sie bestimmt, drehte sich um und ging mit erhobenem Kopf den Flur entlang. »Ich unterrichte hier seit fünfundzwanzig Jahren und wurde von Madame Soubeyran, genannt *Tante Marguerite*, ausdrücklich autorisiert. Wenn Sie mir bitte folgen würden.«

Verblüfft ging ihr Agnes hinterher.

»Wissen Sie, was ich mich frage?«, hörte sie die Stimme von Madame Defour, die im Gehen den Kopf zur Seite warf, abrupt vor einer Tür stehen blieb und einen Schlüssel aus einem klappernden Schlüsselbund ins Loch steckte.

»Sie werden es mir sicherlich gleich verraten«, erwiderte Agnes charmant.

Madame Defour sah ihr Gegenüber eindringlich an. »Nicht einmal die Franzosen haben Interesse an ihrer jüngeren Geschichte. Alles, was bisher über unseren Ort veröffentlicht wurde, beschränkt sich auf eine regionale Berichterstattung. Was genau führt Sie hierher, Mademoiselle?«

Mit Schwung stieß sie die Tür auf.

AGNES

4

Beauvallon in Dieulefit, 1965

»Entschuldigen Sie bitte die Unordnung hier«, sagte Madame Defour, räumte einen Stuhl gegenüber ihrem Schreibtisch frei und schob einige aufgeschlagene Bücher zur Seite. Im Stehen zündete sie sich eine Zigarette an und ließ sich auf ihren Stuhl fallen.

Vorsichtig, als handle es sich um vermintes Gelände, betrat Agnes den Raum und nahm der stellvertretenden Schulleiterin gegenüber Platz.

Madame Defour zog an ihrer Zigarette. In ihrem Gesicht zeigte sich keinerlei Regung.

»Also, was genau führt Sie zu uns?«

»Oh, ich habe viele Fragen, Madame«, murmelte Agnes und blätterte durch ihren vollgeschriebenen Notizblock. »Es ist faszinierend, was Menschen wie Sie hier im Ort geleistet haben, angefangen vom Widerstand in den schrecklichen Kriegsjahren bis zur Befreiung.«

Madame Defour schwieg.

Die Befreiung – ab Sommer 1944 war Frankreich mithilfe der Alliierten befreit worden. In ganz Frankreich waren die Mitglieder der Résistance aus dem Untergrund aufgetaucht und hatten für ihre Freiheit gekämpft.

Agnes bemerkte ein leichtes Zittern ihrer Hände. »Darf ich das Tonbandgerät einschalten?«

Madame Defour presste die Lippen zusammen.

»Unter einer Voraussetzung«, sagte sie nach einer Pause mit strengem Unterton. »Alles, was ich zu Protokoll gebe, muss von mir autorisiert werden, bevor Sie damit an die Öffentlichkeit gehen. Ich lese das gern in Deutsch und brauche keine Übersetzung von Ihnen. Niemand hier in Dieulefit möchte seine Taten an die große Glocke gehängt haben, verstehen Sie? Habe ich darauf Ihr Ehrenwort?«

»Ehrenwort«, gab Agnes nach einem kurzen Zögern zurück.

»Dann werde ich mich im Gegenzug dafür starkmachen, dass Sie Ihre Bühne bekommen, Mademoiselle Engler«, erwiderte Madame Defour und lächelte. »Wie also lautet Ihre erste Frage?«

Agnes räusperte sich. »Führen Sie Buch darüber, was aus den Überlebenden wurde?«

»Es gibt Listen in Beauvallon, auf dem Rathaus. Namenslisten der Überlebenden. Unser Monsieur Katz, selbst ehemaliger Flüchtling, ist ein wandelndes Résistance-Lexikon und arbeitet seit Jahren an einer Dokumentation. Wir planen noch dieses Jahr eine Fotoausstellung. Ich lasse Ihnen Kopien der Listen zukommen.«

Aus dem beachtlichen Chaos ihres Schreibtischs zog

Madame Defour ein Notizheft, klappte es auf, schrieb etwas hinein und klappte es wieder zu.

Namenslisten der Überlebenden – genau das wollte Agnes hören. »Danke«, sagte sie. »Das ist sehr freundlich.«

»Léon Katz ist einer der wenigen, die ihren ursprünglichen Namen wieder angenommen haben.«

»Seinen ursprünglichen Namen?«

»Ja«, erwiderte die Schulleiterin. »*Alle* Flüchtlinge haben bei uns neue Namen bekommen. Französische Namen. Das war der erste Schritt in den Untergrund.«

Abrupt verstummte Madame Defour, als habe sie soeben ein Geheimnis ausgeplaudert.

Agnes hingegen stockte der Atem aus einem anderen Grund: Lily Blum musste also auch einen neuen Namen erhalten haben. Agnes hatte einen entscheidenden Fehler bei ihrer früheren Suche gemacht und ärgerte sich insgeheim, eine neue Identität nicht zumindest in Betracht gezogen zu haben.

Fasziniert hörte sie zu, wie Madame Defour von berühmten Persönlichkeiten berichtete, die einst hier in Dieulefit im Verborgenen gelebt hatten: Künstler, Schriftsteller, Maler und politisch Verfolgte. »Wir machten keinen Unterschied. Alle nahmen wir auf. Viele ehemalige Lehrer, die ihres jüdischen Glaubens wegen nicht mehr lehren durften, haben unsere Kinder hier an dieser Schule unterrichtet.«

Agnes starrte auf den roten Punkt des Tonbandgeräts, dem Signal für *Aufnahme*. »Es war also ein ausschließlich konspiratives Leben, das die Flüchtlinge hier führten?«

Madame Defour seufzte. »Wir haben uns bemüht, so

viel Normalität wie möglich zu schaffen. Die Kinder waren traumatisiert genug. Beauvallon hat einen großen Beitrag zu mehr Alltag geleistet.«

Was bedeutete es für eine Kinderseele, die Eltern zurückzulassen oder gar mitangesehen zu haben, wie sie ins französische Sammellager nach Drancy und von dort nach Auschwitz in den Tod geschickt worden waren? Agnes hatte das Gefühl, dass, von welcher Seite auch immer sie die Geschichte der unzähligen Rettungen betrachtete, sie immer tiefer abtauchen würde müssen – ein Labyrinth aus Fragen, vor deren Antworten sie sich fürchtete.

Was war aus Lily Blum geworden?

»Und wie kamen die Flüchtlinge zu neuen Ausweispapieren?«, fragte Agnes beherrscht. »Können Sie mir etwas darüber sagen? Gab es Druckmaschinen in irgendwelchen Kellern?«

Agnes biss sich auf die Lippen. Das klang wirklich nach einem Klischee, aber Madame Defour nickte eifrig: »Ja, in der Tat, wir hatten hier unsere eigenen Fälschungslabore. Je weniger Leute eingeweiht waren, desto besser. Wir waren sozusagen *Selbstversorger*. Kurze Wege vereinfachten das Prozedere. Nur zwei Stunden weiter in Richtung Norden liegt Lyon. Dort wimmelte es nur so von Gestapo.«

»Ja«, sagte Agnes. »So weit ist das nicht. Dieulefit lag in der italienischen Zone, die zwischen Vichy-Frankreich und Italien ausgehandelt worden war.«

»Die Italiener sahen großzügig über die Juden hinweg. Aber im Sommer 1943 mussten sie gehen, nachdem Mussolini abgesetzt worden war.«

»Sie waren also nur bis zu diesem Zeitpunkt sicher.«

»... einigermaßen sicher«, ergänzte Madame Defour. »Danach vertrauten die *boches* weitgehend auf unseren Vichy-Bürgermeister.«

»... der ein guter Mensch war, wie ich in einem Artikel gelesen habe.«

»Ja, er war sehr gut im Wegsehen«, erwiderte Madame Defour lächelnd. »Jeder, ich betone, jeder leistete seinen Beitrag hier in Dieulefit. Jede Pension war mit Flüchtlingen ausgebucht.«

Das Tonband lief und lief, während Madame Defour über die vielen Maßnahmen berichtete, die bei der Sekretärin des Vichy-Bürgermeisters, Jeanne Barnier, und unzähligen anderen Handlangern ihre Vollendung gefunden hatten. Falsche Papiere waren die Grundvoraussetzung zu überleben.

Gefesselt von der Fülle an Informationen, hörte Agnes zu. *Jeanne Barnier*, schrieb sie in ihr Notizbuch, *Logistik*.

Das würde *die* Reportage ihrer Karriere werden – Agnes spürte ihre wachsende Aufregung bis in die Fingerspitzen. Eine Ahnung von der Tragweite der Geschichte erfasste sie mehr und mehr.

»Manche Identitäten haben wir erfunden, aber die meisten stammten von Bewohnern aus Saint-Nazaire.«

Madame Defour grinste.

»Aus Saint-Nazaire in der Bretagne?«, fragte Agnes ungläubig.

»Ja«, erwiderte Madame Defour, und ihr Gesichtsausdruck zeigte einen Anflug von Stolz. »Dort war 1941 das Rathaus abgebrannt und mit ihm unzählige Geburtsurkunden. Diese Namen, die uns aus Kirchenregistern zugespielt worden waren, bildeten eine wahre Goldgrube für das Fälschen von Papieren.«

Agnes richtete sich auf.

Plötzlich wusste sie, wie sie ihre Frage nach Lily stellen konnte.

»Es heißt, dass einige südbadische Kinder aus dem Lager Gurs hierherkamen. Südbaden befindet sich an der Grenze zum Elsass. Wissen Sie etwas darüber?«

Agnes hielt die Luft an.

Madame Defour zuckte mit den Achseln. »Nein, die genaue Herkunft meiner Schützlinge kannte ich sehr selten. Aber ja, wir beherbergten viele *deutsche* Juden.«

Mit einer entschiedenen Geste schaltete Agnes das Aufnahmegerät aus.

Madame Defour sah sie überrascht an.

»Eines der Kinder aus Südbaden trug den Namen Lily Blum. Zum Zeitpunkt ihrer Deportation war sie neun Jahre alt.«

Jetzt war es raus. Agnes spürte ihren Herzschlag. Es gab nur Entweder-oder.

Madame Defour schien verwirrt. Nachdenklich fuhr sie sich über den Mund. »Sagten Sie Lily?«

»Ja, Lily Blum.«

»Sind Sie betroffen? Eine Verwandte?«

»Betroffen ja, verwandt nein«, gab Agnes kleinlaut zurück. Beherzt nahm sie das halbe Foto aus ihrer Arbeitsmappe und reichte es Madame Defour. »Lily Blum. Es war das einzige Mädchen aus meiner Heimatstadt Sulzburg, das am 22. Oktober 1940 nach Gurs deportiert wurde. Ich kann das bezeugen, weil ich es mit eigenen Augen gesehen habe. Sie war meine Freundin. Kennen Sie das Mädchen? Wurde es hier bei Ihnen in Sicherheit gebracht?«

Insgeheim richtete sie ein Stoßgebet gen Himmel. Gleich würde sie Klarheit haben. Klarheit, ob ihre Suche nach Lily hier anfing oder endete.

Lange betrachtete Madame Defour das Bild, und Agnes konnte förmlich sehen, wie es hinter der Stirn der Lehrerin arbeitete. War da ein Hauch von Wehmut zu sehen, Traurigkeit?

»Liliane Rosier«, sagte die Befragte schließlich langsam, bedacht, als müsse sie ihre Erinnerungen sortieren. Mechanisch strich sie mit dem Finger über den ausgefransten Riss des Fotos. »Ihr Name war Liliane Rosier. Sie wollte Lily gerufen werden. Es gab nur eine einzige Lily hier.«

Sie schob das Bild über den Tisch zurück und sah zum Fenster hinaus.

Agnes glaubte ihren Ohren nicht zu trauen.

»Sie meinen, Lily Blum ist Liliane Rosier? Dann war sie also hier?«

»Ja.«

»Sie kannten Lily persönlich?«

Madame Defour nickte ernst.

Aus Sulzburg verschwindet sie als Lily Blum, dachte Agnes, wird zu einer namenlosen Nummer im Lager Gurs und hier in Dieulefit zu Liliane Rosier. So einfach war die Antwort. Man musste seine Fragen nur der richtigen Person stellen.

»Lebt sie noch?«

»Davon gehe ich aus.«

»Haben Sie ihre aktuelle Adresse?«

Madame Defour seufzte, stand auf und trat vor einen Schrank. Daneben befand sich eine alte Standuhr mit einem vergoldeten Ziffernblatt. Erst jetzt hörte Agnes ihr Ticken.

Mit einem Ruck öffnete ihn die Lehrerin, stemmte die Hände in die Taille und trat einen Schritt zurück. Agnes ertappte sich bei dem Gedanken, dass sie sich niemals in einer solchen Unordnung zurechtfinden würde. Unter ihrem staunenden Blick fischte Madame Defour aus der hintersten Ecke einen Briefumschlag und kehrte damit zurück an den Schreibtisch.

Sie nahm sich eine neue Zigarette. »Mein Chaos in diesem Büro hat durchaus Struktur«, sagte sie mit einem Anflug von Stolz. »Möchten Sie auch?«, fragte sie dann und deutete auf die Gauloises-Packung.

»Nein danke«, erwiderte Agnes und starrte auf die Anschrift: *Liliane Rosier, Sélestat*.

Von draußen hörte man Vogelgezwitscher, dann das vergnügte Schreien von Kindern. Agnes ließ ihre Augen nicht von dem Briefumschlag.

Madame Defour inhalierte einen tiefen Zug und blies den Rauch aus. Aus einer Wasserkaraffe goss sie zwei Gläser voll und schob eines zu Agnes hinüber.

Agnes nahm einen kräftigen Schluck. Das Wasser belebte sie unmittelbar.

Mlle Liliane Rosier, Sélestat, France, 6, Rue des Fèves.

Quer darüber ragte ein Stempel *adresse inconnue* – Adresse unbekannt.

»Das war der letzte Kontakt, Mademoiselle. Er liegt acht Jahre zurück. Seitdem haben wir die Spur zu Lily verloren. Lily, wie konnte ich dieses Kind nur vergessen!«

Sie legte ihre Zigarette am Aschenbecher ab, lehnte sich zurück und verschränkte die Arme vor der Brust.

Binnen weniger Minuten war Agnes' Wissensstand wieder auf null, und eine neue Lücke von nunmehr acht Jahren tat sich auf.

»Lily hat nach dem Krieg in Sélestat gelebt?«, fragte sie, während ihr weitere unzählige Fragen durch den Kopf gingen. Sélestat, im Elsässischen Schlettstadt genannt – das lag nicht weit von Freiburg entfernt. »Das ist ja bei mir um die Ecke. Warum hat sie sich nicht bei mir gemeldet?«, brach es aus ihr heraus.

Ein Gefühl der verpassten Chancen streifte sie.

Madame Defour zuckte die Achseln. »Es muss sich um Verwandtschaft in Sélestat gehandelt haben. Lilys Eltern waren tot. Aber das wissen Sie längst. Ich habe damals, als dieser Brief zurückkam, in Sélestat angerufen, nachgefragt. Durch den Nachmieter erfuhr ich, dass die alte Tante, bei der Lily gelebt hatte, 1958 verstorben ist.«

Gurs. Dieulefit. Eine Wahlheimat Sélestat. Keine fünfzig Kilometer von Agnes' Wohnsitz entfernt. Und genauso entfernt oder nah lag der gemeinsame Heimatort Sulzburg. Liliane Rosier.

Betrübt nickte Agnes. Dunkel erinnerte sie sich daran, dass Lily früher sogar von elsässischer Verwandtschaft gesprochen hatte.

»Sie hieß Fanny, der Onkel Emil«, sprach sie leise aus. »Dann ist Lily also nach deren Tod 1958 abgetaucht.«

Madame Defour nahm ihre Zigarette wieder auf und nickte ernst. »Abgetaucht klingt sehr konspirativ. Verschwunden trifft es eher.«

Agnes bemühte sich, die unerhörten Neuigkeiten zu verarbeiten, zu ordnen. Aber es gab so viele Fragen. Neue Fragen.

»Sie könnte geheiratet und einen neuen Namen angenommen haben«, sagte Agnes, ein Gedanke, der ihr im Lauf der Jahre öfter gekommen war.

»Könnte sie, ja«, erwiderte Madame Defour, und ihre Augen sagten, dass sie an alles glaubte, nur nicht an den Hafen der Ehe. Nicht für Lily.

Aus irgendeinem Grund glaubte Agnes auch nicht daran.

»Warum bricht Lily einen bewährten Kontakt mit ihrer alten Schule ab, mit Menschen, die ihr das Leben retteten? Ich verstehe das nicht. Warum hat sie mich niemals kontaktiert?«, fragte sie gedankenverloren mehr sich selbst.

»Sehe einer in die Menschen hinein«, erwiderte Madame Defour. »Ich verstehe vieles nicht, Mademoiselle. Die Lebenswege der jüdischen Flüchtlinge schreiben eigentümliche Geschichten, die für uns nicht immer nachvollziehbar sind. Diesen Widerspruch lernt man als Pädagogin, die mit dieser Generation gearbeitet hat, zu akzeptieren.«

»Mochten Sie Lily?«

Die Frage kippte einfach aus Agnes' Mund.

»Ich habe all meine Schützlinge geliebt, aber Lily war was Besonderes. Sie war stark, widerstandsfähig, klug. Sie war wie ihr Haar – eine Rebellin. Ein solch gescheites Mädchen.«

»Ja, das war sie«, erwiderte Agnes. »Das *ist* sie«, korrigierte sie schnell.

Sie lebt, dachte Agnes und spürte, wie sie mit den Tränen kämpfen musste. Lily lebt.

Die beiden Frauen schwiegen.

Dann, nach einer Pause, die Agnes unendlich lang vorkam, griff Madame Defour nach einer auf dem Boden stehenden Ledertasche und entnahm ihr ein kleines dunkelrotes Büchlein – ein zerfleddertes Adressbuch, das mindestens so viele Jahre wie die zerschlissene Tasche auf dem Buckel zu haben schien.

Madame Defour rieb sich die Stirn.

»Es gibt da jemanden, der wissen könnte, wo Lily ist. Aber ich bin nicht befugt, Ihnen …« Abrupt brach sie ab, drückte ihre Zigarette aus und strich mit den Fingerspitzen über das brüchige Leder. »Lassen Sie mich nachdenken. Ich muss nachdenken.«

AGNES

5

Beauvallon in Dieulefit, 1965

Gebannt beobachtete Agnes, wie Madame Defour in dem Adressbuch blätterte.

»Es handelt sich um einen Kinderfreund von Lily, der ebenfalls hier in Beauvallon war. Die beiden waren unzertrennlich, wie siamesische Zwillinge«, hörte sie wie aus der Ferne die Stimme der Lehrerin.

Agnes musste lächeln – so ähnlich konnte man ihre Kinderfreundschaft auch umschreiben, bis sie getrennt worden waren.

Behutsam strich Madame Defour eine aufgeschlagene Seite glatt.

Agnes starrte auf ihre langgliedrigen Finger. Klavierfinger.

»Na bitte schön«, sagte Madame Defour zufrieden, sah auf und lächelte. »Jean-Pierre Roche, alias Hans Felsenstein. An seinen alten Namen erinnere ich mich noch gut.«

Jean bedeutete Hans, übersetzte Agnes in Windeseile, *la pierre* der Stein und *la roche* der Felsen. Hans Felsenstein – Jean-Pierre Roche, eine perfekte Übertragung vom Deutschen ins Französische.

»Das ist allerdings eine Leistung«, sagte Agnes anerkennend. »Auch bei Lily Blum ist das im Ansatz gelungen, immerhin erhielt sie einen Blumennamen. Rosier – der Rosenbusch.«

»Stimmt«, sagte Madame Defour kurz.

»Ein wenig haben die Kinder so ihre Identität wahren können«, sagte Agnes und staunte, wie viel Empathie hier am Werk gewesen sein musste.

»Aus Jean-Pierre jedenfalls wurde ein waschechter Franzose. Er ist, wie man aus dem Ursprungsnamen leicht rückschließen kann, ein deutscher Jude. Heute leitet er eine Seifenfabrik in Apt.«

»Und Sie denken, er könnte etwas über Lily wissen? Warum haben Sie ihn dann nicht längst selbst kontaktiert?«

Madame Defour rollte die Augen und warf die Arme in die Höhe. »Jean-Pierre ist kein einfacher Mensch, aber wer ist das schon, nicht wahr? Er hat Dieulefit seit dem Ende des Kriegs gemieden. Wir haben einige Male telefoniert. Ich glaube, die Vergangenheit schmerzt ihn immer noch sehr. Das ist meine Interpretation. Aber jetzt geht es um was. Es geht um Lily, um *Ihr* sehr persönliches Anliegen, Mademoiselle. Machen wir Ihres zu seinem. Kinderlieben graben sich tief in die Herzen, vor allem die im Krieg.«

Für Agnes' Geschmack klang das sehr manipulativ, aber sie mochte das Wort *Kinderliebe*.

In diesem Augenblick wurde ihr erneut bewusst – sie würde bei ihrer Suche auf alte Wunden treffen, diese wieder aufreißen. Sie war keine Betroffene, nur die Kinderfreundin eines kleinen jüdischen Mädchens, das heute dreiunddreißig Jahre alt war. Gab ihr das oder ihr Beruf das Recht, ehemals Verfolgte mit deren schmerzhafter Vergangenheit zu konfrontieren?

»Außerdem könnte er für Ihre Recherchen wertvoll sein – er könnte sozusagen aus den Augen eines Kindes berichten, verstehen Sie?«

Agnes senkte die Augen. Ja, da war etwas dran. Auch Lily würde berichten können, wenn Agnes die Freundin fände. »Einen Versuch wäre es wert«, sagte sie und blickte gebannt auf Madame Defours Hand, die auf dem Telefonhörer ruhte.

Entschieden richtete diese sich auf, holte einmal tief Luft und betätigte mit einem Kugelschreiber die Wählscheibe.

Agnes vernahm einen dumpfen, fremden Klingelton.

»*But*«, schrie draußen ein Junge. *Tor!*

»*Jeu déloyal*«, rief ein anderer. *Foulspiel.*

Es schien eine Ewigkeit zu vergehen.

Die beiden Frauen blickten einander in die Augen, während Agnes im Stillen die dumpfen Klingeltöne zählte.

»Hier spricht Madeleine Defour. Jean-Pierre, bist du es?«

Agnes glaubte, die Reserviertheit des Sprechers am anderen Ende der Leitung über den Gesichtsausdruck ihres Gegenübers zu erfassen, gefolgt von Madame Defours Sätzen, die fast devot wirkten.

Hoffentlich störe ich nicht … Gut, danke … Es ist alles in Ordnung … Bitte entschuldige die Belästigung … Es geht um … um Lily, Liliane Rosier.

Es folgte eine lange Pause. Von draußen vernahm man wieder die Kinderstimmen. Das Foulspiel schien die Gemüter noch immer zu erhitzen.

Madame Defour legte den Kopf in den Nacken. Dann rollte sie die Augen, rutschte die Rückenlehne weit hinab und blickte in halb liegender Position zur Decke.

»Eine Kinderfreundin aus Deutschland. Sie heißt Agnes Engler. Könntest du …?«

Sie brach ab.

Auf der anderen Seite der Leitung einige zusammenhangslose Worte. Dann erreichte Agnes ein vollständiger Satz: *Je suis désolé* – es tut mir leid.

Madame Defours Einwände klangen hilflos: *Ich verstehe, Jean-Pierre. Nein. Es wäre hilfreich … Nur ein Versuch … Wer weiß? Es könnte schließlich auch … Ja, eine deutsche Radiomoderatorin. Nein, in eigener Sache … Es geht um kein Interview. Nein. Es ist unverbindlich.*

Agnes ertappte sich bei dem Gedanken, dass sie anders vorgegangen wäre. Nichts war unverbindlich, nicht in dieser Angelegenheit.

Tief über die Sprechmuschel des Hörers gebeugt und die Stirn in ihre geöffnete Hand gestützt, hörte die Lehrerin mit geschlossenen Augen zu, was ihr Gesprächspartner zu sagen hatte.

Es war ganz still geworden in Beauvallon.

Die spielenden Kinder waren verschwunden. Manchmal vernahm Agnes Worte von einer tiefen männlichen

Stimme am anderen Ende der Leitung. Akzentfreies Französisch. Auf einem Regal schräg gegenüber stach ihr ein Geigenkasten ins Auge.

Madame Defour hielt den Hörer von ihrem Ohr weg, und Agnes hörte nun deutlich: *C'est précaire. Je vis une autre vie. J'ai oublié.*

Es ist heikel. Ich lebe ein anderes Leben. Ich habe vergessen.

Aber Madame Defour ließ nicht locker, nahezu beschwörend bat sie um Jean-Pierre Roches Mithilfe. Dabei schien es ihr um viel mehr zu gehen als um eine Unterstützung für Agnes.

»*C'est une chance exceptionnelle pour toi. Il faut du courage*«, sagte sie schließlich mit der Strenge einer Lehrerin, die ihrem Schüler befahl, sich an Gelerntes zu erinnern. Entschieden klopfte sie mit dem Zeigefinger auf den Tisch, richtete sich mit einem Ruck auf und saß jetzt kerzengerade. »*Un peu plus de courage, s'il te plaît!*«

Das ist eine riesengroße Chance für dich. Es erfordert Mut. Etwas mehr Mut, bitte schön!

In diesem Moment gewann Agnes die Gewissheit, dass Madeleine Defour weitaus mehr wollte als Auskünfte – sie *wollte*, dass sich ihre Schützlinge ihrer Vergangenheit stellten.

Mit einem tiefen Seufzer legte sie den Hörer in die Gabel, öffnete die Augen und rieb sich die Schläfen.

Die Standuhr schlug zur halben Stunde.

Sie ließ ihren Kopf nach rechts, dann nach links kippen, drückte ihr Brustbein heraus, und ihr Blick schweifte in Richtung Fenster über die unendliche Weite der Täler der

Drôme, als suchten ihre Augen in der Landschaft einen Anhaltspunkt.

Agnes hörte das Geräusch einer sich öffnenden Schublade und sah dabei zu, wie Madame Defour eine Flasche Cognac und zwei bauchige Gläser auf den Tisch stellte. Schwungvoll gab sie etwas von der braunen Flüssigkeit hinein und schob Agnes ein Glas zu. Ihres schwenkte sie nachdenklich in ihrer geöffneten Hand.

»Wenn ich eines in all den Jahren gelernt habe, Mademoiselle Engler, dann ist es das: Die Betroffenen tragen tiefe Wunden davon. Man muss sie mit Samthandschuhen anfassen, sehr vorsichtig bei einer Annäherung sein, und zuweilen erlebt man Überraschungen.«

In einem Zug trank sie das Hochprozentige, zündete sich eine neue Zigarette an, inhalierte den Rauch und blies ihn mit einem Stoß aus.

»Was hat er gesagt? Weiß er, wo Lily ist?«, fragte Agnes mit einer Mischung aus Hoffnung, Neugierde und Resignation.

Sie starrte auf ihr Glas mit der braunen Flüssigkeit.

Zwischen ihr und Madame Defour schwebte eine Rauchwolke. Der Geruch des Cognacs mischte sich mit dem würzigen Rauch.

Madame Defour schüttelte sich, als kehre sie von einer Gedankenreise zurück in die Gegenwart, in dieses Büro. Freundlich, fast liebevoll, sah sie Agnes an, steckte die brennende Zigarette in den linken Mundwinkel, notierte auf einen Notizblock mit zusammengekniffenen Augen eine Anschrift und riss den Zettel ab. Sie klappte das Adressbuch zu.

»Er erwartet Sie, Mademoiselle Engler. Apt erreichen Sie mit dem Auto in knapp zwei Stunden. Genauso weit wie Lyon. Nehmen Sie die Landstraße in Richtung Avignon.«

Agnes sah verwirrt in das Gesicht ihres Gegenübers, anschließend auf den Zettel, dann zum Telefon.

»Er hat Ja gesagt?«, fragte sie ungläubig und steckte den Zettel ein.

»Seien Sie behutsam. Sie werden nur mit viel Fingerspitzengefühl ans Ziel kommen. Und irgendwie habe ich eine Intuition, dass Sie über diese Gabe verfügen. Jedenfalls mehr als ich.«

Demonstrativ nahm Agnes ihr Glas, trank es mit einem Schluck leer und stellte es zurück auf den Tisch. Der Alkohol brannte im Hals und stieg ihr sofort zu Kopf.

Die beiden Frauen lächelten sich an.

»Wünschen Sie mir Glück«, sagte Agnes, stand auf, packte den Rekorder und ihre Notizen ein und reichte Madame Defour die Hand.

»Ich lasse Ihnen einige Presseartikel, die über Beauvallon erschienen sind, zukommen, treuhänderisch, versteht sich, wir wollen sie zurückhaben, ist das in Ordnung?«, fragte Madame Defour, während sie ihre Hand in die von Agnes legte.

»Selbstverständlich, das ist sehr freundlich, Madame. *Merci.*«

Agnes kam in den Sinn, welche Kraft das Schweigen besaß. Es gab zwei Arten von Schweigen: Eines, das wie in Dieulefit Leben gerettet hatte, und eines, das dem Verrat gleichkam, wenn man stumm Unrecht geschehen ließ und seine Stimme nicht gegen die Verbrechen erhob.

»Sie denken an unsere Abmachung?«, fragte Madame Defour und legte einen Zeigefinger auf die Lippen.

»Ja«, sagte Agnes mit klarer Stimme. »Sie können sich auf mich verlassen.«

LILY

6

Gurs in Südwestfrankreich, 1942

Seit über zwei Jahren befand sich Lily in dem südfranzösischen Lager Gurs. Dass sie in einer Baracke mit ihrer Mutter sein durfte, war Lilys einziger Trost. Von heute auf morgen hatte sie erwachsen werden müssen.

Gurs lag nahe der spanischen Grenze am Fuße der Pyrenäen, umgeben von einer gewellten Landschaft mit Maisfeldern, Hecken und Wäldern. Im Sommer war es unerträglich heiß, im Winter strömte die Eiseskälte über die Gebirgskette hinab ins Tal. In dem drei Quadratkilometer großen Lager lebten fast 20 000 Menschen in dreihundert Baracken mit je sechzig Schlafplätzen. Erst seit Kurzem gab es für jeden etwas Stroh als Unterlage auf dem harten Holz. Die hygienischen Zustände waren katastrophal – die Ruhr erwischte irgendwann fast jeden, von den Läusen, Wanzen, Flöhen und Ratten ganz zu schweigen.

Ja, hier in Gurs befand sich die Hölle, eine, die durch

tapfere Frauen, die sich Tag für Tag um die Kinder kümmerten, erträglicher wurde.

Die Franzosen zeichneten für das Lager verantwortlich und überließen die Gefangenen weitgehend sich selbst.

Umso erfinderischer waren die Insassinnen der Frauenlager: Es gab eine Näherin, die Kleidung ausbesserte, eine Frau, die für durchlöchertes Schuhwerk zuständig war. Die Frauen hatten sogar eine Schule ins Leben gerufen, die dem Alltag der Kinder einen Rahmen gab, von der grauenhaften Realität ablenkte. Manchmal schmuggelte eine Köchin zusätzliche Rationen aus der Küche des Aufsichtspersonals in die Baracke.

Il faut survivre, bläuten die Frauen den Kindern immer wieder ein. *Es geht ums Überleben.*

Das Wichtigste war, dass die Kinder Französisch beherrschten, und so drehten sich die Unterrichtsstunden vor allem um die Lehre der Fremdsprache.

Inzwischen wusste Lily, dass es sich bei einigen Frauen ihrer Baracke um Résistance-Kämpferinnen handelte.

Résistance bedeutete *Widerstand.* Ein Wort, das Lily von Anfang an mochte. Widerstand gegen die Deutschen, die *boches,* jene *boches,* die sie einst aus Sulzburg hierhergebracht hatten. Der Widerstand richtete sich auch gegen die Vertreter Vichy-Frankreichs, die französischen Handlanger der Nazis. Eigentlich war Lily eine Deutsche, aber sie hatte lernen müssen, dass sie jetzt nur noch als Jüdin galt.

Es war sehr kompliziert.

Lily tat sich schwer, das eine Böse vom anderen Bösen zu unterscheiden. Dabei gab es durchaus Unterschiede, die sich in Frankreich vor allem in der Schikane, welche die Juden zu erdulden hatten, zeigte.

»Die Vichy-Polizei ist immer noch besser als die *boches* in Paris oder Lyon«, sagte die quirlige Adèle stets und hatte den Kindern im Geografieunterricht auf einer selbst gezeichneten Karte die Regionen Frankreichs gezeigt, die man die *zone libre*, das freie Frankreich, nannte. Adèle kam aus dem Elsass und sprach ausschließlich Französisch mit den Kindern.

Sofort hatte Lily den Arm gehoben und protestiert. Gurs befand sich in der *freien Zone* – was für eine Freiheit war denn das, umgeben von Stacheldrahtzaun?

»Du hast recht, es ist nicht frei«, erklärte Adèle. »Die *zone libre* ist der nicht von den Deutschen besetzte Teil Frankreichs. Aber merke dir: Die Juden mag keiner, weder das Vichy-Regime noch die *boches*. Sie hassen sie.«

»Dann sind wir in der Freiheit gefangen«, sagte Lily.

Adèle nickte.

Im Laufe der Zeit lernte Lily, nicht nur mit diesem Widerspruch zu leben.

Ihren Vater sah sie manchmal in der Ferne. Die sogenannten *îlots*, kleine Areale mit Barackenblöcken, wo die Gefangenen untergebracht waren, umgaben Stacheldrahtzäune. Es existierte eine strikte Trennung von Männern und Frauen. Manchmal schaffte es der Vater, seiner Familie über einen Boten etwas Essbares oder eine kleine Nachricht zukommen zu lassen.

Lily vermisste ihren Vater, als fehle ihr ein Bein oder ein Arm.

Über die Zäune hinweg trösteten sich Familienangehörige gegenseitig mit Blicken.

Heute, an einem klirrend kalten Wintertag, vor dem Unterricht, hatte Adèle plötzlich Lily zum Zaun geschickt.

»Geh schon«, sagte sie aufmunternd. »Nur zu!«

Lily rannte los, blieb stehen, den Blick auf die Lagerstraße und die Abgrenzung gerichtet, wo ihr Vater auf einmal hinter einer Baracke auftauchte und ihr bedeutete, näher zu treten.

Voller Entsetzen sah Lily in sein blasses Gesicht. Seine Wangenknochen standen hervor, die Augen wirkten riesengroß und lagen in tiefen Höhlen. Nie zuvor waren sie während ihres Aufenthalts in der Hölle einander so nah gekommen wie jetzt.

»Psst, Lily, mein geliebtes Kind, komm näher. Noch näher«, zischte Gustav Blum. »Hör mir jetzt genau zu.«

Mit aufgerissenen Augen machte Lily einen Schritt auf den Zaun zu und lauschte. Ihr Herz klopfte. Wenn man stehen blieb, kroch die Kälte sofort bis in die Knochen. Sie versteckte ihre Hände in den Manteltaschen. Immer wieder sah sie von links nach rechts, drehte sich verstohlen um.

»Du kommst hier raus, Lily. Morgen früh um vier wird eine Frau vor deiner Baracke auf dich warten. Du sagst, dass du zu den Latrinen musst, weil du Durchfall hast, wenn dich jemand erwischt. Bleibe wach, mach kein Auge zu heute Nacht. Sei bereit! Zieh alles an, was du hast, und gehe mit dieser Frau. Ihr Name ist Jolie. Sie wird dich hier rausholen und an einen sicheren Ort bringen. Versprichst du mir, dass du alles tun wirst, was sie dir sagt?«

Ein sicherer Ort – gab es den?

Lily schluckte.

»Und Mama und du, ihr geht auch mit?«, fragte sie.

Ihr Vater sah sie lange an und schüttelte traurig den Kopf.

Krampfhaft überlegte sie: Versprechen waren eine todernste Angelegenheit. Sie zu geben, hieß, sich für immer und alle Zeiten daran zu halten. Das hatten die Eltern sie gelehrt. Aber es war kompliziert geworden: Seit sie von zu Hause fort waren, befolgte Lily Befehle, die sie überhaupt nicht verstand. Worin lag der Sinn, sich frühmorgens in der Dunkelheit in einem Sumpf aus Schlamm, Matsch und Geröll aufzustellen und eine Nummer zu rufen, verschimmeltes Brot zu essen, nachts auf Stroh zu liegen und heimlich mit einer einzigen Kerze den Schabbat zu feiern? Dabei war ihr gar nicht nach Feiern zumute. Das Weinen der Frauen, der Kinder, der Säuglinge, die vielen Toten jeden Tag!

Und jetzt sollte sie versprechen, einem fremden Menschen zu vertrauen? Ausgerechnet sie, Lily Blum, sollte der Hölle entkommen? Was war mit den anderen? Auf und davon, ohne Mutter, ohne Papa?

Trotzig schüttelte Lily den Kopf. »Nein. Nicht ohne euch. Ich bleibe.«

Sie kratzte sich am Kopf. Diese Läuse, die verdammten Läuse mussten sich ein Nest auf ihrem Wuschelkopf gebaut haben. Wenn sie das hier überlebte, würde sie sich für alle Zeiten täglich die Haare waschen. Mit wohlriechender Seife. Sie würde so lange an ihren Locken ziehen, bis sie glatt waren wie das Haar von Agnes. Keine Laus, kein Floh, kein einziges Ungeziefer würde jemals wieder darin nisten.

Ihr Vater presste die Lippen aufeinander und zwang Lily, ihm in die Augen zu sehen. Vorsichtig steckte sie zwei Finger durch ein kleines Loch im Zaun. Er griff danach.

»Du tust, was ich dir sage, Lily. Wir werden nachkommen. Nach dem Krieg. Irgendwann ist dieser Irrsinn vorbei, dann treffen wir uns alle bei Onkel Louis in Paris. Kannst du dir das merken?«

Natürlich kannte sie die Adresse von Onkel Louis – wie oft hatte sie Briefe dorthin geschickt. Lily streichelte mechanisch die Finger ihres Vaters.

Sie merkte sich alles – die Französisch-Vokabeln, die ihr tagtäglich in der Schule eingebläut wurden, den Satz des Pythagoras, wo auf der Erdkugel Jerusalem lag, die französischen Kinderlieder, die sie mit Adèle sangen, ihr Abendgebet, ihren Abendwunsch.

Je suis. Tu es. Il est. Nous sommes. Ich bin. Du bist, er ist, wir sind.

La liberté – die Freiheit. *La guerre* – der Krieg. *Les boches* – die Deutschen.

»Ja«, sagte sie. »Kann ich.«

»Versprich mir, dass du mitgehst, morgen früh um vier! Du drehst dich nicht einmal um.«

»Wenn du mir versprichst, dass wir bald wieder nach Sulzburg gehen«, sagte Lily mit zusammengekniffenen Augen und zog die Mundwinkel herab.

Vor ihrem inneren Auge erhob sich das Markgräfler Land, der Sulzbach, der Marktplatz, das Judenhaus, die Villa, Papas ehemalige Praxis.

»Wir werden niemals wieder deutschen Boden betreten, mein Kind. Wir werden uns in Paris wiedersehen. Versprich mir, dass du in Frankreich bleibst! Komme, was wolle! Frankreich ist jetzt deine Heimat. Vergiss Deutschland! Es ist nicht mehr unser Land.«

»Ich war noch nie in Paris«, sagte Lily trotzig.

»Aber du kennst die Adresse«, sagte ihr Vater.

Vergiss Deutschland! Frankreich war jetzt Lilys Heimat. Das sagten die Frauen im Lager immer und immer wieder, so wichtig war es, sich die neue Heimat einzuprägen. Eine Heimat, in der man sie gefangen hielt.

»Ich bin Französin«, sollte Lily sagen, wenn sie mitten in der Nacht geweckt wurde, *je suis française.* Wie oft hatten Adèle und Mama das mit ihr geübt. Hier in Gurs war das nicht wichtig, aber draußen. Seit zwei Jahren übten sie für draußen, als ob sie eines Tages einfach hier herausspazieren würden können. Dabei waren sie Verlorene.

»Versprich mir, dass du mit Jolie mitgehst.«

Jolie war ein wunderschöner Name. Er klang nach gewaschenem Haar, nach gebügelter Kleidung, nach etwas, das jedem Insassen hier drinnen schon nach wenigen Tagen verloren gegangen war. Er klang nach Würde.

Für einen Moment träumte Lily von einem heißen Bad, einem warmen Essen, von dem Gelächter am Tisch, wenn Papa eine komische Grimasse zog.

»Versprich es mir«, wiederholte der Vater.

Lily biss sich auf die Lippen.

LILY

7

Gurs, 1942

»Lily«, mahnte Gustav Blum seine Tochter noch einmal eindringlich, »wiederhole bitte, was ich gesagt habe. Es ist sehr wichtig.«

Er sah Lily abwartend an.

Verzweifelt warf Lily einen Blick zurück und entdeckte ihre Mutter, die vor ihrer Baracke wartete. Sie trat von einem Fuß auf den anderen. Plötzlich war Lily klar: Sie wusste es. Mama war in Papas Pläne eingeweiht.

»Warum geht ihr nicht mit? Du und Mama?«

»Was sollen wir denn in einem Kinderheim? Wir kommen nach. Versprich es, Lily«, sagte er nachdrücklich.

»Ein Kinderheim? Ich komme in ein Kinderheim?«, fragte Lily ungläubig. »Ich will in kein Kinderheim. Ich möchte hier bei euch bleiben.«

»Versprich es, Kind!«

»Wenn es sein muss«, sagte Lily trotzig und blickte ihm direkt in die Augen. »Ich verspreche es.«

Mit ihren kleinen Fingern umklammerte sie immer noch die vor Kälte zitternden Hände ihres Vaters.

In der Ferne sah Lily einen Wachposten. Er blickte geradewegs zu ihnen, drehte sich weg und ging in das Wachthäuschen zurück.

»Sag, dass du alles verstanden hast. Paris. Onkel Louis. Wie heißt die Straße, das Stadtviertel?«

»Rue de Turenne 34 im Marais.«

»Man sagt 34, Rue de Turenne«, korrigierte der Vater. »In Frankreich kommt die Hausnummer vor der Straße. Du weißt, welcher Platz in der Nähe liegt?«

Lily presste die Lippen aufeinander.

»Der Place des Vosges im Herzen des Marais«, sagte sie und rollte die Augen. »Ich habe Fotos gesehen.«

Sie besaß ein hervorragendes Gedächtnis, und Sätze, die sie einmal gelesen hatte, speicherte sie wie ein Foto ab. Mama sagte immer, das sei eine große Gabe. Manchmal erinnerte sie den Inhalt nur grob, wusste aber genau, wo er zu finden war. Buchtitel, rechts oben, Seite 340. Lieblingssätze vergaß sie nie. Genau wie das Gedicht, das sie vor Tagen in der Schule gelernt hatte.

»Wir haben das Rilke-Gedicht *Der Panther im Jardin des Plantes* gelesen, Papa«, sagte Lily. »Kennst du es?«

Träumte sie das alles nur?

»Natürlich kenne ich es«, erwiderte ihr Vater, zog seine Hände weg und wischte sich übers Gesicht. Er lächelte.

»Ich sage es mir jeden Abend vor meinem Abendwunsch. Es hat so eine schöne Melodie.«

»Ja, das hat es«, sagte er mit erstickter Stimme.

»Sein Blick ist vom Vorübergehn der Stäbe so müd

geworden, dass er nichts mehr hält. Ihm ist, als ob es tausend Stäbe gäbe und hinter tausend Stäben keine Welt«, sagte Lily, und ihre Stimme wechselte von Dur in Moll.

»Lily«, unterbrach sie ihr Vater schroff. »Hör auf zu träumen! Wir sehen uns bald in Paris.«

»Wann ist bald, Papa?«

»Wenn der Krieg vorbei ist.«

»Unser Treffpunkt ist bei Onkel Louis in der 34, Rue de Turenne in Paris. Wenn der Krieg vorbei ist«, wiederholte Lily.

Den letzten Satz würde sie niemals vergessen.

»Du bist ein kluges Kind.«

Lily versteckte ihre Hände in den Manteltaschen. Sie spürte, wie sich ihre Tränen im Hals über dem Rachen sammelten und zur Nase hinaufstiegen. Sie schluckte.

»Geh zurück zu deiner Mutter, und sag ihr, dass ich euch liebe«, sagte ihr Vater, drehte sich mit schmerzverzerrtem Gesicht weg und watete durch den Schlamm zurück zu einer Gruppe von Häftlingen.

Lange sah sie seiner gebeugten Gestalt hinterher. Dabei war er früher einmal so aufrecht, so stolz durch die engen Gassen von Sulzburg gegangen. Am liebsten wäre sie ihm hinterhergelaufen.

»Papa möchte, dass ich …«, stammelte sie, bei ihrer Mutter angekommen, und vergrub ihren Kopf an ihrer Brust. Nie mehr würde sie Mama loslassen.

»Ich weiß«, sagte ihre Mutter und strich ihr über den Kopf. »Ich weiß, Lily.«

Beide lösten sich voneinander.

»Komm, Lily, komm mit«, sagte sie schließlich und zog

ihre Tochter in die Baracke zu ihrem Lager, das hinten rechts in der Ecke lag.

Sie setzten sich auf das Stroh. Auf einmal warf ihr ihre Mutter einen Blick zu, wie sie ihn noch nie zuvor in ihren Augen gesehen hatte. Alles lag darin: das einstige In-den-Schlaf-Schaukeln, das nächtliche Wachen an Lilys Bett, der Trost nach aufgeschlagenen Knien, die vielen Chanukka-Feste, ein Lichtermeer aus Kerzen, die Liebe von neun Kinderjahren.

»Ich habe etwas für dich, Lily«, hörte sie wie aus der Ferne die tränenerstickte Stimme ihrer Mutter. Aus ihrem Mantel, der eher einem Fetzen glich, zog sie einen kleinen Gegenstand.

Lily starrte ihn an und fuhr mit ihren Fingern über eine gestrickte Puppe mit Haar aus Wollfäden, großen aufgenähten Augen in Gelb und einem lächelnden Mund. Auch er war gelb. Ein bisschen erinnerte sie die Strickpuppe an Rosalie.

»Das ist für deine verloren gegangene Rosalie«, sagte Mama. »Du musst jetzt auf sie aufpassen, besser als auf Rosalie. Am besten passt ihr beide aufeinander auf.«

Mama versteckte ihr Gesicht in einer grauen Windel. Taschentücher gab es schon lange nicht mehr. Nur Tränen. In Sulzburg hatten sie Taschentücher mit gestickten Initialen am oberen Rand gehabt.

Lily drückte die handgroße Puppe an sich. Welchen Namen sollte sie ihr geben? Ihr fiel keiner ein.

»Danke, Mama. Das ist das schönste Geschenk, das ich je bekommen habe«, sagte sie, und ihre Stimme kippte. Lautlos kullerten Tränen ihre Wangen hinab.

Lily rieb ihre Augen, wischte sich mit dem Handrücken über die Wangen und steckte die Puppe in die Schultertasche ihres Vaters.

»Geh jetzt, Lily, der Unterricht wartet nicht auf seine beste Schülerin«, befahl Mama.

Lily zog die Nase hoch und machte sich auf den Weg in die Baracke am Ende der Lagerstraße.

Kurz vor vier Uhr war Lily bereit.

In dieser Nacht schliefen alle ruhig, nur eine Frau, die gestern erst angekommen war, hatte sich mehrfach von einer Seite auf die andere geworfen und im Traum wirres Zeug gesprochen.

Lily küsste ihre Mutter, die tat, als schliefe sie fest. Aber Lily wusste, dass sie wach war.

Mit der Schultertasche, in der sich außer der neuen Puppe eine Zeichnung der *zone libre* Frankreichs und ein halbes Foto befanden, schlich Lily durch den engen Gang der Baracke, vorbei an den Schlaflagern der anderen.

Plötzlich, vorne am Eingang, spürte sie, wie eine Hand von unten nach der ihren griff. Es war die von Adèle.

Adèle lächelte Lily an und richtete sich auf ihrer Pritsche auf.

Sie wusste Bescheid. Das hatte sich Lily gleich gedacht. Sie beugte sich über sie und gab ihr einen Kuss auf die Wange. »Merci, Adèle, merci. Au revoir.«

»*Vas t'en!*«, flüsterte Adèle.

Verschwinde. Hau ab!

»Hast du Gepäck dabei?«, fragte sie leise anschließend mit elsässischem Akzent.

»Je ne comprends pas. Je suis française«, erwiderte Lily, ohne zu zögern.

Ich verstehe nicht. Ich bin Französin.

Adèle lächelte zufrieden und strich Lily über die Wange.

Lily fiel ihr um den Hals und konnte ein Schluchzen nicht zurückhalten.

»Vas t'en!«, wiederholte Adèle, löste sich aus der Umarmung und hielt Lily den Mund zu.

Mit schwerem Herzen trat sie hinaus und stellte sich im Schutz der Dunkelheit neben einen Holzstapel. Die Baracken sahen aus wie Viehställe. Irgendwo in der Ferne bellten Hunde.

Wie in Trance wartete sie eine gefühlte Ewigkeit und rührte sich nicht vom Fleck. Wenn die Frau nicht kommen würde, war es auch gut. Dann könnte sie bei Mama, Papa und Adèle bleiben.

»Lily Blum«, hörte sie auf einmal eine sanfte Stimme hinter sich und spürte eine Berührung auf ihrer Schulter. *»Je suis Jolie. Shalom, Mademoiselle.«*

Shalom, Mademoiselle.

Lily vergötterte ihre Fluchthelferin auf Anhieb. Jolie duftete nach Lavendelseife und Parfüm, genau wie es ihr Name hatte vermuten lassen. Sie musste aus einer anderen Welt hierhergekommen sein, um Lily zu retten.

Der Weg führte durch Löcher im Stacheldrahtzaun von einem *îlot* zum nächsten. Im schwachen Licht der Laternen, die die Lagerstraße säumten, warf Lily einen Blick auf Jolie: Sie war wunderschön, ihr Haar mit einer Baskenmütze bedeckt. Wie ein Mann trug sie schwarze Schnürschuhe bis über die Knöchel, darüber baumelte der Aufschlag einer weiten Bundfaltenhose. Sie stapfte auch wie ein Mann durch den Morast von Gurs. Auf dem Rücken trug sie einen großen Rucksack.

Wenn sie einmal groß war, wollte sie so sein wie Jolie.

Kurz vor dem Wachhäuschen legte Lily ihre Hand in Jolies.

»Du sagst gar nichts, Lily, verstanden? Auch wenn du gefragt wirst, bist du stumm wie ein Fisch. Draußen wartet ein Lastwagen auf uns.«

Draußen. Das war die andere Welt, jene, aus der Jolie hier hereingeschneit war und die sich Lily so oft vorgestellt hatte.

Lily nickte.

Sie musste träumen! Gleich würde sie aufwachen und zum Appellplatz taumeln.

Am Ausgang, der auch der Eingang war, übergab Jolie einem Mann einen Umschlag.

Er nahm ihn an sich, würdigte die beiden keines Blickes, leerte den Rest einer Flasche Wein in einem Zug und rülpste laut.

Für einen kurzen Moment vergaß Lily alles und lachte. Wenn sie draußen war, würde sie mindestens einmal rülpsen, um sich an diesen sonderbaren Abschied aus der Hölle zu erinnern.

»Könnten wir nicht noch Mama und Papa und Adèle ...?«, flüsterte Lily, aber Jolie schüttelte traurig den Kopf, drückte Lilys Hand, so sehr, dass es wehtat, und rannte mit ihr in die stockfinstere Nacht.

Lily bemühte sich, Schritt zu halten, stolperte, stand wieder auf, lief und lief und lief mit geschlossenen Augen.

Nein, das war kein Traum. Ihr Knie tat weh.

»Es wird alles gut, Lily Blum. Man muss immer wieder aufstehen, wenn man fällt, das ist die wichtigste Lektion«, sagte Jolie außer Atem.

Beißend kalter Wind kam auf.

Die wichtigste Lektion.

Am Waldrand stand der Lastwagen. Jolie öffnete an seiner Rückwand die Plane einen Spalt. Von der Ladefläche starrten Lily vier Augenpaare an. Kinder, zwei von ihnen waren noch klein. Ein Junge in ihrem Alter presste die Lippen zusammen und legte den Zeigefinger dagegen. Er war blond wie Agnes.

»Kommen wir in ein Kinderheim?«, fragte Lily.

»Vorerst nein«, sagte Jolie ohne Erklärung.

Ein einziges Mal, bevor Lily fremde starke Männerarme über die Brüstung zu den anderen Kindern hievten und eine warme Decke über ihren zitternden Körper legten, hatte sie doch zurückgesehen. Zu den Baracken, wo ihre Eltern, Adèle und die vielen anderen waren.

Ihr war, als hätte sie jeden Einzelnen von ihnen verraten. Etwas war nicht richtig, etwas stimmte daran nicht, dass sie herauskam und die anderen bleiben mussten.

Lilys Augen brannten wie Feuer. Sie hatten zu viel gesehen. So viel Elend, dass es für ein Leben reichte.

»Wie heißt du?«, fragte eine Mädchenstimme neben ihr. Ihnen gegenüber saß der blonde Junge mit angezogenen Beinen und starrte sie an.

»Lily«, flüsterte Lily, »… und du?«

»Rosalie.«

»Psst«, sagte der Junge.

»Meine alte Puppe hieß genau wie du«, sagte Lily, nahm ihre neue aus der Tasche und drückte sie fest an sich.

»Und wie heißt die hier?«

Rosalie deutete auf das gestrickte Spielzeug.

»Adèle«, sagte Lily. »Sie heißt Adèle.«

»Die hat ja einen gelben Mund«, sagte Rosalie.

Lily nickte betrübt. Wahrscheinlich hatte Mama keine rote Wolle bekommen.

»Ihr müsst jetzt still sein«, mahnte Jolie, die sich vorne neben den Fahrer setzte und mit Schwung die Tür zuzog. Sie nahm ihre Mütze ab, löste den Knoten ihres langen, brünetten Haars am Hinterkopf und stülpte die Baskenmütze wieder darüber. »Wir fahren jetzt nach Oloron Sainte-Marie. Von dort geht es mit dem Zug weiter. *Allons-y! Le voyage commence. N'oubliez jamais – il faut toujours parler Français.*«

Los geht's. Die Reise beginnt. Vergesst niemals: Immer Französisch sprechen!

Dann wandte sie sich noch einmal an die Kinder. »Hans, du nennst dich ab sofort nur noch Jean, und du, Lily, Liliane. Die Kleinen können ihre Namen behalten. Und für alle gilt während unserer Reise – euer Nachname ist Portier, wenn ihr gefragt werdet. Verstanden?«

Die Kinder nickten einvernehmlich.

»Und wenn ihr irgendetwas gefragt werdet, antwortet Jean. Sein Französisch ist nahezu perfekt. Die anderen schweigen. Liliane, *dis-moi, as-tu compris?*« *Hast du verstanden?*

Lily senkte den Blick. »*Oui, j'ai compris. Je m'appelle Liliane Portier*«, flüsterte sie. *Ich heiße Liliane Portier.*

»Pas mal«, entgegnete Jolie. *»Il faut toujours s'entraîner.« Nicht schlecht, immer schön weiterüben.*

Mit einem Höllenkrach ging der Motor an, und der Wagen fuhr los. Auf der holprigen Strecke glaubte Lily jeden Stein unter ihrem mageren Körper zu spüren.

»Ganz schön albern, eine Puppe Adèle zu nennen«, sagte der Junge.

Lily warf ihm einen bitterbösen Blick zu. »Selber albern!«

»Halt die Klappe, Hans«, sagte Rosalie.

»Selber Klappe halten. Das fällt euch Mädchen ja besonders schwer. Ich bin Jean, merk dir das!«

Irgendwo da draußen liegt Rosalie, dachte Lily wehmütig, und vor ihrer inneren Leinwand erstreckte sich die Landschaft der abgeernteten Maisfelder, Bäume und wilden Sträucher.

Dieser blonde Schönling hatte keine Ahnung. Außerdem war er ein Angeber mit seinem übertriebenen Französisch. Er sprach ja französischer als Adèle aus dem Lager.

Das mit dem Kinderheim, was Papa gesagt hatte, stimmte nicht. Alles war durcheinander, auf nichts war Verlass.

Lily wünschte, ein anderes Mädchen hätte Rosalie vor über zwei Jahren gefunden und würde jetzt auf sie aufpassen. Ein französisches Mädchen.

Sicher war sicher.

AGNES

8

Apt in der Provence, 1965

Gegen fünfzehn Uhr erreichte Agnes Apt im Departement Vaucluse. An einer Tankstelle hatte sie sich den Weg zur Seifenfabrik, die etwas außerhalb auf einer Anhöhe mit Obstplantagen und Reben lag, erklären lassen.

Sie stellte ihren Wagen unten im Ort ab und ging den Berg hinauf.

Im Tal des Calavon prägten Felder und Obstbäume die Landschaft, an den Hängen gab es sandsteinfarbene Häuser mit blauen oder grünen Holzläden. Mit seinen knapp zehntausend Einwohnern besaß Apt etwas Städtisches.

Bekannt war der Ort vor allem seiner kandierten Früchte wegen, die hier produziert und in die ganze Welt exportiert wurden. Die Seifenproduktion hingegen lag schwerpunktmäßig in Marseille. Das etwa zweihundert Kilometer entfernte Grasse war für seine Parfümdüfte bekannt.

Jean-Pierre Roche empfing Agnes am Eingangsportal des überschaubaren Gebäudes seiner Fabrik. Der geschwungene Schriftzug *Bihel et Roche* prangte über dem Rundbogen des Portals.

Sie stellten einander kurz vor, und Jean-Pierre Roche bedeutete Agnes, ihm zu folgen.

Er sah anders aus, als sie sich ihn vorgestellt hatte: ein großer, schlanker Mann in ihrem Alter. Sein gewelltes dunkelblondes Haar betonte seine markanten Gesichtszüge. Die Augen lagen in tiefen Höhlen. Seine akkurate Kleidung bildete eine perfekte Hülle, genau wie sein formvollendetes Benehmen. Mit jeder Geste strahlte er Reserviertheit, Distanz aus. Dabei war er durchweg höflich, aufmerksam, zuvorkommend.

Gemeinsam gingen sie durch die menschenleeren Fabrikationsräume – am Samstag arbeitete hier außer dem Chef niemand.

»Welche Sprache bevorzugen Sie für unsere Unterhaltung?«, fragte Agnes auf Deutsch, während sie ihm nachlief. »Deutsch oder Französisch?«

»Meine Muttersprache ist seit über zwanzig Jahren Französisch«, antwortete er schlicht in diesem kultivierten Französisch, das sie bereits am Telefon vernommen hatte.

»Es ist, soweit ich das beurteilen kann, mehr als perfekt«, sagte Agnes, umgehend in die Fremdsprache wechselnd.

»Ihres klingt auch gut«, gab er kurz zurück. »Für eine Deutsche nahezu exzellent.«

Das Wort *Deutsche* klang aus seinem Mund wie ein Schimpfwort, das Wort *exzellent* fühlte sich wie ein Eiswürfel in ihrem Nacken an.

Sie durchquerten den nächsten Raum.

Agnes registrierte einen sonderbaren Duft, der aus Bottichen, Trögen und Töpfen aufstieg. Auf dem Boden lagerten Dutzende von Fässern mit der Aufschrift *l'huile d'olive provençale.*

»Wie viele Leute arbeiten hier?«, fragte Agnes und holte den Fabrikbesitzer ein. Sie ging jetzt neben ihm.

»Zweiunddreißig. Die Seifenherstellung verlangt viel Fingerspitzengefühl, zumindest jene, die wir hier betreiben. Wir arbeiten nach uralten Rezepturen. Zum Beispiel mit Olivenöl aus der Region«, erklärte Jean-Pierre Roche und deutete auf die Fässer. »Und in diesen Gläsern«, fuhr er fort und zeigte auf ein Regal mit überdimensional großen verschraubten Gläsern, »befinden sich die verschiedenen Duftessenzen, die wir benötigen. Seife ist völlig geruchlos.«

»Sie brauchen also eine gute Nase für Ihren Beruf«, erwiderte Agnes.

Abrupt blieb er stehen. »Nicht nur dafür. Das Riechen ist einer der wichtigsten Sinne überhaupt.«

Im letzten Raum lagerte die fertige Seife. Hier trockneten Seifenblöcke auf alten Holztischen. Geschnittene Würfel türmten sich in riesigen Regalen.

»Das sind unsere Sechshundert-Gramm-Würfel. Genau wie bei der *Marseiller Seife*. Wussten Sie, dass es kein Patent darauf gibt? Deshalb kann sich heute jede beliebige Seife so nennen. Unsere trägt nur den Namen des Seifenwerks.«

Er trat an das Regal, nahm zwei der Würfel heraus und hielt Agnes einen fliederfarbenen unter die Nase, auf dem ein Stempel *Bihel et Roche* eingestanzt war. »Was riechen Sie?«

»Lavendel«, gab Agnes spontan zurück. »Ein Hauch Olive.«

Er nickte zufrieden und reichte ihr dann einen lindgrünen Würfel: »Und das hier?«

»Kräuter?«, fragte Agnes unsicher. »Etwas Zitrone?«

»Fast«, gab er zurück. »*Verveine*. Wohlriechendes Eisenkraut. Eine meiner Spezialitäten. Ich mische die Essenz mit Salbei und einem Hauch Thymian. Grüne Noten beleben die Haut, während Lavendel sie beruhigt. Düfte haben eine große Wirkung auf unseren Gemütszustand.«

Verstohlen beobachtete Agnes Jean-Pierre Roche. Es war, als umgebe ihn eine Schutzhülle. Nur wenn es um Düfte ging, schien seine Mauer etwas zu bröckeln.

Sein Französisch war das eines Absolventen der Eliteschulen Frankreichs. Kultiviert, perfekte Aussprache, keinerlei Akzent wie hier im Süden üblich. Tours-Französisch, das Agnes mochte, seiner deutlichen und langsameren Sprechweise wegen.

Sie erreichten das Ende eines langen Flurs, wo eine Tür offen stand.

»Mein Büro«, sagte er und ließ Agnes vorangehen.

Eine schlichte Einrichtung mit einem antiken Schreibtisch am Kopf des Raums empfing sie. An einer Wand hingen überdimensional große Fotos aus der Region. Eine bäuerliche Gegend, wo die Menschen vornehmlich von Landwirtschaft lebten. Der Luberon mit seinen Kalksteinfelsen, Zypressen, Aprikosen- und Olivenbäumen, knöchernen alten Reben und Lavendelfeldern. Ein Bild zeigte den *Mont Ventoux*. An ihm blieb Agnes' Blick hängen.

»Es heißt, er sei ein heiliger Berg«, erklärte Jean-Pierre Roche, als er ihr Interesse bemerkte.

Er trat an eine Flügeltür, die hinausführte, und öffnete sie schwungvoll.

Draußen stand ein gedeckter Tisch unter einem Olivenbaum, umgeben von wilden Kräuterbüschen. Thymian. Rosmarin. Salbei. Das kleine Gartengrundstück war mit einer grünen Pergola überdacht, durch die der Wind strich.

»Das ist ja ein Paradies«, sagte Agnes. »Wie schön Sie es hier haben. So verbringen Sie also Ihre Mittagspause.«

»Ja, dies ist ein kleines Refugium in unmittelbarer Nähe der Stadt. Für jemanden, der viele Jahre in Paris gelebt hat, ist der Luberon wirklich paradiesisch. Setzen Sie sich bitte. Ich habe mir erlaubt, ein *tard déjeuner* vorbereiten zu lassen.«

Das *tard déjeuner*, ein spätes Frühstück, wie die Franzosen ein kaltes Mittagessen nannten, bestand aus eingelegten Oliven, verschiedenen Terrinen, Käse, Baguette und einer Tarte zum Dessert. Der Umfang der Auslage entsprach dem für eine größere Anzahl hungriger Gäste.

In einem Tongefäß stand eine Flasche Wein. Sogleich verspürte Agnes Appetit. Sie hatte seit heute Morgen nichts mehr gegessen.

Sie setzten sich.

Er schenkte Wein in die beiden Gläser.

Agnes nippte an ihrem Weinglas, und beide legten sich ihre Teller auf. Sie nahm sich Oliven, ein Stück Pastete, etwas Brot. Jean-Pierre Roche schob sich ein Stück Käse in den Mund.

»Nun«, sagte er nach einer Weile, tupfte sich mit der Serviette die Lippen ab und trank einen großen Schluck Wein. »Es geht also um Lily. Um Liliane Rosier. Meine Kinderfreundin.«

»Sie ist auch meine«, entfuhr es Agnes mit vollem Mund. Sie schluckte den Bissen herunter und blickte ihm direkt in die Augen.

Irgendetwas sagte ihr, dass er sich seit dem Telefonat mit Madame Defour vorbereitet hatte, als habe er jeden Satz geprobt.

Jean-Pierre Roche verzog keine Miene und prostete ihr zaghaft zu. »Santé. Genießen Sie unseren Wein. Noch ist er ein Geheimtipp.«

»Santé«, gab sie zurück und nippte an ihrem Glas. Der Wein schmeckte kantig, einfach, nach den uralten Reben dieser Region.

Er ist eine harte Nuss, dachte Agnes und sah auf die Hände ihres Gegenübers. Große, wohlgeformte Hände, die anpacken konnten. Manikürte Nägel.

Er ist kein einfacher Mensch. Hatte ihn Madame Defour so charakterisiert?

»Lily war auch meine Kinderfreundin«, erklärte Agnes. »Wir haben uns das letzte Mal am Tag ihrer Deportation in unserem Geburtsort Sulzburg gesehen. Am 22. Oktober 1940. Ich dachte, sie sei wie all die anderen ermordet worden.«

»Die meisten sind es auch«, sagte er ernst. »Und ich sah Lily zuletzt an einem Sommertag in Straßburg. Das ist jetzt etwa zehn Jahre her.«

Agnes verschlug es die Sprache. »Sie haben sie vor zehn Jahren zuletzt gesehen? In Straßburg?«

Er nickte und sah sie an, als blicke er durch sie hindurch. »Sie sind keine Unbekannte für mich, Agnes Engler.«

Er schüttelte sich und blickte ihr direkt in die Augen.

Agnes hielt seinem Blick stand.

»Sie wissen, wer …?«, fragte sie und glaubte ein amüsiertes Lächeln um seinen Mund zu erkennen, während seine Augen regungslos blieben.

»Ja, ich kenne Sie«, erklärte er und nahm sich ein Stück Brot. »Ein bisschen.«

Agnes kaute vorsichtig um den Stein einer Olive und ließ den Kern in ihre geöffnete Hand fallen.

»Lily hat Ihnen von mir erzählt?«

Sie legte den Kern auf ihren Tellerrand.

Jean-Pierre nickte. »Wir hatten keine Geheimnisse voreinander. Wie das so ist, als Kinder.«

»Darf ich Sie fragen, ob Sie immer noch in Kontakt zu ihr stehen?«

Er tat einen tiefen Seufzer, lehnte sich zurück, und sein Blick verlor sich in den Ästen des Olivenbaums, durch den Sonnenstrahlen blitzten. »Wir schrieben uns noch bis zum Jahr 1958 regelmäßig. Etwa drei Jahre nach unserer letzten Begegnung.«

Agnes erinnerte sich an die Jahreszahl aus Madame Defours Schilderungen. Es war genau das Jahr, in dem Lilys Kontakt zu Dieulefit abbrach.

AGNES

9

Apt, 1965

»Wie ist es ihr ergangen in der Zeit nach Dieulefit?«, fragte Agnes vorsichtig.

Er zuckte die Achseln. »Wie es uns allen erging. Wir haben irgendwie weitergemacht. Sie lebte bei Verwandten in Sélestat. Ihre Eltern waren tot. Lily war 1945 im Alter von vierzehn Jahren mit dem Zug nach Paris gefahren, wo sie immer noch hoffte, ihre Verwandten zu treffen. Aber es gab den Onkel nicht mehr. Sie hat nach weiteren überlebenden Verwandten gesucht. Das haben wir alle getan.«

Agnes durchfuhr ein undefinierbarer Schmerz. Hier war eine Grenze, jene rote Linie des Feingespürs, eine, die jegliches Nachfragen verbot. Lilys Eltern waren in Auschwitz ermordet worden.

»Ja, sie lebte bis 1958 bei ihrer Tante Fanny«, sagte Agnes stereotyp und berichtete von dem Brief, der an Madame Defour zurückging. »Danach verliert sich jede Spur von ihr.«

Er nickte und zuckte anschließend die Achseln. »Offen

gestanden habe ich nicht die geringste Ahnung, warum unser Kontakt eigentlich abbrach. Ich hatte in den späten 1950er-Jahren andere Dinge im Kopf. Ein Studium in Paris. Die erste große Liebe. Sie wissen ja, wie das ist. Je mehr Zeit verstreicht, desto schwieriger ein neues Anknüpfen an alte Verbindungen. Es kommt einem indiskret vor. Manches will man lieber nicht wissen.«

Nein, Agnes wusste nicht, wie das war. Sie hatte ihre Freundschaften immer gepflegt, und hinter ihr lagen einige Liebschaften. Die große Liebe war nicht dabei gewesen. Ihre Beziehungen waren an ihrem beruflichen Ehrgeiz gescheitert, und nach einer Weile war man auseinandergegangen. Sie ertappte sich bei der Frage, ob Jean-Pierre Roche verheiratet war, womöglich Kinder hatte. Aber sie vermochte sich eine Familienidylle nicht vorzustellen, nicht im Zusammenhang mit ihm. Es schien, als umgebe diesen Mann etwas Undurchdringliches.

»Und was denken Sie, Monsieur Roche? Wo könnte Lily heute sein? Lebt sie womöglich in Deutschland? Halten Sie es für möglich, dass sie geheiratet hat? Ein neuer Name würde vieles erklären.«

Vehement schüttelte er den Kopf. »Nein. Niemals in Deutschland. Sie hat es ihren Eltern versprochen, und wir haben als Kinder den Schwur erneuert: Niemals wieder werden wir deutschen Boden betreten.«

Verwirrt nahm Agnes einen weiteren Schluck Wein.

»Sie haben …?«, stotterte Agnes. »Das heißt, Sie waren nie wieder in Ihrer alten Heimat?«

Mit leerem Blick schenkte er die Gläser nach.

Sosehr sich Agnes Mühe gab – das entzog sich vollkommen ihrem Verständnis. Deutschland war Jean-Pierre Roches und Lilys ursprüngliche Heimat gewesen. Sie waren doch Deutsche!

»Nein«, sagte er kurz. »Meine Heimat ist Frankreich. Niemand bringt mich jemals wieder in das Land der Feinde, das Land, das meine Eltern und meine ganze Familie ausgelöscht hat. Die Deutschen wollen uns Juden auch jetzt nicht haben. Man vergast uns nicht mehr, das ist zugegebenermaßen ein Fortschritt.«

Vergasung. Nur ein Wort, und Agnes stand inmitten eines Minenfelds. Sie fühlte sich, als gelte die Anklage ihr.

In Agnes' Augen war es unumgänglich, dass sich ihre Generation mit den Gräueltaten der Eltern und Großeltern auseinandersetzte – wie aber war das mitteilbar? Ihr Vater war früher Lehrer, die Mutter ein Leben lang Hausfrau gewesen. Sie erinnerte sich an Sticheleien gegen Juden, an neidhafte Äußerungen ihres Vaters gegen das *jüdische Finanzimperium*. Als die Nazis der Welt ihre wahre Fratze gezeigt hatten, hatten Agnes' Eltern den Kontakt zu Lily versucht zu unterbinden. Nach dem Krieg hatten ihre Eltern wie die meisten behauptet, nichts von den Konzentrationslagern und dem industriellen Morden der Nazis gewusst zu haben.

Lily und sie hatte niemand auseinanderbringen können. Nur der Krieg hatte das geschafft.

»Die Gräueltaten der Nazis liegen zwanzig Jahre zurück! Ich hoffe, die öffentliche Wahrnehmung wird sich verändern, Monsieur Roche.«

Jean-Pierre sah sie lange und eindringlich an, fast wie ein Lehrer, der mit der Antwort seiner Schülerin nicht zufrieden war.

»Wird sie das? Glauben Sie das wirklich?«

Agnes seufzte, während sie vergeblich nach Argumenten suchte. Sie wusste, dass er recht hatte. Es war kompliziert, jedes Wort im Zusammenhang mit dem Völkermord heikel. Aber sie wollte sich nicht daran schuldig fühlen, dass ihre Eltern und Großeltern zugesehen hatten.

Hauptschuldige. Belastete. Minderbelastete. Mitläufer. Entlastete – so lauteten die Einstufungen der Entnazifizierung. Agnes' Vater hatte die Spruchkammer eine Mitläuferschaft attestiert, die harmloseste Kategorie.

»Die Frankfurter Auschwitzprozesse, Monsieur Roche«, sagte Agnes eindringlich. »Ich nehme an, Sie verfolgen die Presse in Deutschland, nicht wahr? Denken Sie daran, womit die Öffentlichkeit endlich konfrontiert wird. Die historische Aufarbeitung braucht Zeit. Trotzdem ist sie drängender denn je.«

Agnes wusste, wovon sie sprach: Wie selbstverständlich hatten die alten Nazis wieder ihre lukrativen Posten in Politik und Wirtschaft bezogen. Nicht einmal bei ihr im Sender war das anders.

»Das ist sie, aber die wenigsten Deutschen schert das«, sagte er ernst. »Und die Franzosen konstruieren sich eine Widerstandslegende von der *grande nation*, jeder Franzose war nämlich im Widerstand, müssen Sie wissen, kein einziger ein Anhänger des Vichy-Regimes, und in Deutschland kümmert sich niemand um die Belange eines jüdischen Kettenrauchers, der sich mit seiner Verbissenheit ins Grab bringen wird. Der gesellschaftliche Umgang mit den Naziverbrechen ist geradezu abstoßend.«

Jean-Pierre Roche war in der Tat sehr gut informiert. Er

sprach von Fritz Bauer, dem hessischen Generalstaatsanwalt, der vor knapp zwei Jahren die Auschwitzprozesse am Landgericht Frankfurt erzwungen hatte. Bauers erklärtes Ziel, die Deutschen mit ihrer Vergangenheit zu konfrontieren, hatte nur bedingt funktioniert. Bis sich in den Köpfen der Gesellschaft etwas veränderte, bedurfte es weiterer Aufklärung und – Zeit. Von heute auf morgen machte man aus einem Mitläufer keinen Einsichtigen, aus einem Belasteten keinen neuen Menschen.

Ja, Fritz Bauer setzte im Sinne des Wortes sein Leben aufs Spiel, unzählige Morddrohungen waren bereits in seinem Briefkasten gelandet. Auf der Straße wurde er nicht selten als *Judensau* beschimpft. Eine Straftat, die mit einer milden Geldstrafe einherging. Zwischen Beleidigung und Verleumdung gab es einen schmalen juristischen Grat.

Schweigend beendeten Jean-Pierre Roche und Agnes das *tard déjeuner*.

»Gab es außer Ihnen noch jemanden, der Lily nahestand? Ich meine, in jener Zeit in Dieulefit«, durchbrach Agnes die Stille, bemüht, wieder zum eigentlichen Thema zurückzukehren.

»Jolie«, sagte Jean-Pierre Roche und verstummte anschließend. Nach einer längeren Pause fuhr er fort: »Der *Engel von Dieulefit*, Jolie war ihr Tarnname, in Wahrheit hieß sie Joséphine Colin. Sie war die Einzige, der wir blind vertrauten. Eine Résistance-Kämpferin. Sie hat Lily aus dem Loch in Gurs herausgeholt. Aber …«

Seine Stimme war auf einmal samtig geworden, weich. Sein Blick undurchdringlich. Agnes spürte förmlich: Sie hatte einen wunden Punkt getroffen.

»Was werden Sie jetzt unternehmen?«, fragte Jean-Pierre Roche und strich ein paar Brotkrumen vom Tisch.

»Ich fahre zurück nach Deutschland und mache von dort aus weiter. Auf alle Fälle werde ich nochmals den Mann aus Sulzburg kontaktieren, jenen, der mir einst sagte, Lily sei tot.«

Abrupt verstummte sie.

Jean-Pierre nickte ihr zu und legte die Serviette auf seinen Teller. Sie tat es ihm gleich.

»Sie ist nicht tot«, sagte Jean-Pierre weich. »Das wüsste ich.«

Verwundert nahm Agnes wahr, wie nahe sie sich Jean-Pierre Roche auf einmal fühlte – sie horchte in sich hinein. Nein, Lily war nicht tot. Agnes hatte es all die Jahre in ihrem Innersten geahnt.

»Erinnern Sie sich noch, worüber Sie damals in Straßburg gesprochen haben?«

Jean-Pierre seufzte. Sein Blick verlor sich in den gegenüberliegenden Reben.

»Sie war so verändert«, erwiderte er gedankenverloren.

»Verändert?«

Er nickte. »Ja, sie war stiller, als ich sie in Erinnerung hatte. Das Rebellische in ihrem Wesen war …« Er suchte nach einem passenden Wort. »Es war hart geworden, fast verbissen. Sie wirkte sehr ernst.«

Agnes schwieg. Ja, Lily war immer eine kleine Rebellin gewesen, ein Mädchen, das sich nichts gefallen ließ und sich in Sulzburg auch mit Buben geprügelt hatte.

»Vor zehn Jahren war Lily vierundzwanzig Jahre alt. Wissen Sie, welchen Beruf sie ergriffen hat?«

»Ihr Beruf«, sagte Jean-Pierre Roche plötzlich lebhaft und fasste sich an die Stirn. »Natürlich! Schon als Kind träumte sie davon, allen Schutzbedürftigen dieser Welt zu ihrem Recht zu verhelfen. Sie sagte immer: *Ich mach mal was mit Paragrafen und zeige es allen!* An jenem Sommertag in Straßburg sagte sie, dass sie Jura studiere.«

Ein Studium – Agnes hätte es sich gleich denken können, dass Lily eine akademische Laufbahn eingeschlagen hatte. Würde sich über einen Universitätsabschluss etwas herausfinden lassen? »Das passt zu ihr«, sagte Agnes. »Sie konnte sich alles immer spielend leicht merken. Meinen Sie, sie hat in Straßburg studiert?«

Jean-Pierre zuckte die Achseln. »Sehr gut möglich.«

Für einen Moment starrte er vor sich hin, als streife ihn eine Erinnerung, die er noch nicht bereit war zu teilen.

»Es wird Zeit für mich«, sagte Agnes nach einer angemessenen Pause und sah auf ihre Uhr. Zu Hause würde sie weiterforschen. Universität Straßburg. Das war doch eine Anlaufstelle.

»Ich werde meinen Vorgesetzten in seinem Vorhaben bestärken, eine mehrteilige Reportage über das *Wunder von Dieulefit* zu machen. Darf ich denn auch mit Ihnen als Zeitzeugen rechnen? Sozusagen aus Kindersicht. Wären Sie zu einem Interview bereit?«

Sie sah ihn geradewegs an.

»Darüber muss ich nachdenken«, gab er reserviert zurück.

Sie wagte nicht, nach Lilys Briefen zu fragen. »Tun Sie das bitte, in aller Ruhe.«

»Lassen Sie uns über den Garten hinausgehen«, sagte er abschließend und erhob sich ebenfalls. »Aber warten Sie hier kurz auf mich.«

Er verschwand in seinem Büro und kehrte mit zwei Seifenstücken und einem kleinen Fläschchen zurück. Er öffnete es und zog mit einer Pipette einen Tropfen aus der grünen Essenz.

»Ihr Handgelenk, bitte«, bat er.

Verwirrt streckte Agnes ihren Unterarm aus.

Vorsichtig träufelte er auf ihre Pulsschlagader einen Tropfen. Sofort entfaltete sich ein fruchtiger Duft. Zitrone. Eisenkraut.

Er übergab Agnes die beiden Seifen.

»*Merci bien*«, sagte sie und verstaute das Gastgeschenk in ihrer Handtasche.

Der Weg zur Straße führte über einen großzügig angelegten Garten.

»Ich begleite Sie zu Ihrem Wagen«, sagte er schlicht.

»Das müssen Sie wirklich nicht. Er steht ganz unten im Ort.«

Er winkte ab, als diskutiere er nicht über die Selbstverständlichkeiten seiner Welt. Schweigend gingen sie nebeneinander hinab in den Ort, vorbei an wilden Rosmarinsträuchern, Gestrüpp und Bäumen.

An Agnes' Wagen angekommen, reichte sie ihrem Gastgeber die Hand. »Es hat mich sehr gefreut, Monsieur Roche. Vielen Dank für Ihre Gastfreundschaft.«

»Nennen Sie mich Jean-Pierre. Halten Sie mich auf dem Laufenden?«

Er blickte ihr geradewegs in die Augen.

»Gerne, wenn Sie das möchten. Und Sie überlegen sich die Sache mit dem Interview, Jean-Pierre?«

»Ich versuche nochmals meine Fühler auszustrecken, Agnes. Und ja, ich werde darüber nachdenken. Nachdenken ist meine Spezialität.«

Eilig nahm Agnes aus ihrer Tasche einen Notizblock, schrieb ihre Telefonnummer und Privatadresse darauf und riss das Blatt ab. Sie reichte es ihm.

»Denken Sie nicht, ich sei überheblich«, sagte er zögernd, während er den Zettel in seiner Jackentasche verschwinden ließ. »Ich möchte Ihnen gern einen Rat geben …« Er brach ab.

Agnes sah ihn interessiert an. »Nein«, sagte sie aufmunternd, »ich halte Sie nicht für überheblich. Sagen Sie freiheraus, was Sie zu sagen haben.«

Er räusperte sich. »Es geht um Dieulefit, um die Menschen dort. Ich glaube nicht, dass die Retter eine große Presse haben wollen. Sie wollen nicht gefeiert werden, sie verstehen sich als Helfer, die ihre Pflicht getan haben, mehr nicht. Wenn Sie das publik machen, müssen Sie sehr behutsam sein. Es ist nur allzu schnell Porzellan zertreten. Das ist mein Rat an Sie.«

Agnes dämmerte: Ihre Arbeit würde einem Drahtseilakt gleichkommen, nicht nur die Geretteten waren mit Samthandschuhen anzufassen, auch deren Retter.

»Das mit Lily bleibt unter uns, ich verspreche es. Sie hat nichts mit meiner Arbeit zu tun.«

»Sind Sie da sicher?«, fragte er, und seine Stimme offenbarte eine Spur Ironie.

Es entstand eine unangenehme Stille.

Ihr Gespräch hatte Meinungen freigelegt, war auf gewisse Weise sehr persönlich gewesen, die Atmosphäre geprägt von einem Hauch Nähe bis hin zu frostiger Undurchdringlichkeit.

»Was ist mit dieser Joséphine Colin? Hat sie vielleicht Kontakt zu Lily?«

Jetzt hatte Agnes doch gefragt, allerdings um einen möglichst belanglosen Ton bemüht. Mit einem Ruck öffnete sie die Tür ihres Wagens und stieg ein.

Jean-Pierre schüttelte den Kopf. »Lily hat sie wie eine Mutter geliebt.«

»Umso besser.«

»Es ist unmöglich.«

»Ausgeschlossen?«

»Joséphine lebt nicht mehr.«

Agnes verstummte.

Sie hätte auf ihren Instinkt vertrauen müssen – eine einzige falsche Frage, und alles flog ihr um die Ohren.

»Das tut mir leid«, flüsterte sie.

Mit einem Seufzer zog sie die Tür zu.

Jean-Pierre trat näher an den Wagen, und sie kurbelte das Fenster hinunter.

»Mir auch«, sagte er, legte eine Hand aufs Dach von Agnes' VW Käfer und stützte sich ab. »Hat Madame Defour denn nichts von ihr erzählt?«

Agnes schüttelte den Kopf. »Hätte sie das sollen?«

Jean-Pierre zog seine Hand weg und zuckte die Achseln. »Es gibt für uns alle Dinge, die wir am liebsten vergessen würden. Das, Agnes, das wird Ihr größtes Problem werden.«

Erneut beschlich Agnes das Gefühl, nicht nachfragen zu dürfen. Joséphine Colin alias Jolie schien ein eigenes Kapitel zu sein.

Sie startete den Motor. »*Au revoir*, Jean-Pierre. Ich weiß es sehr zu schätzen, dass Sie mich trotz der Umstände empfangen haben.«

»Ich werde mich erinnern«, entgegnete er, und plötzlich offenbarte seine Stimme eine kühne Entschlossenheit. »Wenn ich so weit bin. Dann werde ich auch Lilys Briefe noch einmal lesen. Geben Sie mir Bescheid, sollten Sie Lily inzwischen finden?«

»Vielleicht finden Sie sie vor mir«, gab Agnes zurück.

Er rümpfte die Nase. »Kann sein. Ich glaube trotzdem eher an Ihren Erfolg.«

Agnes lächelte. »Ach ja?«

»Ich habe eine ziemlich gute Nase, was Menschen und ihre Motive angeht«, erwiderte er und tippte auf seine Nasenspitze. »Apropos Nase. Wie riecht es denn *jetzt*?«

Er deutete mit den Augen auf ihr Handgelenk.

Vorsichtig versuchte sie, die unterschiedlichsten mediterranen Kräuter herauszufiltern. Nichts Liebliches, nichts Süßes, eher würzig, Nuancen von Holz und frischem Grün.

»Nach Kräutern, Gräsern und etwas anderem. Auf jeden Fall sehr grün. Etwas Grapefruit. Wie Äpfel vor der Reife«, sagte sie. »Und es muss ein Holz dabei sein, irgendein Holz.«

»Rosenholz«, sagte er und lächelte zum ersten Mal an diesem Tag mit den Augen und dem Mund. »Die Basisnote hat sich entfaltet. Da ist aber noch etwas anderes. Geben Sie sich Mühe!«

»Ja«, sagte Agnes und schnupperte noch einmal mit geschlossenen Augen. »In der Tat. Aber ich kann es nicht benennen. Nach Haut. Nach frisch gewaschener Haut.«

Als sie die Augen wieder öffnete, sah sie ein Strahlen über sein Gesicht gehen. »Genau. Das sind die Weinblätter. Weinblätter aus der Region. Das ist unser Markenzeichen. Und Sie haben das wohlriechende Eisenkraut vergessen. Es wächst hier überall. Gut geraten, Agnes. *Pas mal!* – gar nicht schlecht.«

Weinblätter. Der Geruch nach Haut.

»Nicht geraten«, gab Agnes schlagfertig zurück. »Geschnuppert.«

Lachend umfasste sie das Lenkrad und legte den ersten Gang ein.

Jean-Pierre Roche klopfte dreimal mit der flachen Hand auf das Dach des Käfers und trat einen großen Schritt zurück.

»*Bon voyage, Mademoiselle*. Immer schön der Nase nach!«

»*Au revoir, Monsieur*«, rief sie, tippte mit dem Zeigefinger auf ihre Nase und fuhr los.

Von draußen strömte warmer Fahrtwind durchs Fenster und strich ihr über die Haut.

Als Agnes einen Blick in den Rückspiegel warf, war Jean-Pierre Roche bereits verschwunden.

LILY

10

Portet-sur-Garonne, 1942

Eng aneinandergedrängt saßen die Kinder mit Jolie in einem Zugabteil in Richtung Toulouse. Die zweistündige Fahrt war ohne Zwischenfälle verlaufen. Jolie hatte Papiere dabei, die besagten, dass die Kinder in die Obhut eines französischen Kinderheims im Süden des Landes gebracht werden sollten.

Langsam fuhr der Zug auf dem Bahnhof in Portet-sur-Garonne ein – die letzte Station vor Toulouse. Durch das Fenster war das Panorama der Pyrenäen zu sehen. In der Freiheit konnte selbst Lily der Schönheit der Gebirgskette etwas abgewinnen. Aber ihre Liebe galt den Reben und Bergen ihrer Heimat.

»Wir steigen hier aus«, sagte Jolie auf einmal unvermittelt, stand auf und nahm ihren Rucksack von der Hutablage. »Bleibt zusammen. Haltet euch an den Händen.«

Unwillig nahm Lily Jeans Hand, die er ihr entgegenstreckte.

Nacheinander verließen Jolie und deren Schützlinge den Zug. Auf zwei Bahnsteigen gingen Bahnbeamte auf und ab.

»Folgt mir«, befahl Jolie und eilte mit großen Schritten voran. Vor einem Wartesaal machte sie halt. Er war leer.

»Setzt euch da hinein und wartet auf mich«, sagte sie. »Wenn ihr was gefragt werdet, sagt ihr nichts. Jean, du wirst antworten. Knappe Antworten, ansonsten seid ihr alle stumm wie Fische.«

Sie warf den Kindern, die sich auf zwei harten Holzbänken gegenübersetzten, einen zärtlichen Blick zu. »In fünf Minuten bin ich zurück. Es wird nicht lange dauern.«

Zeitgleich blickten Jolies Schützlinge auf die große Bahnhofsuhr, anschließend auf ihre Gestalt, die durch die Tür verschwand. Die Füße der Kinder baumelten über dem Boden, und Lily drückte die Schultertasche ihres Vaters an sich.

Sie warf Rosalie, Albert und Annie einen Blick zu und lächelte. Mit ihren fünf und sechs Jahren waren Albert und Annie die Jüngsten und Kleinsten der Runde. Entfernt war Rosalie mit ihnen verwandt.

Mechanisch tastete Lily ihre Tasche ab. Sie fühlte sich leer an. Wo war Adèle? Erschrocken sah sie sich um. Durch ein kleines Fenster konnte sie den Zug sehen. Er war noch nicht abgefahren. Hektisch tastete sie im Inneren den Inhalt der Tasche ab. Nichts.

Ohne nachzudenken, hüpfte sie von der Bank, lief aus dem Saal und rannte in Richtung des Bahngleises.

»Liliane«, rief ihr Jean hinterher, aber sie hörte nicht hin.

Es ging alles sehr schnell. Lily warf alle Warnungen über

Bord. Ohne Adèle würde sie nicht weiterfahren, egal wohin! Niemals! Ausgeschlossen!

Pass gut auf deine neue Puppe auf.

Die Stimme ihrer Mutter klang in ihrem Ohr, und sie rannte so schnell sie konnte über den Bahnsteig, fand sich im Inneren des Zuges wieder und hielt vor ihrem Abteil. Natürlich hatte sie sich die Nummer gemerkt.

Von draußen war die warnende Stimme des Schaffners zu hören, während sie sich unter den Fahrgästen umsah. Ihr Brustkorb hob und senkte sich, und sie starrte auf ihren Sitzplatz. Dort las jetzt ein älterer Herr die Zeitung.

»Bitte alle einsteigen«, hörte sie von draußen noch einmal eine Stimme über Lautsprecher.

Mit klopfendem Herzen warf sie sich auf den Boden und sah unter die Sitze. Adèle! Sie war noch da! Ihr zotteliges Haar stach ihr ins Auge. Sogleich griff sie nach der Puppe.

»*Excusez-moi*«, stammelte Lily, stand auf und machte mechanisch einen Knicks. Manche Dinge verlernte man nie. Sie drückte Adèle an sich. Unter dem verdutzten Blick der Gäste lief sie los.

Nie mehr würde sie Adèle loslassen.

Gerade als sie die Tür erreichte, fuhr der Zug an. Sie stemmte sich mit ganzer Kraft gegen die geschlossene Tür, öffnete sie, zählte auf drei und sprang mit einem großen Ausfallschritt auf den Bahnsteig. Es war genau wie am Sulzburger Badesee, wo sie im Sommer immer schwimmen gegangen waren. Zusammen mit Agnes. Man ging den Steg bis ganz nach vorn, hielt sich die Nase zu und sprang.

Außer Atem erreichte Lily den Wartesaal.

Er war leer. Orientierungslos drehte sie sich einmal im Kreis.

Plötzlich entdeckte sie Jean, der sich von der Tür her näherte. Er hatte ihre Schultertasche umgehängt. »Wenn du die anderen suchst, die sind draußen.«

»Du bist noch da?«

»Einer musste ja Schmiere stehen«, sagte er.

Er war zwar nicht Schmiere gestanden, hatte aber auf sie gewartet. Das rechnete sie ihm hoch an. Für einen Jungen war Jean ganz passabel, ein Wort, das Papa immer verwendete. Es bedeutete: *nicht schlecht*.

Gemeinsam machten sie sich auf den Weg zum Ausgang. Im Gehen hängte er Lily ihre Tasche um.

»Halt«, hörten sie plötzlich die Stimme eines Mannes hinter sich.

Abrupt blieben sie stehen und drehten sich um. Ein schwarzhaariger Mann in Bahnuniform winkte sie zu sich. Mit seinen buschigen Brauen sah er furchterregend aus. Um seinen Hals hing an einer Schnur eine Pfeife.

»Wohin des Weges? Ausreißer?«

»*Non*«, sagten beide wie aus einem Mund.

»Und wo sind eure Eltern?«

»Unsere Mutter wartet draußen auf uns«, rutschte es Lily heraus. Sie bemühte sich, ihr bestes Französisch an den Tag zu legen. »Ich habe meine Puppe im Zug liegen lassen. Mein Bruder hat nichts damit zu tun.«

Jean stupste sie mit dem Ellbogen.

Der Bahnbeamte sah erst Lily, dann Jean an.

Jean zuckte die Achseln. »So sind sie nun mal, die Mädchen«, sagte er fachmännisch.

Obwohl der Mann keine Miene verzog, konnte Lily sehen, dass er innerlich schmunzelte.

»Wie heißt sie denn?«, fragte der Bahnbeamte mit strengem Unterton.

»Liliane Portier«, sagte Jean, »Adèle«, gab Lily zurück, und beide Antworten überschnitten einander.

Lily verkniff sich ein Lachen.

»Du musst besser auf Adèle aufpassen, Mademoiselle. Und du«, sagte er dann mit Blick auf Jean, »du gibst künftig mehr auf deine Schwester acht. Da kann weiß Gott was passieren, in diesen Zeiten.«

Beide Kinder senkten die Augen und nickten.

Der Bahnbeamte warf einen Blick zur Tür, wo ein Vichy-Polizist gerade die Ausweispapiere eines älteren Ehepaars kontrollierte. Man erkannte ihn an der dunkelblauen Einreiher-Jacke, der Schildmütze und seiner Pistole, die im Halfter steckte.

»Und wohin soll die Reise gehen?«, fragte der Mann von der Bahn mit gesenkter Stimme.

»Nach Montpellier, Monsieur«, antwortete Jean eifrig. »Zu unseren Großeltern. Großpapa feiert seinen siebzigsten Geburtstag.«

Diesmal tippte Lily Jean unmerklich mit ihrem Ellbogen am Arm. Nicht alles auf einmal verraten, dachte sie, nur Fragen beantworten. Das ist sonst verdächtig. Insgeheim jedoch bewunderte sie Jeans einwandfreies Französisch.

»So, so, Montpellier. Euer Großpapa feiert seinen Geburtstag. Und wo ist eure Maman?«

Verzweifelt warf Lily einen Blick hinaus. Wo blieb nur Jolie?

»Sie musste mal«, sagte Jean, während sein Blick auf den Schriftzug *Lavabos – Toiletten* hinter dem Bahnbeamten fiel.

Lily presste die Lippen zusammen.

Der Mann beugte sich ihnen bedrohlich entgegen und stemmte dabei die Hände auf seine Oberschenkel.

Lily blieb fast das Herz stehen. Der Geruch von abgestandenem Zigarettenrauch stieg ihr in die Nase. Sie spürte, wie Jean nach ihrer Hand griff. Sie hielten einander so fest, wie sie nur konnten.

Der Bahnbeamte sah sich kurz um, dann blickte er Lily und Jean eindringlich an. Er flüsterte, und seine Augen flatterten nervös. »Sagt eurer Maman, sie soll nicht nach Montpellier fahren.«

»Aber in Montpellier wohnt doch …«, warf Jean ein.

»Hört gut zu«, unterbrach ihn der Mann schroff. »Nicht Montpellier. Die *boches* kontrollieren sämtliche großen Bahnhöfe Frankreichs. Auch in der *zone libre*. Habt ihr das verstanden?«

Mit einem Ruck richtete er sich auf und steckte die Hände in die Hosentasche. Jemand, der die Deutschen *boches* nannte, war ein guter Mensch. So viel stand fest.

»*Oui, Monsieur.*«

Jean drückte seine Schultern nach unten. Lily spürte, wie er ihre Hand losließ. Schützend legte er seinen Arm um ihre Schulter.

»*D'accord, Monsieur. Je vous remercie*«, hörte Lily plötzlich eine vertraute Stimme hinter sich. Für einen Moment schloss sie die Augen – Jolie war endlich gekommen.

Jolie klang beherrscht, dennoch spürte Lily das leichte

Zittern ihrer Hände auf ihrer Schulter. *Gut, Monsieur. Haben Sie vielen Dank.*

Der Bahnbeamte atmete tief durch. »Die großen Städte wimmeln nur so von Gestapo, Madame«, sagte er, während er einen Blick in Richtung der Gleise warf. »Nehmen Sie die Nebenstrecken und fahren Sie in Richtung Drôme. In den Wäldern der Cevennen sind Sie sicher. Weitgehend unbesiedeltes Gebiet, versteht ihr? Wo sich Fuchs und Hase Gute Nacht sagen. *Au bout du monde* – am Ende der Welt, kapiert? Nichts wie weg von hier. Ihr seid in Lebensgefahr.«

Lily prägte sich die Reiseroute, die auf ihrer inneren Landkarte entstand, ein. Alèse, die Stadt am Fuße der Cevennen. Wälder – so weit das Auge reichte, Berge, Schluchten und Flüsse, keine Bahngleise. Adèle hatte den Kindern im Geografieunterricht Bilder gezeigt. Wohin die Reise sie am Ende führen sollte, war Lily dennoch nicht klar. Gab es in jenen Wäldern das jüdische Pfadfinderlager, von dem Jolie erzählt hatte? Oder würden sie doch in einem Kinderheim landen?

»Nehmen Sie Nebenstrecken. Die Gendarmen auf den Bahnhöfen sind angewiesen, sämtliches Reisegepäck zu kontrollieren. Wenn *die* es nicht tun, dann machen es die Deutschen, Sie verstehen? Seien Sie immer auf der Hut an Bahnhöfen.«

Jolie nickte.

»Bon courage, Madame!«, murmelte er dann, trat einen Schritt zurück und rief dem Vichy-Polizisten zu: *»Laissez passer!* Die sind sauber. Gepäck kontrolliert.«

»Merci«, hörte Lily Jolie sagen.

Eilig zog sie beide Kinder hinaus zu den anderen.

»Unsere Pläne haben sich geändert«, sagte sie draußen. »Ich gehe zur Post, um zu telefonieren. Nur eine kurze Besprechung, dann sehen wir weiter.«

Telefonieren und Besprechung klangen sehr wichtig. Lily hatte noch nie telefoniert. Wenn sie erwachsen war, würde sie das ganz bestimmt auch tun. Mit Mama, Papa, mit Agnes. Adèle hatte ihr einmal von den sogenannten *stillen Briefkästen* erzählt, das waren Anlaufstationen der Résistance mit Telefonanschlüssen in ganz normalen Wohnungen. Dort wurden Informationen gebündelt und an bestimmte Personen weitergegeben.

Als Jolie wenige Minuten später zurückkam, verriet ihr Gesichtsausdruck nichts vom Inhalt der wichtigen Besprechung, aber entschieden wies sie den Kindern die Richtung hinaus aus dem Ort. »Wir gehen zu Fuß weiter«, sagte sie.

Während der zweistündigen Wanderung über Felder, Wiesen und durch den Wald murrten die Kinder kein einziges Mal. Wenn eines von ihnen langsamer wurde, übernahmen die »Großen«, Lily und Jean, unmerklich die Führung.

»Mit wem sie wohl telefoniert hat?«, fragte Jean Lily.

»Mit einem stillen Briefkasten«, gab sie zurück.

»Was ist das?«

Stolz berichtete Lily, was sie von Adèle wusste. Wenigstens ein einziges Mal war sie schlauer als Jean!

»Also eine Art Kommandozentrale«, erwiderte Jean.

»Ja, eine, die Nachrichten sammelt und weitergibt.«

Jean warf ihr einen bewundernden Blick zu.

»Mir tun die Haare weh«, klagte Annie und blieb stehen.

»Die Haare können nicht wehtun«, erklärte Rosalie ernst. »Du meinst deinen Kopf.«

»Ja, genau, der«, presste Annie aus aufgeblasenen Wangen heraus. Lachend gab Jolie dem Kind zu trinken und trug es schließlich den Rest des Weges auf ihren Schultern.

Jean übernahm Jolies Rucksack.

Nachmittags erreichten sie einen kleinen Ort namens Vieille Toulouse. Dort gab es sogar einen Bäcker und eine Bäuerin, die Käse verkaufte. Jolie besorgte Proviant, und gemeinsam gingen sie weiter.

»Woran hat uns der Bahnbeamte eigentlich erkannt?«, fragte Lily ihren neuen Freund, der ihr nicht von der Seite wich. »Was denkst du?«

»An der Nase«, sagte er und kickte einen am Wegesrand liegenden Stein weg.

»An unserer Nase?«, fragte Lily empört und blieb stehen. Sie hatte schon so oft von den sogenannten Judennasen gehört, aber noch keinen einzigen Menschen getroffen, dem sie an der Nase hätte ansehen können, dass er ein Jude war.

»Nein«, sagte Jean und bedeutete ihr weiterzugehen. »An seiner eigenen Nase. Er hat einen Riecher gehabt, verstehst du, was damit gemeint ist?«

Lily nickte eifrig.

»Man nennt das *Instinkt*. Die Tiere haben das«, erklärte Jean. »Sie riechen die Gefahr aus kilometerweiter Entfernung. Es heißt, sie können sogar Angst riechen.«

»Dann hat der Mann gerochen, dass wir Flüchtlinge sind.«

»So was Ähnliches. Ich hatte keine Angst, und du?«, fragte Jean nach einer Pause.

Lily schüttelte den Kopf. »Heute nicht.«

Am Ende des Dorfs schlängelte sich ein Weg hinauf zu einer Anhöhe. Hinter Bäumen und Sträuchern trafen sie auf eine kleine Hütte.

»Im Sommer schlafen die Schafhirten hier«, sagte Jolie und inspizierte den maroden Schuppen. Von drei Seiten schützten vernagelte Bretter gegen Wind und die Kälte. »Hier bleiben wir.«

Friedlich lagen die hellen Steinhäuser von Vieille Toulouse unten im Tal, als habe der Krieg jenen unscheinbaren Ort Frankreichs einfach ausgelassen. Aber man durfte sich nicht täuschen lassen: Nur wenige Kilometer entfernt gab es die Metropole Toulouse. Jolie hatte den Kindern erklärt, dass man in den großen Städten zwar gut untertauchen konnte, aber dort auch die *boches* waren.

»Es gibt immer zwei Seiten einer Medaille«, pflegte Jolie zu sagen. Das hieß, dass das Gute auch was Schlechtes hatte und umgekehrt.

In der Ferne konnte man die Garonne und die schneebedeckten Berge der Pyrenäen sehen. Die Schönheit der Landschaft ließ Lily für einen Augenblick vergessen, dass sie auf der Flucht waren und sie um ein Haar auch einem Kollaborateur in die Arme hätten laufen können. Da hätte keine Nase der Welt geholfen. Sie schämte sich, denn mit ihrer Vergesslichkeit hatte sie die ganze Gruppe gefährdet.

»Hier sind wir erst mal in Sicherheit«, sagte Jolie und fing an, aus herumliegendem Stroh ein Nachtlager zu bauen. Aus ihrem Rucksack holte sie einen kleinen Wasserkanister, die Brote, reichlich Käse und – eine Handtasche. Mit einem Taschenmesser portionierte sie das Essen und überreichte es ihren Schützlingen. »Das wird für heute reichen.«

In einem Kreis auf dem Boden sitzend, aßen die Kinder gierig. Nur Jean setzte sich mit seinem Proviant etwas abseits.

»Wie lange bleiben wir hier?«, fragte Lily.

»Nur eine Nacht. Ich muss jemanden von unseren Freunden treffen. Spätestens am frühen Morgen bin ich wieder bei euch. Ihr rührt euch nicht vom Fleck, verstanden?«

Eindringlich sah sie Lily an, die beschämt nickte.

»Pfadfinder-Ehrenwort«, sagte Jean, der mit dem Rücken an einer Bretterwand lehnte. Aus Jolies Hand nahm er Streichhölzer und eine Kerze entgegen.

»Pfadfinder-Ehrenwort«, plapperten die Mädchen nach.

Lachend hob Jolie drei Finger in die Höhe, trat zu jedem einzelnen Kind und küsste es zum Abschied auf die Stirn. Bei Jean angekommen, flüsterte sie: »Die Kerze nur für den Notfall.«

»Ich möchte mitgehen«, sagten Rosalie und Annie wie aus einem Mund.

Albert fing an zu weinen, und sofort stimmte Annie mit ein.

Rosalie nahm Annie, Lily den kleinen Albert in den Arm.

Jolie legte den Riemen ihrer Tasche um die Schulter. »Jean wird auf euch aufpassen, nicht wahr?«

Ohne seine Antwort abzuwarten, ging sie los.

Jean nickte mit ernster Miene. »Ich kümmere mich um alles. Mach dir keine Sorgen, Jolie«, rief er ihr hinterher.

»Angeber«, sagte Rosalie zu Jean, nachdem Jolie verschwunden war.

»Klappe halten«, gab Lily zurück.

»Selber Klappe halten«, sagte Rosalie und warf Lily einen bösen Blick zu. »Du hast uns den ganzen Schlamassel eingebrockt.«

»Hat sie nicht«, zischte Jean. »Wir sind hier, weil der Weg nach Montpellier zu gefährlich ist.«

»Gefährlich«, wiederholte der kleine Albert und spielte mit Lilys Locken.

Vorsichtig löste sie seine verklebten Finger aus ihrem Haar.

Er wischte sich die Tränen von den Wangen, zog die Nase hoch und schmiegte sich noch enger an sie.

JOLIE

11

Portet-sur-Garonne, 1942

Wie ein Lampion hing der Mond am Himmel über Portet-sur-Garonne.

Es war bereits finster, als Jolie gegen acht Uhr abends mit klopfendem Herzen das kleine Bistro des Dorfs betrat. Bei ihrem Telefonat mit ihrer Kontaktperson Valentine, die in Lyon einen stillen Briefkasten unterhielt, hatte sie die Anweisung erhalten, ihren Verbindungsoffizier zu treffen. Codename: *le berger* – sie hatte schon viel von dem *Schäfer* gehört, einander begegnet waren sie noch nie. Seinen richtigen Namen kannte sie nicht. Zum eigenen Schutz waren die Mitglieder der Résistance angewiesen, ausschließlich Tarnnamen zu benutzen.

Das Bistro bestand aus einem kleinen quadratischen Raum mit Steinwänden, kleinen Tischen und Stühlen und einer mit rotem Leder bezogenen Bank.

Nur ein Gast stand am Tresen.

Der Patron blickte kurz auf, nickte Jolie zu und widmete

sich dann wieder dem Abwasch von Gläsern. An einer Kreidetafel stand in akkurater Schrift: *petit de rouge, blanc, pastis, café, petits fours*. Rotwein. Weißwein, Kaffee und Süßes.

Jolie bestellte Pastis.

Der Mann am Tresen zündete sich eine Zigarette an. Sein Blick streifte sie. Er hatte dunkles dichtes Haar und trug einen Trenchcoat, dessen Kragen hochgeklappt war. Neben seinem Weinglas lag sein Hut.

Das also war ihre Verabredung mit dem im Widerstand bekannten *berger*, dem Schäfer? Mit seinem Spezialgebiet *Fluchthilfe* galt er als einer der Köpfe der Résistance. Es hieß, er verfüge über ein Netz von Verstecken in ganz Frankreich.

Jolie setzte sich in einer kleinen Nische an einen Tisch, wo sie freie Sicht auf den Mann und zum Eingang hatte. Dann lehnte sie sich zurück und zündete sich eine Zigarette an. Sie inhalierte den Rauch.

Nachdem der Wirt ihr Getränk serviert hatte, registrierte sie, wie der Gast sein Glas nahm und langsam an ihren Tisch trat.

»*Le berger*«, sagte er.

Sie nahm einen Zug von ihrer Zigarette und offenbarte ihren Codenamen. »*Le renard*« – der Fuchs.

Er stellte sein Glas auf den Tisch. Er hob die Brauen, setzte sich zu ihr und deutete mit dem Kopf in Richtung Tresen. »Der Patron ist einer von uns. Ich bin Antoine.«

Sie nickte dem Wirt zu.

»Sie sind also der Fuchs«, eröffnete Antoine nachdenklich das Gespräch. »Die Überraschung ist gelungen. Selbst ich habe immer gedacht, das sei ein Mann. Ihr Ruhm bezüglich Ihres Muts und Ihres unerschrockenen Einsatzes für die Freiheit eilt Ihnen voraus.«

»Auch Frauen haben Mut und sind zuweilen unerschrocken«, gab sie reserviert zurück.

Er schlug ein Bein über das andere und spielte mit Jolies Feuerzeug. Ihr fielen seine feingliedrigen, gepflegten Hände auf. Sie schätzte ihn auf Mitte vierzig, knapp fünfzehn Jahre älter als sie. Sicher hatte er sein halbes Leben an einem Schreibtisch verbracht.

»Möchtest du mich ins Bild setzen? Was genau ist geschehen? Ist deine Fracht noch vollständig?«

Sie reichten einander die Hände.

»Jolie«, erwiderte sie, mischte ihren Pastis mit Wasser und schwenkte die milchige Flüssigkeit in ihrem Glas.

Sie schilderte ihre Flucht aus Gurs mit fünf Kindern bis hierher, den Zwischenfall am Bahnhof. »Schon bei der Einfahrt des Zuges habe ich gespürt, dass etwas nicht stimmt. Die Kinder warten in einer Hütte auf einer Anhöhe oberhalb von Vieille Toulouse auf mich.«

»Der Instinkt ist eines unserer wichtigsten Werkzeuge«, entgegnete er. »Das erste Signal, das aus uns selbst kommt, ist ungefiltert, echt und wahr. Unser Verstand ist es, der uns in die Irre führt.«

Sie nickte zustimmend und berichtete von der Warnung des Bahnbeamten, der ihr Gefühl eigentlich nur bestätigt hatte.

»Wir haben viele Freunde bei der französischen Bahn. Du weißt schon, die *Résistance de Fer*, Eisenbahnwiderstand«, sagte Antoine. »Trotzdem könnt ihr von Glück reden. Das hätte ganz anders ausgehen können. Du hast alles richtig gemacht. Toulouse ist ein Rattennest der Gestapo. Heute Mittag um vier sind am Bahnhof von Toulouse bei einer Razzia fünf unserer besten Leute aufgeflogen.«

Eine Razzia. Sie rechnete kurz nach – um diese Zeit hätten sie Toulouse erreicht, wären sie weitergefahren. Warum hatte sie so plötzlich eine Station vorher das dringende Gefühl gehabt, den Zug verlassen zu müssen? Besaß sie einen sechsten Sinn? Nein, an so etwas glaubte sie nicht.

Sie hatten Glück gehabt.

»Wie geht es weiter? Wohin soll ich jetzt mit den Kindern?«, fragte sie.

»Hier könnt ihr auf keinen Fall bleiben. Ich werde die weitere Route mit dir festlegen. Aus diesem Grund bin ich hier.«

Abrupt verstummte er.

Ein Paar betrat das Bistro.

Antoine legte den Arm auf die Lehne ihres Stuhls.

Jolie zog an ihrer Zigarette und neigte den Kopf in Antoines Richtung. Ohne direkt hinzusehen, machte sie sich ein Bild von der neuen Situation. Im Laufe der Zeit hatte sie trainiert, sich binnen Sekunden einen Überblick über das Geschehen in einem Raum zu verschaffen. In geschlossenen Räumen war es wichtig, immer den Ausgang in Sichtweite zu haben. Im Ernstfall konnte sie die Tür von ihrer Nische aus mit sechs Schritten erreichen. Sie hatte sie beim Hineingehen gezählt.

Sie registrierte, wie das Paar am Tresen Platz nahm, und

schnappte einige Gesprächsfetzen auf. Der Mann drehte einen Aschenbecher im Kreis, immer und immer wieder, während die Frau auf ihn einredete.

In der Résistance einen Posten wie den von Jolie innezuhaben, bedeutete vor allem, alle Sinne einzusetzen, Szenarien zu bewerten und sich neuen Gegebenheiten blitzschnell anzupassen. Am Ende ging es nur darum, Gefahren *rechtzeitig* zu erkennen.

»Ich höre«, sagte Jolie leise, warf den Kopf in den Nacken, und ihr langes Haar fiel dabei zurück. Dann stellte sie die Ellbogen auf den Tisch und sah ihren Verbindungsoffizier abwartend an.

Er rückte mit seinem Stuhl näher heran und beugte sich ihr entgegen. Ein Lächeln, das sie nicht einzuordnen vermochte, umspielte seinen Mund.

Plötzlich waren sie einander so nah, sie konnte einen Kratzer auf seiner Wange erkennen. Wahrscheinlich von der Rasur. Seine Haut duftete nach Holz und frischem Moos, Tabak. Von seinen Händen ging der Geruch von Lavendelseife aus.

»Wie lautet deine Einschätzung zu dem Paar am Tresen? Sind sie eine Gefahr?«, fragte er.

Sein warmer Atem streifte ihre Wange.

War das eine Prüfung?

»Ja«, gab sie zurück und fuhr mit dem Finger über ihre Zigarettenpackung. »Sie für ihn. Wenn er sich nicht von seiner Frau trennt, könnte seine Geliebte sehr unangenehm werden und die Affäre auffliegen lassen. Er hat die Nase voll von ihr und weiß nicht, wie er Schluss machen soll. Sie wird das nicht hinnehmen.«

Antoine schmunzelte. »Und draußen auf der Straße? Die Frau mit der Handtasche – auf wen wartet sie?«

Sie musste nicht hinsehen. Sie hatte die Frau längst entdeckt. Auf der gegenüberliegenden Straßenseite zog eine blonde Schönheit in diesem Moment vor einem aufgeklappten Handspiegel ihre Lippen nach.

»... auf ihren Liebhaber. Vielleicht sogar eine Professionelle. Zieht an einem Werktag das Beste an, das sie im Kleiderschrank hat. Dunkelblaues Kostüm, ihre Pumps sind mindestens zwei Schuhgrößen zu groß für ihren schmalen Fuß. Der Mantel wurde bereits ausgebessert. Sie hat sich die Naht von unerschwinglichen Seidenstrümpfen auf die Waden gezeichnet und riskiert eine Erkältung. Sollte es regnen, ist die Illusion dahin. Ja, sie ist durchaus auf der Suche, aber nicht nach Widerstandskämpfern.«

Er senkte den Blick und lächelte.

Dann sah er auf, als suche er in ihren Augen einen Anhaltspunkt.

Entschieden erwiderte sie seinen Blick.

Ihr war, als drehe sich ihre Welt einen Wimpernschlag lang nur um einen einzigen Tisch in einem kleinen Bistro. Ein Mann und eine Frau im Dienst derselben Sache. Alles andere um sie herum verschwamm. *Un coup de foudre*. Ein Blitzeinschlag. Konnte man sich wirklich Hals über Kopf in einen Fremden verlieben? Ihr war, als kenne sie jenen Mann, der dicht neben ihr saß, seit Jahren.

»Saint-Germain-de-Calberte«, hörte sie ihn mit gesenkter Stimme sagen. »Bis dorthin müsst ihr es schaffen.« Er setzte den *petit de rouge* an die Lippen und trank sein Glas in einem Zug leer. »Fünfzig Kilometer südlich von Mende.

Im Ort gibt es ein Hotel namens *Martin*, das Menschen auf der Flucht beherbergt. Roger und Charlotte Martin betreiben es mit ihren beiden Söhnen. Alle Protestanten. Nimm nicht den Zug nach Bézier, sondern fahre über Land zunächst nach Albi. Le Vigan. Les Plantiers. Euer Ziel ist das Département Lozère. Denk daran, die Transportmittel zu wechseln, das ist wichtig. Hier ist die Fluchtroute. Ihr seid angemeldet. Roger erwartet euch. Das Codewort lautet: *Méditerranée*.«

Ohne die Augen von ihr zu lassen, entnahm er seiner Manteltasche einen Zettel und reichte ihn ihr. Er legte ihn in ihre geöffnete Hand, schloss sie und strich einmal sanft darüber.

Ihr war, als habe sie die Berührung unmittelbar elektrisiert, ein kleiner Stromschlag, der sie zurückzucken ließ. *Un coup de foudre*. Ein Blitzeinschlag.

Sie prägte sich die handgeschriebenen Stationen ein. Dann zerknüllte sie das Papier, legte es in den Aschenbecher und zerdrückte es mit der Glut ihrer Zigarette.

»Ihr ruht euch bei den Martins erst einmal aus, dann werden sich dort eure Wege trennen. Drei deiner Schützlinge kommen vorläufig nach Moutiers in ein Kinder-Erholungsheim an die Schweizer Grenze. Diesen Transport übernimmt eine andere Frau. Ihr Tarnname ist Vianne. Rotkreuzschwester, groß, stämmig, sehr zuverlässig, das Herz am rechten Fleck. Du wirst ihr, wenn es so weit ist, ein Telegramm schicken mit den Worten: *Herzlichen Glückwunsch zum Geburtstag!* Die Adresse liegt den Martins vor.«

»Mit *welchen* zwei Kindern gehe ich weiter?«, fragte sie und fühlte sich plötzlich hilflos. Schon jetzt spürte sie den

Trennungsschmerz. Alle fünf waren ihr ans Herz gewachsen. »Wie soll ich das entscheiden?«

Er schüttelte den Kopf. »Das ist längst von oben entschieden. Die Kleinsten gehen in die Schweiz, Jolie. Je jünger die Kinder, desto leichter ist die Vermittlung in Familien, Adoption nicht ausgeschlossen«, sagte er zärtlich, und mit seinen Augen liebkoste er die Züge ihres Gesichts, ihren Mund, die Wangen, den Hals. »Jolie – wie schön du bist. Eigentlich müsstest du *la belle* heißen, aber dieser Tarnname ist bereits vergeben.«

Jolie seufzte. *Von oben entschieden* – sie hätte wissen müssen, was ihre Vorgesetzte Andrée Salomon als Drahtzieherin alles in die Wege geleitet hatte. Schließlich war Jolie einst in Lyon von ihr rekrutiert worden. Als Kopf des Sozialdienstes des *Œuvre de Secours aux Enfants*, der OSE, einer französischen Hilfsorganisation, hatte sich Andrée der Rettung jüdischer Kinder verschrieben.

»Ich werde mit Lily und Jean allein weiterreisen«, sagte sie schweren Herzens. Sie waren die Ältesten, und Rosalie sollte mit den beiden Jüngsten Albert und Annie gehen. Ohnehin hingen sie wie die Kletten an ihrer Cousine.

»Wohin gehen wir nach unserem Aufenthalt bei den Martins?«

»Nach Dieulefit. Die Route erfährst du von Roger und Charlotte. Von deinem Zielort liegt das nur noch drei Stunden entfernt. Es handelt sich aber um die weitaus gefährlichere Strecke, weil ihr irgendwo über die Rhône müsst. Die *boches* bewachen die meisten Brücken im Land. Aber alles zu seiner Zeit«, sagte er beschwichtigend.

Die Rhône zu überqueren, schreckte Jolie nicht im

Geringsten. Sie hatte schon Schlimmeres überstanden. Von Dieulefit hatte sie im Untergrund schon gehört. Es hieß, in dem kleinen Ort in der Drôme geschehe den Juden nichts, dort seien sie in Sicherheit. »Italienische Zone, nicht wahr?«

Er nickte. »Genau. Das ist euer Zielort. Dort bleiben die Kinder, bis der Krieg vorbei ist.«

Jolie atmete auf. Sie würde alles geben, um Jean und Lily nach Dieulefit zu bringen. Gott hatte diesen Ort gemacht, und obwohl sie nicht an ihn glaubte, hielt sie den Namen für ein gutes Omen.

Erneut griff Antoine in seine Manteltasche und holte einen Gegenstand heraus. Es war eine Spielkarte, genau genommen eine halbe, der zweite Teil des Kreuzbuben war abgerissen. Er gab sie ihr.

»Das gibst du in Dieulefit in der Schule Beauvallon ab. Sie wissen dann Bescheid, dass die Kinder von mir kommen.«

»Sie sind also im Besitz der anderen Hälfte«, sagte sie geistesgegenwärtig und verstaute den halben Buben in ihrer Tasche.

Antoine nickte. Dann machte er Anstalten, sich zu erheben. Er legte Geld auf den Tisch und gab dem Wirt ein Handzeichen. »Dein stiller Briefkasten Valentine bleibt deine Anlaufstelle, wenn du in Not gerätst. Keinerlei Kontakt zu Andrée in Lyon während deiner Reise.«

Andrée Salomon – wie sie diese mutige Frau verehrte! »Grüße sie herzlich von mir«, sagte sie mit gedämpfter Stimme.

Er warf einen Blick auf seine Uhr. »Mein Zug fährt in

zehn Minuten, *ma jolie*. So leid es mir tut. Ich wünschte, ich könnte die Nacht hier mit dir verbringen.«

Der letzte Satz klang nicht anzüglich, eher verbindlich, nach einem Versprechen, und auf einmal sehnte sie sich nach einem *hôtel d'amour*, einem Stundenhotel – das oft die einzige Möglichkeit intimer Zweisamkeit für Paare auf der Flucht bot.

Bedrückt stand Jolie auf und knöpfte ihren Mantel zu. Sie steckte ihre Zigaretten und das Feuerzeug in die Handtasche und folgte Antoine durch die Tür hinaus auf die Straße. Vor ihr lagen zwei Stunden Fußmarsch durch die Dunkelheit. Ein Glück, dass Vollmond war.

Draußen nahm er sie an die Hand und führte sie in eine Häusernische.

Sie standen einander gegenüber und blickten sich in die Augen. Über sein Gesicht wanderte der Schatten des Laternenlichts.

»Wohin wirst *du* gehen?«, fragte sie.

»Nach Lyon. In die Höhle des Löwen. Nicht weit davon entfernt befindet sich dein Reiseziel Dieulefit. Wir werden uns wiedersehen, Jolie.«

Lyon. Antoines Weg führte in Jolies Heimatstadt, wo das Herz der Résistance schlug, wo sie von Andrée Salomon alles gelernt hatte, was sie heute tat, und wo ihr stiller Briefkasten Valentine beheimatet war. Aber Lyon war auch ein Zentrum des Feindes. Dort tyrannisierte der für seine Brutalität berüchtigte Gestapo-Chef Klaus Barbie die Bewohner.

Sie schloss die Augen.

»Du fährst in die Stadt des Feindes?«, fragte sie mit fester

Stimme. Ein Gedanke an ihre Eltern und ihren Bruder Georges streifte sie. Um sie nicht in Gefahr zu bringen, hatte sie mit Eintritt in die Résistance und nach ihrer Ausbildung bei Andrée Salomon alle Brücken zu ihrem Heimatort abgerissen. Einzig zu ihrer Cousine, die in Bordeaux lebte, hielt sie regelmäßigen Kontakt. Sollte etwas passieren, würde sie von Florence informiert werden oder umgekehrt.

Er nickte und zog sie an sich. Sein Körper war warm, weich. Zärtlich strich er ihr die Haare aus dem Gesicht und legte seine Hände an ihren Hals, den Nacken.

»Manchmal ist man dort, wo die Gefahr am größten ist, am sichersten«, sagte er, während seine Lippen ihre berührten. »Wir sehen uns spätestens in Dieulefit, mit etwas Glück sogar schon in Saint-Germain-de-Calberte. Pass gut auf euch auf. Unser ganzes Leben liegt vor uns.«

Dieulefit. Saint-Germain-de-Calberte. Ihr war, als schriebe er jedes einzelne Wort auf ihren Mund.

Seufzend zog er seinen Kopf zurück, küsste sie auf die Stirn und riss sich los. Er entschwand in Richtung Bahnhofsgebäude.

Sie trat aus der Nische heraus und warf einen Blick zum Bahngleis. Aufgewühlt suchte sie zwischen den wenigen Reisenden nach seiner Gestalt. Dann entdeckte sie Antoine. Er ging, als habe er es nicht eilig, seines Weges am Zug entlang bis nach vorn. Sie wünschte, er würde sich ein einziges Mal umdrehen, dann würde sie daran glauben, dass sie einander wiedersahen an einem sicheren Ort und dass das Leben vor ihnen lag. Das echte Leben mit spielenden Kindern, Freunden, Festen und Essgelagen im Freien unter

Kastanienbäumen mit Champagner und Wein, jeder Menge Wein und Musik. Das echte Leben mit Lachen, Weinen, dem Begehren, den Küssen, der betörenden Nähe – jenes allumfassende Leben in der Freiheit, nicht das auf der Flucht.

»*Attention*«, klang es durch den Lautsprecher. »*Attention au départ du train.*«

Vorsicht bei der Abfahrt des Zuges!

Mit einem Höllenlärm spuckte die Lokomotive Dampf aus, und der Zug fuhr los. Jolie sah, wie Antoine im letzten Augenblick auf das Trittbrett sprang. Mit einer Hand hielt er sich am Griff fest, mit der anderen zog er seinen Hut und drehte sich nach ihr um.

Sein Mantel wehte im Wind.

AGNES

12

Freiburg, 1965

Nachts um zwei betrat Agnes ihre Dachgeschosswohnung in der Talstraße.

Sie warf ihre Reisetasche aufs Sofa, ging in die Küche, stellte den Käse in den Kühlschrank und gönnte sich ein Glas Rotwein, das sie am Fenster im Stehen trank.

Draußen zeigte die Stadt ein ähnliches Bild wie bei ihrer Abreise. Freiburg schlief, und dennoch hatte es sich verändert. Oder lag das an Agnes' Wahrnehmung, den vielen neuen Eindrücken, die in Dieulefit und Apt auf sie eingeströmt waren?

Um zwei Uhr putzte sie sich an der Küchenspüle die Zähne. Sie besaß kein Bad, nur eine Toilette mit Waschgelegenheit. In der Küche hatte ihr Vermieter eine Dusche einbauen lassen. Wohnungen ohne Badezimmer waren in den meisten Freiburger Altbauwohnungen die Norm, in einigen Küchen befand sich sogar die Badewanne.

Gähnend ging Agnes ins Schlafzimmer und fiel sofort in einen tiefen Schlaf.

Am nächsten Morgen saß sie nach vier Stunden Schlaf pünktlich um acht in ihrem Büro. Sie mochte die Stille, die um diese Zeit herrschte. Der Tagdienst war auf Sendung, und die Redakteure trudelten meist ab zehn Uhr ein. In der Regel fand die tägliche Redaktionskonferenz um elf statt.

Mit einer Tasse Kaffee begann sie, das Interview mit Madame Defour abzuhören, und notierte markante Stellen, die sich als Einspieler eigneten. Als der Name Lily Blum alias Liliane Rosier auftauchte, brach das Gespräch ab. Agnes erinnerte sich gut an die Situation: Sie hatte mit Absicht die Aufnahme beendet.

Konzentriert notierte sie eine schriftliche Anfrage nach Liliane Rosier an die Universität Straßburg. Hatte eine gewisse Mademoiselle Rosier in den Jahren 1950 bis 1960 dort Jura studiert und zwischen 1956 und 1960 ihr Examen abgeschlossen? »Es geht um eine wichtige Zeugenaussage für eine Radioreportage«, schloss Agnes ihr Anliegen, legte den Entwurf in eine Mappe und gab sie in die interne Post für das Sekretariat.

Das Sekretariat des Senders. Wie gut sie sich daran erinnerte! Vor sechs Jahren hatte Agnes dort als »Mädchen für alles« angefangen, Kaffee gekocht, Texte und Briefe getippt, Protokolle verfasst und kleine Kurierdienste übernommen – ein eindeutiger Abstieg im Vergleich zu ihrer vorherigen Stelle beim Burda-Verlag in Offenburg, wo sie es bis ins Verlagssekretariat geschafft hatte. Aber sie hatte immer zum Radio gewollt, und eines Tages wollte es der

Zufall, dass sie für einen Kollegen, der erkältet war, einspringen durfte.

Ein Zufall, der ihre beruflichen Weichen neu gestellt hatte.

Damals war Wolfgang über eine Tonprobe auf ihre Stimme aufmerksam geworden, die in seinen Augen erst im Tonstudio ihre ganze Bandbreite offenbarte. Fortan war sie als Reporterin mit kleinen Aufträgen zu Kleintierzüchtervereinen, Damenkränzchen und unverfänglichen Veranstaltungen geschickt worden.

Einen Höhepunkt bildete für die Anfänger die Jahresversammlung der Kaninchenzüchter. Die männlichen Kollegen hatten Agnes mehrere Wochen hochgenommen, und einer von ihnen, der *schöne Günter*, wie ihn die meisten hier nannten, tat das zuweilen immer noch.

»Na, Agnes, wie geht's dem *ersten Rammler*?«, hatte seine Lieblingsfrage an Agnes gelautet.

»Deine blöde Bemerkung macht nur dir Spaß, Günter. Lass es doch einfach. Niemand lacht mehr über deinen Witz.«

Aber Günter hielt seine dumme Anspielung für ein geflügeltes Wort.

Einmal hatte Wolfgang die verbale Attacke mitbekommen und eine klare Warnung in Richtung Günter ausgesprochen. Danach trafen Agnes nur noch Günters böse Blicke während der Redaktionskonferenz. Aber damit konnte sie leben. Sie hatte den Schönling mit seiner blonden Schmalzlocke noch nie leiden können, und seit er das Sportressort betreute, gab es so gut wie keine Berührungspunkte zwischen ihnen. Wie in allen anderen journalistischen Kreisen rümpfte das Gesellschafts- und Politikressort über die Sportredaktion die Nase.

Kurz darauf war Agnes das Gerücht zugetragen worden, sie sei mit Wolfgang im Bett gewesen, um ihre Karriere voranzubringen. Wolfgang und sie mochten einander nur, das war alles. Einmal hatte Wolfgang überraschend zu Beginn der Redaktionskonferenz kurz und knapp die Gerüchte dementiert.

»Ach ja, und was die Lügen um Agnes Engler und meine Wenigkeit angeht – wir hatten keinen Sex. Zumindest nicht miteinander.«

Lauthals hatte die ganze Truppe gelacht und Agnes die anzüglichen Blicke weggelächelt.

Sie machte einfach weiter. Nach ihrem allerersten Ton-Auftrag war sie weiterhin zu ihrer Stimmbildnerin gegangen und hatte still und heimlich ihr größtes Kapital, ihre Stimme, optimiert. Auch in Sachen Recherchen lernte sie dazu, notierte sich Besonderheiten und wie man an welche Quellen kam. Stets überlegte sie sich vor einem Interview eine originelle Eisbrecherfrage. Diese erste Frage diente dem Einstieg in ein Interview und musste so gestellt sein, dass das Gegenüber spontan antworten konnte.

Im besten Fall war dann zwischen Interviewer und Befragtem das Eis gebrochen. Mit einem Anflug von Unbehagen kam ihr der Gedanke an ihre erste Frage bei Madame Defour. Da war Agnes alles andere als einfallsreich gewesen. Dennoch hatte das Material ein befriedigendes Ergebnis enthüllt.

Wenn ihre männliche Konkurrenz im Sender wüsste, welchen Fisch Agnes mit Dieulefit am Haken hatte!

Um zehn Uhr erreichte sie ein Anruf von Wolfgang, der sie in sein Büro bat. Mit ihrem Notizblock betrat sie den Raum und setzte sich ihm gegenüber. Sie berichtete von ihren Begegnungen in Dieulefit und den Zeitzeugen, mit denen sie gesprochen hatte, wie sie weiter verfahren wollte. Sie berichtete von Lily Blum alias Liliane Rosier und deren Kinderfreund Jean-Pierre Roche.

»Man muss sehr vorsichtig sein«, sagte sie abschließend. »Es handelt sich um vermintes Gelände. Ein falsches Wort, und du kannst von vorn anfangen. Außerdem ist Lily sozusagen meine Privatsache. Ich werde ihren Namen ohne ihre Zustimmung niemals nennen.«

»Wenn auch nur ein Jude aus Südbaden dort überlebt hat, haben wir unsere Story«, sagte Wolfgang und lächelte zufrieden. Er hievte seine Beine seitlich auf den Schreibtisch. »Aber ich verstehe schon. Du brauchst ihre Einwilligung als Zeugin. Wir dürfen hier im Sender keine schlafenden Hunde wecken. Alles, was wir in diesen vier Wänden diesbezüglich besprechen, ist strikte Geheimsache, Agnes! Offiziell wirst du die ganz normalen Themen weitermachen, damit keiner hinter unseren Plan kommt. Sagen wir, du arbeitest an einer Serie *Essen und Trinken im schönen Südbaden*, meinetwegen *Essen und Trinken im Elsass*. Die schüttelst du dir doch aus dem Ärmel, nicht wahr? Ich lasse dich bei den Redaktionskonferenzen entschuldigen. Es ist wichtig, dass deine Arbeit inoffiziell bleibt, und es kann lange dauern, bis wir damit auf Sendung gehen. Alles bleibt unter uns. Unser verehrter Studioleiter ist nur *ein* Hindernis von vielen. Du weißt, was ich meine?«

Agnes nickte. *Essen und Trinken im schönen Südbaden. Strikte Geheimsache.*

Wolfgang zündete sich eine Zigarette an und deutete mit den Augen nach oben. Genau über ihnen lag das Büro des Studioleiters Waldemar Straub, ein riesiger Raum mit Holzkassettendecke, Gummibäumen und einer in einem Schrank eingebauten Bar.

Ja, Agnes wusste Bescheid. Seit Jahren sah sie den *Boss*, wie alle ihn nannten, am liebsten aus der Ferne. Es war bekannt, dass er aus dem braunen Sumpf nach dem Krieg erneut nach oben gespült worden war. Seit nunmehr fünfzehn Jahren saß er auf seinem Posten. Bis heute war es niemandem gelungen, seine Entnazifizierungsakte einzusehen. Sie schien verschwunden.

»Aber wir werden sie bringen, die Geschichte?«, fragte sie. Sie war sich vollkommen darüber im Klaren, dass die Studioleitung eine Widerstandsgeschichte des geplanten Ausmaßes ohne Begründung ablehnen würde. Man würde, wenn es so weit war, Hintertüren nutzen müssen.

»Auf jeden Fall. So wahr ich hier sitze. Aber erst, wenn wir wissen, wohin die Reise geht. Und jetzt geh und suche diese Lily. Sie wäre die perfekte Zeitzeugin, besser geht es ja nicht. Wir brauchen Namen, Agnes, Namen. *Konkrete* Schicksale. Keine auf dem Papier.«

Die perfekte Zeitzeugin. Stirnrunzelnd stand Agnes auf und ging zur Tür. »Ich werde öfters unterwegs sein«, sagte sie an der Schwelle, drehte sich um und sah ihren Vorgesetzten abwartend an.

»Genehmigt«, antwortete er, griff nach dem Telefonhörer und nahm einen kräftigen Zug von seiner Zigarette. »Sonst noch was?« Seine Hand ruhte auf der Wählscheibe.

»Die Akte über die südbadische Delegation nach Gurs aus dem Jahr 1963. Hast du sie?«

Wolfgang stutzte kurz. Dann fasste er sich an die Stirn. »Wird sofort geliefert, Agnes. Ich gebe dem Sekretariat Bescheid.«

»Ach ja, und da gab es doch einen Kollegen von der *Badischen Zeitung*, der damals dabei war in Gurs. Ich möchte mir im Archiv der *BZ* seine Artikel ansehen. Du kanntest ihn doch recht gut, nicht wahr?«

»Arno Breitling, klar, der Arno. Ich sehe ihn hin und wieder beim Skatstammtisch«, gab Wolfgang zurück.

Sie selbst war Arno einmal begegnet und erinnerte sich dunkel an sein Äußeres: groß, schlaksig, Jeans, kariertes Hemd, ein Prinz-Eisenherz-Haarschnitt. Er war ihr bei einer Pressekonferenz der Stadt aufgefallen, weil er unbequeme Fragen im Zusammenhang mit dem Bildungsnotstand an den Universitäten gestellt hatte.

AGNES

13

Freiburg, 1965

Die perfekte Zeitzeugin – gedankenverloren saß Agnes an ihrem Schreibtisch und ließ das Gespräch mit Wolfgang Revue passieren. *Absolute Diskretion, Agnes!* Sie notierte sich den Namen Arno Breitling und die Telefonnummer der *Badischen Zeitung*. Dann warf sie einen Blick in die *Hörzu*, das Programmmagazin für Fernsehen und Radio, und schmunzelte.

Mir schaffet lautete der Titel einer beliebten Reportage über Land und Leute, die heute im Nachmittagsprogramm gesendet werden würde. Welcher Titel kam für ihre Reportage infrage? Egal, was ihr einfiel: In das behäbige Programm des SWF, das ja den Zeitgeist widerspiegelte, passte nichts: *Die Deportation badischer Juden nach Gurs. Jüdische Überlebende aus Sulzburg in Dieulefit. Ein Ort des Wunders. Das Wunder des Schweigens.*

Mit einem Seufzer legte sie die *Hörzu* zur Seite und wählte eine Telefonnummer in Sulzburg, die sie sich heute

Morgen notiert hatte. Oskar Schneider, heute um die achtzig Jahre alt, hatte ihr einst erzählt, dass Lily und ihre Eltern im Krieg umgekommen waren. Sie musste unbedingt herausfinden, woher er diese Informationen hatte.

Als sich am anderen Ende der Leitung eine weibliche Stimme meldete, sagte Agnes schnell ihren Namen. »Wie geht es Ihnen, Frau Schneider?«

»Agnes! Das ist ja nett, dass du anrufst. Ich höre dich immer so gern im Radio.«

»Danke, Frau Schneider«, erwiderte Agnes lächelnd. »Ist Ihr Mann zu sprechen? Ich wollte ihn gerne etwas fragen, es wäre sehr wichtig.«

»Um diese Zeit ist das schwierig«, sagte Frau Schneider zögernd. »Seine beste Form hat er immer frühmorgens bis acht Uhr.«

»Ist er krank?«, fragte Agnes besorgt.

»Er bringt alles durcheinander. Das geht schon seit Jahren so, und es wird in Schüben immer schlimmer. Wie gesagt, morgens hat er manchmal lichte Momente, dann erinnert er sich sogar an meinen Namen.«

Frau Schneider lachte kurz auf.

Angestrengt dachte Agnes nach.

Sie rief sich ins Gedächtnis, wie zerbrechlich ihr Oskar Schneider bei ihrer letzten Begegnung erschienen war, damals, als er ihr vom Tod der Familie Blum berichtet hatte. Es war im *Hirschen*, dem Traditionslokal von Sulzburg, gewesen, und zwar anlässlich der Festlichkeit um einen scheidenden Beamten aus dem Rathaus. Oskar Schneider und Agnes hatten sich mindestens eine Dreiviertelstunde unterhalten. Aber so eingefallen er körperlich gewirkt hatte, sein Geist war ihr hellwach erschienen. Ihr war nichts aufgefallen, nichts, was seine Glaubwürdigkeit hätte infrage stellen können. Damals war Agnes ein knappes Jahr beim Sender.

»Darf ich *Sie* etwas fragen, Frau Schneider?«, fragte Agnes vorsichtig.

»Nur zu, wenn ich helfen kann«, entgegnete diese freundlich.

»Ihr Mann hat mir vor einigen Jahren etwas über den Verbleib der Familie Blum erzählt. Erinnern Sie sich an Lily Blum?«

»Natürlich, wer kannte das Judenmaidli nicht«, sagte Frau Schneider. »Aber was will er dir denn erzählt haben? Er ist ja schon so lange … Wie lange ist das her?«

Judenmaidli – Agnes schluckte.

»1960«, sagte Agnes.

»Lass mich nachdenken«, sagte Frau Schneider zögerlich und machte eine Pause. »Ja, damals hat es angefangen. Was hat er dir denn erzählt, der Oskar?«

»Dass die ganze Familie Blum im Krieg umgekommen sei. Was hat damals angefangen, Frau Schneider?«

Schweigen am anderen Ende des Telefons. Dann glaubte Agnes das Rascheln von Papier zu vernehmen.

»Ich habe vom Bürgermeister einmal erfahren, dass Gustav Blum in Auschwitz verstarb«, sagte Frau Schneider mit klarer Stimme.

»Richtig, er wurde in Auschwitz *ermordet*«, korrigierte Agnes.

»Mag sein, dass ich das meinem Oskar erzählt habe«, fuhr Frau Schneider fort. »Eine schreckliche Geschichte.

Aber von Lily war nie die Rede. Mein Oskar kann nichts darüber wissen, und wenn, dann bringt er es durcheinander. Wenn du ihn nachher nach dem Sterbedatum seines Vaters fragst, Gott hab ihn selig, dann würde er behaupten, er lebt noch. Nein, Agnes, mein Oskar ist alles, aber ganz sicher kein zuverlässiger Zeuge. Aber du darfst ihn nicht verurteilen, er meint es nicht böse. Mich hat er schon mehrfach nach seiner Frau gefragt.«

»Ihr Mann leidet an Demenz?«, fragte Agnes vorsichtig.

»Ja, schon lange.«

Agnes seufzte. Die Quelle, der Agnes als blutjunge Anfängerin im Radio vertraut hatte, hatte sich in nichts aufgelöst. Schlimmer, Agnes' Mangel an Professionalität hatte mehr angestellt als gutgemacht.

Frag immer an mindestens zwei verschiedenen Stellen nach! Wie oft hatte Wolfgang ihr diese Regel eingebläut. Eine mündliche Quelle galt erst dann als zuverlässig, wenn sie von mindestens einer, möglichst sogar zwei weiteren bestätigt wurde.

Warum hatte sie ihre Quelle nicht überprüft? Aus Angst vor der Wahrheit? Weil sie Oskar Schneider seit Kinderjahren kannte? Es war eine Mischung aus allem.

»Das tut mir sehr leid, Frau Schneider. Ich bin Ihnen sehr dankbar für diese Richtigstellung, danke.«

»Warte, Agnes«, hielt sie Frau Schneiders Stimme vorm Auflegen ab.

Schweigen. Räuspern am anderen Ende der Leitung. »Lass mich nachdenken.«

»Lassen Sie sich alle Zeit der Welt«, erwiderte Agnes und spielte nervös mit einem Bleistift. Sie warf ihren Kopf zurück und starrte zur Decke. Wusste Frau Schneider doch etwas?

Es entstand eine lange Pause. Einmal vernahm Agnes ein Murmeln im Hintergrund, dann Frau Schneiders deutliche Stimme: »Ich telefoniere mit der Agnes, Oskar. Erinnerst du dich an die kleine Engler? Sie ist heute im Radio. Die Agnes hat früher immer bei uns am Bach gespielt. Weißt du noch?«

Ja, Agnes erinnerte sich: Die Schneiders wohnten direkt am Sulzbach. Einst hatte sie mit Lily dort gespielt.

Geduldig wartete Agnes.

»Ja, jetzt ist es wieder da«, sagte Frau Schneider. »Natürlich. Wie konnte ich das vergessen!«

»Was?«

»Lily war einmal hier in Sulzburg.«

Agnes fiel fast der Hörer aus der Hand. Abrupt setzte sie sich kerzengerade auf ihren Stuhl.

»Sie haben sie gesehen? In Sulzburg? Wo? Wann war das?«

Mit dem Bleistift zeichnete sie Kringel auf ihren Notizblock.

»Du kennst doch den jüdischen Friedhof.«

»Ja, natürlich.«

Der jüdische Friedhof Sulzburgs lag am Ortsrand am Hang, und die Gräber waren über steile Treppenstufen erreichbar. Terrassenförmig waren auf Etagen alte Grabsteine angelegt, denen die Zeit erheblich zugesetzt hatte. Das Gelände war von Wald und wuchernden Pflanzen umgeben. Ein wunderschöner Ort der Stille.

»Dort war die Lily und hat einen Stein auf ein Grab gelegt. Das machen die Juden so.«

Agnes holte tief Luft.

»Und woran haben Sie sie erkannt? Es sind über zwanzig Jahre vergangen.«

»Das Gesicht vergisst du nicht. Nein, nicht das von Lily. Weißt du denn nicht mehr, wie sie aussah?«

»Und ob ich das weiß. Ich erinnere mich gut.«

Agnes überlegte, ob sie Lily heute erkennen würde. Zwanzig Jahre veränderten einen Menschen, vor allem im Übergang von einem Kindergesicht zu dem einer erwachsenen Frau.

»Haben Sie mit ihr geredet?«

»Nein. Es ging alles sehr schnell. Wir haben uns nur von Weitem gesehen, und husch, war sie weg. Sie fuhr einen VW Käfer.«

Lily auf dem jüdischen Friedhof von Sulzburg – das war durchaus ein Ort, der mit ihr zu tun hatte. Ein Onkel von ihr war dort in den Dreißigerjahren bestattet worden.

»Haben Sie sich zufällig das Kennzeichen des Wagens gemerkt?«, fragte Agnes und kam sich plötzlich ziemlich albern vor.

»Gott bewahre, Agnes!«

»Eine deutsche Zulassung oder eine französische?«, hakte Agnes nach.

»Ich habe nicht die geringste Ahnung. Ein beiges Auto. Ich bin froh, dass ich dir überhaupt die Marke sagen kann.«

Agnes und Frau Schneider lachten kurz auf.

»Wie lange liegt diese Begegnung zurück, Frau Schneider? Erinnern Sie sich an ein Datum?«, fragte Agnes und malte ein großes Fragezeichen auf ihren Block.

»Vielleicht vor zwei Jahren. So genau kann ich das gar nicht mehr sagen. Warte mal! Ich war mit dem Hund spazieren. Genau. Der Beppo lebte noch. Und wenn ich in Richtung jüdischen Friedhof den Sulzbach entlang Gassi gegangen bin, war er schon sehr alt. Da konnte der arme Kerl nicht mehr weit gehen. Wie lange ist der Beppo jetzt tot?« Frau Schneider seufzte. »Seit einem Jahr, sieben Monaten und drei Wochen gibt es meinen lieben Beppo nicht mehr.«

Dann lag Frau Schneider mit ihren geschätzten zwei Jahren wohl richtig.

»Und Sie sind sich ganz sicher?«

»Ich bin doch nicht plemplem, Agnes. Ich habe noch alle beisammen in meinem Oberstübli, wenn du das meinst. Ich weiß, wen ich gesehen habe. Es war die Lily!«

»Vielen Dank, Frau Schneider, das ist eine sehr wertvolle Information. Und das mit Beppo tut mir sehr leid. Grüßen Sie Ihren Mann ganz herzlich von mir.«

Mit klopfendem Herzen legte sie den Hörer auf. Gedankenverloren schrieb sie auf ihren Notizblock.

Lily in Sulzburg gesichtet. Circa 1963. Frau Schneider. Lily: Deutschland? Weitere Zeugen zur Überprüfung?

Konnte es doch sein, dass Lily nach Deutschland zurückgekehrt war und hier lebte? Sie versuchte, sich Lily als erwachsene Frau vorzustellen – eigentlich war sie in Agnes' Kopf immer das Mädchen von damals geblieben. Würde sie Lily heute, zwanzig Jahre später, auf Anhieb erkennen?

Für einen Augenblick erwog Agnes, Jean-Pierre zu informieren und ihn um ein Foto zu bitten. Sie ärgerte sich, in

Apt nicht danach gefragt zu haben. Zumindest hätte er ihr eine Beschreibung der erwachsenen Lily geben können. Jetzt, so fand sie, war die Chance verpufft. Sie beschloss, ihn und Madeleine Defour erst dann einzuweihen, wenn sie Lily mit eigenen Augen gesehen hatte, wenn sie ganz sicher war. Was hatte Jean-Pierre gesagt? *Niemals würde Lily deutschen Boden betreten. Wir hatten uns das als Kinder geschworen.*

Was würde es in ihm auslösen, wenn Lily jenen Eid gebrochen hatte?

Würde Agnes als Überbringerin der Nachricht Lily verraten? Erneut wurde ihr ihr heikles Unterfangen bewusst.

Als es an ihrer Tür klopfte, fuhr sie kurz zusammen.

Die Sekretärin legte ihr mit einem kühlen Lächeln eine grüne verschlossene Mappe auf den Tisch und verschwand wieder. Der Vermerk *streng vertraulich* stach ihr ins Auge. Wolfgangs Handschrift.

Hier die Akte Gurs, Agnes, journalistische Delegation, 1963. Damals wurden die Gräber in Gurs personalisiert. Anbei die Namen von der Grabsteinlegung. Damals war der Friedhof richtig angelegt, einheitliche Steine waren aufgestellt worden. Die mussten noch aktualisiert werden. Die Liste enthält auch jene badischen Juden, die in Gurs verstorben sind.

Ein Artikel des besagten Redakteurs Arno Breitling berichtete präzise von dem feierlichen Akt. Ein Franzose aus der Résistance namens Bernard Forger, in Résistance-Kreisen nur als *le berger* oder Antoine bekannt, hatte eine Rede gehalten. Wie in Trance las Agnes die Liste, auf der an Position siebenundsechzig klar und deutlich zu lesen war: Else Blum, verstorben in Gurs, 21. Dezember 1942, Grabstein Nummer 67. Keine Lily Blum. Die Familie Blum war also getrennt worden.

Obwohl Agnes über den Tod von Lilys Eltern bereits Bescheid wusste, versetzte es ihr einen Stich. Das genaue Todesdatum war der vorherigen Aktenlage nicht zu entnehmen gewesen.

Else Blum war nicht in Auschwitz, sondern in Gurs ums Leben gekommen. Sie war von ihrem Mann und Kind getrennt worden.

Wenige Tage später erreichte Agnes die Nachricht von der Universität Straßburg, dass eine Liliane Rosier zu keinem Zeitpunkt an der dortigen juristischen Fakultät immatrikuliert gewesen war. Bei hundert Studenten im Fach Jura betrug der Frauenanteil etwa fünfzehn Prozent. Das waren zehn Prozent weniger als unmittelbar nach dem Krieg. Die Anzahl weiblicher Studenten war also überschaubar, wie auch in der Bundesrepublik. Ein weiterer Beweis, dass eine zunehmend konservative Gesellschaft die Frauen des Wirtschaftswunders zurück in ihre sogenannte Domäne *Kinder, Küche, Kirche* gedrängt hatte?

Ihr Instinkt sagte Agnes, ihre Suche nach Lily an deutschen Universitäten fortzusetzen. Ein Kinderschwur von einst und Jean-Pierres Stimme hallten in ihr nach: *Wir haben einander versprochen, nie mehr deutschen Boden zu betreten!* Nein, dachte Agnes, so einfach riss man sich seine Wurzeln nicht aus dem Leib. Sie beschloss, die Hochburgen für Jura in Baden-Württemberg abzuklappern. Heidelberg.

Tübingen. Die dritte, der ein exzellenter Ruf vorauseilte, befand sich in ihrer Heimatstadt, an der Albert-Ludwigs-Universität Freiburg.

JOLIE

14

Vieille Toulouse, 1942

Am frühen Morgen war Jolie mit den Kindern aufgebrochen. Ihr erstes Etappenziel Albi im Département Tarn erreichten sie am späten Nachmittag. Unter einem stahlblauen Himmel glänzten die roten Ziegeldächer der pittoresken Stadt. Die Temperaturen waren merklich gestiegen, die Vögel zwitscherten, als kündigten sie den Frühling an.

Jolie atmete auf und band sich die Ärmel ihres Mantels um die Taille. Die Kinder taten es ihr mit ihren Jacken gleich.

Von Albi aus würden sie mit einem Kleinlaster bis nach Le Vigan weiterfahren. Danach ließ sich ein langer Fußmarsch durch die Wälder der Cevennen nicht vermeiden. So die Planung, aber was hieß das schon? Improvisation war das Gebot der Stunde, nein, das Gebot dieses Kriegs. Jolie wünschte sich inständig, dass die Kinder die anstrengende Etappe ohne größere Blessuren überstehen würden. Schon eine Blase am Fuß konnte sie um Tage zurückwerfen.

»Wenn wir im Hotel Martin in Saint-Germain-de-Calberte angekommen sind, liegt das Schlimmste hinter uns. Wir werden dort eine Weile wohnen«, versprach sie den Kindern, die seit ihrer Ankunft in Albi abwechselnd quengelten.

Nur Jean und Lily sagten nichts.

»Ich habe Hunger«, jammerten Annie und Albert im Chor.

»Bald gibt es was zu essen, und seht nur, es wird Frühling«, sagte Jolie aufmunternd, während sie in zwei Gruppen durch den Ort gingen.

In einem Lebensmittelladen kaufte Jolie Essen und Trinken. Sie überquerten den *Pont Vieux*, die alte Brücke der Stadt. Unter ihnen floss die Tarn. Rings um sie nichts als Berge. Auf der anderen Seite folgte ein steiler Aufstieg in Richtung eines Plateaus, wo der Kleinlaster sie erwartete. Das Codewort lautete *Hotel Martin*.

Jolie packte den Proviant aus und verteilte ihn. Die Kinder setzten sich auf den Boden und begannen zu essen. Weit und breit war kein Kleinlaster zu sehen, nicht einmal ein Pkw.

Lily, Jean und Rosalie waren stiller geworden in den letzten Tagen, als fügten sie sich in ihr Schicksal. Dass die Angst ihr ständiger Begleiter war, konnte man in ihren Augen lesen. Jolie bemühte sich um Ablenkung, wenn sie französische Kinderlieder sang oder während eines Fußmarschs Geschichten erzählte.

»Können wir nicht hierbleiben?«, fragte Albert, legte sich auf den Rücken, verschränkte die Arme hinter seinem Kopf und zog die Beine an. »Ich bin so müde.«

»Du kannst gleich im Auto schlafen«, erwiderte Jolie

zärtlich, strich ihm über den Kopf, während sie seine völlig durchlöcherten Kniestrümpfe registrierte. »Wir müssen neue Strümpfe für euch besorgen.«

»Ich will aber lieber ein Bett«, klagte er.

»Ich auch«, stimmte Annie mit ein.

»Bald«, versprach Jolie. »Bald, nur noch ein wenig Geduld, *mes enfants*.«

Lily, Jean und Rosalie warfen sich einen Blick zu, als hätten sie in Jolies Augen gelesen, welch schwierige Reise ihnen noch bevorstand. Ihnen konnte sie nichts vormachen: In den Cevennen würde nicht einmal die Sonne helfen. Nicht um diese Jahreszeit. Nachts würden dort Minusgrade herrschen.

Der Kleinlaster kam zwei Stunden zu spät, aber er kam.

»Hotel Martin«, sagte Jolie durch die geöffnete Tür.

»Ich bin Jacques«, murmelte der Fahrer und ließ seine Mitfahrer, ohne eine Miene zu verziehen, einsteigen. »Und du bist die Füchsin?«

Er grinste.

»Jolie«, entgegnete sie lächelnd und setzte sich neben ihn.

Er startete den Motor.

Die Kinder legten sich auf die Ladefläche zwischen scheppernde Weinkisten und schliefen nach wenigen Minuten ein.

Vor Müdigkeit fielen auch Jolie immer wieder die Augen zu, bis das Schaukeln auf den holprigen Nebenstraßen sie in einen tiefen Schlaf beförderte.

Sie träumte von Antoine, den Brücken der Rhône und einem warmen Bett.

Ein Ruckeln ließ sie aufschrecken.

Der Laster stand still.

»Was ist passiert?«, fragte sie, richtete sich auf und sah sich um. Dunkelheit. Im Licht der Scheinwerfer erkannte sie eine steinige Straße, Sträucher säumten den Wegesrand.

Jacques zündete sich eine Zigarette an und schmunzelte. »Ausgeschlafen? Wir sind bald da! Ihr habt die ganze Fahrt verschlafen.«

»Wir sind schon angekommen?«, fragte sie und setzte ihre Baskenmütze auf. Ja, sie musste Stunden geschlafen haben. Die Kinder taten es noch immer.

»Wo sind wir?«, flüsterte sie.

»Weiter als geplant«, erwiderte Jacques gelassen. Er reichte ihr eine Zigarette, die sie sogleich anzündete.

»Wo genau?«

Er startete den Motor, und mit einem Ruck setzte sich der Wagen in Bewegung. »Im Departement Lozère.«

Mit geschlossenen Augen nahm sie einen tiefen Zug. Lozère! Dort lag ihr Ziel – Saint-Germain-de-Calberte. Was für ein Geschenk!

»Wir sind so weit gekommen? Über Le Vigan hinaus?«, fragte sie, um sich zu vergewissern.

Jacques lachte noch einmal. »Ihr habt so schön geschlafen. Da dachte ich: Fahr doch einfach weiter. Wen kümmert es, ob die Ware ein paar Stunden später ankommt?«

»Das war sehr nett von dir. Vielen Dank, Jacques!« Sie beugte sich zu ihm hinüber und gab ihm einen Kuss auf die Wange.

Verlegen kratzte er sich am Kopf.

Eine halbe Stunde später setzte Jacques die Gruppe bei einem verfallenen Gebäude vor den Toren von Florac ab und schenkte Jolie zum Abschied ein Päckchen Gauloises. »Ihr müsst euch von hier aus nur noch durch die Berge bis Saint-Germain-de-Calberte durchschlagen. Am sichersten wäre es zu Fuß. *Bon voyage. Vive la France!*«

»*Vive la France*«, sagten die Kinder wie im Chor.

Lange winkten sie und Jolie dem Kleinlaster hinterher.

Die Morgendämmerung hatte eingesetzt.

»Sind wir jetzt da?«, fragte Annie.

Jolie suchte auf der Karte die Route, die sich jetzt geändert hatte.

»Noch nicht, aber bald«, sagte sie.

»Wann ist bald?«, wollte Albert wissen.

»Bald ist bald«, antwortete Jean.

Vor ihnen lag ein Fußmarsch von einigen Stunden durch die Wälder und über die Berge der Cevennen – ihre vorläufig letzte Etappe.

Für einen stillen Augenblick genoss Jolie die Sicht auf das Lozère mit dem idyllischen Ort Florac. An einer Steinwand schienen ockerfarbene aneinandergebaute Häuser aus dem Boden emporgewachsen. Davor befand sich ein dunkelgrün schimmerndes Wasserbecken, dessen Überlauf als Wasserfall in die Tiefe stürzte. Der Ort schien so friedlich. Rings um ihn nichts als bewaldete Berge, durchbrochen von kargen Felslandschaften.

»Weiter geht's«, sagte Jolie aufmunternd und warf sich ihren Rucksack auf den Rücken.

Die Kleinsten begannen schon nach einer Stunde zu jammern. Jolie trug abwechselnd Annie und Albert, und

Jean und Lily nahmen die Kleinen an die Hand. Rosalie setzte sich Jolies Rucksack auf.

Auf dem Weg begegneten ihnen hin und wieder Schaf- und Ziegenhirten – allen sah man die Angst an, auch wenn sie pfiffen oder die *Marseillaise* sangen.

Als ein Bauer neugierig fragte, wohin Jolie mit den vielen Kindern wollte, gab sie routiniert ihre Antwort: »Sie kommen in ein Kinderheim, alle haben ihre Eltern verloren, Monsieur.«

Für acht Kilometer nahm sie ein Jugendlicher namens Lucien auf einem Heuwagen mit, der von einem Pferdegespann gezogen wurde. Das bedeutete fast eine Stunde ausruhen, bevor sie den letzten Kraftakt in der Dunkelheit bewältigen mussten.

Die Abenddämmerung legte sich übers Land.

Jolie gab Lucien fünf von ihren Zigaretten ab. Mit einem Strahlen ließ er sie in seiner Hosentasche verschwinden.

»*Bon courage*«, rief er ihnen hinterher.

»*Vive la France*«, riefen Annie und Albert.

Vor Erschöpfung und Kälte zitternd, erreichten sie in der Nacht das Hotel Martin am Rand von Saint-Germain-de-Calberte.

Jolie läutete an der Tür des unscheinbaren Gebäudes, auf dessen Garage sich eine Terrasse mit Kastanien befand.

Innen ging Licht an.

JOLIE

15

Saint-Germain-de-Calberte, 1942

Ein Mann lugte durch den Spalt einer Tür. »*S'il vous plaît?*«, fragte er reserviert.

»*Méditerranée*«, flüsterte Jolie.

Er trat einen Schritt zurück, löste die Kette und hielt die Tür auf. »Schnell, kommt herein. Wir haben euch nicht so früh erwartet.«

Jolie stellte die Kinder vor.

»Ich bin Roger«, sagte er und warf einen Blick die Treppe hinauf, von wo eine Frau eilig hinablief. »Und das ist meine Frau Charlotte.«

Charlotte kam auf Jolie zu und umarmte sie. »Jetzt seid ihr da«, sagte sie. »Wie schön! Wir haben die Zimmer für euch vorbereitet. Ich lasse den Kindern gleich nach dem Essen ein Bad einlaufen. Jetzt gibt es erst einmal eine heiße Suppe. Ist alles gut gegangen?«

Jolie atmete auf. Später würde sie nach einem Bad für sich fragen.

Die Kinder begaben sich in die Küche, wo Charlotte auf dem Gasherd einen großen Topf Suppe erhitzte. Jolie und Roger folgten ihnen.

»Keine Zwischenfälle. Im Gegenteil: Der Fahrer nahm uns bis nach Florac mit. Hinter uns liegt ein stundenlanger Fußmarsch. Für die Kinder war es sehr anstrengend.«

Verstohlen sah sie sich um. Ob Antoine hier war? Sie sehnte sich so sehr nach einer weiteren Begegnung mit ihm.

Während sich die Kinder gierig über die Suppe hermachten, ließ sich Jolie auf einen Stuhl fallen und trank ein Glas Rotwein. Schweigend stellte Roger eine Terrine und Oliven auf den gedeckten Tisch. Der ganze Raum duftete nach Brühe mit Fleischeinlage.

Charlotte verteilte einen Nachschlag. »Ich bin so froh, dass ihr hier seid. Esst, so viel ihr wollt.«

Mit vollem Bauch stapften die kleineren Kinder nach dem Essen nach oben. Auch Jean und Lily standen auf. »Wir kümmern uns oben um alles«, sagten sie wie aus einem Mund.

Jolie lächelte.

»Ich wüsste nicht, was ich ohne die beiden Großen tun würde«, sagte sie, nachdem die Kinder verschwunden waren.

Charlotte war ihnen gefolgt, und von oben hörte man das Plätschern von Wasser.

»Antoine hat gestern angerufen«, sagte Roger und setzte einen vielsagenden Blick auf. Schweigend belegte er einen Teller mit Käse, Wurst und Oliven und schob ihn Jolie zu.

Ihr erstes Essen seit heute Morgen. Sie biss von einem Stück Käse ab.

»Kommt er auch hierher?«, fragte sie mit vollem Mund.

Roger schüttelte den Kopf. »Er bleibt vorerst in Lyon. Es ist gerade zu gefährlich. Er hat uns deine genaue weitere Route durchgegeben. Ich zeige dir das morgen auf der Karte. Aber jetzt ruht ihr euch erst mal aus.«

»Ich wüsste nicht, was an Lyon so sicher ist«, entfuhr es Jolie.

»Das Untergrundnetz, Jolie. In fast jedem Haus gibt es dort jemanden von uns, und denke nur an die vielen Fluchtmöglichkeiten. Lyon ist die Hochburg der Résistance.«

»... und die der Gestapo«, erwiderte sie ernst. »Ich komme aus Lyon. Ich kenne die Stadt wie meine Westentasche.«

Die unterirdischen Verbindungen der Altstadt, die sogenannten *traboules*, waren ein Überbleibsel aus Lyons Vergangenheit, als die Stadt noch das Zentrum der Seidenweberei gebildet hatte. Durch sie waren Straßen und Häuser miteinander verbunden. Einst hatten die versteckten Gänge und Passagen kurze Transportwege der ehemals ungepflasterten bürgersteiglosen Straßen gewährleistet. Heute dienten sie der Résistance als Netz unzähliger Fluchtwege.

Weit nach Mitternacht stieg Jolie in die Wanne, nachdem sie einen Blick in das Zimmer geworfen hatte. Die Kinder schliefen tief und fest. Rosalie mit den Kleinen im Kinderbett und Jean und Lily im Doppelbett.

Mit geschlossenen Augen genoss Jolie die Wärme des Wassers, die Ruhe des Hauses, einen Hauch von Geborgenheit. Im Badezimmer gab der Ofen klopfende Geräusche von sich. Sie entdeckte ein Seifenstück, dessen Geruch sie inhalieren wollte. Wohlriechende Lavendelseife! Es war das erste Mal seit Wochen, dass sie ganz allein war und zur Ruhe kam.

Sie blieb so lange in der Wanne, bis ihre Haut aufgeweicht war, tauchte den Kopf unter Wasser und wusch ihr langes Haar. Beim Abtrocknen fielen die Schuppen von ihrem Körper, als häutete sie sich. Sie wickelte ein Handtuch um ihr feuchtes Haar und zog das Nachthemd, das ihr Charlotte hingelegt hatte, über. Es duftete frisch gewaschen und gebügelt. Wie lange hatte sie keines mehr getragen? Sie spürte, wie sich ihre Augen mit Tränen füllten. Man verlor auf der Flucht weitaus mehr als ein geordnetes Leben, eines mit Nachtwäsche, Parfüm und Tischgesprächen an einer gedeckten Tafel. Ihre letzte Seife hatte sie in Gurs aufgebraucht. Das Selbstverständliche war zum Luxus geworden.

Dann legte sie sich zu Lily und Jean ins Bett.

»Jolie«, flüsterte Lily, die sofort aufwachte. »Du riechst so gut.«

Jean drehte sich auf die andere Seite.

»Du auch, *ma chère*«, sagte Jolie.

»Ich bin froh, dass du bei uns bist.«

»Ja, das bin ich auch, Lily. Schlaf schön weiter.«

»Ich denke oft an Maman und Papa«, sagte Lily.

Jolie strich ihr übers Haar. »Das werden sie spüren und froh sein, dass du in Sicherheit bist.«

Sie wartete, bis Lilys Atem gleichmäßig wurde, und starrte gegen die Decke, auf der das Licht einer Straßenlaterne tanzte.

Antoine würde also nicht hierherkommen. Sie gestand

sich ein, dass die Aussicht, ihn wiederzusehen, sie die schlimmsten Hürden hatte überwinden lassen. Die steinigen Wege, die holprigen Straßen, das Weinen der Kleinsten in den kalten Nächten, der Hunger, der Durst, die Ungewissheit über ein sicheres Nachtlager.

Die Angst vor fragenden Blicken, die Angst, gefasst zu werden.

Dieulefit – ihre ganze Hoffnung lag auf einem kleinen Ort in der Drôme, den sie nie zuvor gesehen hatte. Eine dreistündige Autofahrt und keine hundertsechzig Kilometer trennten sie noch von jenem Ort, der ein Refugium für die Kinder bedeutete, für sie und Antoine jedoch das Einlösen eines unausgesprochenen Versprechens. Aber am Ende war Dieulefit eine weitere Zwischenstation, denn ihre Arbeit als Fluchthelferin ging weiter. Abschiednehmen gehörte zu den traurigen Routinen der Rettung, die andere Seite einer Medaille.

Noch wusste sie nicht, worin ihr nächster Auftrag bestand.

In den kommenden Tagen begegnete sie im Haus einigen Frauen und Männern, die sie freundlich anlächelten und denen man die Strapazen einer langen Reise ansah. Meist verschwanden sie zügig in ihren Zimmern.

Am vorletzten Tag ihres Aufenthalts holte sie Roger ans Telefon.

»Ich bin's, Antoine«, hörte sie seine vertraute Stimme am anderen Ende der Leitung.

»Antoine, wann kommst du?«, stammelte sie.

»Hör gut zu, Jolie. Ihr bleibt noch zwei Nächte. Morgen schickst du Vianne das Telegramm. Roger und Charlotte werden die weitere Route mit dir besprechen. Hier kommt deine Parole, das Erkennungszeichen für den Transport hinter der Rhône. Ein Mann wird in einem Kastenwagen am Steuer sitzen.«

Jolie schloss konzentriert die Augen.

»Du fragst ihn: *Wie ist das Wetter in Lyon?* Seine Antwort muss lauten: *Es kommt auf die Reisezeit an. Im Moment eher durchwachsen. Die Notre-Dame-de-Fourvière erstrahlt im alten Glanz.*«

Lautlos bewegte sie die Lippen und wiederholte die Parole. »In Ordnung«, presste sie hervor.

»Das Schwierigste wird die Überquerung der Rhône. Sei auf der Hut, verlass dich auf deinen Instinkt!«

»Und du? Was ist mit dir?«

»Wir sehen uns in der Drôme«, sagte er knapp.

»Geht es dir gut, Antoine? Geht es dir gut? Und Andrée, alles in Ordnung bei ihr?«

»Ja.«

»Ich …«, stotterte sie. Sie wollte ihm noch etwas Nettes sagen, etwas aus seinem Mund hören, das sie hoffen lassen, ihr Mut machen würde. Auch sie brauchte Mut, denn nach sechshundert Kilometern einer nervenzehrenden Flucht war einiges davon aufgebraucht.

Eigentlich kannte sie diesen Mann doch gar nicht, schalt sie sich innerlich. Ein Kuss in einer Häusernische ersetzte niemals den Prozess des Kennenlernens. Aber auch Liebesgeschichten waren in diesen Zeiten reduziert. Für Geplänkel, Fragen oder gar Missverständnisse fehlte schlichtweg die Zeit. Am Ende musste man auch in Liebesangelegenheiten auf seinen Instinkt vertrauen.

»*Au revoir, chérie*«, sagte er mit weicher Stimme.

Ja, das war es, was sie hatte hören wollen. Ehe sie etwas erwidern konnte, legte er auf.

Langsam ging Jolie zurück in die Küche, wo Charlotte eine Daube für das letzte Abendessen in der Geborgenheit des Hotels Martin zubereitete. Sie würde den Eintopf über Nacht und morgen den ganzen Tag schmoren lassen. Fettes Rindfleisch – die Kinder würden jubeln! Als Dessert gab es eine Tarte aus eingemachten Aprikosen.

»Ich habe für die Kinder Kleidung von meinen Jungs rausgesucht«, sagte Charlotte, als sie Jolie bemerkte. Sie rührte in dem großen Topf. »Die sind ja inzwischen groß. Liegt alles auf dem Bett.«

Von oben hörte man die Kinder spielen.

»Danke, Charlotte«, sagte sie mit erstickter Stimme.

Sie waren für den Augenblick in Sicherheit. Was konnte man in dieser Zeit mehr erwarten?

»Kennst du Antoine schon lange?«, fragte Jolie, ohne nachzudenken.

Charlotte nickte. »Er ist ein guter Mensch, wenn du das meinst. Wir arbeiten seit Monaten eng mit ihm zusammen.«

Das Hotel Martin beherbergte nicht die ersten Juden in diesem schrecklichen Krieg. Jolie war davon überzeugt, dass die wenigen Gäste, die sie während ihres Aufenthalts gesehen hatte, Juden waren.

Charlotte und Roger schwiegen. »Unsere Tür steht allen Flüchtlingen offen«, hatte Charlotte ein einziges Mal bekannt.

Je weniger die Gäste voneinander wussten, desto geringer

die Gefahr des Verrats, denn die *boches* hatten ihre eigenen Methoden, um Geständnisse aus Gefangenen herauszupressen.

An einem redseligen Abend hatten Roger und Charlotte erklärt, wie eng der Protestantismus und der Widerstand miteinander verbunden seien. Die Protestanten hätten die Verfolgung über Jahrhunderte praktisch im Blut und würden sich aus diesem Grund zur Hilfe verpflichtet fühlen. Den Verfolgten eine Zufluchtsstätte zu gewähren, sei das Minimum an Menschlichkeit.

»Bei den Katholiken ist das was anderes«, hatte Roger bei der dritten Flasche Rotwein gesagt, und Charlotte hatte ihm zugestimmt. »Die hängen ihr Fähnchen nach dem Wind.«

Tatsächlich hatte Jolie in all den Jahren vom Papst nicht einmal ein Lippenbekenntnis vernommen. Die katholische Kirche, der sie selbst angehörte, schwieg weitgehend angesichts der Gräueltaten der Nazis. Lediglich die beiden Erzbischöfe aus Lyon und Toulouse hatten eindringlich ihre Stimme gegen die Deportationen erhoben und in ihren Predigten protestiert.

Das abendliche Gespräch mit dem Ehepaar Martin ging ihr noch lange durch den Kopf.

Für immer würde sie die selbstverständliche Zuwendung der beiden in ihrem Herzen tragen, das frische Nachthemd, die Kinderkleidung, die in der Not gereichten Hände. Das Stück Seife, das Charlotte zwischen die Kinderkleidung geklemmt hatte.

»Du hast dich in ihn verliebt, nicht wahr?«, fragte Charlotte geradeheraus und riss Jolie aus ihren Gedanken.

Erschrocken sah Jolie auf. Sie spürte, wie ihre Wangen glühten, und senkte den Blick.

Charlotte rieb etwas Orangenschale in die Daube.

»Hör auf damit, Jolie, solange es nicht zu spät ist.«

Jolie schluckte: Wie sollte man aufhören, jemanden zu lieben?

»Warum?«, fragte sie trotzig.

Charlotte drehte sich am Herd um, hielt den Kochlöffel in der Hand und sah Jolie eindringlich an.

»Hat er eine andere?«, fragte Jolie – ein Gedanke, der ihr schon ein paarmal gekommen war.

Charlotte winkte ab und zuckte die Achseln. »Das, Jolie, dürfte dein geringstes Problem sein. Was ich meine, ist Folgendes: Du wirst zur Witwe, bevor du vor den Traualtar trittst. Männer in diesen wichtigen Positionen der Résistance werden nicht alt. Sie sind Draufgänger, sie verschleudern sich.«

Jolie seufzte. War sie selbst nicht auch eine Frau, die sich verschleuderte? Was war aus ihr, dem braven Mädchen aus gutem Haus, geworden? Vor ihrem Abtauchen in den Untergrund war sie als Sozialarbeiterin tätig gewesen – zum Leidwesen ihrer Eltern, die ihre Tochter am liebsten an der Seite eines Prokuristen der väterlichen Stofffabrik gesehen hätten. Der Krieg hatte jedoch die Stoffwirtschaft nahezu lahmgelegt, und das Unternehmen ihres Vaters war durch ein striktes Einfuhrverbot für Rohseide nahezu zum Erliegen gekommen. Immerhin wusste Jolie ihre Familie auf deren Feriensitz außerhalb der Stadt in Sicherheit.

»Wir sitzen diesen Krieg auf dem Land aus«, hatte ihr

Vater nach Einmarsch der Deutschen gesagt und die Koffer gepackt.

Am nächsten Tag gab Jolie das Glückwunschtelegramm für Vianne auf, ging zurück ins Hotel, setzte sich an den Küchentisch und weinte hemmungslos.

Der Abschied von Annie, Albert und Rosalie lastete wie ein Stein auf ihrer Brust.

»Du solltest mit den beiden Großen vor Sonnenaufgang abreisen. Keinen Abschied, Jolie, es ist besser so«, sagte Charlotte und deckte den Tisch. Sie hievte den gusseisernen Topf mit der Daube darauf. »Ich erkläre ihnen alles, wenn ihr weg seid.«

Schweigend nahmen alle das Abendessen ein. Die Erwachsenen bemühten sich um Fröhlichkeit, aber die beiden Großen, Lily und Jean, schienen zu ahnen, dass etwas nicht stimmte.

Charlotte schickte Rosalie und die beiden Kleinen nach dem Essen nach oben.

Jolie blieb allein mit Lily und Jean zurück.

Sie sahen sie abwartend mit großen Augen an. Sie rückte ihren Stuhl näher an die beiden heran.

»Ich muss euch etwas sagen. Wir müssen uns von Rosalie, Annie und Albert trennen. Ihr beide, ihr geht mit mir. Die anderen drei kommen in die Schweiz«, sagte sie mit kippender Stimme. »Sagt ihnen nichts, es ist besser so.«

Jean schwieg, als sei ihm das keineswegs neu.

»Aber …«, stammelte Lily, »wir wollten uns doch niemals trennen!«

Jean stellte den angewinkelten Ellbogen auf den Tisch und stützte sein Kinn in die geöffnete Hand. »Weißt du,

Lily, es ist für uns alle sicherer«, sagte er, nahm mit der Fingerspitze ein paar Kuchenkrumen von seinem Teller auf und legte sie sich auf die Zunge. »Überleg mal, eine große Gruppe wie unsere fällt auf.«

»Ja, so ist es«, erwiderte Jolie. »Und Rosalie, Annie und Albert erwartet ein Leben in Freiheit. Die Schweiz ist neutral.«

Lily und Jean nickten, als wüssten sie das längst und als könnten sie selbst als Kinder das Ausmaß der Bedeutung *Neutralität* erfassen.

»Ich liebe euch, jedes einzelne Kind auf der Flucht ist wie mein eigenes«, sagte Jolie und küsste Lily und Jean auf die Stirn.

Am nächsten Morgen vor Sonnenaufgang verließen Jolie, Lily und Jean auf Zehenspitzen ihr Refugium, um ihr vorläufig letztes Ziel anzusteuern. Auf dem Küchentisch hatte Jolie einen Abschiedsbrief für die anderen drei ihr anvertrauten Kinder hinterlassen. Sie schon bald in der Schweiz in Sicherheit zu wissen, war ihr einziger Trost.

Am Ende ihrer Reise erwartete jetzt Lily, Jean und sie ein fast unüberwindbares Hindernis. Sie mussten, um nach Dieulefit zu kommen, die Rhône überqueren, jenen Fluss, dessen Brücken die Deutschen wie ihr Eigentum bewachten.

Antoines Warnung klang in Jolies Ohr.

AGNES

16

Freiburg, Sulzburg 1965

Agnes hatte sich den ganzen Donnerstag freigenommen und lange ausgeschlafen. Am späten Vormittag führte sie ihr erster Gang ins Rektorat der Uni Freiburg.

»Es geht um eine wichtige Zeugenaussage«, erklärte sie der Empfangsdame, einer Mittvierzigerin mit blonder Hochsteckfrisur. »Ich brauche Akteneinsicht in die Absolventen im Fach Jura von 1958–1962.«

»Sie müssen sich bitte ausweisen, um die entsprechenden Unterlagen einsehen zu dürfen.«

Sofort zeigte Agnes ihren Personal- und Presseausweis.

Konzentriert notierte sich die Frau die Nummern, nahm den Telefonhörer in die Hand und wählte. Sie trug ein gepunktetes Kleid in A-Linie. Wie gut, dass sich Agnes heute Morgen für ihr *Gouvernanten-Kostüm* entschieden hatte, in dem sie sich wie eine solche fühlte. Ein Pepita-Kostüm mit weißer Bluse.

Während des Telefonats blickte die Frau direkt in Agnes' Augen.

»Ja«, gab sie ihrem Gesprächspartner zur Antwort. »Ja, genau. Ich habe die Personalien aufgenommen … Presseausweis … Radio Südwestfunk … hier in Freiburg.«

Mit einem Lächeln legte sie den Hörer auf. »Ihr Antrag ist genehmigt. Wenn Ihre Zeugin hier bei uns Staatsexamen gemacht hat, dann ist das auch registriert. Eine eventuelle Immatrikulation ohne Abschluss muss das Studentenwerk erfasst haben.«

Agnes lächelte charmant. »Es gibt einen Abschluss. Da bin ich mir sicher.«

»Passt Ihnen heute um halb sechs? Wir schließen um sechs.«

»Ja. Würden Sie so freundlich sein und parallel nach dem Namen Lily Blum suchen? Es könnte sein, dass Frau Rosier ihren alten Namen wieder angenommen hat«, sagte Agnes und schrieb den Namen auf ein Blatt Papier.

Sicher war sicher.

»Ein falscher Name?«, fragte die Empfangsdame verwirrt.

»Jüdische Wurzeln«, sagte Agnes leise. »Sie verstehen? Viele Überlebende haben neue Namen angenommen.«

Die Frau sah sie an, als spräche Agnes eine Fremdsprache.

»Sie haben *legal* neue Namen bekommen«, erklärte Agnes. »Das hat alles seine Richtigkeit.«

»Ich verstehe.«

Agnes bedankte sich und versprach, pünktlich zurück zu sein. Mit Herzklopfen verließ sie das dunkelrote Backsteingebäude und fuhr mit ihrem Käfer in Richtung Süden nach Sulzburg.

Ihre Eltern erwarteten sie zum Kaffee.

Bald würde sie Gewissheit haben. Die ganze Fahrt, die eine knappe Stunde dauerte, dachte sie darüber nach, was seit ihrem Auftrag geschehen war. Nicht nur, dass sie beruflich mit einem wichtigen Nachkriegsthema beschäftigt war, nein, es war weitaus mehr. Mit Lily Blums Schicksal ging es auch um *ihre* Biografie, um *ihre* Auseinandersetzung mit der deutschen Vergangenheit, ihre Haltung.

»Du kommst zu spät«, sagte ihre Mutter vorwurfsvoll, als sie Agnes die Tür öffnete.

»Wo ist Papa?«, fragte Agnes und legte ihren Trenchcoat ab.

»Bei seinen Fischen.«

Agnes' Vater war seit der Pensionierung ein leidenschaftlicher Angler, und eigentlich war sie nicht unglücklich über seine Abwesenheit. Sie gerieten nur allzu leicht aneinander. Heute war sie mit Fragen nach Sulzburg gekommen, Fragen, die sie am liebsten mit ihrer Mutter erörterte.

Sie setzte sich an den gedeckten Tisch neben ihre Großmutter und gab ihr einen Kuss auf die Wange.

»Heute bist du sehr gut angezogen, wie eine richtige Dame«, sagte ihre Großmutter, nachdem sie Agnes ausgiebig gemustert hatte.

Ja, das gefiel ihrer Oma! Der Rock war viel zu lang, bis übers Knie. Zu offiziellen Terminen jedoch vermochte das Gouvernanten-Kostüm Türen zu öffnen. In ihrem Beruf hatte Agnes schnell gelernt, dass Frauen mit einem konservativen Äußeren viel weiter kamen. Zumindest in ihrer

Branche. Weiblich, nicht zu schick, der Typ von Haus- und Ehefrau, der sich zur Teestunde mit seinen Freundinnen zurechtmachte. Je zugeknöpfter sie sich gab, desto auskunftsfreudiger wurden selbst die verknöchertsten Beamten.

Schweigend schenkte ihre Mutter Kaffee ein. In der Mitte des Tischs stand eine Schwarzwälder Kirschtorte. Man plänkelte über unverfängliche Themen wie das Wetter, den Zustand der Reben, den nächsten Urlaub.

»Wir fahren dieses Jahr zum ersten Mal an die Adria«, sagte Ingrid Engler stolz. »Nach Jesolo. Das liegt am Meer.«

»Das ist echter Kaffee«, erwiderte Agnes' Großmutter und deutete auf die Kanne, an deren Schnabel ein roter Tropfenfänger aus Schaumstoff mit einem Gummizug klemmte. »Kein Muckefuck.«

Gedankenverloren streichelte Agnes die Hand ihrer Oma.

»Ich bin da einer Geschichte auf der Spur, die in Sulzburg beginnt«, eröffnete sie schließlich das Gespräch und nahm einen kräftigen Schluck von dem *echten* Kaffee.

Sie warf einen Blick auf die neue Einbauküche ihrer Mutter. Schränke und Hängeschränke in verschiedenen Pastelltönen von Hellblau, Blassgelb und Blassrosa dominierten die halbe Küche. Agnes besaß nur ein altes Küchenbüfett, das sie einst gebraucht erworben hatte. Als Arbeitsfläche diente ihr ein Tisch.

»In Sulzburg?«, fragte Ingrid Engler nach einer gefühlten Ewigkeit.

In wenigen Sätzen berichtete Agnes von ihren Recherchen. »Und stellt euch vor: Lily Blum hat in Dieulefit überlebt. Das gilt als sicher. Sie kommt ja aus Sulzburg, ihr kennt sie!«

»Das Judenmaidli?«, fragte ihre Großmutter.

Agnes nickte und rollte die Augen. »Ja, das Mädchen mit den jüdischen Wurzeln.«

»Jüdische Wurzeln«, wiederholte die Großmutter mit gerümpfter Nase. »Ein Judenmaidli, sag ich doch.«

»Anscheinend hat sie nach dem Krieg Jura studiert. Sie ist keineswegs tot, wie ich geglaubt habe«, sagte Agnes beherrscht.

Sie runzelte die Stirn: Irgendetwas stimmte hier nicht. Die Information schien nur für Agnes neu, hier an diesem Tisch sorgte sie anscheinend für keinerlei Gefühlsregung.

»Natürlich ist sie nicht tot. Wer hat denn diesen Blödsinn verzapft?«, fragte ihre Großmutter schließlich und ließ ihre Kuchengabel durch ein Stück Schwarzwälder Kirschtorte gleiten.

»Wie bitte?«, entfuhr es Agnes.

Für einen Augenblick herrschte Stille.

Agnes registrierte den verlegenen Blick ihrer Mutter, die auf einmal aufstand, an die Spüle ging, den Hahn aufdrehte und ihre von Sahne verschmierten Finger abwusch. Dann trocknete sie ihre Hände ab, nahm einen tiefen Atemzug und blickte zum Küchenfenster hinaus.

»Du hast mir doch damals davon erzählt, Ingrid, erinnerst du dich nicht?«, fragte die Großmutter gegen den Rücken von Agnes' Mutter.

Ingrid Engler drehte sich um, biss sich auf die Lippen und setzte sich wieder.

»Was soll das heißen?«, fragte Agnes, um einen neutralen Ton bemüht, aber es klang wie der Auftakt zu einer unabwendbaren Auseinandersetzung. Nach Vorwurf, nach

Rechthabenwollen. »Du wusstest, dass Lily hier war? Weißt du denn nicht, wie lange ich nach ihr gesucht habe? Ich dachte, sie sei tot«, brach es aus ihr heraus.

Ingrid Engler zog die Mundwinkel nach unten. »Einmal muss Schluss sein.«

»Einmal muss Schluss sein?«, fragte Agnes empört. »Meine Freundschaft mit einer Jüdin hat euch bei der Entnazifizierung gut dastehen lassen. Damals habt ihr euch daran erinnert und stolz in die Papiere eingetragen: *Unsere Tochter Agnes war eng mit dem Sulzburger jüdischen Mädchen Lily Blum befreundet*. Wisst ihr das noch?«

Ingrid Engler presste die Lippen aufeinander. »Schwamm drüber. Es reicht jetzt. Ich möchte an diesem Tisch nichts mehr darüber hören.«

Agnes schnappte nach Luft und schob ihren halb vollen Kuchenteller von sich weg. »An welchem Tisch würde es dir denn passen? Schwamm drüber? Warum hält es in dieser Familie niemand für nötig, mir zu sagen, dass Lily Blum überlebt hat?«

In welch belanglosem Ton sprach ihre Familie über ihre Freundin, Teil einer deportierten Familie ihres Heimatorts? Dunkel erinnerte sich Agnes, wie damals rund um den Marktplatz nach und nach Fenster geschlossen wurden. Schwamm drüber?

Ingrid Engler saß regungslos auf ihrem Platz.

»So schlimm ist das doch nicht«, sagte die Großmutter. »Jetzt weißt du es ja.« Mechanisch rührte sie in ihrer Kaffeetasse, ein Geräusch, das Agnes fast verrückt machte. Sie wollte sich die Ohren zuhalten.

Ohne ihre Großmutter auch nur anzusehen, gab Agnes

ihr ein Zeichen, mit dem Geklapper aufzuhören. Sie registrierte, wie ein Löffel auf die Untertasse fiel, und suchte den Blick ihrer Mutter.

Auf einmal war es still, nur der Wind ging durchs geöffnete Fenster und bewegte die Gardinen.

»Es hat noch nicht einmal angefangen, Mama. Es geht erst richtig los mit der Aufarbeitung. Ob euch das passt oder nicht. Und vielleicht müsst ihr eines Tages auch Fragen beantworten und euch dem stellen, was vor euren Augen geschehen ist. Hier auf dem Marktplatz, am 22. Oktober 1940. Erinnert ihr euch an den Lastwagen? An das Weinen der Frauen, der Kinder? Wie auf einmal die Fenster in den Häusern geschlossen wurden?«

Agnes' Mutter nahm ein Taschentuch aus ihrer Schürzentasche und wischte sich damit über den Mund.

»Es war ja nur *ein* Kind dabei.«

Agnes rang um Haltung. Was hatte ihre Mutter da gerade von sich gegeben? *Nur* ein Kind!

»Ja, genau«, rief Agnes. »Ein Kind. Dieses Kind war Lily!«

Abrupt stand sie auf und griff nach ihrer Tasche. Im Flur warf sie ihren Trenchcoat über und verhedderte sich dabei mit dem Gürtel. Keine Minute länger würde sie es hier aushalten. Auf einmal stand sie in ihrem eigenen Elternhaus in der braunen Brühe.

»Warum hast du es mir nicht gesagt, Mama?«, fragte sie ein letztes Mal an der Tür, knüllte den Gürtel zusammen und stopfte ihn in die Manteltasche.

Ihre Großmutter stellte geräuschvoll die Tasse auf den Unterteller. Agnes zuckte zusammen.

»Weil ich Lily nicht mit eigenen Augen gesehen habe. Ich hielt es für ein Gerücht. Hab es schon wieder vergessen. Mein Gott, das ist doch schön, wenn sie lebt. Dass du das alles noch weißt! Ihr wart damals doch Kinder!«

»Wir waren beste Freundinnen«, erwiderte Agnes, und erst jetzt bemerkte sie, wie die Tränen über ihr Gesicht liefen. »Nichts ist vergessen, nichts, Mama.«

Ohne einen Abschiedsgruß ging sie hinaus, lief zu ihrem Wagen, zog den Mantel aus, warf ihn auf die Rückbank, setzte sich hinters Steuer und startete den Motor.

Sie fuhr aus dem Ort heraus, vorbei an der Villa, in der einst Lilys Vater als Dentist mit seiner Familie gelebt hatte, bis die Blums ins benachbarte Judenhaus hatten ziehen müssen.

Am jüdischen Friedhof hielt Agnes an und atmete, den Kopf aufs Steuer gelegt, mehrmals durch. Sie warf den Kopf zurück. Sie wischte sich mit dem Handrücken die Tränen von den Wangen. Es waren Tränen der Wut. Tränen der verpassten Chancen, gefolgt von tiefer Scham über das große Schweigen, ihre eigenen Versäumnisse.

Ziellos ging sie an den Gräbern vorbei. Braungrünes Moos hatte sich wie ein Teppich auf den alten Steinen abgesetzt. Auf manchen Gräbern lagen Steine.

Ein warmer Wind strich durch die Trauerweiden. Sie stellte sich an die Brücke, unter der der Sulzbach plätscherte, und lehnte sich über das Geländer. Wuchernde Pflanzen waren in großen Bögen über dem Bach zusammengewachsen und versperrten an einigen Stellen die Sicht auf den Wasserlauf.

Sie sah auf die Uhr – in einer knappen Stunde würde sie

im Rektorat der Universität Freiburg vielleicht fündig werden. Vielleicht.

Es gab keinen anderen Weg, nur den nach vorne.

Kurz hinter Staufen musste sie eine halbe Stunde einem Traktor hinterherfahren. Es fing an zu regnen. Die Scheibenwischer ihres Käfers schoben das Regenwasser zur Seite. Mit hektischen Bewegungen wischte sie innen den Niederschlag weg. Manchmal sah sie für Sekunden nichts.

Nachdem der Traktor abgebogen war, gab sie Gas und erreichte kurz vor sechs das Rektorat.

Völlig durchnässt und mit verschmiertem Lidstrich stand sie am Empfang.

»Wir haben geschlossen«, sagte die Frau mit der Hochsteckfrisur reserviert.

Ihre unverbindliche Höflichkeit von heute Vormittag war verflogen. Agnes wischte sich einige Wassertropfen von ihrem Gouvernanten-Kostüm. Ihren Trenchcoat hatte sie im Auto vergessen.

AGNES

17

Freiburg, 1965

»Bitte entschuldigen Sie meinen Aufzug. Ich bin in den Regen gekommen«, sagte Agnes mit flehendem Blick.

Sie sah an sich hinunter: Ihre Bluse war durchnässt, genau wie ihre Seidenstrümpfe und Schuhe.

»Das sieht man«, erwiderte die Empfangsdame. »Es ist *fünf* Minuten vor sechs.«

»Bitte!« Agnes faltete die Hände. »In fünf Minuten bin ich weg, und Sie sehen mich nie wieder.«

Widerwillig reichte die Frau Agnes ein Dokument. In Windeseile unterschrieb sie.

»Drei Minuten«, sagte die Frau mahnend und ging voraus.

Agnes fragte sich, ob ihre Hochsteckfrisur dem Regen standgehalten hätte. Von hinten sah das Gebilde noch eindrucksvoller aus, wie ein Vogelnest, das aus mehreren Etagen bestand.

Die Frau öffnete mit einem Ruck eine Tür und bedeutete

Agnes einzutreten. In der Mitte des fast leeren Raums stand ein Schreibtisch, auf dem eine einzige Mappe lag. »Drei Minuten«, wiederholte sie und verschwand.

Agnes öffnete die Mappe, ohne sich zu setzen, und blätterte durch die wenigen Seiten.

Wie in Trance las sie, was dort schwarz auf weiß stand. *Lily Blum, zweites Staatsexamen in Jura, Wintersemester 1957/1958, Lily Blum, Promotion zum Dr. jur. Sommersemester 1960. Thema: Restitutionsmaßnahmen und deren rechtliche Grundlagen in Baden nach 1945. Note: Summa cum laude.* Oben auf dem Blatt war ein Passbild angeheftet, das Lily zeigte. Ihr Haar war streng aus dem Gesicht gekämmt, wahrscheinlich am Hinterkopf zu einem Pferdeschwanz zusammengebunden, ihre Augen wirkten traurig, der Blick verschlossen.

Agnes starrte zum Fenster hinaus. *Restitutionsmaßnahmen* – dabei ging es um die Rückgabe der durch die Nazis vorgenommenen Enteignung jüdischen Eigentums. Ein von den Nazis legitimierter Diebstahl wurde nach dem Krieg geahndet, ein juristischer Sachverhalt, der die Schnäppchenjäger von einst empörte. Es war ein offenes Geheimnis, dass die meisten Nutznießer mit einem blauen Auge davonkamen. Oftmals waren die Kläger nicht mehr da, weil sie ermordet worden waren. Die Erben der Ermordeten zu ermitteln, war eine große Aufgabe, die sich bestimmt über Jahrzehnte hinziehen würde. Ein Tätigkeitsfeld für Lily?

Über Freiburg dehnte sich ein grauer Himmel aus. Der Regen hatte aufgehört. Von draußen hörte man Vogelgezwitscher. Agnes nahm ihren Notizblock aus ihrer Handtasche und schrieb den Text ab.

Dr. Lily Blum – es bestand kein Zweifel. Lily hatte hier in der Bundesrepublik, ganz in der Nähe ihrer Heimat, ihr Studium abgeschlossen. Mit Bravour. Warum sie ihren alten Namen wieder angenommen hatte? Theoretisch hätten sie einander über den Weg gelaufen sein können. War es schlichtweg Stolz, verbunden mit dem Wunsch, ein Stück Identität zurückzuerobern, jenes, das die Nazis hatten auslöschen wollen?

Sie fragte sich, was Lily seit nunmehr fünf Jahren beruflich tat. Wohin hatte es sie verschlagen? War sie in Süddeutschland geblieben? Die räumliche Eingrenzung ihres Promotionsthemas legte diese Vermutung nahe.

Wie ferngesteuert verließ Agnes das Rektorat und ging zu ihrem Wagen. Der Regen hatte deutlich nachgelassen. Beim Überqueren der Straße vernahm sie auf einmal quietschende Reifen und ein lautes Hupen. Sie hatte einen Mercedes übersehen, dessen Fahrer hinter der Frontscheibe wild gestikulierte. Mit leerem Blick ging sie weiter.

Als sie ihre Wohnung erreichte, war es kurz nach sieben. Im Flur streifte sie ihr feuchtes Kostüm ab, schlüpfte in ihre Jeans und eine gepunktete Bluse. Dann nahm sie das Telefon und rief Wolfgang an.

»Wohin geht eine Juristin mit einer Summa-cum-laude-Promotion? Welches Berufsfeld kommt für sie infrage?«, fragte sie ohne Einleitung.

Wolfgang räusperte sich. »Geht es um deine Freundin aus Sulzburg?«

»Ja.«

»Du hast sie gefunden! Mensch, Agnes, das ist ja …« Wolfgang schienen die Worte zu fehlen.

»Noch nicht ganz, Wolfgang, noch nicht.«

»Lass mich nachdenken«, sagte er beherrscht. »Sie wird Richterin oder Staatsanwältin, je nachdem wie viel Kampfgeist sie besitzt und wie streitfähig sie ist. Es sind nur die Besten, die diese Posten bekommen. Summa cum laude – besser geht's nicht.«

»Was machen die anderen?«

»Die gehen in eine Anwaltskanzlei oder zu staatlichen Behörden.«

Die ungewollte Komik entlockte beiden ein Lachen.

»Lily ist ausgesprochen streitfähig. Ja, Staatsanwältin, das passt zu ihr.«

Mit deutlicher Stimme las sie ihrem Vorgesetzten das Thema von Lilys Promotion vor. »Es geht um Restitution. Wiedergutmachung. Rückgabe von Immobilien aus ehemals jüdischem Besitz. Ausgleichszahlungen, verstehst du?«

Wolfgang schwieg.

Plötzlich wusste sie selbst die Antwort. Sie brauchte niemanden um Rat fragen. Eigentlich gab es nur eine einzige maßgeschneiderte Stelle für Dr. Lily Blum alias Liliane Rosier. Eine, wo sie ihr ganzes Wissen und ihren Kampfgeist einbringen konnte. Eine, wo nur die wenigsten arbeiten wollten, und wenn, dann aus tiefer moralischer Überzeugung.

»Agnes? Bist du noch da?«

»Sie bewirbt sich nach einer Einarbeitung in einer Justizbehörde bei der *Zentralen Verfolgungsstelle für Naziverbrechen* in Ludwigsburg.«

»Dann kämpft sie einen Kampf an vorderster Front«, sagte Wolfgang, dessen Stimme plötzlich glasklar klang.

»Dort gibt es derzeit zehn Staatsanwälte und Richter, und darunter befindet sich eine einzige Frau.«

»Ist nicht wahr!«

»Doch. Wo habe ich das gelesen?«, fragte er mehr sich selbst.

»Ich muss Schluss machen«, sagte Agnes, legte auf, rief bei der Auskunft an, ließ sich die Nummer von der Verfolgungsstelle in Ludwigsburg geben und fragte nach einem Privatanschluss von Frau Dr. Blum.

Beide Telefonnummern wurden ihr von einer freundlichen weiblichen Stimme durchgegeben.

»Wollen Sie mit einem der Anschlüsse direkt verbunden werden?«, fragte die Frau am anderen Ende der Leitung.

»Nein, vielen Dank«, sagte Agnes.

Sie stand auf und öffnete eine Flasche Rotwein. Normalerweise trank sie höchstens am späten Abend zur Entspannung ein Gläschen Wein, es sei denn, sie war in Frankreich.

Jetzt war es halb acht Uhr.

Ein Gedanke an Jean-Pierre streifte sie. Sie würde es ihm sagen müssen. Sagen, dass sie Lily gefunden hatte, sagen, dass seine ehemalige Kinderfreundin in Deutschland lebte. Zum ersten Mal in ihrem Leben hatte sie Lust auf eine Zigarette, aber in ihrem Haushalt gab es kein Nikotin. In der Schublade ihres Schreibtischs suchte sie nach einer Postkarte.

Lieber Jean-Pierre, schrieb sie auf die Rückseite der Ansicht des Freiburger Münsters. *Es sieht danach aus, dass ich Lily gefunden habe. Sobald ich Gewissheit habe, melde ich mich bei Ihnen. Inzwischen weiß ich nicht mehr, ob ein guter Riecher nicht auch eine Last bedeutet – davon dann einmal mehr am Telefon. Vielleicht aber sehen wir uns schon bald zu dritt – womöglich in Dieulefit?*

Cordialement, Agnes.

Noch einmal überflog sie die Zeilen. Sie würde ihm das mit Lilys Rückkehr nach Deutschland erst sagen, wenn Lily zugestimmt hatte.

Wer weiß, vielleicht zählte ein Kinderschwur doppelt.

Agnes warf sich aufs Sofa, während sie ein weiteres Glas trank. Draußen war es finster.

Nach dem vierten Glas legte sie eine Platte von Tom Jones auf und bewegte sich zwischen Sessel und Sofa rhythmisch mit ihrem Weinglas zu dessen Hit *It's not unusual to be loved by anyone.*

Als ihr schummrig wurde, ließ sie sich auf den Sessel fallen.

Die Glocken der Johanneskirche schlugen zehn Mal. Mit dem Telefon auf dem Schoß wählte sie eine Telefonnummer in der Ludwigsburger Schlossstraße.

Der Rotwein hatte ihre Sinne benebelt, einen Puffer zwischen ihre Unsicherheiten und dem Außen gelegt. Alkohol vermochte Zweifel zu zerstreuen, jedenfalls so lange, bis man wieder nüchtern war.

Es war gar nicht so schwer nach den vielen Jahren. Die modernen Zeiten mit dem Komfort eines Telefons, mehrere Gläser Wein und die Erinnerung an ein altes Versprechen machten vieles leichter.

Gebannt zählte sie die Klingeltöne mit.

Der Plattenteller mit Tom Jones drehte sich im Kreis, dann klackte es, und der Hebel führte die Nadel in die Ausgangsposition zurück.

Lily schien nicht zu Hause zu sein.

Gerade als Agnes auflegen wollte, hörte sie eine dünne Stimme am anderen Ende der Leitung.

»Blum.«

Agnes hielt sich die Hand vor den Mund. Jetzt war sie stocknüchtern. Sie atmete durch, öffnete den Mund und schloss ihn wieder.

»Wer ist da?«

»Ich bin es«, stotterte Agnes endlich. »Ich bin es, Lily. Agnes Engler. Endlich habe ich dich gefunden. Du weißt nicht, wie lange ich …«

Agnes brach ab.

Es entstand eine lange Pause, die zu einem großen Schweigen anschwoll, einem voller Fremdheit und Fragen.

»Lily?«

Dann hörte Agnes ein Knacksen in der Leitung. Lily hatte aufgelegt.

Den Hörer wie einen Fremdkörper von sich weghaltend, starrte Agnes auf die fast leere Flasche Rotwein.

Hatte sie tatsächlich geglaubt, Lily würde vor Freude in die Luft springen und tun, als ob nichts geschehen sei? Madeleine Defours mahnende Worte fielen ihr ein:

Die Betroffenen tragen tiefe Wunden davon. Man muss sie mit Samthandschuhen anfassen, sehr vorsichtig bei einer Annäherung sein, und zuweilen erlebt man Überraschungen.

Ja, diese Überraschung saß!

Dabei lag es doch auf der Hand: Weder Lily noch Agnes wusste, was die andere bewegte. Lily hatte keine Ahnung davon, welche Umwälzungen an einem einzigen Tag in Agnes' Leben passiert waren und welch zentrale Rolle die ehemalige Kinderfreundin in den letzten Tagen in ihrem Leben eingenommen hatte.

Agnes legte den Hörer auf und ging zum Schreibtisch. Langsam zerriss sie das Freiburger Münster in mehrere Teile.

Die Erfahrung der Zerbrechlichkeit des Lebens war Agnes zwar nicht fremd, immerhin war sie im Krieg aufgewachsen, aber sie hatte keine Ahnung von Lilys Umgang mit geschehenem Unrecht, welche seelischen Verletzungen sie davongetragen hatte, denn etwas unterschied die Kinderfreundinnen grundsätzlich: Lilys Blickwinkel war der eines traumatisierten Opfers.

Den ehemaligen Freundinnen fehlten mehr als zwei Jahrzehnte Leben der anderen, das wurde ihr auf einmal bewusst. Das *andere* Leben, das Leiden, die Ängste, die Sehnsüchte, der Verlust und die Trauer, aber auch das Glück, die erste Liebe, die ersten geschminkten Lippen, die erste Tanzstunde, der erste Liebeskummer.

Mehr als zwanzig Jahre verpasstes Leben klaffte zwischen einem Versprechen von einst und der Realität, die sie beide unwiderruflich eingeholt hatte.

JOLIE

18

Département Ardèche, 1942

Nach drei Tagen und zwei Nächten hatten Jolie, Jean und Lily das Département Ardèche erreicht. Tagsüber waren sie über Schotter- und Waldwege durch die Cevennen gegangen, zwei Nächte hatten sie bei Eiseskälte in Schutzhütten verbracht.

Die vorletzte Etappe waren sie von einem Bauern mit einem Ochsengespann bis zu dem kleinen auf einem Hochplateau liegenden Örtchen Saint-Remèze mitgenommen worden.

»*Bonne route*«, sagte er und fuhr weiter.

Von hier oben hatte man einen Panoramablick über die wilde Natur des Ardèche. Wie ein smaragdgrünes Band schlängelte sich der gleichnamige Fluss zwischen steilen Felsenwänden auf der einen und dichten Wäldern auf der anderen Seite durchs Tal.

»Schaut nur, wie schön das ist«, sagte Jolie und gab den Kindern aus ihrem Rucksack jeweils ein großes Stück Käse.

Die Überquerung der Brücke war nicht weit von hier entfernt bei Viviers über den *Pont de Robinet* geplant. Roger hatte ihr den exakten Weg auf der Karte gezeigt. Von der anderen Seite aus lag Dieulefit nur noch eine knappe Stunde mit dem Auto entfernt.

Jolie hatte schnell gemerkt, um wie viel leichter sich die Flucht mit nur zwei Kindern gestaltete. Als *Familie* waren sie häufig mitgenommen worden, von einem Auto oder einem Heuwagen.

»Was ist dort, wo wir hingehen?«, hatten Lily und Jean unterwegs immer wieder gefragt. Die Kinder sehnten sich nach Geborgenheit, nach Ruhe.

»Eine feste Bleibe für euch und eine richtige Schule. Ihr werdet ein fast normales Leben führen, bis dieser scheußliche Krieg vorbei ist.«

»Und du?«, fragte Lily mit großen Augen. »Bleibst du bei uns?«

»Zunächst, ja«, sagte Jolie ausweichend, »danach muss ich andere Kinder retten.«

Sie strich Lily über den Kopf. Immer wieder streifte sie der Gedanke an Antoine – was würde aus ihnen werden? Würden sie einander in Dieulefit wiedersehen?

Jolie warf ihren Rucksack auf den Rücken. »Wir müssen weiter. Nach Viviers. Wisst ihr noch, was ich euch darüber gesagt habe?«

»An der Rhône geht das Ardèche in die Drôme über«, leierten Lily und Jean.

Jolie warf ihnen einen zärtlichen Blick zu – wie tapfer diese Kinder waren, wie sehr sie sie liebte!

Am späten Abend kamen sie in Viviers an.

In dem kleinen Ort mit seinen Steinhäusern und engen Gassen waren bereits die Lichter angegangen. Im Gegensatz zu den großen Städten gab es auf dem Land kaum Verdunklungspflicht. Jolie befahl den Kindern, unter einem Olivenbaum am Rand des Marktplatzes zu warten, und deutete auf ein nahe liegendes Bistro.

»Bin sofort zurück.«

»Sie muss wieder telefonieren«, erklärte Lily Jean.

Im Inneren des Bistros saßen drei Männer am Tresen und tranken einen *petit de rouge*. Sie nickten ihr zu.

»*Bonsoir*«, sagte Jolie.

»*Bonsoir*«, gaben sie zurück.

In diesen Zeiten galt auch an solch abgelegenen Orten wie Viviers das Auftauchen von Fremden als normal. Niemand stellte irgendwelche Fragen.

»Wir schließen gleich«, antwortete der Wirt, von Jolie nach dem Telefon befragt, und deutete auf einen schweren roten Vorhang. Dahinter befand sich das Telefon.

Sie wählte die Nummer ihres stillen Briefkastens in Lyon, während sie durch einen Spalt des Vorhangs die Eingangstür im Blick behielt.

Valentine meldete sich nach dem ersten Klingeln.

»*Le renard*«, flüsterte Jolie. »Ich bin jetzt am Ufer des grünen Bands. Heute Nacht machen wir den Sprung. Ist Adalberte zu Hause?«

Verschlüsselt hatte Jolie die Überquerung der Rhône-Brücke angekündigt und gefragt, ob die Luft rein war. Das grüne Band stand für die Ardèche.

»Adalberte ist zu Hause«, gab Valentine zurück. »Mitternacht. *Bon courage*.«

Jolie hörte ein Klacken in der Leitung. Valentine hatte aufgelegt. *Adalberte* lautete das Codewort für: Vorgehen nach Plan. Gegen Mitternacht würden sie den *Pont de Robinet* überqueren und auf der anderen Seite mit einem Weintransport aus der Gefahrenzone herausgebracht werden, so hatte es ihr Roger Martin erklärt.

An der Brücke angekommen, verschaffte sich Jolie einen Überblick. Der *Pont de Robinet* war gerade einmal fünf Meter breit, dreihundert Meter lang und führte zu einer kleinen Straße auf der anderen Seite in das Département Drôme. Dort würden sie zu einem gewissen Marcel ins Auto steigen.

Wenn alles nach Plan lief.

In einiger Entfernung zur Brücke warteten sie in der Dunkelheit. Die Brückenpfeiler waren schwach beleuchtet.

Ein einziges Mal passierte ein Auto den Übergang.

Jolie warf einen Blick auf ihre Uhr und horchte in sich hinein. *Vertraue deinem Instinkt!* Wann war der richtige Zeitpunkt gekommen? Wenn sie rannten, würden sie in wenigen Minuten auf der anderen Seite sein.

Jean und Lily saßen in der Hocke eng aneinandergekauert neben Jolie und sahen sie an, als warteten sie nur auf ihren Befehl.

Der Wind pfiff durch das Tal. Die Wellen der Rhône klatschten ans Ufer. Manchmal ächzten die Ketten der Brücke.

»Jetzt«, befahl Jolie. »Ihr lauft, so schnell ihr nur könnt. Dort an den Pfeilern, wo es hell ist, duckt ihr euch und kriecht, bis es wieder dunkel ist. Dreht euch nicht um.«

Die Kinder liefen los, und Jolie folgte ihnen. Sobald der schwache Lichtkegel sie erfasste, krochen sie auf allen vieren in den Schutz der Dunkelheit. Unter ihren Füßen schwankte die Hängebrücke.

Als sie die andere Seite erreicht hatten, schnappten alle nach Luft.

Jolie zog die Kinder in die Nische einer Felsspalte.

Steile Felswände ragten nach oben, zu ihren Füßen führte eine kleine Straße die Klippen entlang. Mit einer Taschenlampe leuchtete Jolie den Weg aus.

»Wir haben es fast geschafft. Noch fünf Minuten, und ihr könnt euch im Auto ausruhen.«

Nach wenigen Minuten erreichten sie eine kleine Unterführung. Genau wie Roger es gesagt hatte, stand dort ein Kastenwagen.

Erleichtert trat sie zur Fahrerseite und warf einen Blick hinein. Die Ladefläche war mit Fässern bestückt.

Der Fahrer kurbelte das Fenster herunter und sah sie ausdruckslos an. In seinem rechten Mundwinkel hing eine brennende Zigarette.

»Wie ist das Wetter in Lyon?«, stellte Jolie ihre Eingangsfrage, die Parole, um sich zu identifizieren.

»Es kommt auf die Reisezeit an. Im Moment eher durchwachsen. Die *Notre-Dame-de-Fourvière* erstrahlt im alten Glanz.«

»Ich bin Jolie, alias Françoise Portier, und das sind meine Kinder Jean und Liliane«, sagte sie erleichtert.

Marcel grinste und nahm einen Zug von seiner Zigarette. Dann drehte er sich um und öffnete die Hintertür.

Die Kinder stiegen ein, Jolie setzte sich nach vorn auf den Beifahrersitz. Sie warf den Kindern einen Blick zu. »Noch eine Stunde! Dann haben wir es geschafft.«

Lily schienen auf einmal vor Müdigkeit die Augen zuzufallen.

Marcel fuhr los.

Der Wagen ruckelte auf der unebenen Straße. Schwache Scheinwerfer leuchteten den Weg aus, aber in tiefer Dunkelheit erhellte selbst das schwächste Licht die Umgebung.

Jolie atmete auf, nahm ihre Baskenmütze ab, verknotete ihr Haar und setzte sie wieder auf. Langsam rutschte sie auf ihrem Sitz in eine bequeme Position. Sie konnte sich kaum daran erinnern, jemals so müde gewesen zu sein. Mit einem tiefen Atemzug schloss sie die Augen und döste weg.

Was für eine Reise lag hinter ihnen! Vor ihrem inneren Auge sah sie oben auf dem Hügel ihrer Heimatstadt den Altar der *Notre-Dame-de-Fourvière,* wo sie eine Kerze anzünden wollte, um sich für das Glück, das ihr und ihren Schützlingen bisher widerfahren war, zu bedanken. Aber der Docht war zu kurz, das Licht ging immer wieder aus. Menschen, die sie in Lyon zurückgelassen hatte, tauchten im Traum plötzlich in der ersten Reihe der Kirchenbank auf, in Reih und Glied nebeneinandersitzend: ihre Mutter, der Vater, Florence und – Antoine. Wo war ihr Bruder Georges? Auf einmal wurde aus der Kirchenbank eine Tafel im Freien, ein gedeckter Tisch auf dem Landsitz ihrer Eltern, üppig gedeckt mit Brot, Wein, Käse und verschiedenen Tartes. Sie sah ganz genau hin, prüfte die Umgebung: Ja, es handelte sich um das Feriendomizil ihrer Eltern auf dem Land, ein lauschiger Platz inmitten von Aprikosenbäumen. *Chozeau* entzifferte sie auf dem Ortsschild, obwohl einige Buchstaben abgesplittert waren. Einige fremde Gäste waren schwarz gekleidet. Freudig lief sie ihren Liebsten entgegen. Sie trug ein weißes Kleid.

Auf einmal vernahm sie ein knackendes, unangenehmes Geräusch, eines, das sie kannte und dennoch nicht zuordnen konnte. Sie drehte sich einmal im Kreis und lauschte – woher war es gekommen?

Plötzlich spürte sie, wie sie jemand in den Arm kniff.

»Wach auf«, sagte leise eine männliche Stimme. Marcel.

Sie öffnete die Augen. Langsam fand sie sich in der Gegenwart wieder. Das gleißende Licht des Südens war einem grellen Scheinwerferlicht gewichen. Kein Zweifel: Vor ihr lag eine Kontrolle der Vichy-Grenzbeamten. Am Straßenrand schwenkte ein Uniformierter eine Kelle auf und ab und bedeutete ihnen anzuhalten. Das war kein Traum.

Ruckartig setzte sie sich auf. Ruhe bewahren, lautete das erste Gebot. Jetzt galt es zu improvisieren.

Mit zusammengepressten Lippen drosselte Marcel die Geschwindigkeit.

»Scheiße«, sagte er, kurbelte das Fenster herunter, warf seine Zigarette weg, fuhr rechts ran und machte den Motor aus. »Alle halten die Klappe«, zischte er in Richtung Rückbank. »Ich rede.«

Ein Vichy-Gendarm trat an die Fahrerseite, richtete den Strahl seiner Taschenlampe ins Innere des Wagens und fragte dann knapp: »Wohin des Weges?«

JOLIE

19

Département Ardèche, 1942

»Wohin des Weges?«, wiederholte der Gendarm unfreundlich seine Frage.

»Nach Hause«, sagte Marcel.

»Und wo ist das?«

»Montélimar.«

Der Mann stutzte und richtete den Lichtstrahl direkt in Jolies Gesicht, anschließend nach hinten zu den Kindern, dann wieder direkt auf Jolie. »Und die Frau und die Kinder?«

Das grelle Licht blendete. Abwehrend hielt Jolie ihre Hände vor die Augen.

»Das ist meine Schwester mit ihren Kindern. Ich muss sie zu den Großeltern bringen. Unsere Mutter ist gestorben. Sie muss sich um unseren alten Vater kümmern.«

»Was ist in den Fässern?«

Marcel zuckte die Achseln. »Leer. Da war mal Wein drin.«

Auf dem Rücksitz begann Lily zu weinen.

»Warum heulst du denn?«, fragte der Beamte.

Lily schluchzte.

»Wir haben einen Todesfall in der Familie, pardon, Monsieur«, sagte Jean in einwandfreiem Französisch und legte den Arm um Lily. »Wir haben das mit Mémé meiner kleinen Schwester noch nicht gesagt.«

Jolie blieb fast das Herz stehen. Der elfjährige Jean beherrschte bereits das Spiel der Improvisation!

»Es sterben täglich Menschen. Wir sind im Krieg«, gab der Mann mit ausdruckslosem Gesicht zurück. »Name?«, fuhr er fort und zeigte mit einer Kopfbewegung auf Jolie.

»Françoise Portier.«

»Papiere!«

Mit zitternden Händen zog sie ihre Ausweispapiere aus der Manteltasche und reichte sie ihm. Marcel legte seine *carte d'identité* dazu.

»Woher kommst du?«, fragte er Jolie.

»Aus Oloron-Sainte-Marie.«

Er trat einen Schritt zurück und prüfte das Kennzeichen des Wagens, das die Nummer von Viviers trug. »Und du kommst also von hier.«

»Ja, die Weinhandlung am Ortsrand von Viviers gehört mir. Vielleicht kennen Sie sie. Ich habe die drei vom Bahnhof in Albi abgeholt«, erklärte Marcel.

Der Gendarm machte eine ungeduldige Handbewegung. »Albi, soso. Und weiter? Muss man euch alles aus der Nase ziehen? Wann ist Madame geboren, wann und wo?«

Seine Augen schienen Jolie zu durchbohren.

»13. Februar 1914 in Oloron-Sainte-Marie. Das sind meine beiden Kinder Jean und Liliane.«

Es entstand eine lange Pause, in der der Beamte abwechselnd Marcel, Jolie und anschließend die Kinder mit durchdringendem Blick ansah. Dann drehte er sich mit einem Ruck weg und ging mit Jolies Papieren zu einem nur wenige Meter entfernten Holzhäuschen.

»Ein Funkmasten«, flüsterte Marcel.

Jolie schluckte. Sie bemühte sich, an nichts zu denken. Ein Funkgerät. Hochwertig gefälschte Papiere. Kontrolle. Ihr war, als hinge ihr Leben und das der Kinder an einem seidenen Faden.

»Hast du eine Idee?«, presste sie schließlich hervor.

Marcel zuckte die Achseln. »Meine Papiere sind echt. Ich hoffe nur, deine sind gut gemacht.«

»Die besten, Marcel. Es sind die besten«, flüsterte sie.

Hilflos sah sie dabei zu, wie der Gendarm einen Hörer in die Hand nahm und mit jemandem zu sprechen schien. Dabei starrte er die ganze Zeit auf die Frontscheibe des Renaults.

Immer wieder schrie er ihren falschen Namen in die Muschel. »Françoise Portier! Das kann doch nicht so schwer sein, du Schwachkopf! Wo ist dein Vorgesetzter? Verdammt noch mal, hörst du mich überhaupt?«

Dann nahm er den Hörer vom Ohr, schüttelte ihn, legte ihn wieder an und warf ihn schließlich wütend in die Gabel. Das seltsame Prozedere wiederholte er mehrere Male.

»Ruhe bewahren«, sagte Marcel. »Die Verbindung funktioniert nicht. Sie bricht oft zusammen.«

»Oder die Résistance kappt die Verbindungen«, gab sie zurück.

Jolie konnte sehen, wie Marcel das Lenkrad umklammerte und nickte.

Mit harten Schritten kehrte der Gendarm zu ihnen zurück. »Wo lebt eure Mémé?«, fragte er an Lily gerichtet.

»Sie ist ja tot«, korrigierte Jean. »Place de la Grangette.«

Jolie schloss die Augen und zählte innerlich auf zehn. Wo hatte der Junge die Adresse her?

»So, so, Place de la Grangette.«

»Ja, auf der Place de la Grangette, neben der Kirche«, erklärte Jean eifrig.

Lily nickte mit zusammengepressten Lippen.

Der Gendarm runzelte die Stirn.

»Die Kinder spielen vor der Kirche immer mit ihrem Großvater Boule«, sagte Jolie mit geschlossenen Augen und rieb sich die Schläfen.

In ihrem ganzen Leben war sie noch nie in Montélimar gewesen.

»*Les enfants disent toujours la vérité.* Die Kinder sagen immer die Wahrheit, Monsieur le Gendarme. Es hat alles seine Richtigkeit«, sagte Marcel und bot ihm eine Zigarette an, die der Beamte wortlos nahm und in seine Tasche steckte.

Jolie zwang sich ein Lächeln ab.

Nach einem langen Zögern reichte der Vichy-Polizist den Erwachsenen ihre Papiere. »Sie melden sich gleich morgen früh bei der Gemeinde und legen dort Ihre Ausweispapiere vor, Madame. Verstanden?«

»*D'accord*«, sagte Jolie.

Marcel startete den Motor und fuhr los.

Lange sprachen sie kein Wort und rauchten stattdessen mehrere Zigaretten. Die Gefahr war gebannt. Vorerst.

»Sind die Fässer wirklich leer?«, fragte Jolie kurz vor Dieulefit.

Marcel grinste und schüttelte den Kopf.

Jolie seufzte. Sie vermochte sich nicht einmal auszudenken, was hätte passieren können. Wahrscheinlich befanden sich Waffen darin.

Wie paralysiert bewegten sich die Oberkörper der Kinder auf der holprigen Straße von links nach rechts und wieder zurück. Nur ein einziges Mal fragte Lily, an Jean gerichtet: »Was war das denn für eine Adresse?«

Jolie hielt den Atem an und drehte ihren Kopf nach hinten.

»Die des Bürgermeisters«, gab Jean zurück. »Das haben wir mal im Unterricht gelernt, wie die Verwaltung in Frankreich funktioniert. Am Beispiel einer Gemeinde in der Drôme.«

»War es Montélimar?«, fragte Jolie.

Jean schüttelte den Kopf. »Châteauneuf-du-Rhône. Das liegt nebenan.«

Jolie verschlug es die Sprache. Sie schob den Gedanken, was passiert wäre, hätte der Gendarm Montélimar gekannt, weg.

»Manchmal lernt man in der Schule fürs Leben«, sagte sie nach einer Pause kopfschüttelnd und lachte laut heraus. Alle stimmten mit ein. »Verwaltung in Frankreich. Jean, du kleiner schlauer Mann, du hast alles richtig gemacht. Du hast uns gerettet.«

»Ja, du hast uns mit deinem perfekten Französisch gerettet«, bestätigte Lily und klopfte ihm auf die Schulter. »Es ist noch französischer als das der Franzosen.«

Kurz nach ein Uhr erreichten sie ihr Ziel, und es galt Abschied zu nehmen. »Es ist nicht mehr weit. Vielleicht noch eine Stunde von hier zu Fuß. *Bon courage*«, sagte Marcel.

»*Liberté*«, sagten Jolie, Jean und Lily wie im Chor und liefen los. *Freiheit.*

Völlig erschöpft läuteten sie um zwei Uhr morgens am Eingangsportal der Schule Beauvallon. Das Gebäude lag etwas abseits in einem Tal, und auf dem Vorplatz befand sich eine große Kastanie.

Kurz darauf ging innen Licht an.

Jolie übergab einer dunkelhaarigen Frau wortlos die halbe Spielkarte.

Freudestrahlend nahm sie diese entgegen. »Wie schön, dass ihr da seid! Habt ihr es also geschafft.«

Auf dem langen Flur näherte sich mit eiligen Schritten eine Frau, die ihren Morgenmantel zuband. Aufgrund ihres herben Gesichts und des Kurzhaarschnitts hatte Jolie sie zunächst für einen Mann gehalten.

»Herzlich willkommen. Ich bin Marguerite, die Leiterin von Beauvallon. Und das ist Madeleine, unsere Lehrerin für Deutsch und Französisch.«

Marguerite verschwand mit den Kindern, und Madeleine bedeutete Jolie, ihr zu folgen.

In ihrem Büro angekommen, ließ sich Jolie auf einen Stuhl fallen, nahm ihre Mütze vom Kopf und massierte ihren Nacken. Wie betäubt sah sie dabei zu, wie Madeleine zwei Gläser mit Cognac füllte.

»Herzlich willkommen in Beauvallon.«

Sie stießen an. Jolie atmete auf. Der Alkohol brannte im Hals.

»Wir haben Anweisung von oben, dich vorläufig hierzubehalten. Du bleibst erst einmal in der Schule, bekommst ein Zimmer bei den Internatsschülern«, hörte sie Madeleine wie aus der Ferne sagen.

»Ich darf hierbleiben?«, fragte sie mit großen Augen und berichtete im Stakkato von dem Zwischenfall mit dem Vichy-Gendarmen. »Ist etwas passiert?«, fragte sie, als sie am Ende ihres Berichts angekommen war.

Madeleine schüttelte den Kopf und schenkte die Gläser nach. Noch einmal tranken sie. »Ganz schön schlau, der kleine Jean.«

Jolie spürte die entspannende Wirkung des Alkohols. Ihr war, als sei sie endlich angekommen. Aber bald schon würde der nächste Auftrag kommen.

Sie schob den Gedanken beiseite. Alles, was sie jetzt brauchte, war Schlaf.

»Ja, Jean hat alles richtig gemacht hat«, sagte sie und gähnte.

»Wir werden ihm einen schönen Namen geben«, erwiderte Madeleine. »Wie lautet sein richtiger?«

»Hans Felsenstein. Er kommt aus Hamburg. Seine Eltern haben ihn nach Paris zu Freunden geschickt, wo er bis zur großen Razzia gelebt hat. Daher rührt sein nahezu akzentfreies Französisch.«

Nachdenklich drehte Madeleine an ihrem Glas.

»Nennen wir ihn Jean-Pierre Roche«, sagte Madeleine, als habe sie soeben einen Geistesblitz. Zufrieden schrieb sie ihre Wortschöpfung auf ein Blatt Papier.

Jolie lächelte. »Ein sehr schöner Name.«

Mitten in der Nacht spürte Jolie, wie sie jemand am Arm berührte. Sie schrak auf. Lily schlief tief und fest neben ihr.

Es war Madeleine.

»Wie lange habe ich geschlafen?«, fragte Jolie orientierungslos.

»Du kannst gleich weiterschlafen. Komm mit.«

Barfuß und schlaftrunken folgte sie der Lehrerin über einen langen Flur.

In einer Nische hing an einem langen Kabel ein Telefonhörer, auf den Madeleine zeigte: »Telefon für dich.«

Dann verschwand sie.

»Du bist in Sicherheit«, vernahm sie am anderen Ende der Leitung Antoines Stimme. »Gott sei Dank! Es gab unzählige Brückenkontrollen, nachdem unsere Leute Leitungen in der Drôme gekappt haben. Da wusste wieder mal eine Hand nicht, was die andere tut. Fluchthilfe kollidiert mit Sabotage.«

»Antoine«, sagte sie, und sofort kehrte das Ereignis in Viviers in ihrer Erinnerung zurück und mit ihm die Angst. Vor ihrem inneren Auge sah sie die Bilder von der Kontrolle, den Vichy-Polizisten, der telefoniert oder es zumindest versucht hatte.

Was war geschehen?

»Es erging ein Suchbefehl an alle Drôme-Gemeinden nach einer Frau und einem Mann mit eurer Beschreibung und deinem falschen Namen. Wir müssen davon ausgehen, dass deine Tarnung aufgeflogen ist.«

Verzweifelt überlegte Jolie, ob sie irgendwo auf ihrer Reise den falschen Leuten vertraut hatte. Sie ging alle

Stationen durch. Keinem einzigen Fremden hatte sie gesagt, wohin sie wollte.

»Wie geht es Marcel?«

»In Sicherheit.«

»Hat uns jemand verraten?«

»Wer vermag das zu sagen? Du bekommst jedenfalls eine neue Identität in Dieulefit.«

Sie warf einen Blick in den Flur. In einer Fensternische brannte eine Kerze, ein Bild, das sie tief berührte. Anders als in ihrem Traum von der Kathedrale ihrer Heimatstadt flackerte eine satte Flamme, als könne ihr kein Windzug etwas anhaben. Keine Menschenseele war in Beauvallon zu sehen. Das Gebäude war in dunkle Nacht getaucht. Die Kälte des Steinbodens unter ihren Füßen kroch langsam ihren Körper hinauf, und sie begann mit den Zähnen zu klappern.

»Wie lautet die Anweisung?«, fragte sie mit zitternder Stimme.

»Françoise Portier gibt es nicht mehr.«

Die Sanftheit seiner Stimme prallte auf den Inhalt seiner Worte.

»Verstanden.«

»Du bleibst in Dieulefit. Wenn du dir Briefe schicken lässt, nur postlagernd nach Montélimar über die Schule Beauvallon. Warte, bis ich bei dir bin, *ma jolie.*«

Gleich morgen würde sie ihrer Cousine Florence die Postlageradresse zukommen lassen.

Aufgewühlt legte sie den Hörer in die Gabel und ging zurück ins Bett, in dem Lily inzwischen eingekuschelt auf ihrer Seite lag.

Das Kind rieb sich die Augen.

»Schlaf weiter, es ist alles in Ordnung«, sagte Jolie und schob ihre eiskalten Füße unter die warme Decke.

AGNES

20

Ludwigsburg, 1965

»Eine Frau hat zwei Lebensfragen«, erklang eine fröhliche Werbestimme aus dem Autoradio.

Agnes lenkte ihren Wagen am Trümmerberg Stuttgarts, dem Birkenkopf, die Serpentinen hinab. Frühling lag in der Luft, aber sobald die Sonne unterging, wurde es empfindlich kalt. Am späten Nachmittag war sie in Richtung Ludwigsburg aufgebrochen.

»Was soll ich anziehen, und was soll ich ihm kochen? Es ist erstaunlich, was ein Mann alles essen kann, wenn er verheiratet ist«, sagte die Werbestimme.

Agnes kannte sie aus dem TV: Es ging um irgendein Backpulver.

Wütend schaltete sie das Radio aus. Derartige Ratschläge ließen ihren Puls unmittelbar in die Höhe steigen. Als moderne Frau fand sie es zutiefst befremdlich, dass sich die Welt vieler Frauen ihrer Generation um das Wohl ihrer Ehemänner drehte. Das Publikum für derartige Werbung war, das befürchtete Agnes, dasselbe, das bei ihrem Antibabypillen-Beitrag auf die Barrikaden gegangen war.

Sie fand die Schorndorfer Straße, wo die Behörde ansässig war, zügig und parkte ihren Wagen etwas abseits unter einer Birke. Vor ihrer Abreise hatte sie sich nach Frau Dr. Blums Anwesenheit erkundigt. Es hieß, sie sei bis mindestens achtzehn Uhr in ihrem Büro.

Hinterm Steuer wartete Agnes und sah gebannt auf das schlichte dreistöckige Haus, das eine alte Steinmauer mit einer eingebauten Stahltür von der Straße abgrenzte. Eine Hochsicherheitstür mit nur einer Klingel, wie es sie sonst vor allem in Botschaften gab.

Nach und nach verließen dunkel gekleidete Männer mit Aktentaschen das Gebäude und traten durch die Tür hinaus. Die Dämmerung setzte ein. Im ersten Stockwerk ging ein Licht an. War das Lilys Büro?

Agnes versuchte sich vorzustellen, was die Kinderfreundin dort tat, wie sich die Akten stapelten, all die Karteien mit braunen Namen aus der jüngeren Geschichte der Bundesrepublik.

Wie sah das Tagesgeschäft der Verfolgungsstelle für Naziverbrechen aus? Wahrscheinlich nicht sehr spektakulär. Es gab Einstufungen, abhängig vom Schweregrad der Taten der Gesuchten, genau wie bei den Auschwitz-Prozessen. *Verbrechen gegen die Menschlichkeit* – ein Straftatbestand im Völkerrecht.

Die meistgesuchten ehemaligen Nazis, so hatte sie vor Kurzem in der Zeitung gelesen, gingen den Staatsanwälten und Richtern von Ludwigsburg nicht ins Netz. Noch nicht. Immer noch war man auf der Suche nach Kriegsverbrechern wie dem leitenden Arzt von Auschwitz, Josef Mengele, der an der Rampe über Leben und Tod der Häftlinge bestimmt hatte und für seine grausamen Menschenversuche bekannt war. Wo hielten sich der Schlächter von Lyon, Klaus Barbie, und Martin Bormann, Hitlers Sekretär und Leiter der Reichskanzlei, versteckt?

Agnes legte den Kopf gegen die Nackenlehne, schloss die Augen und öffnete sie wieder. Was musste diese Arbeit für Lily als unmittelbar Betroffene bedeuten? Befeuerte sie damit nicht Tag für Tag ihr Trauma? Rache hielt Agnes nicht für heilsam, den Kampf um Gerechtigkeit aber sehr wohl.

Aus dem Handschuhfach holte sie eine Coca-Cola-Flasche, öffnete sie und trank sie aus. Das Getränk belebte sie unmittelbar. Sie legte die leere Flasche wieder zurück und wischte sich über den Mund.

Plötzlich ging in der Schorndorfer Straße das letzte Licht aus. Alarmiert richtete sich Agnes auf und starrte auf die Tür.

Es dauerte nicht lange, und eine kleine Frau trat hinaus auf den Weg, machte sich eine Zigarette an und steuerte auf Agnes' Wagen zu. Sie schätzte die Entfernung zwischen ihnen auf etwa fünfzig Meter.

Im Rückspiegel konnte sie ihre Gestalt sehen: Sie war nicht sehr groß, schlank, von zarter Statur und trug Jeans, eine Bluse, eine grobe Strickjacke. Kein Wuschelhaar. Ihr Haar war glatt wie das von Agnes. Je näher die Frau kam, desto deutlicher konnte sie Lily erkennen, und vor ihrem inneren Auge vermischten sich zwanzig Jahre und die jüngsten Ereignisse zu einer einzigen Frage: Was war in

Lilys Leben passiert, dass sie nie mit Agnes Kontakt aufgenommen hatte? Für Lily wäre es ein Leichtes gewesen, sie zu finden. Agnes gestand sich ein, dass sie Lily womöglich nicht erkannt hätte, wäre sie ihr zufällig über den Weg gelaufen.

Gebannt beobachtete Agnes im Rückspiegel, wie Lily sich langsam, eine Akte unter den Arm geklemmt, in ihre Richtung näherte. Es war, als bewege sie sich wie von einem Kokon umhüllt durch die Welt. Dabei war ihr Gang schlaksig, lässig, wie eh und je. Als sie näher kam, hätte Agnes schwören können, dass sich für einen Moment ihre Blicke getroffen hatten.

In ihre Erinnerung kehrte ein Lastwagen in Sulzburg zurück. Damals hatten sie durch einen Spalt einander die Hände zu reichen versucht.

Nervös griff sie nach ihrer Handtasche neben sich und durchsuchte deren Inhalt mit fahrigen Händen, ohne die Augen von Lily zu lassen.

Sie hatte das halbe Foto vergessen.

Agnes hielt den Atem an. Nur noch wenige Meter, dann würde Lily Agnes' Käfer erreicht haben. Sie starrte ins Seitenfenster, an dem sich jetzt Lilys Schatten vorbeischob. Dann sah sie nur noch Lilys Rücken. Eine Rauchwolke zog über ihre Schulter.

Sie war einfach vorbeigegangen.

Starr saß Agnes hinterm Steuer, die Hände aufs Lenkrad gelegt. Dann öffnete sie, ohne nachzudenken, die Fahrertür, stieg aus und lief der Freundin hinterher. Nach wenigen Schritten hatte sie sie eingeholt und stellte sich vor ihr auf.

Abrupt blieb Lily stehen und hielt die Akte schützend vor ihren Oberkörper. Sie trat einen Schritt zurück. Die beiden Frauen sahen einander in die Augen. Lilys sprachen eine andere Sprache als ihr Körper: Sie wirkten ausdruckslos, unerschrocken, abgeklärt.

Die zwei Kinderfreundinnen von einst standen stumm voreinander, und Agnes bemühte sich verzweifelt, in Lilys Augen zu lesen. Nein, sie waren keine Freundinnen, sondern zwei Frauen, deren Lebenswege sich getrennt hatten. Zwischen ihnen tat sich ein Graben auf.

Lily zog an ihrer Zigarette, und sogleich bemerkte Agnes das Beben ihrer Hand. Plötzlich wusste sie: Lily war auf diese Begegnung vorbereitet.

Agnes, die Radiofrau, die so oft eine unvorhergesehene Pause im Programmablauf überbrücken musste und über ein ganzes Repertoire an verbalen Ausflüchten verfügte, war sprachlos. Was sollte sie sagen? Jedes Wort könnte das falsche sein. Sie schluckte und sah beherrscht in Lilys dunkle Augen, die ihr auf einmal traurig erschienen.

Es vergingen Sekunden. Sekunden, die sich zu zwanzig Jahren ausdehnten. Ein großes Schweigen türmte sich wie eine hohe Mauer zwischen ihnen auf, während eine Laterne Lilys Gesicht beleuchtete.

Passanten liefen an ihnen vorbei in Richtung Blühendes Barock, das zweite Wahrzeichen von Ludwigsburg, ein Ort, den Agnes aus Kindertagen kannte.

Wie das Gespräch eröffnen, hatte sich Agnes die ganze Fahrt hierher gefragt, nun wog das Schweigen voreinander mehr als tausend Worte. Für einen Moment dachte Agnes daran, es dabei zu belassen, hier auf diesem Gehweg neben der kerzengeraden Allee, die zum Schloss führte, umzudrehen und mit einer Entschuldigung wieder in den Wagen zu steigen und zurückzufahren.

Aber etwas hielt Agnes fest, als hätten sich soeben Wurzeln unter ihren Füßen in die Erde gegraben. Wurzeln, die sie daran hinderten umzudrehen und ihr gleichzeitig Halt gaben.

Irgendwann stellte sie das Denken ein. Dann, sie wusste nicht, wie lange sie wie zwei Statuen an einer Stelle verharrt hatten, entdeckte sie in Lilys Augen etwas Vertrautes, das kurz aufflackerte und sich wieder zurückzog.

Hatte Agnes in ihnen die Erinnerungen an eine gemeinsame Zeit in Sulzburg gesehen, ihre Spiele, ihre unerschütterliche Treue, ihren Trennungsschmerz an einem Oktobertag im Jahr 1940? Gab es ein gemeinsames Gedächtnis? Fragen gingen Agnes durch den Kopf. Nichtssagende, banale, aber dennoch hochexplosive Fragen.

Wie geht es dir? Wo bist du gewesen? Ich freue mich, dich wiederzusehen. Ich dachte, du wärest tot.

Von Lilys Zigarette fiel ein großes Stück Asche ab.

»Wenn du mich wegschickst, komme ich wieder«, platzte es aus Agnes heraus. Sie sah zu Boden, wo die graue Asche lag, und schob mit der Fußspitze einen kleinen Stein zur Seite. »Ich komme so lange wieder, bis du mit mir sprichst.«

Ein Lächeln legte sich auf Lilys Lippen, und ihr Blick schweifte auf die andere Straßenseite zu einem beleuchteten Schild mit dem Schriftzug *Da Giovanni*.

Sie warf ihre abgebrannte Zigarette auf den Boden und trat sie aus. Ihre zerschlissenen Boots stachen Agnes ins

Auge. Sie mochte die Art, wie sich Lily kleidete, weit entfernt von irgendeinem Modediktat.

»Magst du Pizza?«, fragte Lily plötzlich und sah Agnes mit zurückgeworfenem Kopf an.

LILY

21

Beauvallon in Dieulefit, 1942

Lily und Jean traten gemeinsam auf die Veranda von Beauvallon und setzten sich dort auf den Schachbrettboden zu ihren Mitschülern Pierre und Claude. Die beiden waren in ein Brettspiel vertieft.

Eine grau gestreifte Markise flatterte im Wind.

Dieulefit, das hatten Lily und Jean-Pierre sehr schnell gelernt, bildete eine Welt für sich. Eine heile Welt inmitten des Kriegs. Es gab ein Schwimmbecken, wenige Meter neben der Schule, Plätze, auf denen man Völkerball spielen konnte, und im Schulgebäude existierten außer den Klassenräumen Gemeinschaftssäle und ein Lehrerzimmer. Die Schlafräume befanden sich im ersten Stock des Gebäudes und waren über eine knarrende Holztreppe zu erreichen.

In den engen Gassen und auf den Plätzen des idyllischen Zweitausend-Seelen-Orts sah man keine Vichy-Polizei, nur einige uniformierte Italiener, die in Straßencafés Karten spielten, rauchten und Wein tranken. Zuweilen versorgten sie die Kinder mit Schokolade oder Limonade. Sie nannten sie liebevoll *bambini, ragazza oder ragazzo.*

Lily und Jean hatten sich bereits nach wenigen Wochen in Beauvallon eingelebt. Hier durften sie einfach Kinder sein. Ein von der Schulleitung festgesetzter Rahmen, bestehend aus Unterricht, Freizeitaktivitäten und gemeinsamen Unternehmungen, bestimmte jetzt ihr Leben. Er gab vor allem Sicherheit. Das Lehrerkollegium und jene Kinder, die schon länger hier waren, hatten Lily und Jean eingeweiht. Dabei gehörte das Auftauchen neuer Schüler zum Alltag – jeder leistete seinen Beitrag und kümmerte sich um sie.

Jean war gleich am Anfang einer Theatergruppe beigetreten, Lily hingegen galt als die jüngste Teilnehmerin einer Philosophie-Arbeitsgruppe.

»Alles dreht sich um den Sinn des Lebens«, hatte sie Jean gleich nach der ersten Stunde erklärt.

Seitdem lauschte Jean voller Bewunderung allem, was Lily über den Sinn des Lebens erzählte.

Unterrichtet wurden die Kinder von berühmten Menschen, die als Verfolgte in Dieulefit Unterschlupf gefunden hatten. Schriftsteller, Maler, Künstler. Jeder leistete in der neu gewonnenen Sicherheit seinen Beitrag.

Lily wohnte zusammen mit fünfundzwanzig Kindern im Internat von Beauvallon. Jean hatte eine Unterkunft bei einer Familie im Dorf in der Rue du Bourg bekommen, die er nach dem Abendessen in einer Viertelstunde Fußmarsch erreichte. Die Trennung von Jean fiel Lily schwer, nachdem sie wochenlang Tag und Nacht zusammen gewesen waren. Sie hätte wetten können, dass es auch Jean etwas ausmachte, nur ließ er sich nichts anmerken.

In Beauvallon gab es sogar ein Schulparlament. Dort wurde über Freizeitaktivitäten, Unterrichtsinhalte und Arbeitseinsätze abgestimmt, und zwar demokratisch. Das bedeutete, dass jeder Schüler seine eigene Meinung sagen durfte. Jedes Kind wurde gehört. Fasziniert hatte Lily verfolgt, wie die Leiterin der Schule, Tante Marguerite, in diesem Zusammenhang die Staatsform Demokratie erklärt hatte. Sie vermochte alles noch ein bisschen besser als Adèle zu erklären, aber im Prinzip wusste Lily schon Bescheid: Frankreich war einst eine Demokratie gewesen, heute aber galten in Lilys neuer Heimat gänzlich andere Regeln. Im sogenannten freien Frankreich herrschte seit Kriegsbeginn Marschall Pétain mit Regierungssitz in Vichy, und die Vichy-Polizei setzte in der *zone libre* durch, was Pétain sich ausdachte. Meist befolgte der Mann mit dem großen Schnauzer die Befehle der Deutschen. In vielen Schaufenstern von Geschäften hing sein Porträt. Er war es, der Razzien gegen Juden befahl und sie an die *boches* auslieferte. Oft dachte Lily in diesem Zusammenhang an Adèles Worte aus Gurs: *Die Juden mag keiner, auch die Franzosen nicht.* Wenn Adèle wüsste, wie sehr die Menschen in Dieulefit die Juden mochten, sie würde staunen.

»Der Mensch wird gut geboren, nur die Gesellschaft pervertiert ihn«, hatte Tante Marguerite heute bei der morgendlichen Versammlung an die Tafel geschrieben. Ein Satz, den Lily nicht ohne Weiteres hinnahm.

»Was bedeutet *pervertiert?*«, fragte Lily nach einer Weile und notierte den Satz für die nächste Philosophie-Stunde.

»Das ist ein Leitsatz von Jean-Jacques Rousseau, einem Mitbegründer der modernen Pädagogik. Hier in Beauvallon erziehen wir unsere Kinder nach Rousseaus Grundsatz, dass der Mensch von Natur aus gut ist«, erklärte Tante Marguerite. »Pervertieren bedeutet, den Menschen verfälschen, verdrehen, etwas Gutes in seinem Wesen ins Negative umkehren. Wir stärken die guten Anlagen.«

Lily begriff umgehend, obgleich sie sofort weitere Fragen hatte. Was war mit den *boches* passiert, mit dem Aufsichtspersonal von Gurs, dem Militär, das sie und ihre Eltern in Sulzburg abgeholt hatte? Waren sie früher einmal gut gewesen? Was genau hatte diese Menschen böse gemacht?

Wohlwollend ging Tante Marguerite auf Lilys Fragen ein, erläuterte die Zusammenhänge und die Widersprüche, die Lilys Fragen aufgeworfen hatten, und zwar so, dass es sogar ein Kind verstand.

»Lily«, sagte sie abschließend, »du nimmst es sehr genau und stellst kluge Fragen. Aus dir wird einmal eine Denkerin.«

Lilys Vater hatte einmal gesagt, dass es die Lyriker bei Gedichten sehr genau nahmen. Jedes Wort hatte seinen Platz, der Klang, die Silben, die Konsonanten und Vokale ergaben schließlich eine Gesamtkomposition. Philosophen, zu denen Rousseau gehörte, fand Lily, mussten sich auch daran halten.

Nach Tante Marguerites Ausführungen folgte die übliche Schweigeminute, in der Lily über das Gelernte sinnierte.

»Das mit Rousseau hat dich ganz schön gefuchst, nicht wahr, Lily?«, riss sie Jean aus ihren Gedanken. »Du lässt wirklich nichts durchgehen.« Er zog seine Beine an und rollte seine Kniestrümpfe bis zu den Knöcheln hinunter.

Wie jeden Tag trug er knielange Hosen, ein kariertes Hemd und seine Baskenmütze, die er hier in Dieulefit aus der Kleiderkammer bekommen hatte. Lily saß im Schneidersitz neben dem Freund, ihren Kopf in die Hände gestützt. Auch sie war völlig neu eingekleidet, ihr Kopf entlaust und ihr störrisches Haar zu zwei geflochtenen Zöpfen gebändigt. Sie hatte etwas zugenommen, war nicht mehr ganz so mager wie zuvor.

Die Sonne blitzte durch den Baldachin, der sich im Wind bewegte, und reflektierte die auf dem großen Vorplatz stehende Kastanie.

»Ich weiß nicht«, sagte Lily zögerlich. »Was glaubst du denn, wer sind *die Bösen*?«

»Natürlich die *boches*«, sagte Jean. »Es gibt das Böse, das sagt auch Tante Marguerite. Wenn es das nicht gäbe, hätten wir den ganzen Schlamassel nicht am Hals.«

»Wo er recht hat, hat er recht«, mischte sich Pierre ein. Er schob, auf dem Bauch liegend, gerade einen schwarzen Stein quer über das Brettspiel. »Den ganzen Schlamassel verdanken wir den *boches*. Und weil sie nicht nach Dieulefit kommen, sind hier nur die Guten.«

Claude nickte zustimmend.

»Ich kann euch ein Beispiel von einer guten Deutschen nennen. Sie ist keine *boche*«, sagte Lily beherzt. »Sie ist meine beste Freundin in Sulzburg, wo ich herkomme, und sie stellt sich immer auf meine Seite. Auch damals, als es für uns Juden schwerer wurde. Ihr Name ist Agnes, meine allerbeste Freundin.«

Verlegen zog Lily ein halbes Foto aus einem Seitenfach ihrer Schultasche und reichte es Jean. »Das ist sie.«

»Das ist ja kaputt«, sagte er und betrachtete das Foto.

»Die abgerissene Seite bin ich«, erklärte Lily. »Die hat Agnes. Wenn der Krieg vorbei ist, kleben wir es zusammen und sind wieder Freundinnen.«

»So lange wirst du wohl mit mir vorliebnehmen müssen«, erwiderte Jean schmunzelnd und gab ihr das Bild zurück.

»Für einen Jungen bist du ganz passabel«, sagte Lily.

»Du für ein Mädchen auch.«

Jean zog seine Baskenmütze tief über die Stirn, lehnte seinen Hinterkopf gegen die Wand und schloss die Augen.

Lilys Blick schweifte durch das Grün der Bäume in Richtung Himmel. Nirgendwo hatte sie solch ein Grün gesehen, nicht einmal zu Hause in Sulzburg. Zu ihrer Rechten erstreckte sich nichts als Wald, sonnendurchflutete Baumkronen, zu ihrer Linken lag der mondförmige Vorplatz ihrer Schule mit der Kastanie.

Bald war es Sommer, und sie würden schwimmen dürfen. Ein Gedanke an die heißen, staubigen Sommer in Gurs streifte sie. Hier in Dieulefit, so hieß es, gab es den Mistral, einen eisig kalten Wind, der zuweilen mitten im Sommer durch die Drôme und die Provence fegte.

»Tante Marguerite weiß ganz schön viel, findest du nicht auch?«, durchbrach Jean ihre Gedanken.

Die meisten Kinder nannten die Schulleiterin nur *Mamie* oder *Tante Marguerite.* Auch Lily tat das. Mamie wurde nach und nach wie Jolie mit ihrer warmherzigen Art zum Mutterersatz der Kinder von Beauvallon.

»Ja, sie weiß viel«, sagte Lily. Für sie war die Sache mit Rousseau bei aller Bewunderung und Zuneigung für Tante Marguerite noch lange nicht zu Ende gedacht.

»Was willst du mal werden?«

»Eine Denkerin«, sagte Lily wie aus der Pistole geschossen. »Vielleicht studiere ich Philosophie. Die großen Denker haben alle Philosophie studiert. Und du?«

»Kunst«, sagte Jean, nahm seine Mütze ab und schüttelte sie. »Ich mag am liebsten die Besprechungen über die Gemälde. Ich möchte alles über Malerei und Bildhauerei wissen. Erinnerst du dich an Picasso? Atie hat mir von ihm erzählt. Er lebt in Paris in einem riesengroßen Atelier unterm Dach.«

Aties richtiger Name war Catherine Krafft. Gemeinsam mit Tante Marguerite und Simone Monnier bildete sie das Führungstrio der Schule von Beauvallon. Atie und Tante Marguerite sah man oft zusammen, genau wie Lily und Jean schienen die beiden Frauen unzertrennlich.

»Wir haben mit Atie einmal *Guernica* besprochen, Picassos Bild gegen den Krieg«, warf Lily ein. »Es ist ein Triptychon.«

»Stimmt. Du kannst dir wirklich alles sehr gut merken«, sagte er anerkennend.

Zu Atie flüchteten die meisten Kinder bei Blessuren aller Art. Tag und Nacht war Atie als Leiterin der Krankenstation für die Kinder einfach da. Dabei, fand Lily, strahlte sie im Vergleich zu Mamie eine gewisse Distanz aus. Lag es daran, dass tagein, tagaus Verwaltung und Organisation von Beauvallon auf ihren Schultern lasteten?

Draußen sah Lily, wie die hochgewachsene Tante Marguerite barfuß in Sandalen beschwingt den Vorhof betrat. Stets schenkte sie den Kindern ein Lächeln. Jemand hatte einmal gesagt, die Kinder von Beauvallon bedeuteten den drei Frauen alles. Sie würden für sie durch die Hölle gehen.

»Atie und Tante Marguerite sind ein Liebespaar«, sagte Pierre plötzlich, schob seine Holzfigur über das Brett und sah Lily verschmitzt an. Er kicherte hinter vorgehaltener Hand.

Lily hatte sich so etwas schon gedacht, fand das aber keineswegs befremdlich, im Gegenteil, für sie war es so normal wie der Frieden von Dieulefit inmitten des Krieges. Unnormal fand sie den Krieg und seine vielen hässlichen Gesichter.

»Sei doch froh, wir haben hier in Beauvallon zwei Mütter«, sagte Jean gelassen, stand auf und hängte sich seine Schultasche um. »Ich gehe jetzt Hausaufgaben machen.«

Lily reichte ihm ihre Hand. Mit einem Ruck zog er die Freundin nach oben. Auf Mamie und Atie ließen sie beide nichts kommen.

»Ich komme mit«, sagte Lily.

»Ihr seid auch ein Liebespaar«, trällerte Claude und kicherte anschließend wie ein Mädchen.

»Rede keinen Schmu«, sagte Jean und warf Lily ein breites Lächeln zu.

Schmu war jiddisch und bedeutete Blödsinn.

LILY

22

Dieulefit, 1942

Es gab ungeschriebene Gesetze in Beauvallon. Gesetze, die laut den Erwachsenen der inneren Balance dienten, und solche, die einzig zum Überleben wichtig waren. Zum Ausgleich gehörte eine Stunde *calme* – Stille. Nach dem Essen musste sich jeder Schüler mit einem Buch beschäftigen und eine Stunde darin lesen, ohne auch nur ein einziges Wort von sich zu geben.

»Lesen ist gut für die Seele, und für die Erwachsenen ist es eine Wohltat, wenn wir eine Stunde kein Kindergeschrei hören«, pflegte Mamie zu sagen.

Lebenswichtig hingegen war das ungeschriebene Gesetz, sich zu verstecken, und zwar nach einer strengen Vorgabe, die dem Schutz der Gemeinschaft diente. Die Kinder von Beauvallon hatten ganz nebenbei gelernt, auf Veränderungen zu achten, in vertrauten Gesichtern zu lesen, ob irgendwo eine Bedrohung lauerte. Man übte Gefahrensituationen. Das Szenario war stets dasselbe:

Die Vichy-Polizei kam zur Kontrolle oder, schlimmer, die *boches*.

Lily hatte noch nie einen *boche* in Dieulefit gesehen, aber sicher war sicher.

Auf dem Rathaus bei Jeanne Barnier, der Sekretärin des Bürgermeisters, hatte Lily ihre neuen Papiere auf den Namen Liliane Rosier lautend bekommen. Trotzdem rief sie jeder nur Lily. Darauf hatte sie bestanden. Hans hieß jetzt mit vollem Namen Jean-Pierre Roche.

Eines Tages stürmte Tante Marguerite in den Französisch-Unterricht von Madame Defour, stellte sich an deren Pult und sagte mit getragener Stimme:

»Alarmstufe rot! Versteckt euch! Die Großen nehmen die Kleinen und die Neuen mit und zeigen ihnen den Weg. Die Kleinsten schließen sich ihren Gruppenführern an. In spätestens vier Minuten ist die ganze Schule geräumt.«

Sie warf einen Blick auf ihre Armbanduhr. »*Vite, vite. Faites attention.*«

Lily und Jean sahen sich verwirrt an.

Lily spürte, wie ihre Sitznachbarin Marie sie anstupste: »Ihr seid in meiner Gruppe. Und kein Gequatsche auf dem Weg. Folgt mir!«

Lily klemmte sich ein Buch unter den Arm und lief zusammen mit Jean hinter Marie her. Vor dem Gebäude bildeten sich insgesamt fünf Gruppen mit ebenso vielen Anführern, die sich sogleich in Bewegung setzten. Geschlossen scherten sie in verschiedene Richtungen den bewaldeten Berg hinauf. Alles geschah wortlos, nur aus den Büschen war Geraschel zu hören.

Jean griff nach Lilys Hand.

Gemeinsam folgten sie Marie zu einer Grotte weit oben mitten im Wald. Der Eingang, ein winziges Loch, durch das nur Kinder krabbeln konnten, war mit Geäst verdeckt, das Marie zur Seite legte. Nacheinander schlüpften sie hinein.

Drinnen empfing sie kühle Luft, und es roch nach trockenem Sand.

Außer Lily waren fünf Kinder in der winzigen Höhle versammelt: Marie, Jean und drei Fünfjährige saßen zusammengekauert auf dem sandigen Boden. Die Enge erinnerte sie an Gurs, und sofort war die Angst wieder da, wie ein lästiger Begleiter, der sich nicht abschütteln ließ.

Ich bin in Sicherheit, sprach sie sich selbst Mut zu.

Marie legte den Zeigefinger gegen die Lippen. Neben ihr befand sich ganz in der Ecke ein Kanister Wasser.

Alle lauschten gebannt. Kein Ton drang von außen hinein. Nur etwas Vogelgezwitscher aus der Ferne.

»Das war eure erste Übung?«, fragte Marie leise.

Jean und Lily nickten. Die Kleinen schüttelten die Köpfe.

»Das machen wir hier immer wieder. Falls es einmal ernst wird, kennt jeder seinen Weg. Dies hier ist euer Versteck, solange ihr hier seid. Auch wenn ich einmal nicht dabei bin. Könnt ihr euch das merken?«

Lily und Jean nickten und atmeten synchron auf.

Der fünfjährigen Rose kullerte eine Träne die Wange herunter. Lily nahm das Mädchen und setzte es auf ihren Schoß, dann schaukelte sie Rose.

»*Au clair de la lune, mon ami Pierrot. Prête-moi ta plume, pour écrire un mot*«, sang Lily. Das französische Kinderlied hatte ihr Adèle beigebracht.

Alle stimmten in das ihnen vertraute Lied mit ein, bis sich das Mädchen beruhigte.

»Jean«, sagte Marie nach einer Weile. »Geh und sieh nach, ob die Luft rein ist. Findest du den Weg zurück?«

Jean nickte. »Woran erkenne ich, ob die Luft rein ist?«, fragte er, ging in die Hocke und versuchte, sich aufzustellen, musste sich aber angesichts des niedrigen Hohlraums ducken.

»Wenn aus einem der Fenster von Beauvallon eine rote Decke hängt, dürfen wir noch nicht zurück. Erst wenn Tante Marguerite sie wegnimmt.«

Jean machte sich auf den Weg.

Nach dem vierten Versuch winkte er die Gruppe aus ihrem Versteck heraus. »Die Luft ist rein! Kommt!«

Inzwischen war es Abend geworden.

Einander an den Händen haltend, gingen die Kinder zurück in die Schule und nahmen stillschweigend in der Küche ein verspätetes Abendessen ein, das Atie servierte. Nach und nach füllte sich der Raum mit den anderen Kindern. Es gab Brot, Kartoffeln, Quark und Tee.

»Ihr macht das sehr gut«, sagte Atie und verteilte zum Dessert noch Pudding. »Den gibt es zur Feier des Tages! Denkt immer daran, es wird euer Leben retten, wenn die *boches* kommen.«

Atie strich mit den Händen über ihre Schürze, trat zum Fenster und blickte hinaus.

»Kommen sie denn?«, fragte Rose ängstlich. Ihre Wangen waren gerötet, die Augen verweint.

»Nein«, sagte Atie. »Aber es ist gut, vorbereitet zu sein. Je mehr wir üben, desto schneller können wir handeln. Es ist nur für den Notfall. Wir haben doch auch schon Feuerübungen gemacht. Erinnerst du dich?«

Rose nickte und führte unsicher einen Löffel Pudding an ihren schokoladenverschmierten Mund.

»Und trotzdem hat es noch nie gebrannt, nicht wahr?«

Rose schüttelte den Kopf und leckte sich die Lippen. »Noch nie. Nein.«

»Na siehst du.«

Niemand verlor ein weiteres Wort über diese Übung. Keiner stellte weitere Fragen. Auch die neuen Kinder hatten begriffen.

»Und jetzt ab ins Bett«, sagte Atie nach dem Essen und klatschte in die Hände. »Ihr habt das alle sehr gut gemacht. Zähneputzen nicht vergessen. Gute Nacht, *mes enfants*. Morgen ist ein neuer Tag!«

Ein neuer Tag – hier in Dieulefit hatte das eine Bedeutung. Man musste keine Angst haben wie in Gurs oder auf der Flucht.

Es war nur eine Übung gewesen.

Aber Lily wollte noch nicht schlafen gehen. Auf Zehenspitzen betrat sie den großen Saal, wo jeden Morgen die Versammlungen stattfanden und wo ihr und Jeans Geheimversteck lag.

Jean hatte das unscheinbare Versteck, das sich neben einem Schrank befand, gleich in den ersten Tagen entdeckt. Es war zu ihrem geheimen Ritual geworden, sich dort hin und wieder zu verstecken.

»Das bleibt unser Geheimversteck für alle Zeiten«, pflegte Jean zu sagen. »Das kennen nur wir beide.«

Auf einem Quadratmeter kauerten sie seit Jeans Entdeckung immer wieder mit angezogenen Beinen auf dem Boden in ihrem winzigen Versteck und erzählten sich flüsternd Geschichten von früher. Jean berichtete von Paris, Lily von Sulzburg. Nur über seine alte Heimat Hamburg verlor Jean kein Wort.

»Wenn die *boches* nach Beauvallon kommen, finden sie uns hier bestimmt nicht«, hatte Jean schon vor den Übungen in den Grotten erklärt, und Lily und er hatten einander feierlich geschworen, niemandem jemals ihr Geheimversteck zu verraten.

Lange saß Lily in der Enge der winzigen Kammer und sah durch einen Spalt dabei zu, wie die Nacht hereinbrach. Jean war in seiner Unterkunft im Dorf. Die Stille war fast unheimlich, manchmal hörte man das alte Holz draußen im Saal ächzen. Tagsüber erklangen im Haus helle Kinderstimmen, oder ihre Deutsch- und Französischlehrerin Madeleine Defour spielte Klavier, und alle sangen dazu. Die Kinder nannten Madeleine ausschließlich Mado.

Ob sie in den Grotten wirklich geschützt waren? Es sollte, so hatte sie gehört, viele davon geben, und in den Wäldern versteckten sich zudem in verborgenen Holzhäusern Résistancekämpfer. Jolie bildete eine Ausnahme. Sie schlief in einem Zimmer im Internat. Es hieß, die Bewohner von Dieulefit würden die Versteckten mit Essen versorgen. Eine Frau von der Résistance, die jeder nur Poumy nannte, sei eine Funkerin. Mamie meinte, das sei eine sehr wichtige Arbeit. Stets verbrannte Poumy nach Bekanntgabe all ihre Notizen. Sie war mit ihren beiden Söhnen hier, und gemeinsam lebten sie unten im Ort in einer kleinen Pension. Als Elsässerin klang ihr Französisch genau wie das von Adèle. Allerdings sprach Poumy fließend drei Fremdsprachen. Hinter vorgehaltener Hand hieß es, sie arbeite sogar für den britischen Geheimdienst.

Bald schon würde man die Jungs in Beauvallon bei den Versteckübungen von den Mädchen trennen müssen und woanders hinschicken, jene Jungs, die beschnitten waren. Das hatte Jean Lily vor Kurzem anvertraut. Sie waren am meisten gefährdet, denn an ihrem Schniedel vermochten die Vichy-Polizei und die *boches* die Juden zu erkennen.

»Nur die jüdischen Buben sind beschnitten«, hatte Jean Lily mit ernster Miene erklärt. »Bei euch Mädchen sieht man die Religion nicht.«

Es war finster, als Lily aus dem Versteck herauskroch und sich auf den Weg zu ihrem Zimmer machte, das sie sich mit drei anderen Mädchen teilte. Plötzlich entdeckte sie auf dem langen Flur in einer Fensternische einen Schatten. Hatte jemand geflüstert? Instinktiv blieb sie stehen und hielt den Atem an. Sie sah zwei Gestalten, in einer Umarmung versunken. Ein Paar, das sich küsste. An dem langen gewellten Haar erkannte sie von hinten Jolie.

Lily schnappte ein paar Worte auf: *Lyon. Stiller Briefkasten. Kuriere.* Dann hörte sie den Fremden deutlich sagen: »Frauen eignen sich am besten für derartige Botengänge. Aber Lyon ist ein heißes Pflaster.«

Er sprach dasselbe Französisch wie Jean. *Très très français.*

Gerade als Lily im Begriff war, zurückzugehen, drehte sich Jolie um, und ihre Blicke trafen sich.

Verlegen löste sich Jolie aus der Umarmung des fremden Mannes. Sie räusperte sich, trat einen Schritt zurück und strich sich über ihre Bluse.

Lily starrte auf den Boden. »Entschuldigung, ich wollte nicht … Ich wollte ins Bett gehen, Pardon«, stammelte sie.

»Das ist Antoine«, hörte sie Jolie sagen. »Und diese kleine Dame ist Lily, meine Lily.«

»Ich habe schon viel von dir gehört«, sagte der Mann, ging auf sie zu und reichte ihr die Hand. Seine Stimme klang freundlich, weich, fast zärtlich. Er hatte dichtes Haar wie ihr Vater und einen dunklen Teint.

Stumm nickte Lily und machte einen Knicks.

»Ihm verdankt ihr, dass ihr hier seid«, sagte Jolie. »Mehr müsst ihr nicht über ihn wissen.«

Lily schluckte.

Nein, sie verdankten ihre Rettung einzig und allein Jolie, davon brachte Lily niemand ab. Hoffentlich würde der Mann ihr Jolie nicht wegnehmen.

»Merci, Monsieur, *bonne nuit*«, sagte sie leise und ging mit gesenktem Kopf in ihr Zimmer, zog sich aus, schlüpfte in ihr Nachthemd und putzte sich am Waschbecken die Zähne. Morgen würde sie wieder einen Brief an ihre Eltern schreiben, berichten, dass es ihr gut ging, und den Brief anschließend wie jedes Mal Mado geben. Sie sammelte alle Kinderbriefe und verschickte sie.

Als Lily sich ins Bett legte, hörte sie den regelmäßigen Atem von den anderen Mädchen. Es klang nach Normalität, nach Alltag, mehr noch: Hier in Dieulefit gab es so etwas wie Frieden.

Ein Frieden, in den gerade eben etwas in Lilys Welt eingebrochen war, wie aus dem Nichts. Lily horchte in sich hinein, um das Gefühl, das sich gegen ihren Willen in ihr staute, zu benennen. Dann begriff sie: Antoine drängte sich zwischen sie und Jolie. Sie wollte sie allenfalls mit Jean teilen, aber mit keinem anderen Menschen, nicht einmal hier in Beauvallon, wo jeder den anderen brauchte und die Kinder sich die Liebe der Erwachsenen teilen mussten.

»Jeder von euch bekommt trotzdem genug ab, so viel haben wir davon«, pflegte Mado immer wieder zu sagen.

Lange lag Lily wach und fragte sich, ob sie derartige Besitzgedanken überhaupt hegen durfte, ob sie böse waren. Mamie teilte sie ja auch mit all den Kindern von Beauvallon.

»War das dein Mann?«, fragte sie leise, als Jolie eine Stunde später auf Zehenspitzen das Zimmer betrat und sich an ihr Bett setzte, um ihr Gute Nacht zu sagen. Jolie tat das jeden Abend, seit sie hier waren.

»Nein«, sagte Jolie. »Ein guter Freund. Nur ein guter Freund. Schlaf schön weiter, *ma chère.*«

Jean war *ihr* bester Freund. Aber sie umarmten sich ganz anders. Und sie küssten sich auch. Aber ganz anders.

»Bleibst du hier bei uns, für immer?«

Jolie seufzte. »Fürs Erste ja, aber irgendwann muss ich wieder meiner Arbeit nachgehen.«

»Kinder retten?«

Jolie nickte, strich Lily über den Kopf, gab ihr einen Kuss auf die Stirn und verschwand.

Am nächsten Morgen erschien Jolie zu spät zum Frühstück. Jean und Lily mussten zweimal hinsehen. Wo war Jolies langes gewelltes Haar geblieben? Jetzt trug sie einen Garçon-Haarschnitt, und über Nacht hatte sie eine neue Haarfarbe bekommen. Jolie war jetzt blond.

Sie hatte ihre Männerhosen gegen einen Glockenrock und hohe Schuhe ausgetauscht. Keine der Frauen von Beauvallon hatte Lily je in einem solchen Aufzug gesehen.

»Schau nur, sie sieht aus wie eine Schauspielerin aus Amerika«, flüsterte Jean.

Lily griff sich in ihr Wuschelhaar. Auch sie wollte solch einen Haarschnitt. Ihr widerspenstiges langes Haar, das mühsam mit zwei geflochtenen Zöpfen zusammengehalten wurde, ging ihr schon lange auf die Nerven. Die Läuse waren zwar verschwunden, aber jederzeit konnte sich darin wieder Ungeziefer einnisten. Sie hatte keine Haare, sondern ein Vogelnest. Wenn sie groß war, würde sie sich die Locken glatt bügeln. Ihr Gesicht war nämlich ganz passabel, wenn nur diese blöden Haare nicht wären.

Sie würde mit Mamie darüber sprechen.

AGNES

23

Ludwigsburg, 1965

Vorsichtig musterte Agnes die Kinderfreundin, nachdem sie Pizza und Wein bestellt hatten. Sie saßen an einem Ecktisch schräg nebeneinander. Lilys geglättetes Haar wirkte starr, unbeweglich, fast wie eine Perücke. Nur die Farbe eines satten Haselnussbrauns war geblieben, genau wie ihr markantes Gesicht, obgleich es sehr gereift wirkte, erwachsen. Eine Zornesfalte befand sich über dem Nasenrücken, über der Oberlippe zeigten sich winzige horizontale Raucherfältchen. Lily war gänzlich ungeschminkt, und dennoch war es, als trüge sie eine Maske.

In die Pizzeria hatten sich an einem ganz normalen Werktag nur wenige Gäste verirrt. Männer saßen rauchend an der Bar und unterhielten sich lautstark in ihrer Muttersprache Italienisch. Der Zigarettenrauch mischte sich mit dem Geruch von Oregano und Knoblauch. Sie hatten Wein und Pizzen bestellt.

»Ich finde es sehr schön, dass du wieder Lily Blum heißt«,

eröffnete Agnes das Gespräch. »Es ist einfach ein zu schöner Name.«

»Dann weißt du von meinem zweiten …?« Lily brach ab und räusperte sich. »Wie hast du mich gefunden?«

Lily blickte Agnes geradewegs in die Augen, während sie in ihre Umhängetasche griff und Zigaretten und Streichhölzer auf den Tisch legte. In ihrer Miene war keine Gefühlsregung zu lesen.

Agnes spürte eine frostige Fremdheit, Distanz, fast Ablehnung.

»Das ist eine lange Geschichte. Ich arbeite beim Radio. Beim Südwestfunk.«

Als der Wein serviert wurde, unterbrachen sie ihr Gespräch. Lily trank einen kräftigen Schluck von ihrem Glas und zündete sich eine Zigarette an.

»Ist mir zu Ohren gekommen«, erwiderte sie, inhalierte einen tiefen Zug und blies mit zurückgeworfenem Kopf eine Rauchwolke aus. Sie lehnte sich zurück. »*Elsässische Küche. Die badische Hausfrau. Auf ein Wort, Herr Nachbar.* Das Programm ist ganz schön konservativ.«

»Woher weißt du …?«, fragte Agnes überrascht, ohne auf die unterschwellige Kritik an ihrer Arbeit einzugehen. Sie konnte nichts für die Themen des Senders, und dennoch bemühte sie sich, im Rahmen ihrer Möglichkeiten dem etwas entgegenzusetzen. »Warum hast du dich nie bei mir gemeldet?«

»Und du? Als Journalistin weiß man doch, wie man jemanden findet«, schoss Lily zurück.

»Es lag an deinem Namen, das habe ich doch erklärt«, entgegnete Agnes.

»Meine Zeit, Radio zu hören, ist ziemlich begrenzt«, fuhr Lily in kühlem Tonfall fort. »Ich beziehe meine Informationen aus dem *Spiegel*, der *Zeit*, den Wochenschauen im Kino. Dein Name steht in den Programmzeitschriften, Agnes. Ich habe nichts mehr mit Sulzburg zu tun. Es ist besser, alles hinter sich zu lassen.« In einem Zug leerte Lily ihr Glas Rotwein. »Es tut zwar immer noch weh, aber die Anfälle werden seltener. Ich habe nach meiner Rückkehr nach Deutschland mit vielem gebrochen.«

Anfälle. Agnes vermochte sich nicht einmal im Ansatz vorzustellen, was Lily damit meinte. *Panikzustände. Angst. Die nackte Angst*. Sie musste Lilys ständiger Begleiter sein.

Schweigend sahen die Frauen dabei zu, wie der Kellner die Pizzen servierte. Ein Duft von mediterranen Kräutern, Tomaten und Käse stieg auf.

Lilys Körperhaltung, ihre reservierte Gestik verboten ein weiteres Nachhaken. Agnes wusste, dass alles, was Lily bereit war zu erzählen, von ihr selbst kommen musste. Sie konnte ihr nur die Tür offen halten.

»Du tust etwas sehr Wichtiges, und ich bewundere deinen Mut«, sagte Agnes und zerschnitt ihre Pizza in vier Teile. »Du musst mir unbedingt von deiner Arbeit erzählen.«

Lily lachte verächtlich auf, biss von einem Stück Pizza ab und kaute. »Es gehört kein Mut dazu, Verzweiflung trifft es eher. Kaltes Kalkül vielleicht, und der unbändige Willen, den Nazis das Handwerk zu legen. Nichts darf vergessen werden. Es gibt so viele offene Fälle, Berge von Akten befinden sich in unserem Archiv. Fragen. Fragen. Nichts als Fragen. Nach dem Krieg sind die alten Nazis wie die Ratten in den Löchern verschwunden. So als gäbe es unterirdische Gänge bis nach Südamerika.«

Mit zusammengekniffenen Augen drückte sie ihre Zigarette aus.

Die Rattenlinie – so bezeichnete man die Fluchtrouten der führenden Vertreter des Naziregimes, die nicht selten mithilfe der katholischen Kirche in Rom falsche Papiere erhielten. Damit ging es weiter nach Argentinien, wo sich schon lange eine deutsche Gemeinde gebildet hatte.

Agnes seufzte.

»Und du, womit beschäftigst du dich, außer mit badischer Küche?«, fragte Lily und stocherte lustlos auf dem Pizzabelag herum.

»Ich habe Jean-Pierre Roche in Apt getroffen.«

Ohne nachzudenken, hatte Agnes den Satz gesagt, wie in einer Art Notwehr war er aus ihr herausgebrochen.

Umgehend hörte Lily auf zu kauen und sah Agnes mit großen Augen an. Hinter ihrer Stirn schienen sich die Gedanken zu überschlagen. Nach einer Weile tat sie einen tiefen Seufzer und zündete sich eine neue Zigarette an. Sie schob ihren Teller von sich weg. »Weiß er, dass ich …?«

Agnes schüttelte den Kopf. »Die Begegnung fand statt, bevor ich dich gefunden hatte. Nein. Er weiß nicht, dass du nach Deutschland zurückgekehrt bist. Von mir wird er auch nichts erfahren. Nicht ohne deine Einwilligung. Ich weiß von eurem Eid.«

Mit zitternder Hand führte sich Lily ihre Zigarette an die Lippen, zog daran und blies den Rauch aus. »Das ist nicht der einzige, den ich gebrochen habe«, sagte sie leise und schloss die Augen. »Kinderschwüre zählen doppelt.«

Ja, das empfand Agnes genauso.

»Du hast nichts Unrechtes getan«, sagte sie nach einer langen Pause. »Im Gegenteil, du hast das moralische Handeln zu deinem Beruf gemacht. Monsieur Roche würde es dir niemals übel nehmen. Im Gegenteil, er wird dich dafür lieben, was du tust.«

Warum hatte sie ihn gerade als Monsieur Roche bezeichnet? Um Distanz zu ihm zu signalisieren? Sie schob den Gedanken beiseite.

»Er war mein bester Freund, genau wie du meine beste Freundin warst«, erwiderte Lily nachdenklich, und zum ersten Mal legte sich auf ihre Gesichtszüge etwas Weiches, genau wie früher. Für einen Moment flackerte das unbeschwerte Mädchen von einst in ihren Augen auf. »Es gab in meinem Leben Kommilitonen, Kollegen, Bekannte, Liebhaber, aber nie mehr eine Freundschaft dieser Art, als hätte ich all meine Loyalitäten für euch beide aufgebraucht.« Sie schüttelte entschieden den Kopf. »Sag ihm nichts. Ich werde mich bei ihm melden.«

Lilys ehrliche Antwort berührte Agnes. Wie gern hätte sie die Freundin in den Arm genommen! »Ehrenwort.«

Es entstand eine längere Pause.

Agnes nippte an ihrem Rotweinglas und legte die Papierserviette auf den Teller. Auch sie hatte genau wie Lily nur ein kleines Stück gegessen. »Es war keine sehr gute Idee, essen zu gehen«, sagte sie lächelnd. »Eigentlich habe ich überhaupt keinen Hunger.«

Lily lächelte scheu zurück und schüttelte den Kopf. »Nein, war es nicht. Also, erzähl mir, woran arbeitest du? Machst du auch seriöse Reportagen?«

Da war er wieder, der Pfeil, der Agnes unmittelbar traf und das Gift des Misstrauens versprühte. Sie fragte sich, ob er nicht vielmehr Lily selbst infizierte. Widerstand kostete Kraft, auch der gegen die eigenen Gefühle.

»Mein Chefredakteur ist bei seinem Frankreich-Urlaub durch einen Zufall auf Dieulefit gestoßen. Ich habe recherchiert und war bereits zu einem Gespräch in Beauvallon. Dass ich dich bei meiner Suche gefunden habe, ist das Schönste an der ganzen Arbeit.«

»Du bist also zufällig auf mich gestoßen«, sagte Lily in neutralem Ton.

»Ich habe zuvor lange nach dir gesucht, Lily. Nach dem Krieg, und zwar unter deinem richtigen Namen. Du hast ihn erst nach deinem Staatsexamen wieder angenommen. Wie konnte ich das wissen? Ich dachte, du seist, ich dachte ...« Sie brach ab.

»... dass ich vergast wurde. Sag es nur!«

Agnes blickte ihr direkt in die Augen. »Ich war ein Kind, Lily. Ein Kind von neun Jahren!«

»Das war ich auch«, entgegnete sie. »Ich mochte meinen alten Namen und mag ihn immer noch. Niemand hat mich ausgelöscht. Liliane Rosier gibt es nicht mehr, es gibt nur noch Lily Blum. Ich kämpfe gegen den Antisemitismus, und ich führe einen Kampf der Frauen. Ich bin eine Frau, umgeben von männlichen Kollegen.«

»Da haben wir etwas gemeinsam«, gab Agnes lächelnd zurück. »Außer der Sekretärin bin ich die einzige Frau in Günterstal.«

»Mit wem hast du in Beauvallon gesprochen?«

»Mit Madeleine Defour.«

Agnes sah Lily direkt in die Augen. Hatte die Freundin gerade gezuckt?

»Mado«, sagte Lily leise. »Wir nannten sie Mado.«

»Du ahnst nicht, wie froh ich war zu hören, dass du überlebt hast. Ich hatte das halbe Foto von dir in Beauvallon dabei.«

»Beauvallon«, wiederholte Lily und strich mit dem Finger über die Streichholzschachtel. »Dann weißt du schon von Marguerite, Atie und Simone.«

Obwohl Lily mit keinem Ton die andere Hälfte des Fotos erwähnt hatte, hätte Agnes schwören können, dass sich bei der einstigen Kinderfreundin für einen winzigen Augenblick ein Türspalt zu ihrem Gegenüber geöffnet hatte, als erinnere sie sich auf einmal an ihre Kinderspiele am Sulzbach, ihre Geheimnisse von einst, ihre gemeinsame Kindheit.

Der Augenblick verflog so schnell, wie er gekommen war. Agnes konnte es in Lilys Augen, ihrer Mimik lesen: Sie hatte ihre Maske wieder aufgesetzt.

AGNES

24

Ludwigsburg, 1965

»Du möchtest über die Rettung der Juden berichten, da bietet sich ein jüdisches Mädchen aus Sulzburg geradezu an. Welch ein Zufall, die Redakteurin stammt ausgerechnet aus Sulzburg«, sagte Lily in ironischem Ton. »Wen interessiert das?«

Agnes schüttelte den Kopf. Nein, sie würde sich nicht provozieren lassen. »Man muss das Interesse dafür wecken. Man muss die Deutschen zwingen, sich mit ihrer Vergangenheit auseinanderzusetzen. Ein Mädchen aus Sulzburg wird nach Gurs deportiert und nach Dieulefit gerettet. Sie überlebt dort mit über tausendfünfhundert anderen Flüchtlingen. Es ist die Geschichte eines Wunders. Eine Geschichte, die versöhnen kann.«

»… oder eine Geschichte, die beschämt«, gab Lily streng zurück. »Es ist die Geschichte eines kollektiven Schweigens. Das Wunder besteht im Schweigen der Bewohner, dem Ausbleiben von jeglicher Denunziation.«

»Ich weiß«, sagte Agnes fast schuldbewusst.

»Es könnte deiner Karriere förderlich sein«, sagte Lily mehr zu sich selbst, als sei dieser gerade ausgesprochene Gedanke der Schlüssel zu all dem, was gerade zwischen den zwei Frauen vor sich ging.

Ja, da war er wieder, der stille Vorwurf, den sich Agnes bereits selbst gemacht hatte. Lilys Einwand machte ihr erneut die Gratwanderung zwischen Professionellem und Privatem bewusst. Großer Durchbruch oder Scheitern – beides lag im Bereich des Möglichen.

Agnes fragte sich, ob sie die Wand des Misstrauens zwischen ihnen jemals durchbrechen konnte. Andererseits wollte sie sich nicht schuldig fühlen. Ja, sie hatte einst einen Denkfehler gemacht bei ihrer Suche nach Lily, einem Zeugen Glauben geschenkt, ohne nach weiteren zu suchen. Aber sie war nicht gewillt, länger so mit sich reden zu lassen. Sie tat das Richtige, dessen war sie sicher! Beherzt nahm sie einen tiefen Atemzug.

»Lily«, sagte sie deutlich. Ihre Stimme klang glasklar, als wäre sie auf Sendung. »Ich habe dir nichts getan, ich habe mich im Gegensatz zu dir stets an unser Versprechen erinnert und nach dir gesucht. Es gab eine Fehlinformation aus Sulzburg, der zufolge ich dachte, dass du tot wärst. Wir beide sollten die Tatsache, dass mir Dieulefit und Beauvallon auf den Schreibtisch geflattert sind, als Geschenk ansehen, das uns wieder zusammengebracht hat. Es gibt keinen Grund, mich wie einen Feind zu behandeln.«

Lily schien eindeutig beeindruckt von Agnes' bestimmendem Ton. »Zwischen uns liegen Welten, Agnes, spürst du das denn nicht? Welten. Was möchtest du von mir?«

»Respekt?«, fragte sie zurück. »Denselben Respekt, den ich dir entgegenbringe. Eine Chance? Wenn uns Welten trennen, müssen wir Brücken bauen. Wenn dies *uns* nicht gelingt, wem dann?«

»Du weißt nichts von meinem Leben.«

»Ich ahne, was hinter dir liegt, wissen kann ich es nicht, aber ahnen. Ich bin eine Frau in einer Männerdomäne, genau wie du. Das Thema, an das ich mich heranwage, kann für meine Karriere hinderlich sein, unterstelle mir keinen Missbrauch an deiner Lebensgeschichte. Es verging kein Tag, an dem ich nicht darüber nachdachte, Lily. Unsere Kinderfreundschaft kann eine Brücke sein, denkst du nicht?«

Lily schwieg und presste die Lippen aufeinander.

Agnes hatte das vage Gefühl, dass ihre Rede für einen Augenblick Lily erreichte, als hätte sie kurz ihr Herz geöffnet, um es sogleich wieder zu schließen.

Das war immerhin ein Anfang.

»Ich möchte ehrlich sein, Lily«, fuhr sie noch einmal fort. »Deine Lebensgeschichte zu erzählen, wäre, wenn ich es aus meiner journalistischen Sicht betrachte, ein Schritt in die richtige Richtung, eine Möglichkeit, der vorherrschenden Verdrängung entgegenzuwirken.«

»Die Deutschen *wollen* verdrängen«, sagte Lily schließlich und zündete sich eine neue Zigarette an. »Nur Schwamm drüber und vergessen. Das erlebe ich tagtäglich.«

Sie gab dem Wirt ein Zeichen. »Es wird Zeit für mich. Vor mir liegt ein harter Tag.«

Sie bezahlten, standen auf und traten hinaus auf die Straße.

Lily warf einen Blick auf ihre Arbeitsstätte, genau gegenüber. »Ich habe etwas im Büro liegen lassen. Möchtest du mich begleiten?«

»Gern«, sagte Agnes überrascht. »Darf ich dich etwas fragen, Lily?«

»Wirst du ja ohnehin, nur zu.«

Im gleichen Takt überquerten sie die Straße. Auf der anderen Seite angekommen, blieb Lily stehen, ließ ihre Kippe zu Boden fallen, trat sie aus, steckte sich einen Kaugummi in den Mund und grinste. Es war ihr altes mädchenhaftes Grinsen, eines, das sie immer aufgesetzt hatte, bevor sie irgendetwas ausheckte. »Na los, frag!«

Wollen wir Klingelputzen machen?, lag es Agnes auf der Zunge, aber sie fragte: »Wo sind deine Locken geblieben?«

Augenblicklich fror das Grinsen auf Lilys Gesicht ein. Dann schloss sie die Augen, öffnete sie wieder und seufzte.

Agnes biss sich auf die Lippen. Eine harmlose Frage entpuppte sich wie aus dem Nichts als eine hochexplosive Bombe.

Lily hielt inne, als suche sie nach den passenden Worten. Sie wich nicht aus, nicht diesmal. »Es waren diese Läuse im Lager in Gurs, diese verdammten Läuse.« Mechanisch kratzte sie sich am Kopf. »Mein Kopf bot ihnen das reinste Nest. Ich habe mir geschworen, nur noch glattes Haar zu tragen, wenn ich draußen bin, verstehst du, davon kommt es!«

Mit ihrem Kaugummi machte sie eine große Blase, die sogleich zerplatzte.

Wie nebenbei strich Agnes einen Fussel von Lilys Jacke. »Das kann ich sehr gut verstehen. Trotzdem: Ich liebe dein Wuschelhaar, dabei bleibe ich. Du bist eine sehr hübsche Frau, Lily.«

»Lass *du* dir doch Locken machen, wenn du sie so sehr magst«, gab Lily fast trotzig zurück.

Schweigend gingen sie bis vor die Sicherheitstür von Lilys Arbeitsstätte. »Bereit für die heiligen Hallen?«

Agnes nickte. Bedacht ging sie hinter ihr die Treppen hinauf und fand sich in Lilys Büro wieder.

Lily knipste die Schreibtischlampe an.

Im Raum roch es nach kaltem Rauch. Was Agnes sah, erschlug sie beinahe. Auf schätzungsweise zwölf Quadratmetern war jeder Zentimeter genutzt, alle Wände mit vollgestellten Regalen bestückt. Eine Strickpuppe mit gelben Augen saß traurig in einer Ecke auf dem oberen Regalbrett. Auf einem Schreibtisch türmten sich braune Hefter, Akten, Dossiers, Zettel und Notizen. Auf einer freien Stelle lag die aufgeschlagene Ausgabe des Strafgesetzbuches, aus dessen Seiten unzählige Zettel herausragten. An einer Pinnwand hingen Fotos von Männern und Frauen mit kurzen handgeschriebenen Notizen darunter. Lebensdaten. Fragezeichen. Auf zwei Fotos erkannte Agnes Klaus Barbie und Josef Mengele.

Dann fiel ihr Blick auf eine wunderschöne Frau mit langem Haar. Darunter stand der Name *Joséphine Colin* und die Jahreszahlen *1918, Lyon – 1944, Lyon*. Neben ihrem Foto befand sich das eines dunkelhaarigen Mannes mit markanten Gesichtszügen. Hinter seinen Daten stand ein großes Fragezeichen.

»Das ist also die berühmte Joséphine«, sagte Agnes andächtig und deutete auf die Frau. »Ich habe von ihr gehört. Sie muss ein wunderbarer Mensch gewesen sein. Wer ist der Mann neben ihr?«

»Derjenige, der sie auf dem Gewissen hat«, sagte Lily mit eisiger Stimme. »Antoine, Bernard Forger, Patrice Dubois – er hat viele Namen – such dir einen aus. Dieser Mann ist ein Chamäleon.«

»Forger«, sagte Agnes nachdenklich. Ihr war, als hätte sie den Namen schon einmal gehört. »Kommt mir irgendwie bekannt vor.«

»Kann gut sein«, erwiderte Lily. »Der feine Herr taucht immer wieder in der Presse auf. Lebt inzwischen in Aix-les-Bains und ist ein hohes Tier beim Roten Kreuz.«

Sie öffnete eine Schublade, entnahm ihr weitere Fotos und streute sie über die Aktenberge.

Agnes trat näher heran und betrachtete die Auswahl: Es handelte sich um Porträts und Ganzkörperaufnahmen. Ein äußerst attraktiver Mann in einem eleganten Anzug, mit Krawatte und weißem Hemd, einer in Uniform, in Jeans und Pulli. Ein Mann mit den schönen Gesichtszügen eines Genießers, ein *bon vivant*. Eines war unterschiedlicher als das andere. »Das ist derselbe Mann?«, fragte sie ungläubig und blickte in Lilys Gesicht.

Lily nickte.

»Er war auf der anderen Seite? Ein Deutscher?«, fragte Agnes. »Ein Spion? So was wie ein Geheimagent?«

»Nein, viel schlimmer. Er war Franzose und in der Résistance. Einer von den Guten. Und er war Jolies Liebhaber.«

»Jolie?«

»Wir nannten sie immer nur Jolie.«

»Aber wenn er einer von den Guten …«, stammelte Agnes verständnislos und brach ab. »Lebt er noch?«

Lily nickte. »O ja, und wie er lebt!«

Mit verschränkten Armen stand Lily am Fenstersims und kreuzte ein Bein über das andere.

»Wurde er überführt?«

»Nein. Es gibt keine Beweise. Noch keine. Alle sind nur in meinem Kopf. Aber ich werde ihn mir schnappen, das ist mein persönlicher Krieg, keine Sorge.«

Persönlicher Krieg. Agnes erschrak über Lilys Wortwahl, ihren entschiedenen Gesichtsausdruck, die Härte in ihrer Stimme. Befand sich Lily immer noch im Krieg? Sie wünschte, sie könnte ihr die andere Seite bewusst machen, eine, die Lily selbst so intensiv erfahren haben musste: Geborgenheit, Solidarität, das Teilen eines Geheimnisses in Beauvallon, Verzeihen.

»Möchtest du mir von Jolie erzählen?«, fragte sie fast zärtlich.

Lily starrte auf die Fotocollage, dann auf die Pinnwand. Langsam, ganz langsam öffnete sie den Mund. »Sie war unsere Retterin. Sie reihte sich ein in die wunderbaren Frauen von Beauvallon. Sie alle haben uns gerettet. Wir nannten Marguerite, Atie und Simone die Feen von Beauvallon, aber Jolie war für Jean und mich nur unser Engel.«

Agnes fiel auf, dass Madeleine Defour in Lilys Aufzählung nicht vorkam.

Genau das war der Weg, dachte sie: Das Gute über das

Böse zu stellen, eine neue Perspektive einnehmen, die eigene Haltung ändern. Aber was musste ein solcher Prozess für die Opfer bedeuten! Rache war kein guter Ratgeber, nur die Vergebung vermochte den eigenen Schmerz über erlebtes Leid zu lindern. Aber Agnes spürte, dass Lily von dieser Sicht noch meilenweit entfernt war.

»Vielleicht können wir noch einmal von vorn anfangen«, sagte Agnes, entnahm ihrer Handtasche einen Notizblock, schrieb ihre Anschrift und Telefonnummer darauf, riss den Zettel ab und reichte ihn Lily. »Vielleicht fangen wir einfach von vorne an. Zwei Frauen, die an dasselbe glauben und auf ihre Weise gesellschaftliche Veränderungen wollen. Vielleicht fahren wir eines Tages gemeinsam nach Dieulefit?«

»Woher willst du wissen, dass wir dieselben Werte teilen, nur weil wir als Kinder miteinander gespielt haben?«

Wir waren Freundinnen, lag es Agnes auf der Zunge. Sie schluckte die Kränkung hinunter.

Lily strich sich die Haare mit beiden Händen hinter die Ohren. Mit ihren kleinen Ohren und dem langen, schlanken Hals wirkte sie zerbrechlich wie eine Porzellanpuppe, aber man durfte sich nicht von ihrem Äußeren täuschen lassen – ein unbändig starker Geist wohnte in diesem zarten Körper.

»Wie geht es Jean?«, fragte Lily plötzlich unvermittelt.

Agnes suchte nach den richtigen Worten. »Ich glaube, gut, er leitet eine Seifenfabrik in Apt. Er ist ein sehr höflicher Mensch. Einer, der viel und gründlich nachdenkt.«

»Ja, das ist er«, gab Lily zurück. »Der höflichste, den

ich kenne. Das Nachdenken haben wir in Beauvallon gelernt.«

Mit einem Ruck setzte sie sich in Bewegung, legte den Zettel in die Schublade, stieß sie zu, löschte die Lampe und begab sich zur Tür. Draußen im Flur machte sie Licht.

Der Lichtstrahl vom Flur fiel direkt auf ein in der Ecke stehendes Regal.

Agnes starrte darauf.

Es dauerte eine Weile, bis sich das Bild in ihrem Kopf zusammensetzte, der Bezug klar wurde. Das Foto hing inmitten vieler anderer in einer Ecke an der Sprosse jenes Regals, direkt neben der Strickpuppe mit den gelben Augen. Ein halbes Foto mit einem strahlenden Mädchengesicht, blondem Haar, heruntergerollten Kniestrümpfen, einer abgerissenen Hand. Im Hintergrund der Dorfplatz von Sulzburg. Vergilbt, brüchig, als habe es eine lange Reise hinter sich.

»Bist du bereit?«, fragte Lily.

Agnes nickte, zog die Nase hoch und fuhr sich vorsichtig mit beiden Zeigefingern die unteren Augenlider entlang. Die verlaufene Mascara brannte wie Feuer.

Schweigend gingen die beiden Frauen durchs Treppenhaus und traten hinaus auf die Straße. Zum Abschied reichten sie einander die Hände.

»Lass uns in Kontakt bleiben«, sagte Agnes mit erstickter Stimme und widerstand dem Impuls, Lily zu umarmen.

»Wie lebst du eigentlich?«, fragte Lily.

Agnes stutzte.

»Mit einem Mann? Verheiratet? In einer Kommune?«

»Allein in der Talstraße in einer kleinen Dachgeschosswohnung – inklusive Blick auf die Johanneskirche«, erklärte Agnes lachend. »Unverheiratet. Und du?«

»Untermieterin bei einer älteren Dame. Sie geht mir auf die Nerven mit ihrem ständigen *Kein Herrenbesuch*, aber ich habe gar keine Zeit für einen Kerl.«

Sie rollte die Augen.

Ja, das hatte sich Agnes gleich gedacht. Sie schenkte der Freundin ein Lächeln.

»Hast du jemanden?«

Agnes schüttelte den Kopf. »Im Moment nicht, nein.«

»Grüße mir die alte Heimat«, sagte Lily, drehte sich weg und entschwand entlang der Birken in Richtung Schlossstraße.

Heimat – was für ein Wort, was mochte der Begriff Heimat für Lily bedeuten?

Auf dem Nachhauseweg ließ Agnes die Ereignisse noch einmal Revue passieren. Sie bemühte sich, ihre chaotischen Gefühle zu sortieren. Was war in den letzten Stunden geschehen? Die meiste Zeit hatte sie mit Warten verbracht, die Begegnung schließlich hatte sie aufgewühlt und reihte sich nahtlos in das ein, was in den letzten Wochen mit ihr geschehen war.

Auf der Höhe von Pforzheim fiel es ihr wie Schuppen von den Augen: Lily hatte nichts aus ihrem Büro mitgenommen. Nichts. Keine Notiz, kein Buch, kein Foto.

Sie hatte überhaupt nichts vergessen.

Lily hatte Agnes etwas sagen wollen, ohne Worte, ohne Erklärungen. Sie wollte, dass Agnes das halbe Foto sah. Lily hatte nicht vergessen, ganz im Gegenteil. Das Versprechen, das an einem Regal in ihrem Büro haftete, war Lilys eigenwillige Art, der Kinderfreundin ihre alte Verbundenheit und ihr Gefangensein im Schweigen zu offenbaren.

LILY

25

Dieulefit, 1942

Lily holte tief Luft.

»Du musst die Luft hinunterschlucken, schau, so«, sagte Jean mit ernster Miene.

Voller Bewunderung beobachtete Lily den Freund, wie er mit hochrotem Kopf die Lippen zusammenpresste, das Kinn zur Brust drückte und dann den Mund zu einem lauten Rülpser öffnete.

Keine Frage: Jean beherrschte das Rülpsen, das Kieselhüpfen übers Wasser und das Grashalmpfeifen wie kein anderer.

Lily setzte zu einem weiteren Versuch an, aber sie konnte machen, was sie wollte: So gut wie Jean würde sie niemals rülpsen können.

Ein heißer Sommer in der Drôme hatte seinen Höhepunkt erreicht.

Den Nachmittag hatten die Kinder mit Schwimmen verbracht. Direkt neben ihrem kleinen Schwimmbad gab es den größten Sandkasten der Welt, eine riesige Rampe aus Sand, die man hinabrutschen konnte.

Heute aber hatten Lily und Jean nicht mitgespielt – sie hatten im Auftrag von Mamie am Ortsrand von Dieulefit bei einem Bauern Kartoffeln in einem Bollerwagen abgeholt.

Bei dieser Gelegenheit hatte Lily zum ersten Mal den ganzen Ort zu sehen bekommen. Jean, der anfänglich bei einer Familie in einer Dachkammer lebte, kannte nahezu jeden Winkel. Inzwischen übernachtete er, wie alle beschnittenen Jungs, in einer Hütte oberhalb von Beauvallon.

In Dieulefit glichen die steilen, schmalen Gassen mit ihren handtuchbreiten Balkonen einer Miniaturstadt, und manche Straßen erinnerten Lily sogar an ihren Heimatort Sulzburg. Am Marktplatz, wo sie groß geworden war, gab es aneinandergebaute Häuser. Jean zeigte sich als ein herausragender Fremdenführer. Nach der Besichtigung setzten sie sich auf die obere Stufe, die zur protestantischen Kirche hinaufführte. Direkt daneben befand sich die katholische.

Die Bäuerin hatte ihnen Limonade spendiert, die sie in kleinen Schlucken genossen.

»Hier gibt es nicht mal eine Synagoge«, sagte Lily, sich umsehend. »Und trotzdem sind die Leute so nett zu uns.«

Plötzlich vernahmen sie nicht weit von ihnen entfernt Stimmen. Kinderstimmen, gefolgt von Schreien, Weinen, Wimmern.

Im ersten Stock des Hauses links von ihnen ging ein Holzladen auf. Eine Frau lugte aus dem Fenster, direkt zu ihnen hinab. *»Partez! Partez vite«*, zischte sie. *Schnell, verschwindet.*

Da sah Lily unter ihnen, wo die Straße steil bergab führte, einen Mann. Vor ihren Augen packte er zwei Kinder und hievte sie auf den Rücksitz eines Polizeiwagens.

Lily und Jean sahen einander an. Es handelte es sich um zwei kleinere Kinder von Beauvallon.

»Das sind doch Pierre und …!«

Jean warf sich den Kartoffelsack auf den Rücken, stand auf. »Wir lassen den Bollerwagen hier«, sagte er.

Der Klappladen über ihnen ging zu.

»Wir müssen verschwinden«, sagte er, reichte Lily seine Hand und zog sie in eine Häusernische. Hier waren sie geschützt und hatten gleichzeitig Sicht auf das Auto.

»Sie sind da.«

»Die *boches*?«, fragte Lily. Ihr Herz klopfte bis zum Hals. Jean stellte den Kartoffelsack ab.

Hieß es nicht, sie würden nie hierherkommen?

Dann geschah es: Der Sack fiel um, einige Knollen kullerten den Berg hinab, genau dorthin, wo der Wagen parkte.

»Mist«, sagte Jean.

Eine Kartoffel landete vor den Füßen des Mannes, der sich gerade zur Fahrertür begeben hatte.

»Vichy-Polizei«, sagte Lily. »Haben sie uns gesehen?« Ihre Stimme zitterte.

Die Kinder im Wagen schrien unentwegt, trommelten mit den flachen Händen gegen die Fensterscheibe. In ihren Gesichtern konnte man die nackte Angst, ihre Verzweiflung lesen. Ja, das waren Pierre und Marie, Kinder von Beauvallon.

Der Polizist bückte sich, hob die Kartoffel auf und blickte

hinauf in Richtung Lily und Jean. »*Attends*«, sagte er zu seinem Kollegen. *Warte.* »Da sind noch welche.«

Er setzte sich in Bewegung, den schmalen Weg hinauf direkt auf sie zu.

Lilys Herz klopfte. Hilfe suchend sah sie sich um.

»Wir müssen abhauen«, sagte Jean. »Komm!«

Lily folgte dem Freund durch verwinkelte Gassen und deren Abzweigungen. Sie liefen, so schnell sie nur konnten. Hinter ihnen hallten Schritte, die sich wie in einem Trichter verstärkten, und eine männliche Stimme rief: *»Arrêtez-vous! Arrêtez-vous! Tout de suite!«*

Stehen bleiben, sofort stehen bleiben!

Aber Jean konnte Bögen schlagen wie ein Hase, und er schien genau zu wissen, wohin er wollte. Lily musste ihm nur hinterher, sich anstrengen, mitzuhalten. »Wir müssen in die Rue du Bourg«, sagte er keuchend und lief weiter.

An einer Tür klingelte er Sturm.

Kurz darauf ging die Haustür auf, und eine Frau mit einem runden Gesicht lugte durch den Türspalt.

»Madame Monod, wir …«, sagte Jean und schnappte nach Luft.

Jolie hatte immer wieder von ihrer Pensionswirtin erzählt, bei der sie inzwischen lebte, wenn sie nicht die Nächte mit den Jungen in den Hütten verbrachte. Lily hatte die Wirtin nie zuvor gesehen. Seit Jahren beherbergte die Pension ausschließlich Flüchtlinge.

»Kommt, schnell, herein mit euch«, sagte die ältere Dame, schob ihren Kopf wie eine Schildkröte aus der Tür, sah die Straße hinauf und hinunter und stieß mit einem Ruck die

Haustür hinter den Kindern zu. »Hinunter, schnell. Nehmt den Weg durch die Gärten. *Vite. Vite.* Zum Fluss.«

Jean und Lily stürmten die engen Stufen hinab ins Souterrain der Pension. Im dortigen Katzenzimmer von Madame Monod stapelten sich Decken und Kissen, Fressnäpfe mit Katzenfutter, Feldbetten, Bücherregale.

Plötzlich erinnerte sich Lily an eine Besonderheit der Rue du Bourg, die ihr Jean einmal ausführlich beschrieben hatte. Hier waren alle Häuser durch das Souterrain miteinander verbunden. Man konnte auf der Straßenseite eintreten und auf der Rückseite über die Gärten direkt in Richtung Fluss verschwinden.

Jean nannte die Straße von jeher *die Rettung im Ernstfall*. Lily konnte von Glück reden, dass ihr bester Freund den Ort wie seine Westentasche kannte.

Sie rannten durch die Gärten der Anwohner der Rue du Bourg. Unter ihnen zog der Jabron seine Bahn, und vor einer hölzernen Fußgängerbrücke blieben sie um Atem ringend stehen. Sie rutschten die Böschung hinab zum Wasser, wo sie auf einem steinernen Vorsprung unter der Brücke kauerten.

Sie warteten und lauschten. Nur ihrer beider Atem war zu hören. Jean legte den Finger gegen die Lippen und warf ihr einen aufmunternden Blick zu. Außer dem Plätschern des Wassers war nichts zu hören. Einmal vernahmen sie Schritte über sich auf der Brücke – zwei Frauen unterhielten sich über die Lavendelblüte, die Normalität beruhigte Lily umgehend. Hier in Dieulefit war die Welt nicht ohne Weiteres aus den Angeln zu heben.

»Das war knapp«, sagte Jean nach einer Weile.

»Ganz schön knapp«, gab Lily zurück.

»Wo genau wohnt Jolie in der Pension?«, fragte Lily ein einziges Mal.

»Erster Stock, Zimmer Nummer vier.«

»Lebt dieser Antoine dann bei ihr, wenn er hier ist?«

»Klar. Davon kannst du ausgehen. Aber ich habe ihn auch schon mit Mado gesehen. Beim Abendspaziergang. Im Mondlicht. Romantisch, weißt du?«

»Aha«, sagte Lily und biss die Zähne zusammen.

»Glaubst du, Mado ist auch verliebt in ihn?«

Jean nickte. »Glaub schon.«

»Du weißt einfach alles.«

»Ich habe eine gute Nase«, gab Jean schmunzelnd zurück.

»Angeber«, sagte Lily lächelnd.

Sie blieben am Jabron, bis die Abenddämmerung hereinbrach. Irgendwann ging Jean voran, spähte die Straße hinauf und wieder hinab und gab Lily ein Zeichen. »Die Luft ist rein. Wir laufen über die Felder zurück, nicht durch den Ort.« Hand in Hand und mit Blasen an den Füßen erreichten sie nach einer Stunde Beauvallon.

Erst als Lily das Gebäude sah, fiel die Last von ihr ab, genau wie der Schmerz von der geplatzten Blase an ihrer Ferse. Sie hätte tanzen und singen können vor Freude! Wie gut war es, einen Freund wie Jean zu haben!

Auf dem Vorplatz ging eine Frau mit verschränkten Armen auf und ab, den Blick ins Tal gerichtet.

Mado.

LILY

26

Dieulefit, 1942

»Mado«, riefen Lily und Jean wie aus einem Mund und humpelten auf die Lehrerin zu.

Abrupt blieb diese stehen, beschirmte mit der flachen Hand ihre Stirn und lief ihnen dann eiligen Schrittes entgegen. Stürmisch umarmte sie die beiden. »Wir sind hier fast umgekommen vor Angst und Sorge um euch. Wo wart ihr denn? Habt ihr Pierre und Marie gesehen?«

»Sie sind …«, stotterte Lily. »Sie wurden festgenommen.«

»Verschleppt«, korrigierte Jean. »Sie sind verschleppt worden.«

Aufgeregt berichteten die Kinder von dem, was sie gesehen hatten. »Wir mussten warten, bis die Luft rein war.«

»Das habt ihr gut gemacht.«

»Die Kartoffeln sind die Rue de L'Horloge heruntergekullert«, sagte Lily zerknirscht.

Mado lachte laut auf: »Das ist unser geringstes Problem,

ma chère. Hauptsache, ihr seid da. Gott sei Dank war Madame Monod zu Hause. Was ist mit euren Füßen?«

Sie warf einen Blick auf Jeans heruntergerollte Strümpfe, auf die von Lily. »Tut es sehr weh?«

Tapfer schüttelte Lily den Kopf, obwohl der Schmerz fast unerträglich war. Jean ging mit zusammengebissenen Zähnen und zog ein Bein nach.

»Blasen können sehr schmerzhaft sein«, sagte Mado, öffnete die Tür und ging voraus in die Küche. »Kommt!«

Vorsichtig zogen die Kinder ihre Schuhe und Strümpfe aus. Lily warf einen verstohlenen Blick zu Jean – wenn er nicht jammerte, würde sie auch stillhalten.

Mado rannte in den Flur und rief die Treppen hinauf: »Sie sind zurück, Lily und Jean sind wieder da!«

Dann kam sie mit einem Verbandskasten zurück, packte Jod und Mullbinden aus und fing an, Lily zu verarzten.

Das Brennen in der Wunde war nichts gegen die Angst, die sie gehabt hatte.

»Wir haben am Jabron unter einer Fußgängerbrücke gewartet«, sagte Jean mit ernster Miene, als er an der Reihe war. Mado drückte ein jodgetränktes Stück Gaze gegen die Blessur an seinem großen Zeh.

Ja, Jean hatte das allerbeste Versteck von Dieulefit ausgekundschaftet.

»Aua«, sagte Jean ein einziges Mal.

Gewonnen, dachte Lily.

Mado lächelte und strich ihm durchs Haar. »Das war eine sehr gute Idee. Setzt euch an den Tisch«, befahl sie, nachdem sie Pflaster über die desinfizierten Wunden geklebt hatte. Aus einem Regal nahm sie Schokolade, setzte

Milch auf dem Herd auf und rieb die Schokoladenstücke hinein. Dann rührte sie mit einem Kochlöffel darin herum. Lily leckte sich die Lippen. Die Gefahr und die Blasen hatten auch was Gutes, wenn man hinterher heiße Schokolade bekam und Freunde wie Jean und Jolie und Mado hatte.

Sogleich verbreitete sich der Duft von heißer Schokolade in der ganzen Küche. Lily lief das Wasser im Mund zusammen, und sie genoss das Getränk in kleinen Schlucken. Das brennende Jod war vergessen, genau wie die bangen Stunden unten am Jabron.

Von draußen näherten sich Schritte, und mit einem Ruck ging die Tür auf. Jolie. Mit einem Seufzer der Erleichterung trat sie zu Lily und Jean, küsste beide auf die Stirn und setzte sich. »Gott sei Dank. Wir hatten solche Angst um euch. Was ist mit Marie und Pierre?«

In Jeans Augen sah Lily Stolz aufblitzen, als habe er allein Lily beschützt. Ein bisschen war er eben doch ein Angeber, fand Lily, aber sie liebte ihn so, wie er war. Ein Junge eben.

Sie stellte ihre leere Tasse auf den Tisch. Wie aus der Ferne hörte sie zu, wie Jean Mado und Jolie von den Vorkommnissen berichtete.

Wann hatte sie zuletzt heiße Schokolade getrunken? Es musste so lange her sein, dass sie sich nicht mehr daran erinnerte. Plötzlich fiel ihr das Ritual des Schabbats aus früheren Zeiten ein. Sulzburg. Ihre Heimat. Ihre Mama hatte erklärt, dass Gott die Welt an sechs Tagen erschaffen hatte und sich am siebten ausruhen musste. Deshalb war der Schabbat von Freitagabend bis Samstagabend ein Ruhetag, an dem nicht gearbeitet, aber gebetet wurde. Die

Mutter entzündete Kerzen im Wohnzimmer und reichte die herrlichsten Speisen, die sich Lily vorstellen konnte. Am Samstag trafen sich die Gläubigen in der Synagoge. Wie lange nur lag das zurück? Würde es jemals wiederkehren? Wie es Agnes wohl ergangen war?

»Jetzt sind die *boches* doch hierhergekommen«, durchbrach Jolies Stimme Lilys Gedanken. »Wir müssen noch vorsichtiger sein.«

Sie spülte die leeren Tassen und wischte sich die Hände an einem Geschirrtuch trocken.

»Es war eine Frage der Zeit«, sagte Mado mit bebender Stimme.

»Es waren nicht die *boches*«, sagten Jean und Lily wie aus einem Mund.

Lily baumelte mit ihren nackten Füßen.

Jolie erstarrte. Mado nahm sich einen Stuhl, setzte sich ihnen gegenüber, stützte ihr Kinn in die Hände und blickte die Kinder abwechselnd an. »Was habt ihr gesehen? Es ist wichtig. Was genau habt ihr beobachtet?«

Sie zündete sich eine Zigarette an. Jolie, die neben ihr Platz nahm, tat es ihr gleich. Zwei Augenpaare waren jetzt auf die Kinder gerichtet.

»Es war ein Auto der Vichy-Polizei«, erklärte Lily. »Wir haben sie an ihrer Uniform erkannt. Wir kennen die Vichy-Uniform.«

Mado runzelte die Stirn. »Und wie ist die Uniform der *boches*? Wie sieht die aus?«

»Anders«, erklärte Lily.

Jean nickte zustimmend. »Ja, völlig anders.«

»Und wohin sind sie gefahren?«

»In Richtung Montélimar«, sagte Jean.

»Venissieux«, flüsterte Mado und sah Jolie eindringlich an. »Du weißt, was das bedeutet. Sie bringen sie in das Internierungslager in die Nähe von Lyon.«

Jolie nickte stumm.

Lily und Jean warfen sich einen besorgten Blick zu.

»Das muss euch nicht kümmern«, sagte Mado aufmunternd, »ihr geht jetzt schlafen, und ich spreche gleich mit Marguerite und Atie. Wir werden eine Lösung finden, das wäre ja gelacht! Ab ins Bett mit euch zwei Helden.«

Mit einem Ruck drückte Mado ihre Zigarette aus, nahm Lily an die Hand und gab Jolie ein Zeichen. »Begleitest du Jean hinauf zur Hütte?«

Jolie nickte.

»*Bonne nuit*«, sagte Jean zum Abschied und winkte Lily zaghaft zu.

»*Bonne nuit*«, gab sie zurück und ließ sich von Mado zu ihrem Schlafraum bringen.

In dieser Nacht tat Lily kein Auge zu. Was war mit ihren beiden Schulkameraden geschehen? Früher in Sulzburg hatte sie Verstecken gespielt, heute war das Spiel bitterer Ernst geworden. Venissieux – das Internierungslager. So viel hatte Lily schon begriffen: Ein Internierungslager war nur eine Zwischenstation. Würden ihre beiden Schulkameraden von dort nach Gurs gebracht? Hinter vorgehaltener Hand hatten die Erwachsenen von einem Lager in Polen in Auschwitz gesprochen, das schlimmste aller Lager, denn dort töteten die Deutschen die ihnen verhassten Juden. Warum nur? Sosehr Lily auch nachdachte, ihr fiel kein einziger Grund für das Töten von Menschen ein, egal welcher Religion sie angehörten. Jean hatte ihr einmal erklärt, mit der Religion hätte die Verfolgung der Juden nichts mehr zu tun. Das sei nur ein Alibi, ein falscher Vorwand gewesen.

»Womit hat es denn dann zu tun?«, hatte sie Jean gefragt, aber darauf hatte nicht einmal er eine Antwort gewusst.

Insgeheim war sie froh, dass ihre Eltern in Gurs geblieben waren. Dort würden sie zumindest nicht ermordet werden. Gleich morgen würde sie ihnen wieder einen Brief schreiben und Mado geben.

Am nächsten Tag, als Lily den Frühstücksraum betrat, herrschte eine merkwürdige Stille. Alle Kinder sahen auf und verfolgten Lily mit den Augen, bis sie sich setzte. Man vernahm das Geklapper des Bestecks, des Porzellans, aber kein Wort kam den Kindern über die Lippen.

Nur Adrienne sagte etwas. »Bin froh, dass du da bist, Lily«, lispelte sie und wischte sich über den Mund.

Zur morgendlichen Versammlung, wo sich anschließend alle Kinder einfanden, betrat Mado den großen Saal. Sonst leiteten die Versammlungen Mamie oder Atie, manchmal Simone. Mado stellte sich vorne auf und klappte ein Buch auf.

»*Das Schweigen des Meeres*«, erklärte Mado. »Habt ihr schon davon gehört?«

Die Kinder schüttelten synchron die Köpfe und lauschten dann der sonoren, getragenen Stimme Mados, die in ihrem schönen Französisch ein Gespräch zwischen einem französischen Offizier und einem Deutschen vortrug.

»Das ist *der* Roman des Widerstands«, erklärte Mado am Ende und klappte das Buch zu. »Morgen lesen wir darin weiter.«

So richtig verstanden die Kinder nicht, worin der Widerstand zweier Menschen bestand, die zufällig in einer Pension aufeinandertrafen, aber die Sprache des von der Résistance gefeierten Autors hatte auf sonderbare Weise ihre Herzen erreicht.

»Wo ist Mamie heute?«, fragte Lily, als die Schweigeminute zu Ende war.

»Sie ist mit Atie zusammen ihre Kinder holen. Zurück nach Hause. Nach Beauvallon.«

Ihre Kinder.

»Und Jolie?«

Mado zögerte nur einen kurzen Augenblick, aber Lily hatte es bemerkt. Ganz bestimmt war auch Jolie dabei. Womöglich würde sie nie mehr zurückkommen. Ehe Mado antworten konnte, stand Lily auf und lief, so schnell sie konnte, hinunter ins Dorf, getrieben von der Angst, Jolie hätte sie verlassen. Die frische Wunde an ihrer Ferse scheuerte im Schuh, aber es war ihr gleichgültig.

Bei Madame Monod läutete sie Sturm. Die Wirtin öffnete und sah Lily verwirrt an. »Was ist passiert? Seid ihr nicht längst zu Hause?«

Lily lief an ihr vorbei, die Treppen hinauf zur Tür Nummer vier und riss sie auf. Das Zimmer war leer. Aber Jolies Rucksack stand auf einem Stuhl. Niemals würde Jolie ohne ihren Rucksack gehen.

»Jolie, wo bist du?«, rief sie durchs ganze Haus, und die Tränen liefen ihr die Wangen hinab.

»In den Bergen, bei Poumy«, sagte die Wirtin, die zu ihr trat und den Arm um Lily legte. »Es ist alles in Ordnung, mein Kind. Sie wird bald zurückkommen. Hier verschwindet niemand. Nicht in Dieulefit.«

Lily wischte sich die Tränen aus dem Gesicht und schluchzte. »Das stimmt nicht. Sie haben Pierre und Marie verschleppt«, sagte sie trotzig.

»Aber nicht Jolie«, erwiderte die Wirtin, zog Lily in den Gemeinschaftsraum, schritt zum Buffet und öffnete ein Einmachglas, das dort stand. Sie reichte Lily ein Zitronenbonbon.

Lily hielt das Bonbon wie ein Pfand zwischen ihnen nach oben. »Bist du sicher? Jolie ist hier in Dieulefit?«

»Natürlich ist sie das, mein Kind.«

»Was macht sie bei Poumy?«

»Lernen, wie man funkt. Poumy kann funken, und das tut sie in den Bergen, wusstest du das denn nicht?«

Doch, Lily wusste Bescheid, auch, dass Poumy für den britischen Geheimdienst arbeitete, was Jean zutiefst beeindruckte. Die Leute, die für den Geheimdienst tätig waren, konnten gut mit beiden Seiten, mit Freund und Feind. Das hatte Jean ihr genau erklärt.

Er wollte später auch zum Geheimdienst. Sie aber würde sich für *eine* Seite entscheiden und etwas mit Paragrafen machen. Wenn der Krieg vorbei war, würde man die *boches* mit dem Gesetz bestrafen, und das bestand aus Tausenden von Paragrafen. Lily besaß ein hervorragendes Gedächtnis. Eines Tages würden die Täter zur Rechenschaft gezogen werden, und sie würde dabei sein.

»Ehrenwort?«, fragte Lily.

Madame Monod hob theatralisch ihre Hand zum Schwur. »Großes Ehrenwort. Sie ist in den Bergen. Weißt du, was man mit einem Funkgerät machen kann?«

Erleichtert atmete Lily auf, nickte und schob sich das gelbe Bonbon in den Mund.

»Klar. Man kann damit Worte und Sätze von einem Ort zum anderen schicken, sogar bis nach Amerika.«

Madame Monod nickte zufrieden.

Mamie hatte ihr erklärt, dass Funkgeräte für die Résistance sehr wichtig seien. Nachrichten waren das A und O im Krieg. Je mehr die Résistance wusste, desto besser. Sie war dann den Deutschen einen Schritt voraus.

Der Schnellere gewann. Diese Lektion hatte Lily im Handumdrehen gelernt.

Sie zerbiss ihr Bonbon, und der Geschmack von sonnengereiften Zitronen entfaltete sich in ihrem Mund.

AGNES

27

Freiburg, 1965

Agnes nahm die Kopfhörer ab, gab dem Aufnahmeleiter durch die Glasscheibe des Sendestudios ein Zeichen und ging nach draußen. Dort hatte sich bereits der Herbolzheimer Männerchor für die gleich folgende Livesendung versammelt. Der Dirigent betätigte seine Stimmgabel, summte. Konzentriert nahmen die Männer den Ton auf.

Unter dem Motto *Essen und Trinken im grenznahen Elsass* hatte Agnes die 126. Folge der beliebten Serie *Land und Leute am Oberrhein* moderiert. *Baeckeoffe*, Münsterkäse, *Choucroute*, Sauerkraut – jetzt brauchte sie dringend eine Tasse Kaffee.

»Na, Agnes, wurdest du kaltgestellt?«, fragte eine süffisante männliche Stimme hinter ihr.

Sie drehte sich um: Der *schöne Günter* hatte ihr gerade noch gefehlt.

»Abwarten«, erwiderte sie betont gleichgültig und machte sich auf den Weg in ihr Büro. Im Hintergrund hörte sie, wie sich der Chor mit dem *Badnerlied* einsang: »*Drum grüß ich dich, mein Badner Land, du edle Perle im deutschen Land. Frischauf, frischauf, frischauf …*«

Kaltgestellt. Ja, Agnes war kaltgestellt. Seit Wolfgang sie ausdrücklich autorisiert hatte, ihre Recherchen über Gurs und Dieulefit voranzutreiben, war nichts passiert, dabei hatte sie seit Wochen diskret Informationen gesammelt: über Sulzburg, über Einzelschicksale von Geretteten. Sie hatte ihren Wissensstand mit Madame Defours Presseartikel abgeglichen. Inzwischen besaß Agnes einen guten Überblick und würde im Nu mindestens drei Sendungen konzipieren können.

Immer häufiger ertappte sie sich bei dem Gedanken an eine Reportage über Lilys Geschichte in Dieulefit und Gurs, an ein exklusives Interview mit der Kinderfreundin. Wenn Lily es eines Tages zuließ, könnte Agnes an ihrem Beispiel zeigen, was in Dieulefit geschehen war und was das mit ihrer badischen Heimat zu tun hatte. *Sulzburg. Gurs. Dieulefit – Das Wunder einer Rettung.*

Das Klingeln des Telefons ließ sie zusammenschrecken.

»Ein Telefonat aus Frankreich für Sie«, sagte das Fräulein von der Telefonzentrale.

Agnes richtete sich auf. Unwillkürlich dachte sie an Jean-Pierre.

»Mademoiselle Engler?« Sie vernahm ein Knacksen in der Leitung. »*Bonjour, c'est Madeleine Defour.*«

Madame Defours Stimme klang am Telefon völlig fremd, ganz anders als in Dieulefit.

»Haben Sie meine Presseartikel erhalten?«, fragte Madame Defour.

»Ja, herzlichen Dank. Das ist ein sehr umfassendes Material.«

»Freut mich, wenn sie hilfreich waren. Und, sind Sie denn schon weitergekommen?«

Im Hintergrund hörte sie, wie Madame Defour ein Feuerzeug betätigte, tief Luft holte und dann Luft ausstieß.

»Eine gute und eine schlechte Nachricht«, sagte Agnes. »Welche zuerst?«

»Die gute.«

Agnes warf einen Blick in ihre Akte mit dem Vermerk *hochvertraulich*. Fotos aus Sulzburg von der Deportation im Oktober 1940 stachen ihr ins Auge, einige Artikel der *Badischen Zeitung* aus dem Jahr 1963. Unter einem von ihnen stand der Verfasser Arno Breitling, einer der wenigen Kollegen, die sich bei der schreibenden Zunft mit dem Thema Gurs und der Aufarbeitung befasst hatten.

»Ich habe die kleine Rebellin gefunden.«

Schweigen am anderen Ende der Leitung.

»Liliane Rosier? Das ist ja fantastisch. Wo lebt sie denn?«

»Nicht weit von hier entfernt«, sagte Agnes ausweichend.

»Ach, dann ist sie im Elsass geblieben. Das dachte ich mir gleich. Und? Geht es ihr gut?«

»Sie ist Staatsanwältin geworden.«

Madame Defour zögerte einen Moment. »Sie hat als Kind so leicht gelernt und besaß einen ausgeprägten Sinn für Gerechtigkeit. Das wundert mich also nicht. Und jetzt die schlechte Nachricht, Agnes. Heraus damit! Wie lautet sie?«

Agnes. Die Lehrerin aus Beauvallon hatte sie zum ersten Mal beim Vornamen angesprochen.

»Es ist ziemlich kompliziert.«

»Ich bin Pädagogin. Komplikationen sind mir vertraut. Ich bin darin geübt, quantenphysikalische Vorgänge derart in Einzelteile zu zerlegen und so zu vereinfachen, dass sie auch Fünfjährige verstehen.«

Agnes lachte auf. Das Bild gefiel ihr, obwohl sie davon überzeugt war, dass Madeleine Defour genauso wenig Ahnung von Quantenphysik hatte wie sie selbst.

»Ich komme nur sehr schwer an Lily heran«, eröffnete sie zögerlich. »Sie ist so verschlossen, so anders als das Mädchen, das ich kannte. Es gibt viele offene Fragen.«

Madame Defour seufzte. »Ich sagte Ihnen ja, dass die Schicksale dieser Kinder ihre Spuren hinterlassen haben …« Sie brach ab.

Agnes blätterte eine Seite in ihrem Block zurück: *Bernard Forger, Joséphine Colin,* stand dort in Druckbuchstaben, dahinter ein Fragezeichen.

»Erinnern Sie sich an Joséphine Colin und an Bernard Forger, Madame?«

Madeleine Defour räusperte sich und nahm dann einen tiefen Zug von ihrer Zigarette.

»Natürlich erinnere ich mich. Sie waren in Dieulefit. Die längste Zeit kannte ich sie nur unter den Namen Jolie und Antoine. Beide in der Résistance tätig.«

»… und ein Liebespaar.«

»Ja«, sagte Madame Defour spitz. »Aber was hat das mit Lily zu tun?«

»Ist da irgendwas vorgefallen, Madame? Ich meine zwischen Joséphine und diesem Forger? Ein Streit? Ein Missverständnis?«, fragte Agnes vorsichtig.

Sie dachte an die verschiedenen Gesichter von Forger, die Lilys Fotosammlung widerspiegelte. An das schöne Porträt von Joséphine Colin.

»Nicht, dass ich wüsste. Sie waren ein Paar. Ich habe ihn nicht gern in Beauvallon gesehen, das muss ich offen zugeben. Einen wichtigen Mann aus der Résistance in *unserem* Refugium, das barg ein enormes Risiko in meinen Augen. Mit meiner Meinung stand ich nicht allein da. Romantische Gefühle haben im Krieg nichts verloren, und die Verliebtheit macht leichtsinnig, wissen Sie, was ich meine? Wir in Beauvallon waren stets bestrebt, nicht aufzufallen. Jolie hingegen war eine von uns. Sie hat sehr viel für die Kinder getan.«

Ein wichtiger Mann aus der Résistance: Jener Mann sollte Joséphine auf dem Gewissen haben? Was ging da in Lilys Kopf vor?

»Es sind fast zwanzig Jahre vergangen«, hörte Agnes Madame Defour leise sagen, »Jolie lebt nicht mehr.«

»Jedenfalls steht Lily mit diesem Bernard Forger auf Kriegsfuß.«

Jetzt war es ausgesprochen. Agnes fühlte sich wie eine Verräterin, als gebe sie Lilys Schwachstelle preis und das an die falsche Seite.

»Das mag sein«, gab Madeleine Defour kühl zurück. »Wie gesagt, auch ich habe ihn nicht gern in Dieulefit gesehen.«

»Aber irgendetwas muss doch Lilys Misstrauen geweckt haben, etwas, das in der Vergangenheit liegt.«

Für einen Moment streifte sie der Gedanke, dass sie auf dem besten Weg war, Privates mit Beruflichem zu vermischen. Was ging sie dieser Forger an? Wie umfassend gehörte er zur Geschichte von Dieulefit?

»Antoine arbeitete, genau wie Jolie, für die OSE, jene jüdische Hilfsorganisation, die sich der Rettung jüdischer Kinder verschrieben hatte. Antoine war ein hochrangiger Résistance-Offizier, ein Mann von bester Reputation. Erst vor Kurzem erhielt er die Medaille der Résistance.«

Hochrangiger Résistance-Offizier. Medaille der Résistance. Agnes bemerkte ein Zittern ihrer Hände. In ihrem Hinterkopf kam eine Erinnerung zurück, verschwommen, dann immer deutlicher. Ja, sie war diesem Namen schon einmal begegnet, hatte von dieser Auszeichnung gelesen.

Eilig blätterte sie in der Mappe mit dem Vermerk *hochvertraulich,* den Telefonhörer zwischen Schulter und Wange geklemmt. Bei Arno Breitlings Artikel *Badische Delegation 1963 in Gurs* hielt sie inne. Dort stand der Name Bernard Forger schwarz auf weiß. Er hatte die Rede bei der Einweihung des Friedhofs in Gurs gehalten, als hochrangiger Repräsentant der Résistance, einer der Drahtzieher, die Kinder aus dem Lager ins Ausland geschleust hatten.

Nous avons fait ce qu'il fallait – c'est tout. Wir haben das Notwendige getan, das ist alles. So war Forger zitiert worden.

Hatte Lily nicht davon gesprochen, dass Jolie sie aus dem Rattenloch herausgeholt hatte? Schmückte sich der Mann etwa mit fremden Federn? Führte Lily deswegen einen persönlichen Krieg gegen einen unbescholtenen Mann?

»Was genau hat Lily denn über ihn gesagt?«, fragte Madame Defour mit frostiger Stimme.

»Forger hat Jolie auf dem Gewissen, das waren Lilys Worte.«

Agnes rutschte auf ihrem Stuhl nach hinten und legte den Kopf auf die Lehne, den Blick zur Decke gerichtet. Es war kompliziert. Warum fragte sie Lily nicht selbst? *Was konkret wirfst du dem ehemaligen Liebhaber von Jolie vor?* Würde mit dieser Frage der Hauch von Vertrauen zwischen ihnen sofort wieder in Misstrauen kippen und Lily würde mit ihr brechen? Möglich war alles.

»*Absurdité!*«, platzte es aus Madame Defour heraus. »Das ist Blödsinn! Eine reine Kinderfantasie. Er hat Jolie geliebt. Lily braucht einen Schuldigen, um besser mit dem Verlust von Jolie klarzukommen, das ist mein Beitrag zu diesem Hirngespinst.«

Hirngespinst. Aus kindlicher Sicht leuchtete das Agnes unmittelbar ein. Wenn es einen Schuldigen gab – konnte man dann den Tod eines geliebten Menschen besser akzeptieren?

»Ja, vielleicht kann sie Jolie symbolisch begraben, wenn sie einen Schuldigen benennen kann«, sagte Agnes nachdenklich und bemühte sich, Lilys komplizierte Gefühlswelt nachzuvollziehen. Sie hatte alles verloren: ihre Eltern, ihre Verwandten und dann noch ihren Engel Jolie.

»Wenn Sie mich jetzt bitte entschuldigen würden, ich muss meinen Unterricht vorbereiten. Grüßen Sie Lily von mir.«

Ein Krachen in der Leitung ließ Agnes zurückzucken.

Verblüfft hielt sie den Telefonhörer weg. Madame Defour hatte aufgelegt. Das Wort *Blödsinn* klang so gar nicht nach dem Wortschatz dieser kontrolliert beherrschten Frau. War doch etwas an Lilys Verdacht dran? Warum verteidigte Madeleine Defour diesen Forger so vehement, obwohl sie ihn nicht in Dieulefit hatte haben wollen? Ein einziges Mal während ihres Gesprächs hatte sie ihn Antoine genannt. War da Eifersucht, Rivalität im Spiel? War Madeleine Defour etwa in ihn verliebt gewesen?

Bis in die Abendstunden blieb Agnes in ihrem Büro, gab das Material über Dieulefit und Gurs zurück in die Akte und warf einen Blick in ihren Kalender. Außer einem Interview mit dem Vorsitzenden des badischen Heimatvereins stand nichts an.

Sie nahm sich die *Badische Zeitung* vom gestrigen Tag und blätterte sie durch. Auf der Politikseite stach ihr ein halbseitiger Bericht mit der Überschrift »*Sechs Mal lebenslang, drei Freisprüche im Frankfurter Auschwitzprozess*« ins Auge. Sie überflog den Inhalt: Der Chefankläger Fritz Bauer zeigte sich enttäuscht, stand da geschrieben, genau wie die Zeugen, die vor allem aus ehemaligen Auschwitzhäftlingen bestanden. Die Angeklagten hätten keinerlei Schuldbewusstsein, gar Reue gezeigt, hatten verständnislos auf die Urteile reagiert.

»Das Schweigen ist endgültig vorbei«, urteilte ein Prozessbeobachter.

Nur allzu gern hätte Agnes Lilys Meinung dazu gehört. Sie selbst fand das beschämend. Nur die Tatsache, dass eine gesellschaftliche Debatte in Gang gekommen war, tröstete sie. Man musste alles dafür tun, dass es so blieb. Vorsichtig riss sie die Seite heraus und legte sie in ihre Schublade.

Gegen zwanzig Uhr brach sie auf.

Im Altbau war es menschenleer. Gegenüber im Neubau brannte Licht. Das Abendprogramm ging mit den Musikwünschen der Hörer auf Sendung.

Tanze mit mir in den Morgen, tanze mit mir in das Glück. Aus einem Kofferradio im Flur drang Gerhard Wendlands beliebter Schlager an Agnes' Ohr. Mit ausladenden, schwungvollen Bewegungen und im Takt der Musik ließ die Putzfrau einen Mopp über den Boden gleiten.

Die Musik verklang.

Hatte Agnes gerade Stimmen gehört? Sie blieb stehen, lauschte. Ja, sie kamen aus Wolfgangs Büro. Wie ferngesteuert ging sie dorthin. Der schwere Geruch von Zigarren strömte durch die angelehnte Tür. Der Chefredakteur war nicht allein.

Auf Zehenspitzen trat Agnes näher.

AGNES

28

Freiburg, 1965

Agnes lauschte.

»Nichts, absolut gar nichts geschieht in diesem Haus ohne meine ausdrückliche Zustimmung! Was fällt diesem Frauenzimmer ein?«

Sie erkannte die Stimme sofort – es war jene des Studioleiters Waldemar Straub.

Unmittelbar wurde ihr klar, was sich hinter der Tür gerade abspielte. Es ging um sie, um ihre Arbeit. Ein weiteres Verbot wurde da gerade zementiert, das Aufzeigen von Grenzen. Da sprach jemand ein Machtwort und ging dabei wie ein echter Beamter den Dienstweg, den Weg »unter Männern«. Straub zeigte Agnes' Vorgesetztem *ihre* Grenzen auf. Er würde sich nicht herablassen, mit Agnes selbst zu sprechen, sie nach ihrer Meinung zu fragen. Schließlich war sie *nur* eine Frau.

Schritte. Das Rascheln von Papier.

»Sie wird nicht damit auf Sendung gehen. Das gehört

ins Politikressort, aber nicht einmal die werden das bringen. Ich habe es von Anfang an gesagt: Dieses Frauenzimmer bringt uns nur Ärger ins Haus.«

»Diese Frau, bitte schön«, korrigierte Wolfgang mit eisiger Stimme. »Es geht darum, etwas in den Köpfen zu verändern. Irgendwann müssen wir uns doch der Vergangenheit stellen, das Geschehene aufarbeiten. Ich stehe hinter Fräulein Engler. Ich halte es sogar für meine Pflicht, unsere Landsleute mit ihrem Verhalten während der Nazizeit zu konfrontieren. Damit es nie wieder geschieht.«

Ein Geräusch folgte, als fiele ein schwerer Stein auf den Tisch.

»Verschonen Sie mich mit Ihrer Aufarbeitung. Seit diesem Eichmann-Prozess scheint das modern zu sein. *Wirtschaftswunder. Konsum. Wohlstand für alle* – das sind unsere Themen, das beschäftigt die Deutschen. Deportation von Südbaden nach Gurs, das ist ja geradezu hysterisch. Jüdisches Überleben in Frankreich – dass ich nicht lache! Wen interessiert das? Wir vergrämen doch nicht unser Publikum! Es kommt überhaupt nicht infrage.«

Hysterisch. Der Boss stufte Agnes' Anliegen als hysterisch ein. Es war nicht zu glauben.

»Die Mundartstücke beschäftigen sich sehr wohl mit unserer braunen Vergangenheit. Dagegen haben Sie nichts«, räumte Wolfgang ein.

»Das ist was völlig anderes!«

»Weil der Dialekt verharmlost?«

Agnes spürte eine Mischung aus Ekel, Aufruhr und Wut. Wie konnte dieser Mann es wagen, ihre Arbeit, ihr politisches Anliegen so herabzusetzen?

Wer, fragte sie sich, hatte dem Boss das Dieulefit-Projekt überhaupt zugetragen? Hatten sie und Wolfgang nicht absolute Diskretion vereinbart? Sie hatte sich daran gehalten und mit keiner Menschenseele vom Sender darüber gesprochen.

»Meine Generation interessiert das, verstehen Sie?«, sagte Wolfgang laut und deutlich. »Sie wissen, dass es an der Zeit ist, das Programm zu reformieren. Andere Sender machen es uns bereits vor.«

Tätergeneration, schoss es Agnes durch den Kopf. Der Boss gehörte zur Tätergeneration. Ihre Generation war die, die Fragen stellte. An die Täter, an die Mitläufer. Erst hatten die Sulzburger dabei zugesehen, wie ihre jüdischen Nachbarn nach und nach verschwanden, danach weggeschaut und schließlich vergessen. Auch Straub sah weg.

»Wir bleiben bei unseren Traditionen«, sagte Straub. »Basta. Pfeifen Sie Ihr Maidli zurück.«

»Sie ist nicht *mein Maidli*«, keifte Wolfgang.

Aus Straubs Mund klang der Begriff *Tradition* wie ein verstaubter, abgenutzter Appell an vergangene Zeiten, die nostalgisch verklärt wurden. Aber da schwang noch etwas Unterschwelliges in der Stimme von Waldemar Straub mit, Agnes konnte es förmlich spüren. Der Boss hatte Angst. Angst, dass es ihm an den Kragen ging. Das *Maidli* könnte ihm richtig Ärger machen.

Tief in ihr bahnte sich ein unaufhaltsamer Prozess seinen Weg. Sie fing an, das Ausmaß dessen, was sich gerade in Wolfgangs Büro abspielte, zu begreifen. Ein Kampf hatte begonnen. Das war kein Kampf um die Themen ihres Radiosenders. Es handelte sich um einen Generationenkonflikt, die Auseinandersetzung zweier Generationen um gesellschaftlichen Wandel oder Stillstand. Jener, der sie angehörte, ging es um die Chance zur Veränderung, der anderen um ein Verharren in alten Mustern.

Lilys Geschichte interessierte einen von Straubs Sorte nicht, ganz im Gegenteil: Sie sollte unter den Teppich gekehrt werden, weil sie ihn mit seinem Versagen konfrontieren würde, mit seiner Schuld.

Agnes' Arbeit würde umsonst gewesen sein. Wenn sie keinen Weg fand, ihr Anliegen öffentlich zu machen, würde sie viele Leute enttäuschen: Jean-Pierre Roche, Madame Defour, von Lily ganz zu schweigen. Mit einer Sendung über das Wunder von Dieulefit würde sie zwar kein politisches Umdenken erreichen, aber vielleicht in einigen Köpfen einen neuen Blickwinkel auf den Umgang mit der eigenen Vergangenheit anstoßen.

Das war es, was sie wollte. Für einen Moment beneidete sie die Kollegen von der schreibenden Zunft, die jene gesellschaftlich relevanten Themen aufgreifen *durften*, darüber berichteten, während sie kaltgestellt wurde.

Beherzt legte sie ihre Hand gegen die Tür, um sich zu stellen. In diesem Augenblick wurde diese mit einem Ruck aufgerissen.

Vor ihr stand der Boss. Dunkelblauer Anzug, weißes gebügeltes Hemd, Krawatte, zurückgekämmtes graues Haar, ein breites Gesicht und buschige Augenbrauen. Er war einen halben Kopf größer als sie, obwohl sie Plateauschuhe trug. Schon immer hatte Straub sie an Kurt Georg Kiesinger erinnert, jetzt war ihr, als stünde der leibhaftige baden-württembergische Ministerpräsident vor ihr. Er blickte von oben auf sie herab.

»Lassen Sie die Finger davon, Maidli, mir wolle nur Ihr Beschdes«, sagte er gönnerisch in waschechtem Badisch und drehte sich weg.

»Ich bin kein Maidli«, stotterte sie, ihm hinterhersehend. »Was war hier los?«, fragte sie einen verwirrt aussehenden Wolfgang und betrat sein Büro.

Auf dem Tisch standen eine halb leere Flasche Cognac, zwei Gläser, ein Aschenbecher. Der Zigarrenrauch hing wie schwerer Nebel in der Luft.

Wolfgang sah sie an, als käme sie von einem anderen Stern. Der Ärger stand ihm ins Gesicht geschrieben, aber auch seine Ratlosigkeit, und sie wusste für einen Moment nicht, ob er sich gegen die Äußerungen des Studioleiters oder ihre Lauschattacke richtete.

»Wie kommst du dazu, wie ein Schulmädchen an meiner Tür zu lauschen? Das ist ja unmöglich, Agnes!«

»Sie war geöffnet. Ich finde es unmöglich, wie hier hinter meinem Rücken über mich gesprochen wird.«

Wolfgang seufzte.

»Was war los?«, fragte Agnes.

»Eine Machtdemonstration, das war los.«

»Aber woher weiß er, dass …?«

Wolfgang warf die Arme in die Luft. »Irgendjemand muss Wind davon bekommen haben. Vielleicht über die Ausleihe im Archiv, ich habe keine Ahnung.«

Er zündete sich eine Zigarette an, hievte die Beine auf den Tisch und starrte zum Fenster hinaus. »Verdammte Scheiße!«

»Dieser Idiot«, entfuhr es Agnes. Sie ging zum Fenster und öffnete es.

Laue Abendluft strömte herein.

»Er ist ein durchschnittlicher Mann, engstirnig und nicht besonders intelligent, Agnes. Aber er ist an der Macht, wie viele andere in diesen Zeiten. Sie sind einfach nach 1945 übrig geblieben und mussten mit Posten versorgt werden.«

»Wieso sagst du *mussten*?«, fauchte Agnes.

»Als ehemalige Staatsbedienstete galten sie als unverzichtbar und wurden wieder eingegliedert«, korrigierte Wolfgang achselzuckend. »Alles legitim, rechtskonform.«

Agnes dachte an Lilys Arbeit bei der Zentralen Verfolgungsstelle, die Fotos der gejagten Naziverbrecher an ihrer Pinnwand. War denn alles vergebens? Dagegen erschien ihr das, was sie tat, geradezu lächerlich. Es war ja nicht einmal ein Skandal, den sie aufdeckte. Sie wollte nur sagen, was war.

»Was machen wir jetzt?«, fragte sie.

»Ich muss nachdenken.«

»Es ist an der Zeit, sich diesen Leuten entgegenzustellen, Wolfgang«, erwiderte sie. »Es reicht nicht mehr aus, wenn wir deren Behäbigkeit aushalten. Wir müssen tätig werden.«

Wolfgang schnaubte: »Das sagt sich leicht, wenn man wie du keine Verantwortung trägt. Ich muss am Ende dafür geradestehen.«

Agnes fixierte ihren Vorgesetzten, während er Rauch ausblies und zum Fenster hinaussah.

»Ja, das wirst du wohl. Ohne Farbe zu bekennen wird es nicht funktionieren«, sagte Agnes und drehte sich weg.

»Halte *du* bloß die Füße still«, zischte er ihr hinterher. »Das ist ein Befehl.«

»Wir sind hier nicht beim Militär«, keifte sie und schlug die Tür hinter sich zu.

Am Ende würde sie diesen Kampf allein ausfechten müssen.

Mit ihrem VW fuhr sie nach Hause und ging mit ihren Einkäufen von heute Mittag nach oben: eine Flasche Bier, eine Dose Ravioli, Salzstangen, die aktuelle *Badische Zeitung*.

In ihrer Wohnung angekommen, riss sie die Fenster auf. Sie kippte den Doseninhalt in einen Topf, stellte ihn auf den Herd und nahm einen kräftigen Schluck Bier aus der Flasche. Sie nahm sich ihre private Post vor.

Eine Postkarte mit Fotoausschnitten einer Stadt im Süden Frankreichs und dem Schriftzug *Bienvenu à Apt* war darunter, und erst auf den zweiten Blick begriff sie, dass ihr Jean-Pierre Roche geschrieben hatte.

Liebe Agnes, ich hoffe, es geht Ihnen gut. Ich respektiere es sehr, dass Sie mir verschwiegen haben, Lily gefunden zu haben. Sie hat sich bei mir gemeldet, und wir hatten ein langes Telefonat. Wir würden uns gern am 15. September in Ribeauvillé im Elsass treffen, was halten Sie davon? Das Lokal, das wir ausgesucht haben, heißt Winstub zum Pfifferhus *und liegt im Dorfzentrum. Da ich geschäftlich in Straßburg zu tun habe, bietet sich der Sprung an diesen schönen Weinort an. Ich freue mich, wenn wir uns alle bald wiedersehen. Cordialement, Ihr Jean-Pierre*

Immer wieder las sie das Geschriebene. Ribeauvillé – das lag gerade einmal eine Autostunde von hier entfernt.

Die Tomatensoße köchelte auf größter Flamme. Als sie das Blubbern hörte, war es schon zu spät. Sie rannte in die Küche. Die dicke Flüssigkeit brodelte, unaufhaltsam spritzten rote Tropfen in alle Richtungen, gegen die hellblauen Kacheln, die weiße Wand. Instinktiv griff sie nach dem Topf. Vor Schmerz schrie sie auf und ließ Topf und Inhalt in die Spüle fallen.

Die verbrannten Finger pulsierten, im Nu wurden sie knallrot. Sie hielt beide Hände unter den laufenden Wasserhahn.

»Mist«, sagte sie, während sie von einem Fuß auf den anderen trat. »Verdammter Mist.«

Diesen Tag würde sie gerne streichen. Sie drehte die Flamme aus.

Mit einem in Essigtinktur getränkten Geschirrtuch und dem Bier setzte sie sich aufs Sofa, umwickelte die verletzten, schmerzenden Stellen und schaltete mit ihrem unversehrten Zeigefinger das Radio ein.

Die letzten Trompetentöne verklangen.

»Das war die Blaskapelle aus Schallstadt unter der Leitung von Adolf Faller. Im Anschluss folgt das Spätprogramm mit dem Hörspiel *Höllenangst* nach Johann Nestroy, Funkbearbeitung Franz Hiesel. Morgen Abend für unsere Gastarbeiter die Nachrichten aus der Heimat. Für Türken ab 18.15 Uhr, für Italiener ab 18.30, für Griechen ab 18.45. Jetzt der Straßenzustandsbericht …«

Blaskapellen. Straßenzustandsbericht. Gastarbeiternachrichten. Männerchöre.

Höllenangst. Die Frage war, wer beim Sender Höllenangst hatte. Sie jedenfalls war es nicht.

»Eine Machtdemonstration«, sagte sie verächtlich und stellte das Radio ab. »*Halte die Füße still, das ist ein Befehl.*«

Langsam schweiften ihre Gedanken nach Ribeauvillé. War das eine Einladung an einen neutralen Ort, die Jean-Pierre formuliert hatte? Für ihn: ein Heimspiel. Er hatte ja unmissverständlich erklärt, nie mehr deutschen Boden zu betreten.

Welches symbolische Gastgeschenk würde sie im Gepäck haben? Von einer Veröffentlichung war Agnes meilenweit entfernt. Sie würde mit leeren Händen anreisen.

Nach Jahren würden sich Lily und Jean wiedersehen, ein Treffen, das Agnes im Grunde genommen mit ihrer Suche nach der Kinderfreundin initiiert hatte. Dass sie mit von der Partie sein sollte, und das begriff sie erst ganz allmählich, war ein großer Vertrauensbeweis.

Andererseits: Jean-Pierre hatte von einem Wir gesprochen, ein Wir, das nicht Lily und Agnes und nicht Jean-Pierre und Agnes hieß, es trug den Namen: Lily und Jean – die Kinder von Beauvallon. War Agnes in dieser besonderen Intimität, die Jean und Lily verband, fehl am Platz, oder erwartete Lily von ihr die Rolle der solidarischen Freundin? Welchen Stellenwert besaß Agnes?

Im Zusammenhang mit Freundschaft existierte keine Rangfolge, das wusste sie sehr gut. Was Jean und Lily verband, war ein gemeinsames Schicksal, die Gefahr, der sie tagtäglich ausgesetzt gewesen waren, und ein gemeinsamer Feind aus Deutschland.

Das Leid und der Schmerz bildeten den Leim, der die

Kinder von Beauvallon zusammenhielt, die traumatische Erfahrung des Kriegs, der Verfolgung.

Wenn Agnes deren Geschichte erzählen wollte, musste sie ihnen zuhören.

JOLIE

29

Lyon, 1943

Mit ratternden Rädern fuhr der Zug in Lyon ein. Die Lok spuckte Dampf aus.

Jolie spürte eine wachsende Anspannung, gemischt mit Vorfreude: Seitdem der Krieg ausgebrochen war, sah sie ihre Heimatstadt heute zum ersten Mal wieder. In ihrer Handtasche befanden sich neue Papiere, auf den Namen Fernande Mourin lautend. Ihre Vorgesetzte Andrée Salomon hatte ein neues Einsatzgebiet für sie gefunden. Mit ihr war sie in knapp einer Stunde im Herzen der Altstadt verabredet.

Die Stadt schien von einer Glocke schwüler Luft überzogen. Jolie eilte durch das große Empfangsgebäude des *Gare Lyon-Perrache*. Ihr gepunktetes Sommerkleid flatterte im Wind. Sie, die noch vor wenigen Monaten mit den ihr anvertrauten Kindern auf der Ladefläche von Lastwagen durchs Land getuckert war, trug jetzt hohe Pumps, grellroten Lippenstift und Lidschatten.

Beim Blick auf die Rhône und Saône, die durch die Innenstadt zogen, ging ihr das Herz auf, und ein Gefühl von Heimat breitete sich in ihr aus. Einst war das ihr Zuhause, mitten in Lyon an der Saône war sie groß geworden. Trotzdem hatte sie das Gefühl, nicht mehr hierherzupassen. War nur sie eine andere geworden, oder hatte sich auch ihre Stadt verändert? Ihr Äußeres einer vornehmen Pariserin hatte nichts mehr mit dem Mädchen von einst gemeinsam. Dabei mochte sie ihre neue Hülle gar nicht. Aber auch ihre Stadt hatte sich verändert, das zeigte sich in vielem: Angst, aber auch Abscheu gegen den deutschen Aggressor konnte man in den Gesichtern der Menschen lesen. An manchen Gebäuden flatterten Hakenkreuzfahnen. Der Gestapo-Chef von Lyon, Klaus Barbie, hatte die Metropole zu *seiner* Stadt gemacht. Seine Brutalität gegenüber Juden, Kommunisten und Widerstandskämpfern war weit über die Stadtgrenzen hinaus bekannt.

Schlug deshalb das Herz der Résistance genau hier? Jene Stadt mit ihren unterirdischen Verbindungen, den *traboules*, Passagen und Durchgängen, die sich aus Innenhöfen der Altstadt unter den Häusern in alle Richtungen verzweigten und einem Labyrinth gleichkamen? Nur die Einheimischen fanden sich blind in den komplizierten Querverbindungen zurecht. Mochten sich die *boches* die Zähne an den Fluchtwegen ausbeißen! So schnell ging hier niemand den Deutschen ins Netz.

Jolie passierte die alte Rhône-Brücke. Sie konnte ihr ehemaliges Zuhause schon sehen, die Villa, gleich daneben die verwaiste Fabrik ihres Vaters. Fast wider Willen zog es sie dorthin – nur einen Blick wollte sie auf das Heim ihrer

Kindheit werfen. Das ehemalige Wohnhaus der Familie hatten die *boches* längst beschlagnahmt, nachdem Jolies Eltern sich auf ihren kleinen Landsitz in der Nähe von Lyon nach Chozeau zurückgezogen hatten. Gleich zu Beginn des Kriegs war die Stoffproduktion mangels Rohstoffen eingestellt worden. »In Chozeau haben wir alles, was wir brauchen«, hatte ihr Vater damals gesagt und die Koffer gepackt. »Dort warten wir in Ruhe den Krieg ab.«

Der in Stein gemeißelte Schriftzug auf dem Fabrikgebäude war immer noch deutlich lesbar. *La maison de toiles – Colin et fils. Stoffhaus Colin und Söhne*. Die Tradition des Familienunternehmens hatte Jolies Vater immer davon träumen lassen, auch seine einzige Tochter an seinem und dem Lebenswerk seiner Ahnen mitwirken zu sehen.

Sie spürte eine fast magische Anziehung zu ihrem Elternhaus, ging wie hypnotisiert weiter. Noch hatte sie eine halbe Stunde Zeit. Was sie so viele Jahre weggedrückt hatte, brach geradezu aus ihr heraus: Sehnsucht nach ihren Liebsten. Sehnsucht nach einer Welt, die noch in Ordnung war. Am liebsten wäre sie auf der Stelle nach Chozeau gefahren.

An der Ecke unter einem Baum machte sie halt. Von hier aus hatte sie freie Sicht auf das Haus. Wehmütig schweifte ihr Blick über den großzügigen Treppenaufgang, der zu einem herrschaftlichen Portal führte, einer prunkvollen Eingangstür. Wie gerne wäre sie hineingegangen.

Still stand sie da, als wären unter ihren Füßen Wurzeln gewachsen, die sie am Weggehen hinderten. Ihre Vernunft befahl ihr zu verschwinden, ihr Herz ließ sie stehen bleiben, an Ort und Stelle verharren. Wie lange hatte sie ihre

Eltern nicht gesehen? Drei Jahre, fünf Monate und zwei Wochen? So lange war das her? Nicht einmal ein paar Zeilen hatte sie ihnen zukommen lassen – zu deren eigenem Schutz. Heimweh erfasste sie plötzlich, als wäre sie ein Kind, eines im Alter von Lily und Jean, gefolgt von einer tiefen Sehnsucht nach Normalität. Gespräche am offenen Kamin mit ihrem Vater fielen ihr ein, das gemeinsame Abendessen hinten im Garten, der von der Straße aus nicht einsehbar war. Der milde Blick ihrer Mutter, die stets die Strenge des Vaters auszugleichen vermochte. Nicht zum ersten Mal kam ihr der Gedanke, wie enttäuscht die Eltern von ihrer Tochter sein mussten. Ihr Bruder hingegen tat seine Pflicht an der Front.

Beherrscht drückte sie ihr schlechtes Gewissen weg. Sentimentalität konnte man sich im Widerstand nicht leisten, romantische Gefühle schon gar nicht. Sie würde ihre Eltern wiedersehen, wenn alles vorbei war. Lange konnte es nicht mehr gehen.

Das Hupen eines Autos riss sie aus ihren Gedanken. Vor ihrem Elternhaus kam es zum Stehen. Sie trat zur Seite und beobachtete, wie ein Mann in Vichy-Uniform in diesem Moment die Treppen hinunterging. Er schien ihr nicht sehr groß, fast einen halben Kopf kleiner als sie. Im Gehen zog er seine weißen Handschuhe aus.

Unten auf der letzten Stufe blieb er stehen, legte eine Hand auf die andere, drückte zu und ließ dabei seine Fingerknochen knacken. Jolie zuckte zusammen. Sie hasste dieses Geräusch. Dann steuerte er beschwingten Gangs die von einem Chauffeur geöffnete Autotür an. Eine schwarze Limousine. Gerade als er einstieg, drehte er den Kopf in

Jolies Richtung, und sie sahen einander in die Augen. Sie hielt seinem undurchdringlichen Blick stand, genauso wie sie es gelernt hatte: Bloß keine Unterlegenheit zeigen! Hatte sie diese Augen schon einmal gesehen? In ihrem Gedächtnis suchte sie nach einem Zusammenhang. Sie musste sich täuschen. Am Ende glichen die Handlanger der Gewalt doch einer dem anderen.

Abrupt machte sie kehrt, ging in Richtung Brücke und registrierte in einem Seitenwinkel, wie die Limousine an ihr vorbeifuhr. Mit aufrechtem Gang lief sie weiter, spürte, wie der feine Seidenstoff ihres Kleides um ihre Beine strich. Das schwarze Auto entfernte sich, und sie sah nur noch den Hinterkopf des Mannes auf dem Rücksitz. Er schien sich nicht zu rühren.

Nach einer halben Stunde Fußweg erreichte sie Andrées Wohnung und eilte die Treppen hinauf bis ins obere Stockwerk.

Wie vereinbart klopfte sie dreimal, und nach einer Pause ein viertes Mal an Andrée Salomons Tür.

Im Inneren hörte sie sich nähernde Schritte, dann wurde die Tür einen Spalt geöffnet. Dunkle, fast schwarze Augen sahen sie an. Wie erleichtert sie war, Andrée zu sehen. Sie umfasste Jolies Arm und zog sie hinein. Hinter ihr fiel die Tür ins Schloss. Andrée drehte den Schlüssel herum. »Jolie, Gott sei Dank, du bist gesund und munter. Ich habe von dieser Geschichte bei Viviers gehört.«

Die beiden Frauen umarmten sich.

»Erinnere mich nicht daran«, sagte Jolie. »Es waren die schrecklichsten Minuten meines Lebens. Zwei Kinder waren bei mir.«

»Alles ist gut«, sagte Andrée, löste die Umarmung und musterte ihr Gesicht, die Haare, die Kleidung. »Du siehst ganz anders aus. Wie eine richtige Madame. Was eine Haarfarbe ausmacht, auf der Straße hätte ich dich nicht erkannt.«

Verlegen griff sich Jolie in ihren Garçon-Haarschnitt. »Wasserstoffperoxid, und nur, weil sie mich beinahe geschnappt hätten, Andrée, deshalb dieser lächerliche Aufzug. Was gibt es Neues?«

Sie nahm sich eine Zigarette, zündete sie an und blies den Rauch aus.

Andrée bedeutete ihr, am Tisch Platz zu nehmen, wo eine Kanne Kaffee, Zucker und Milch standen und – Madeleines. Der Duft von frischer Butter streifte Jolies Nase. Alles hier wirkte heimelig. Dabei wusste sie gut, dass in einem der Kellerräume dieses Hauses Flugblätter gedruckt wurden.

In zwei Bols schenkte Andrée Kaffee und warme Milch ein. Sie schob ihr eine davon zu. Mechanisch rührte sie mit einem Löffel in ihrer Schüssel.

Durchs Fenster sah man auf das gegenüberliegende Haus, das zum Greifen nah schien. Auf den Fenstersimsen ragten Vorrichtungen mit Wäscheleinen, an denen Kleidung hing. Andrée stand auf, schloss das Fenster und zog den Vorhang zu. Dann setzte sie sich zurück an den Tisch.

»Wir brauchen jemanden, der Kinder auf ihre Flucht vorbereitet. Jemanden mit Erfahrung.«

»Ich kann beides«, sagte Jolie und inhalierte einen tiefen Zug, »die Kinder begleiten und sie gleichzeitig für die Flucht vorbereiten. Ich weiß, worauf es ankommt.«

»Antoine ordnete an, dich erst mal außen vor zu lassen. Es ist zu gefährlich. Denk an Viviers.«

Jolie seufzte und fuhr sich mit der flachen Hand über die Stirn. »Ich möchte keine Vorzugsbehandlung, nur weil Antoine und ich …« Sie brach ab. »Nein, es hat wirklich nicht viel gefehlt. Aber die *boches* suchen unter meinem alten Namen nach einer Frau mit dunklem Haar. Keine Blondine. Lass uns an die Arbeit gehen. Ich bin Fernande Mourin aus Dieulefit, die Frau eines Porzellanfabrikanten.«

Verlegen strich sie sich eine Strähne hinters Ohr und tippte die Asche von ihrer Zigarette.

»Wenn es nach Antoine gegangen wäre, wäre dein Tarnname *la belle*.«

»Es gibt diesen Namen bereits«, wandte Jolie ein.

»Wenn Männer verliebt sind, werden sie albern wie die Affen«, sagte Andrée und rollte mit den Augen.

Jolie lächelte. »Also, was hast du für mich, Andrée? Wohin soll ich gehen?«

»Es geht um einen Kindertransport nicht weit von hier. Die Fluchthelferin hält sich schon bereit. Weißt du, wie viele Kinder wir bis heute gerettet haben?«

Jolie zuckte die Achseln. »Sechshundert?«

Andrée warf den Kopf zurück und sah Jolie herausfordernd an. »Achthundertdreiundzwanzig jüdische Kinder.«

»Das ist großartig, was für eine Leistung, Andrée, so viele Kinderleben!«

Beherzt stand Andrée auf, ging zum Schreibtisch und zauberte aus einem Briefbeschwerer fünf Ausweise. Zurück am Tisch, reichte sie diese Jolie. »Und wir machen weiter. Das sind die Papiere für die Kinder. Sie kommen über die Alpen in die Schweiz. Du fährst mit einem Rote-Kreuz-Auto zu ihnen. Jemand wird dich direkt zu dem Versteck der Kinder führen. Du hast fünf Tage Zeit, ihnen das beizubringen, was sie wissen müssen.«

Jolie nickte. »Ich verstehe, ich übe mit ihnen ihre neue Identität, studiere französische Redewendungen ein, das Übliche. *Je m'appelle … Je suis né le – Ich heiße, ich bin geboren am …* Eine kurze Biografie kann überlebenswichtig sein, wie ich in Viviers selbst erfahren habe. Diese müssen sie auswendig lernen.«

»Die entsprechenden Legenden kannst du dir auf der Fahrt überlegen. Du bleibst nicht länger als fünf Tage und fährst mit dem Zug ab Lyon wieder zurück nach Montélimar. Mado wird dich mit dem Auto abholen.«

Mado, die treue Seele von Beauvallon, hatte sie erst nach Montélimar auf den Zug gebracht, nicht ohne sie noch eindringlich zu warnen.

»Es ist gefährlich, was du tust«, hatte Mado gesagt.

»Eure Unternehmungen sind es auch«, hatte Jolie gekontert.

»Ja, aber unsere Aktivitäten beschränken sich auf *einen* Ort. Ein Ort, der kollektiv schweigt. Jeder hier kann sich auf den anderen verlassen. Das ist ein Unterschied.«

»Wo ist Antoine?«, fragte Jolie, während sie Andrée direkt in die Augen blickte.

Andrée presste die Lippen zusammen.

»Wo ist er?«, hakte sie nach. »Weißt du etwas?«

»Er war in Marseille – hat er dir denn nichts davon gesagt? Ich dachte, du hättest von ihm …« Sie seufzte. »Nein, wir wissen nichts.«

Marseille! Jeder wusste, was sich vor wenigen Monaten in Marseille zugetragen hatte. Im Hafenviertel hatte es eine große Razzia gegeben. Die *boches* hatten ein ganzes Viertel in die Luft gesprengt, um es judenfrei zu machen.

»Marseille? Was hat er denn dort zu suchen? Marseille ist inzwischen mindestens ein solch heißes Pflaster wie Lyon.«

Jolie trieb es die Tränen in die Augen.

Andrée nickte. »Auch aus Marseille müssen wir immer noch Flüchtlinge retten. Aber wir haben nicht einmal gehört, ob er dort angekommen ist. Wer weiß, vielleicht ist er noch hier in Lyon und hält sich versteckt, damit niemand von uns in Gefahr gerät.«

Jolie schluchzte und hielt sich die Hände vor die Augen. War Antoine tot? Ihr Herz zog sich zusammen, sie wusste nicht, was sie sagen sollte. Sie fühlte sich so hilflos. Die Warnung von Charlotte Martin fiel ihr ein: *Du wirst zur Witwe, bevor du vor den Traualtar trittst!* Dann kam ihr ein anderer Gedanke, einer, der sich ihr schon mehrfach aufgedrängt hatte: War er bei einer anderen Frau? Gab es mehrere Frauen in seinem Leben? Mado hatte einmal so eine Andeutung gemacht.

Jolie verscheuchte ihre niedrigen Gedanken: Hauptsache, er lebte. Auch Eifersucht konnte man sich im Krieg nicht leisten. Man musste einander vertrauen – Liebende erst recht.

»Glaubst du, er ist tot?«, fragte sie mit gedämpfter Stimme.

»Jolie, *ma chère*«, sagte Andrée zärtlich, zog ihren Stuhl nah an den ihren und streichelte ihre Hand. Jolie ließ ihren

Kopf an die Schulter der Freundin kippen. »Wir alle riskieren unser Leben. Das war uns von Anbeginn unseres Handelns klar. Auch Antoine weiß das. Aber solange wir keine Todesnachricht haben, lebt er. Hörst du: Du musst es dir immer wieder sagen: Er lebt. Sicher musste er untertauchen.«

Jolie vermochte sich nicht auszudenken, ohne ihn weiterzumachen. Ihn in den Armen einer anderen zu wissen, zerriss ihr das Herz, änderte aber an ihren Gefühlen nichts. Es war Krieg. Ja, sie würde zur Witwe, bevor sie vor den Altar getreten war. Charlotte hatte es von Anfang an gewusst. Man verliebte sich nicht im Krieg und schon gar nicht im Widerstand. Und noch weniger in einen Draufgänger.

JOLIE

30

Lyon, 1943

Eine Woche später machte sich Jolie nach getaner Arbeit von Lyon aus wieder auf den Weg nach Dieulefit.

Es war alles nach Plan verlaufen, ohne Zwischenfälle. Sie hatte kein einziges Mal improvisieren müssen. Der Zug tuckerte über die Rhône durch die Landschaft.

Für einen Moment schloss sie die Augen.

»Schlimmer konnte es nicht kommen«, hörte Jolie ihren Sitznachbarn flüstern.

Alarmiert öffnete sie die Augen.

Die Frau ihm gegenüber hielt sich erschrocken eine Hand vor den Mund.

In der Ferne sah Jolie auf dem Berg die *Notre-Dame de Fourvière,* die erhaben über ihre Stadt wachte. Eine Zahnradbahn führte die Besucher zu ihr hinauf. Unmittelbar fiel Jolie ihr Traum ein, wie sie einst Kerzen versucht hatte zu entzünden. Die vielen schwarz gekleideten Menschen in der Kirche. Maman. Papa. Antoine.

Wo war eigentlich ihr Bruder im Traum gewesen? Sie versuchte sich genauer zu erinnern, aber Georges war in ihrer Erinnerung an den unheimlichen Traum auf der Kirchenbank nicht zu finden. Sie presste die Lippen zusammen und lauschte dem Gespräch.

»Sieben«, flüsterte die Frau. »Sieben im Wartezimmer eines Arztes. Alle verhaftet.«

Ganz langsam setzten sich in Jolies Kopf die Informationen zusammen: Sieben hochrangige Résistance-Kämpfer verhaftet!

Der Mann seufzte. »So viele sind ihnen ins Netz gegangen? *Merde.* Scheiße. Wie konnte das geschehen? Weißt du, wo es passiert ist?«

Jolie bemühte sich, unauffällig dem Gespräch zu lauschen, und versuchte ihre Nervosität zu verbergen.

»Im Wartezimmer eines Arztes in Caluire-et-Cuire.«

»Wahrscheinlich die Besten von ihnen«, presste der Mann hervor.

Die Frau nickte. »Die wichtigsten Köpfe der Résistance.«

»Was ist mit Moulin?«, fragte der Mann.

Jolie hielt den Atem an. Jean Moulin – er war der erste Mann des französischen Widerstands. Wenn er verhaftet worden wäre, würde die Résistance ihre Führung verlieren. Jean Moulin war es einst gelungen, die verschiedenen Strömungen des Widerstands zu vereinen und sie auf ein gemeinsames Ziel einzuschwören.

»Ja, Moulin und Aubrac. Beide verhaftet.«

Die Frau nahm sich ein Taschentuch und putzte ihre Nase.

»Was ist passiert?«, fragte Jolie leise die Frau ihr gegenüber, fast flehend. Es war unvernünftig, was sie tat, aber sie konnte nicht anders. Zu groß war ihre Angst, dass Antoine mit dabei gewesen war. »Bitte! Ich muss es wissen.«

Der Mann und die Frau sahen sie verwirrt an.

»Bitte, Madame, Monsieur!«

Lautlos bildete sie mit ihren Lippen *»Qu'est-ce qui s'est passé?« – Was ist geschehen?*

Der Mann nahm eine Zigarettenpackung aus seiner Jackentasche und bot den Frauen eine Zigarette an. Zeitgleich fischten sie die Glimmstängel heraus und warteten auf Feuer. Jolies Hand zitterte, als sie die Zigarette zum Mund führte.

Sie sah das Paar abwechselnd fragend an und blies den Rauch zur Seite.

»Moulin und seine Anhänger sind Barbie ins Netz gegangen«, flüsterte die Frau und stieß eine Rauchwolke aus. »Die *boches* haben das gesamte Gebäude gestürmt. Die Gruppe hatte sich im Wartezimmer des Arztes verabredet.«

Was war mit Antoine? Wie oft hatte er von heimlichen Treffen mit Moulin berichtet! Es hieß, Moulin stünde in ständigem Kontakt zu de Gaulle, der von London aus die Fäden spann. Das Schicksal Frankreichs lag in den Händen dieser Männer.

»Wisst ihr, wer genau dabei war? Habt ihr Namen gehört?«

Jolie glaubte, ihr Herzschlag setzte aus. Fragend starrte sie in das Gesicht des Mannes.

Er zuckte die Achseln. Die Frau presste die Lippen zusammen, blickte zum Fenster hinaus und sah dann Jolie eindringlich an.

»Sind sie tot?«, fragte Jolie. »Moulin und die anderen?«

Der Mann und die Frau schüttelten gleichzeitig den Kopf.

»Sie sitzen ein«, nuschelte der Mann, während er sich unauffällig umsah. Jolie tat es ihm gleich, aber die wenigen Mitreisenden starrten stumm vor sich hin. Niemand schien Notiz von ihnen zu nehmen.

Hektisch drückte sie ihre Zigarette aus, weil ihr von dem Nikotin plötzlich schwindelig wurde.

»Im Gefängnis Montluc, hier in Lyon«, raunte er und fuhr sich durchs Haar. Er legte seinen Arm auf Jolies Rückenlehne. »Barbie wird es sich nicht nehmen lassen, sie höchstpersönlich zu vernehmen, bevor er sie hinrichten lässt.«

Er sprach direkt an ihrem Ohr, und sie spürte seinen warmen, nach Tabak riechenden Atem.

Jolie versteckte ihr Gesicht hinter ihren Händen. Ihre Gedanken überschlugen sich. Was für ein bitterer Rückschlag für den französischen Widerstand! Wie sollte es jetzt weitergehen? Sie wischte sich die Tränen aus den Augenwinkeln und sah auf.

Da bemerkte sie den Jungen. Es ging alles sehr schnell. Sie schätzte ihn auf maximal zwölf – also in Lilys Alter. Er ging den Flur entlang, blieb vor ihrem Sitzabteil stehen und sah Jolie dabei direkt in die Augen. Langsam hob er seine rechte Hand und legte Zeige- und Mittelfinger an seiner Schläfe an.

»*Bang*«, sagte er, warf den Kopf zur Seite und ließ zeitgleich seine Hand fallen.

»Komm endlich, Junge! Wo bleibst du denn?«, mahnte ihn eine männliche Stimme.

Der Mann ging voraus.

Jolie starrte gegen seinen Rücken – er trug die Uniform der Vichy-Polizei.

Die Art, wie er den Kopf zurückwarf, kam ihr bekannt vor. Irgendwo hatte sie ihn schon einmal gesehen, aber sie erinnerte sich nicht.

Es war ihr auch gleichgültig. Alles, was sie jetzt interessierte, war, ob Antoine sicher in Marseille eingetroffen war.

AGNES

31

Freiburg, 1965

Im Treppenhaus vernahm Agnes das Klingeln ihres Telefons. Eilig lief sie die Stufen hinauf, öffnete die Tür und nahm ab.

Seitdem sie an Wolfgangs Bürotür gelauscht hatte, waren drei Wochen vergangen. Wochen des Stillstands, in denen sie stillschweigend ihrer Arbeit nachgegangen war und Wolfgang und sie nur das Nötigste gesprochen hatten. Allerdings nahm sie wieder an den Redaktionskonferenzen teil. An den Themenvorschlägen der männlichen Kollegen hatte sich nichts geändert, genauso wenig wie an Agnes' harmlosen Regionalbeiträgen, mit denen sie regelmäßig auf Sendung ging.

»Engler«, sagte sie um Atem ringend, und ließ sich in den Sessel fallen.

Ein Knacken in der Leitung. Wie aus der Ferne hörte sie eine verzerrte Stimme, die sie nicht zuordnen konnte. Dann nach einer Weile: »Hier spricht Jean-Pierre Roche. Können Sie mich verstehen?«

Jetzt klang die Stimme klar und deutlich.

»Ja«, sagte sie und legte ihre Hand auf die Sprechmuschel. Sie schnappte immer noch nach Luft.

»Störe ich Sie?«

»Nein«, gab sie zurück. »Ich freue mich, von Ihnen zu hören, Jean-Pierre.«

»Haben Sie meine Postkarte erhalten?«

Unmittelbar fiel ihr Blick auf die Karte aus Apt, die auf einem Beistelltisch an einem Gummibaumtopf lehnte. »Ja, vielen Dank.«

Sie erinnerte sich genau: Am Freitag in einer Woche war das Treffen in Ribeauvillé anberaumt. Bis heute war sie Jean-Pierre die Antwort schuldig geblieben, zumal sie unschlüssig war, ob sie wirklich hingehen sollte. Dabei hatte sie für den Tag bereits Urlaub genommen.

»Werden Sie kommen?«

»Ehrlich gesagt habe ich Bedenken, Lilys wegen«, sagte Agnes zögerlich. »Deshalb meldete ich mich noch nicht bei Ihnen.«

»Lilys wegen?«

»Sie haben einander schon so lange nicht mehr gesehen. Ich möchte nicht stören. Sicherlich haben Sie sich viel zu erzählen.«

»Sie stören nicht, ganz im Gegenteil. Ich glaube, es wäre sehr hilfreich für Lily, Sie dabeizuhaben.«

Agnes horchte auf. »Hat sie etwas in diese Richtung gesagt?«

Sie konnte sich das beim besten Willen nicht vorstellen. Seit ihrer Begegnung in Ludwigsburg hatten die ehemaligen Freundinnen regelmäßig telefoniert. Lily hatte von ihrer Arbeit berichtet und einmal sogar von Beauvallon erzählt, von einem Geheimversteck von ihr und Jean, was Agnes sehr berührt hatte.

Es war schwierig, an Lily heranzukommen.

Geduld lautete das Zauberwort.

»Lily hat sofort zugesagt«, entgegnete Jean-Pierre.

Agnes rieb sich den Nacken. Vor ihrem inneren Auge entstand ein Bild: Jean-Pierre, Lily und sie an einem Tisch, der Versuch einer leichten Konversation, bis es ernst werden würde. Agnes würde mit leeren Händen am Tisch sitzen. Nichts, rein gar nichts hatte sie vorzuweisen, außer, dass sie bereits das Material für eine ganze Sendereihe über Dieulefit und Gurs zusammengestellt hatte. Vorläufig würde es keine Sendung geben, ausgeschlossen. Sie würde also allenfalls von Stagnation berichten können, von einer langen Wartezeit, von ihrer damit verbundenen Frustration. Sie schämte sich dafür.

»Werden Sie kommen?«, drängte er. »Glauben Sie mir, Lily freut sich.«

»Lassen Sie mir noch etwas Zeit zum Nachdenken, bitte.«

»Ich habe inzwischen Lilys Briefe gelesen«, sagte er übergangslos. »Das wollte ich Ihnen sagen, *entre nous*, sozusagen.«

Agnes horchte auf. »Sie haben Lilys Briefe wieder gelesen.« Sie bemühte sich um einen neutralen Tonfall, was als Radiofrau eigentlich zu einer ihrer leichtesten Übungen gehörte. Eigentlich.

»Lily hat Unglaubliches durchgemacht, das sollten Sie wissen.«

Für einen Moment sah Agnes Lilys Büro vor sich: die Berge von Akten, die vielen Gesichter des Bösen, die an ihren Wänden hingen, das zerrissene Foto, die Puppe mit dem gelben Mund, die einsam auf dem Regal gesessen hatte. Sie fragte sich, welche Geschichte das Spielzeug erzählen würde, könnte es denn sprechen.

»Ja, ich habe bei unserem Treffen in Ludwigsburg eine Ahnung davon bekommen.«

»Ich spreche von der Zeit danach, jene nach Beauvallon, als der Krieg vorbei war. Sie hat sehr unter dem Tod ihrer Eltern gelitten. Hinzu kam der Verlust von Jolie. Das war einfach zu viel für sie. Heute, mit dem Abstand von Jahren, ist mir klar, weshalb sie sich so zurückgezogen hat. Auch von mir.«

Agnes seufzte: Ja, Agnes ging spätestens seit ihrem Besuch in Ludwigsburg von einer Schlüsselrolle Joséphines in Lilys Kinderleben aus, schließlich hatte sie Lily aus Gurs herausgeholt, war ihr so nahegestanden wie eine Mutter. Unmittelbar fiel ihr Forger ein, jener Mann, gegen den Lily einen persönlichen Rachefeldzug führte. Im Gegensatz zu Joséphine Colin lebte er noch.

»Was ist eigentlich mit diesem Forger?«, fragte sie vorsichtig. »Wissen *Sie* Näheres über diesen Mann?«

»Hat Lily Ihnen von ihm erzählt?«, fragte er, und Agnes kam es vor, als klänge seine Stimme noch eine Spur aufmerksamer.

»Sie hat ihn erwähnt. Sein Porträt hängt in ihrem Büro zwischen weltweit gesuchten Naziverbrechern und dem von Joséphine Colin. Es ist sehr schwer für mich, mir ein objektives Bild zu machen, ich kann nur von einem Hauch von Ahnung sprechen, was Lily bewegt. Ich werde den Tag ihrer Deportation niemals vergessen. Niemals.«

»Die Deportation war eine sehr traumatische Erfahrung«, sagte Jean-Pierre.

Agnes schluckte.

»Meine Eltern haben mich als kleines Kind von Hamburg mit dem Zug nach Paris zu Freunden geschickt. Das war vor deren Deportation nach Theresienstadt, als hätten sie es geahnt. Ich wusste von ihrem Tod lange bevor ich Paris verlassen musste. Schließlich erreichte ich mit einem Kindertransport Dieulefit, zwar auf Umwegen, aber Jolie hat es geschafft. Das geschah nach der großen Razzia im *Velodrôme d'Hiver*. Meine Wahlfamilie hat schnell gehandelt.«

Agnes kannte die kalten historischen Fakten. Bei der *grand rafle*, der großen Razzia von Paris, handelte es sich um die größte Massenverhaftungswelle in der französischen Metropole während der Besatzung der Deutschen, die an zwei Tagen durchgeführt worden war. Im *Velodrôme d'Hiver*, der Winterradsporthalle, befand sich der größte Sammelpunkt. Am 16. und 17. Juli 1942 hatte die Vichy-Polizei Paris *judenfrei* gemacht und mehr als 13 000 Juden in jener Sportarena bei Gluthitze zusammengepfercht. Fünf Tage danach deportierten die Deutschen die Gefangenen in osteuropäische Lager. Unter dem Glasdach des Stadions mussten damals mörderische Temperaturen und katastrophale hygienische Zustände geherrscht haben. Hundert Gefangene nahmen sich das Leben, indem sie sich von den oberen Besucherrängen nach unten stürzten. Sie sprangen einfach in den Tod. Alles vor den Augen der anwesenden Kinder.

»Wahlfamilie – das ist ein schönes Wort«, sagte Agnes leise.

»Ja, im Gegensatz zu Lily hatte ich *zwei* wundervolle Familien, und eine davon ist mir nach dem Krieg geblieben. Ich ging einfach zu ihnen zurück. Lily hingegen hatte nach der Befreiung 1944 alle Hoffnungen auf das Überleben ihrer Eltern und auf Jolie gesetzt.«

Agnes schluckte. Sie erinnerte sich an das Sterbejahr Joséphines, das unter deren Porträt an Lilys Wand hing: 1944 – das Jahr der Entscheidung.

Was gab es zu Jean-Pierres persönlicher Geschichte zu sagen? Dass er Glück gehabt hatte? Erneut wurde ihr das Unterfangen klar, ihr Dilemma, angesichts des Leids der Verfolgung und Ermordung von Millionen Juden die passenden Worte zu finden. Jedes Schicksal war gänzlich anders. Mitgefühl, Beistand – wie war das zu vermitteln? Am Telefon schon gar nicht.

»Antoine alias Bernard Forger war der Liebhaber von Jolie«, fuhr Jean-Pierre fort. »Lily war eifersüchtig auf ihn. Wenn Sie mich fragen, hat sie sich da in etwas verrannt.«

»Verrannt?«

»Ach, Agnes, im Sommer 1944 kam so vieles zusammen. Was geschah mit all unseren Liebsten, lautete die drängendste Frage nach der Befreiung von Dieulefit. Man schnappt als Kind ein paar Bruchstücke aus einer Unterhaltung der Erwachsenen auf und bastelt sich eine Geschichte zusammen, die man später für Realität hält. Es gibt keine Beweise für Antoines Schuld im Zusammenhang mit Jolies Tod, das ist der Punkt. Ich war seit Ihrem Besuch in Apt nicht tatenlos und habe das ein oder andere

Puzzlestück zusammengetragen. Ich weiß allerdings nicht, ob Lily das hören möchte.«

»Sie wird vor allem die Wahrheit hören wollen«, erwiderte Agnes. »Es gibt so viele offene Fragen. Ich vermag es mir nicht vorzustellen, was in Lily vorging, als sie vom Tod ihrer Eltern erfuhr.«

Jean-Pierre seufzte. »Im Gegensatz zu Lily hatte ich den schmerzlichen Verlust meiner Eltern schon hinter mir. Lilys Welt brach weg, als sich das Ende des Kriegs abzeichnete.«

»Das klingt sehr traurig, tragisch«, sagte Agnes.

»Das ist es auch.«

»Und verworren.«

»Auch das ist es, besonders für eine Kinderseele.«

Schweigen. Agnes warf einen Blick aus dem Fenster. Ein Schwarm Vögel hatte sich im dichten Geäst einer Birke versammelt.

»Erzählen Sie mir ein bisschen von sich«, sagte Jean-Pierre aufmunternd, das Thema wechselnd. »Woran arbeiten Sie, wenn Sie nicht mit der jüngsten deutsch-französischen Geschichte befasst sind?«

»An einem Hefezopfrezept der badischen Landfrauen, ein 30-Sekunden-Beitrag für den Sender«, brach es aus Agnes heraus. Sie lachte.

Es war, als fiele die Schwere des Gesprächs mit einem Mal von ihnen ab.

Jean-Pierre stimmte mit ein. »Das klingt sehr interessant.«

»Sie sind ein Schmeichler«, gab sie zurück.

Insgeheim gestand sie sich ein, wie wohltuend sie seine Stimme, seine bedingungslose Aufmerksamkeit erlebte. Mit seiner ruhigen Art vermochte er es, ihre Zweifel zu besänftigen, sogar ihre Wut auf den Sender und sich selbst ein wenig zu dämpfen.

»Nein, im Ernst, es ist sehr schwierig, in den Köpfen der Menschen ein Umdenken zu bewegen. Bevor ich die Hörer gewinnen kann, muss ich meine Vorgesetzten überzeugen. Diese Hürde hatte ich unterschätzt. Ich traue mich gar nicht mehr, Madame Defour anzurufen.«

Agnes überlegte, wie sehr ihre Worte auch auf Lilys Situation zutrafen. Ein Umdenken verlangte eine neue Perspektive, einen anderen Blickwinkel auf die Geschehnisse der Vergangenheit. Lilys Abwehr war Agnes' persönliche Hürde.

»Mado hat ein großes Herz, auch wenn man das auf den ersten Blick nicht erkennt. Und Sie werden Ihre Öffentlichkeit bekommen, eines Tages«, sagte Jean-Pierre entschieden.

»Würde meine Veröffentlichung Lily helfen?«, fragte sie mehr sich selbst. »Wird meine Freundin eine andere Sicht auf die Dinge gewinnen, wenn ich ihre Geschichte erzähle, ohne sie für meine Karriere zu missbrauchen?«

»Wenn ich Sie richtig verstanden habe, dann wird es Ihrer Karriere eher hinderlich sein«, gab er zurück. »Vielleicht ist es *diese* Entscheidung, die Sie für sich selbst treffen müssen.«

Es war fast unheimlich: Sie kannten einander doch gar nicht. Trotzdem war ihr, als erfasse er etwas Elementares in ihr, einen wunden Punkt, ohne ihn zu verletzen. Jean-Pierre hatte einen schier unlösbaren Konflikt in ihr formuliert.

»Wir alle scheinen Entscheidungen treffen zu müssen«,

gab sie nachdenklich zurück. »Wird es Lily helfen?«, fragte sie noch einmal nachdrücklich.

»Das ist die falsche Frage, Agnes. Sie müssen, was immer Sie vorhaben, in erster Linie für sich tun, für Ihre Überzeugungen. Jeder muss seinen Weg finden. Jeder für sich allein, und manchmal kreuzen sich Wege, und man geht eine Weile gemeinsam, vielleicht sogar ein ganzes Leben. Man driftet weg, geht wieder aufeinander zu und lernt sich neu kennen. Das ist die Natur der Freundschaft. Das ist es, was wir gerade erleben.«

»Das haben Sie schön gesagt«, sagte Agnes leise.

Jean-Pierre Roche verfügte über das Talent, mit wenigen Worten Nähe, Vertrauen und einen Hauch von Geborgenheit zu schaffen. Agnes verstand sehr gut, dass er Lilys bester Freund war. Plötzlich lag ein unausgesprochenes Versprechen in der Luft: Das Treffen in Ribeauvillé bildete eine Chance, sie alle einander näherzubringen.

Sie mussten diese Chance einfach wahrnehmen, alle drei.

»Sagen Sie Lily bitte, wenn Sie mit ihr sprechen, dass ich mich auf Ribeauvillé freue, Jean-Pierre. Ich werde sehr gern kommen.«

»Das werde ich Lily ausrichten. Ich wusste, dass Sie zusagen werden, ich wusste es! Dann also bis bald in der *Winstub zum Pfifferhus. À bientôt à Ribeauvillé.*«

»*À bientôt.*«

JOLIE

32

Dieulefit, 1943

Zwischen Bangen, Hoffen und Verzweiflung wartete Jolie auf ein Lebenszeichen von Antoine. Manchmal war ihr, als fühlte sie seine Anwesenheit so intensiv, dass sie sicher war, er lebte, dann wieder kam es ihr vor, als sei die Verbindung abgerissen.

Ausgerechnet zur schönsten Zeit des Jahres, jener, wo sich die violetten Blüten des Lavendels wie gewellte Teppiche in den Tälern der Drôme ausbreiteten, überschlugen sich im besetzten Frankreich die Ereignisse.

Kurz zuvor hatten Marguerite und Atie couragiert, wie es ihre Art war, *ihre* Kinder aus dem Internierungslager in der Nähe von Lyon zurückgeholt.

»In ganz Lyon wimmelt es von Polizei, Spitzeln, deutscher Wehrmacht«, hatte Marguerite nach ihrer Rückkehr zu Jolie gesagt und sie inständig gebeten, hier bei ihnen zu bleiben, kein Risiko mehr einzugehen. »Bleib dieser Stadt fern. Sie ist brandgefährlich.«

Jolie hatte seit ihrem letzten Einsatz keinen weiteren Auftrag erhalten, ihr Kontakt zu Antoine war abgerissen. Ihre Arbeit im Widerstand lag brach, und sie selbst wurde in Dieulefit zur Schutzbefohlenen – ein Zustand, unter dem sie zunehmend litt.

Wenn möglich, begleitete sie Poumy in die Berge, wo die beiden Frauen gemeinsam die BBC-Nachrichten hörten, die mehr als beunruhigend waren. Nachdem Mussolini in Italien verhaftet worden war, ging die Kunde vom baldigen Abzug der Italiener aus ihrer Zone um. Kurz darauf verließen die Italiener an einem heißen Sommertag Dieulefit, was im abgelegenen Beauvallon keine Auswirkungen hatte. Trotzdem schwor die Schulleitung die Kinder von Beauvallon auf noch mehr Vorsicht ein. Immer häufiger hing die rote Decke aus dem Fenster von Marguerites Büro, und die Kinder blieben in ihren Grotten und Hütten versteckt – oftmals in Begleitung von Jolie.

»Ihr seid tapfer wie die Soldaten«, lobte Marguerite ihre Kinder, die gelernt hatten, aufeinander achtzugeben. Vorbildlich kümmerten sich die größeren Schüler um die Kleinsten.

Bei den Erwachsenen jedoch ging die Angst um: Wer kam jetzt anstelle der Italiener? Würden es die *boches* sein, oder würde der Vichy-Bürgermeister in Dieulefit die Geschicke des Orts diskret weiterlenken dürfen? Er war ein guter Mann, hieß es, der keine Ohren und Augen besaß, wenn es um den zivilen Widerstand seiner Bürger ging. Nicht nur, dass er deren Handlungen billigte, er unterstützte sie sogar mit kleinen, aber effektiven Gesten.

Es wurde gemunkelt, auch seine Ehefrau sei im Widerstand aktiv tätig. Seine auf die Fälschung von Papieren spezialisierte Sekretärin Jeanne Barnier war sogar einmal ins Visier der Gestapo geraten. Da hatte ihr Vorgesetzter sie kurzerhand in den Urlaub geschickt, um sie aus der Schusslinie herauszunehmen. Nach ihrer Rückkehr setzte die knapp Zwanzigjährige ihre Rettungsaktivitäten im Vorzimmer fort, als sei nichts geschehen.

Hohe Verwaltungsbeamte hielten ihre schützenden Hände über Dieulefit. So ließ der Unterpräfekt von Nyons den Bürgermeister von Dieulefit, wohl wissend, was in dem kleinen Ort geschah, einfach gewähren. Nur kein Aufsehen erregen, lautete die Devise, und man hoffte, auf diese Weise ein Auftauchen der *boches* in Dieulefit zu verhindern.

Derweil tat in Dieulefit jeder, was er immer getan hatte: Die Einwohner leisteten Widerstand, indem sie Flüchtlingen Asyl gewährten, und obwohl die Bevölkerung zunehmend Hunger litt, teilte sie das wenige, das sie hatte, mit den anderen. Lebensmittel waren knapp – die Bauern rückten ihre letzten Reserven heraus. Leicht war es nicht, denn die Zahl der Bewohner von Dieulefit hatte sich in den letzten Jahren durch die vielen Flüchtlinge fast verdoppelt.

Jolie wartete sehnsüchtig auf eine Nachricht von Antoine, aber wenn sie Poumy traf, zuckte diese jedes Mal die Achseln. Nur Jolies Ängste, Antoine sei bei der Verhaftungswelle in Caluire dabei gewesen, hatten sich rasch als unbegründet erwiesen, nachdem die Gestapo voller Stolz die Namen der Verhafteten in dem Wartezimmer des Arztes bekannt gegeben hatte. Antoine war nicht dabei gewesen.

Welche Höllenqualen Jean Moulin und dessen Mitkämpfer seit ihrer Festnahme erleiden mussten, war unvorstellbar. Der Schlächter von Lyon hatte es sich nicht nehmen lassen, den hochrangigsten Offizier der Résistance und seine Freunde unter schrecklicher Folter selbst zu vernehmen.

Im Untergrund stellte sich die Résistance neu auf und benannte nachrückende Offiziere. Es galt, im Sinne Moulins und dessen Mitstreitern weiterzumachen.

»Was, glaubst du, werden sie mit Moulin und den anderen tun?«, fragte Jolie eines Abends Mado.

Gemeinsam saßen sie in deren Büro, rauchten und tranken Rotwein. Auf einem Tisch lagen ausgebreitet Dutzende von Fotos der Kinder von Beauvallon, die sich im Laufe der Jahre angesammelt hatten. In ihrer freien Zeit kümmerten sich Jolie und Mado gemeinsam um eine chronologische Ordnung. Eines Tages wollte Marguerite eine große Fotoausstellung mit ihren Kindern, die Geschichte ihrer Schule zeigen.

Eines Tages – wenn der Krieg vorbei war.

Mado sah sie nachdenklich an, griff nach ihrem Glas und nahm einen kräftigen Schluck. »Moulin wird die Tortur nicht überleben, Jolie. Du weißt, was dieser Unmensch in Lyon mit seinen Gefangenen macht.«

Jolie senkte die Augen: Es war bekannt, wie grausam Klaus Barbie mit Résistance-Gefangenen umging, Geständnisse von ihnen erpresste. Wer in Montluc einsaß, besaß nur zwei Optionen: Entweder man ging an der Folter zugrunde oder starb bei der Hinrichtung.

»Glaubst du, sie wurden verraten?«

Mado zuckte die Achseln. »Gut möglich, dass jemand aus den eigenen Reihen geplaudert hat. Vielleicht wurde einer *umgedreht*. Undichte Stellen gibt es immer.«

Umgedrehte Kämpfer waren diejenigen, die, nachdem sie geschnappt worden waren, für die andere Seite, für die *boches* arbeiteten. Jolie schüttelte sich. Sie vermochte sich einen derartigen Verrat nicht vorzustellen und schon gar nicht aus den eigenen Reihen.

»Hier in Dieulefit gibt es keine undichten Stellen«, sagte sie bestimmt.

»Hoffen wir, dass das so bleibt«, erwiderte Mado und sah die Freundin eindringlich an.

Jolie kannte diesen Blick – er sprach von tiefem Misstrauen, und es gab nur einen in ihrem gemeinsamen Umfeld, dem Mado nicht über den Weg traute. Schon mehrfach hatten sie wegen Antoine gestritten.

»Ich weiß, dass du ihn nicht magst«, sagte Jolie mit strengem Unterton. »Er mag ein Draufgänger sein, einer, der für die gute Sache alles riskiert, aber er ist ganz sicher kein Verräter. Er würde im Ernstfall sein Leben geben.«

Mado zog eine Augenbraue nach oben, nahm einen tiefen Zug von ihrer Zigarette und tippte dann die Asche ab. »Warum hörst du dann, seitdem sie Moulin in Lyon aufgegriffen haben, nichts von ihm?«

Sie lehnte sich auf ihrem Stuhl zurück, warf den Kopf in den Nacken.

»Ich bitte dich, Mado, du kannst doch nicht ernsthaft eine Verbindung zwischen Antoines Verschwinden und der Verhaftung Moulins herstellen«, entfuhr es Jolie. Sosehr sie Mado mochte, in dieser Sache würden sie nie übereinkommen. »Er musste untertauchen. Seit Moulins Verhaftung ist jeder Résistance-Einsatz noch gefährlicher geworden.«

Mado schwieg.

»Ich weiß ja nicht einmal, ob er noch lebt.«

»Leute wie er sind Chamäleons, sie gehen nicht unter. Nicht so schnell. Und ich sehe die Traurigkeit in deinen Augen. Antoine tut dir nicht gut.«

Mit einer ausgiebigen Bewegung drückte Mado ihre Zigarette im Aschenbecher aus, und Jolie schien es, als vernichte sie symbolisch etwas ganz anderes.

Jolie seufzte. »Wenn er ein Chamäleon ist, Mado, dann bin ich es auch. Und du. Und Marguerite und Atie. Wir alle passen uns den Gegebenheiten an, tragen Masken, um zu überleben. Du bist zu hart mit ihm. Er hat dir nichts getan.«

»Mir nicht«, gab Mado zurück.

Mechanisch nahm Jolie eines der Fotos in die Hand. Sie war diese Diskussionen um Antoine leid. Es war sinnlos, Mado zu widersprechen. Sie war von Anfang an gegen ihn gewesen, hatte sein Auftauchen in Dieulefit missbilligt. Anfangs dachte sie, dass Eifersüchteleien im Spiel waren. Mado hatte keinen Liebhaber, nur ihre Freundinnen hier in Beauvallon, und sie hatte, was die Kinder und deren Wohl anging, stets ihr Herz am rechten Fleck. Nur bei Antoine sah sie rot.

»Er bringt uns alle in Gefahr. Wenn sie auch nur annähernd hinter ihm so wie hinter Moulin her sind, dann gnade uns Gott«, stichelte Mado.

Mit dieser Einschätzung lag Mado allerdings richtig. Sicherlich war Antoine inzwischen auf der Liste der Gestapo ganz oben angekommen.

»Lassen wir das«, sagte Jolie versöhnlich. »Wir werden in dieser Sache nie übereinkommen, Mado. Ich liebe ihn.«

»Und Liebe macht bekanntermaßen blind«, sagte Mado, erhob sich von ihrem Stuhl und trat an ein Regal. »Schließen wir Frieden für heute.«

Sie zwinkerte Jolie versöhnlich zu.

Jolie blickte auf das Chaos auf Mados Schreibtisch.

Mit den Fingern strich sie über das vor ihr liegende Foto und betrachtete es eingehend: Die Kinder von Beauvallon saßen an verschiedenen Pulten in einem Klassenraum. Für die Kleinste von ihnen, Adrienne, gab es sogar ein Miniaturpult. Alle waren in ihre Arbeit vertieft und schrieben in ihre Hefte. Ein anderes Foto zeigte sechs der Kinder wie die Orgelpfeifen in einer Reihe auf dem großen Platz von Dieulefit. Sie blickten direkt in die Kamera. Die Normalität versetzte Jolie einen Stich. Ganz rechts die Kleinste, Adrienne, deren tiefschwarze Augen etwas verloren wirkten. Neben ihr Lily, ihr widerspenstiges Haar zu zwei Zöpfen geflochten. Liebevoll hatte sie die Hand um Adriennes Wange gelegt. Neben Lily hielt sich Sophie, der Pilzkopf mit dem langen Pony, die Hand vor den Mund. Dann kam Lucien, in Heldenpose, die linke Hand in die Hüfte gestemmt, daneben Jean-Pierre mit seinem weichen Gesicht, gekleidet in ein abgetragenes Jackett. Ganz links im Bild kniff der Größte von ihnen, Patrice, ein Auge zu, als blendete ihn das Sonnenlicht.

»Diese Aufnahme stammt von Marguerite«, sagte Jolie.

»Ich kann mich gut daran erinnern. Wir haben uns an einem kühlen Herbsttag hinab ins Dorf getraut. Es war vor der Deportation der Kinder.«

In Beauvallon gab es ein *vor* der Deportation und ein *danach*. Das hatte sich so eingebürgert.

Mado, die immer noch am Regal stand, drehte den Kopf in ihre Richtung und warf einen langen Blick auf das Bild. »Es waren unbeschwerte Tage. So vieles hat sich seitdem verändert.«

Mit einem Ruck entnahm Mado dem Regal ein ledergebundenes Buch, dessen Blattkanten golden schimmerten, trat zurück an den Tisch und legte es darauf.

»Wir nennen es das *livre d'or*, das *Goldene Buch von Beauvallon*«, flüsterte sie und sah Jolie verschwörerisch an. »Du darfst es niemandem sagen.«

»Das *Goldene Buch von Beauvallon*«, wiederholte Jolie andächtig, öffnete es und blätterte darin, als handele es sich um eine jahrhundertealte Kostbarkeit, deren Blätter zerbrechlich wie die Flügel von Schmetterlingen waren. Dabei war es laut seines ersten Eintrags gerade einmal zehn Jahre alt. Die Seiten waren mit unterschiedlichen Handschriften von schwarzer oder blauer Tinte versehen, Verse, Zeilen, kleine Briefe. Es handelte sich um Dankesschreiben, eine Art Gästebuch, in dem sich unzählige Flüchtlinge von Dieulefit verewigt hatten.

Anlässlich meiner Durchreise … meine Dankbarkeit ausdrücken. … ich kann Ihnen gar nicht genug danken … den Feen von Beauvallon … Beauvallon – Du hast uns große Kraft gegeben. Wir glauben an das Leben … Wir glauben an die Liebe. An alles, was wahr und rein ist …

»Dies ist ein Dokument der Hoffnung«, sagte Jolie und klappte das Buch vorsichtig zu. »Eines Tages wird es Zeugnis ablegen.«

»Wir werden es Marguerite, Atie und Simone eines Tages feierlich übergeben«, sagte Mado, stand auf und stellte es zurück ins Regal. »Ja, es ist eine Sammlung, ein Zeitzeugnis über das Wunder an diesem Ort, ein Dokument des Überlebens in der Dunkelheit.«

Jolie senkte die Augen: In dieser Sache waren Mado und sie immer einer Meinung, darüber gab es keinen Zweifel.

Am nächsten Tag betrat Mado zum Abendessen den Speisesaal und steuerte direkt auf Jolie zu, die neben Marguerite saß. Sie konnte es sofort in ihren Augen lesen: Etwas war geschehen.

Mado trat hinter sie, beugte sich ihr entgegen. Sie spürte ihren Atem an ihrem Ohr, Mados Hand auf ihrer Schulter. »Er lebt«, sagte sie leise. »Sei ohne Sorge. Antoine lebt. Untergetaucht in Toulouse und in Sicherheit. Die Nachricht kam gerade eben aus den Bergen.«

Jolie schloss die Augen und spürte, wie ihr unmittelbar die Tränen kamen. Sie legte ihre Hand auf die von Mado. »Danke, danke, Mado.«

Ja, Mado hatte das Herz am rechten Fleck.

»In meinem Büro liegt ein Brief an dich, auf meinem Schreibtisch«, erwiderte Mado nach einem kurzen Zögern, trat zum Speisewagen und schenkte sich Tee ein. Dann setzte sie sich zu den Kindern. Ihr besorgter Blick ging von Jolie in Richtung Tür.

Abrupt stand Jolie auf und verließ den Saal. Post von

Antoine? Ihr Herz machte einen Luftsprung. In Mados Büro stand ein übervoller Aschenbecher auf dem Schreibtisch und das übliche Tohuwabohu. Neben dem Telefon lag ein einzelner, an sie adressierter Brief.

Sie erkannte die Handschrift sofort. Es war die ihrer Cousine Florence aus Bordeaux. Sie hatten vereinbart, im äußersten Notfall postlagernd über Montélimar zu kommunizieren.

Im äußersten Notfall.

Wie in Trance nahm Jolie den Umschlag, steckte ihn in die Hosentasche und lief so schnell sie konnte hinunter zur Pension. Hinter Poumys Zimmertür schimmerte Licht. Jolie schloss sich in ihrem Zimmer ein, zündete eine Zigarette an und öffnete den Brief.

Ihre Hände zitterten. Rauchschwaden zogen durch den Raum.

Fassungslos las sie, was da geschrieben stand. Wortfetzen setzten sich zu Inhalten zusammen, mit voller Wucht erreichten die Sätze erst verzögert ihren Verstand. Sie, die stets voller Tatendrang gewesen war, fühlte sich hilflos, einsam, ausgeliefert, in einer Schockstarre. Kraftlos ließ sie das Blatt fallen.

Geliebte Cousine… Es tut mir so leid … von Georges' Tod zu berichten … gefallen in … Dein Vater ist krank vor Schmerz und Sorge um Dich … Er spricht nicht mehr … Er braucht Zeit … Fahre nicht nach Chozeau – auf keinen Fall! Ich bin bei ihnen … ich bleibe so lange wie nötig … melde mich wieder mit Neuigkeiten und schließe Dich in meine Arme … Pass gut auf Dich auf. Florence

Regungslos saß sie da, bis die Zigarettenglut ihr beinahe

die Finger verbrannte. Sie ließ die Kippe in den Aschenbecher fallen. Gegenüber auf der anderen Straßenseite trat eine Nachbarin ans Fenster und schüttelte ein Tischtuch aus.

Georges ist tot. Fahre nicht nach Chozeau.

Florence war bei ihren Eltern – nicht einmal das tröstete sie in diesem Moment.

Chozeau befand sich im Ballungsraum Lyon, dem Rattennest der Gestapo. Aber im Untergrund, das wusste Jolie nur allzu gut, wühlte sich die Résistance durch die *traboules* ihrer Stadt und würde ihren toten Bruder rächen.

Es war noch lange nicht vorbei.

Sie ballte ihre Hand zur Faust.

JOLIE

33

Dieulefit, 1944

Nach einem milden Drôme-Winter war Antoine an einem Frühlingstag endlich in Dieulefit wieder aufgetaucht, so, als sei er gestern erst weggegangen. Auf Wunsch der Schulleitung hielt er sich fortan in einer Berghütte versteckt. Seit dem Vorkommnis mit den verschwundenen Kindern war das Leben in Dieulefit noch fragiler geworden, obwohl kein einziger *boche* bis zum heutigen Tag hierhergekommen war.

Der Verlust der Leitfigur der Résistance, Jean Moulin, hatte dem französischen Widerstand empfindlich zugesetzt. Andere Offiziere waren nachgerückt, auch Antoine.

Klaus Barbie hatte mit der Ermordung der Männer ein Exempel statuiert und dem Zentrum der Résistance seine Grenzen aufgezeigt.

Im Hintergrund hielt der Vichy-Bürgermeister von Dieulefit weiterhin seine schützende Hand über den Ort. Unermüdlich verteilte Jeanne Barnier gefälschte Lebensmittelmarken und stellte für Flüchtlinge Bezugsscheine für Kleidung, Kohle und Schuhe aus.

»Ich werde das so lange tun, bis der Spuk vorbei ist«, sagte Jeanne.

Ja, seit einigen Wochen hatte sich das Blatt zugunsten des Widerstands gegen die *boches* gewendet. In Dieulefit hatte sich die Nachricht von der Aufstellung der Alliierten vor der Normandie wie ein Lauffeuer verbreitet. Erst gestern hatte Poumy wieder einen Funkspruch in Marguerites Büro verlesen:

Haltet euch bereit! Der Apfel ist reif – es lebe Frankreich!

Der Apfel ist reif bedeutete, dass die Befreiung Frankreichs nicht mehr lange auf sich warten lassen würde. Die Lehrerinnen hatten gejubelt, in die Hände geklatscht und waren einander in die Arme gefallen. *Nur noch ein bisschen durchhalten.*

Tausende von Kriegsschiffen lagen in britischen Gewässern für die Landung in der Normandie bereit. Danach würde es nur noch eine Frage der Zeit sein, bis der Süden Frankreichs frei war. Wenn Jolie der Krieg eines gelehrt hatte, dann war es, sich in Geduld zu üben.

Ein einziges Mal hatte sie den Versuch unternommen, nach Lyon zu fahren, um Andrée Salomon zu unterstützen. Aber Mado war strikt dagegen gewesen. »Lyon ist eine Tabuzone. Wir dürfen kein unnötiges Risiko mehr eingehen, Jolie.«

Unnötiges Risiko? Seit Wochen rang Jolie mit sich: Andrée brauchte ihre Hilfe, ihrem Vater ging es von Tag zu Tag schlechter, ihre Eltern mussten Georges' Tod verkraften. Beim letzten Telefonat mit ihrer Cousine hatte Florence von einer ernsten Lage gesprochen.

In Jolie kämpften Vernunft und Herz: ihr Verantwortungsgefühl, die Liebe zu ihrer Familie, zu den Kindern von Beauvallon, die damit verbundenen Loyalitäten gegenüber Marguerite, Atie, Simone und Mado. Ihr war, als sei sie nur noch eine halbe Résistancekämpferin, die sich im Gegensatz zu ihren Mitkämpfern in Sicherheit befand. Dass sie ausgerechnet jenen Menschen, die ihr am nächsten standen, einen Besuch verweigerte, erschien ihr zunehmend absurd, fast gefühlskalt, egoistisch.

Mado hatte recht: Lyon war gefährlicher denn je. Als Verlierer schlugen die *boches* blindlings um sich, die Drohung der *verbrannten Erde* ging umher. Je näher die Freiheit rückte, desto größer die Gefahr, die von den Barbaren ausging. Frankreich hielt sich für den Ernstfall bereit – die endgültige Befreiung von den *boches*.

Im Morgengrauen war Beauvallon ganz still.

Die Jungen schliefen in ihren Hütten im Wald, die Mädchen und das Schulpersonal im Internatsgebäude.

An jenem Morgen war Antoine aus den Bergen nach Beauvallon gekommen, um sich von seiner Geliebten zu verabschieden. Sie hatten sich im großen Saal verabredet. Hier waren sie ungestört. In einer Stunde würde er abreisen. Die gemeinsamen Nächte, die wenigen Tage und Stunden mit dem Geliebten hatten die Sehnsucht nach einem normalen Leben in ihr verstärkt. Der Gedanke an ein gestohlenes Glück auf Zeit ließ Jolie dennoch nicht los. In ihrem Gefühlsleben herrschte Chaos.

»Jolie«, sagte Antoine und legte den Arm um sie, »du kannst etwas für mich tun.«

Sanft strich er ihr über die Wange.

Sie sah in sein Gesicht. Wie sehr er sich seit ihrer letzten Begegnung verändert hatte. Antoine hatte stark abgenommen, seine Augen lagen in tiefen Höhlen. Eigentlich wollte sie ihn nicht gehen lassen. Nicht schon wieder.

»Was?«, fragte sie und küsste ihn.

Sie zog ihren Kopf zurück und warf einen Blick auf den Baum, der inmitten des Rondells vor Beauvallon stand. Auf seinen Blättern lag Tau.

Antoine nahm einen Umschlag aus seinem Rucksack. »Diese Papiere müssen zu Andrée Salomon. In einem jüdischen Pfadfinderlager in der Nähe von Lyon stecken Kinder fest. Wir müssen sie herausholen, bevor die Vichy-Polizei oder die *boches* …« Er brach ab und schüttelte sich. »Hier sind die Ausweise. Eigentlich hätte ich über Lyon fahren sollen, aber …«

»Du könntest ihnen in Lyon direkt in die Arme laufen«, sagte Jolie.

»In die Falle tappen«, korrigierte er und räusperte sich. »Ich stehe auf ihrer Liste ziemlich weit oben. Du nicht.«

»Ich nicht«, sagte sie und zählte acht Ausweise. »Dort steht eine Françoise Portier aus Oloron-Sainte-Marie – und die gibt es nicht mehr.«

Mit hochgezogenen Brauen überflog sie die Namen, Geburtsdaten, Geburtsorte. Französische Namen. Die Mädchen und Jungen waren allesamt im Alter von Lily und Jean.

Ein Gedanke streifte sie, einer, den sie seit Wochen hegte. Das elterliche Ferienanwesen der Colins lag in Chozeau in der Nähe von Lyon. Wie leicht würde sich der Besuch mit diesem Auftrag verbinden lassen! Zudem würde sie in Chozeau sicher sein! Antoines Bitte erschien ihr fast wie ein Wink des Schicksals. Wenigstens noch ein Mal würde sie für die gemeinsame Sache ihren Beitrag leisten.

»Wann?«, fragte sie, steckte die Ausweise zurück und legte den Umschlag auf die Fensterbank.

»Morgen. Du nimmst den Zug von Montélimar nach Lyon und gibst die Ware bei Andrée ab. Dann fährst du umgehend zurück. Du musst sofort wieder hierher.«

Die Ware. Jolie seufzte. Die falschen Papiere bildeten für die jüdischen Kinder das Tor zur Freiheit. Zum Leben.

Seit dem harten Vorgehen Barbies in Lyon glichen Botengänge in die Metropole der Résistance einem Tanz auf der Rasierklinge. In Gedanken ging Jolie den Zeitplan durch: Sie würde sich eine knappe Stunde in Lyon aufhalten, ihren Auftrag erledigen und ohne Umwege direkt nach Chozeau fahren. Dort war sie in Sicherheit. Wenn sie bleiben würde, könnte sie in Dieulefit auch niemanden gefährden.

»Verlasse Dieulefit ohne Erklärung. Kein Abschied«, hörte sie Antoine eindringlich sagen. »Sprich mit niemandem in Beauvallon darüber.«

»Dann kann mich auch keiner zurückhalten«, sagte sie lächelnd.

Sie wusste: Es ging ihm um *seine* Mission, aber auch um die Sicherheit der Menschen in Dieulefit. Antoine und Jolie erfassten voneinander selbst die verstecktesten Botschaften zwischen den Zeilen.

Mados Worte kamen ihr in den Sinn.

Es ist zu gefährlich. Was, wenn deine Spur von Lyon nach Dieulefit führt und wir alle im letzten Moment auffliegen?

Das Leben von über tausend Schützlingen hängt von unserer Besonnenheit ab.

Wenn die Vichy-Polizei oder die *boches* Jolies Spur zurückverfolgen konnten, wäre hier am Ort des Wunders alles umsonst gewesen. Das Für und Wider kämpfte in ihr. Ein letztes Mal, dachte sie dann, es wäre das allerletzte Mal.

Vor ihrem inneren Auge erstreckte sich der Weg vom Bahnhof bis zu Andrée, durch die Gassen der Altstadt bis zu ihrer Dachgeschosswohnung.

»Ich mache es«, sagte sie mit klarer Stimme und blickte ihm direkt in die Augen.

Lange saßen sie am Fenster, hielten sich an den Händen und teilten ein Schweigen. Kein Wort, so schien es ihr, wäre das richtige gewesen. Von ihrem inneren Kampf und ihrer Sorge um ihre Familie musste Antoine nichts wissen. Niemand sollte auch nur eine Ahnung davon haben.

»Wenn das alles vorbei ist, dann leben wir sorgenfrei im Süden Frankreichs oder in Paris«, sagte Antoine.

Es war an der Zeit aufzubrechen.

Ihr war, als hingen Anfang und Ende an einem seidenen Faden. Jolie wünschte, dass er recht behielt.

»Ich muss los, *ma belle*«, hörte sie Antoine wie aus der Ferne sagen.

Sie spürte seinen Atem an ihrer Schläfe, die Wärme seines Körpers, seine Lippen an ihrem Hals.

Hand in Hand gingen sie nach draußen, und plötzlich, als er seinen Rucksack aufsetzte, war ihr, als verließe sie die Kraft, ihre Kühnheit von einst. Tränen stiegen ihr in die Augen, und sie schluchzte auf. Wie oft hatten sie voneinander Abschied nehmen müssen, diesmal war ihr, als reiße ihr jemand das Herz heraus.

Er umarmte sie, hielt sie ganz fest.

»*Il faut du courage. Encore une dernière fois, chérie*«, flüsterte er ihr ins Ohr. *Nur noch ein letztes Mal Mut.* »Bald ist es vorbei. Bald. Freiheit, Jolie, weißt du noch?«

Freiheit! Sie erinnerte sich dunkel daran, wie sie einst beschwingt durch die Gassen ihrer Heimatstadt gegangen war, sich mit Freundinnen getroffen hatte. Schwimmen in der Saône. Die Sonne auf ihrer Haut. An einem Sommertag eine kühle Limonade in einem Straßencafé. Das einfache Leben war es, nach dem sie sich sehnte. Zu lange war das Wort Freiheit ein abstrakter Begriff gewesen.

Sie presste die Lippen zusammen. Langsam ließ er sie los, nachdem sie sich beruhigt hatte. Dann nahm er ihre Hand, holte einen Gegenstand aus seiner Hosentasche und steckte ihr einen Ring an den Finger. Das kühle Metall passte wie angegossen.

»Ein Geschenk«, sagte sie lächelnd.

»Es ist ein Versprechen auf das Leben, das vor uns liegt«, flüsterte er.

Was mehr konnte sie erhoffen als die Aussicht auf ein gemeinsames Leben? Ein Leben in Freiheit.

»Versprich mir, dass du auf dich aufpasst«, sagte sie und betrachtete das Geschenk, einen schlichten Silberring mit einem winzigen Glasstein. »Es ist der schönste Ring der Welt.«

Er strich ihr übers Haar.

»Eines musst du mir verraten, bevor du gehst, Antoine. Wie ist dein richtiger Name?«

»Das ist strikt verboten, Jolie, und du weißt, warum. Wenn sie uns aushorchen, können wir selbst unter Folter niemanden verraten.«

»Es gibt keine Folter der Welt, unter der ich dem Feind deinen Namen preisgeben würde.«

»Bernard Forger«, sagte er und strich ihr zärtlich übers Gesicht.

»Ich bin Joséphine Colin. Gut, dass ich weiß, wie der Mann heißt, den ich schon bald heiraten werde.«

Er nahm ihre Hand und küsste sie.

Sie gab sich einen Ruck. »Du musst jetzt gehen, Bernard Forger! Gib auf dich acht!«

Lange sah sie ihm hinterher, wie er im Morgengrauen den langen Trampelpfad hinab ins Dorf ging. Ganz unten am Ortseingang drehte er sich noch einmal um, blieb stehen und winkte ihr zu.

Sie winkte zurück.

Über den Feldern ging die Sonne auf. Das Land des Lavendels glühte.

JOLIE

34

Dieulefit, 1944

Aufgewühlt blieb sie zurück. Von irgendwoher vernahm sie das Zwitschern eines Vogels. Die Welt erwachte zu einem neuen Tag. Selten zuvor hatte sie sich so einsam und verloren gefühlt.

Noch ein letztes Mal Mut. Das Ende schien zum Greifen nah und lag dennoch so fern.

Plötzlich fiel ihr der Umschlag mit den falschen Pässen ein. Sie hatte ihn im großen Saal liegen lassen. Eilig ging sie dorthin, nahm ihn an sich, ließ sich auf einen Stuhl fallen und starrte zum Fenster hinaus. Tränen stiegen ihr in die Augen, liefen die Wangen hinab. Seit wann war sie so dünnhäutig geworden?

Antoine befand sich auf dem Weg ins fünf Stunden entfernte Toulouse – nicht auszudenken, was ihm alles passieren konnte. Lyon lag, verglichen mit Antoines aufwendiger Reise, nur einen Katzensprung von Dieulefit entfernt.

Plötzlich vernahm sie ein Geräusch. Sie stutzte, sah sich um. Stille. Nichts.

Hatte sie sich getäuscht?

Dann noch einmal, ein Knacken. Sie sah in die Ecke, von wo aus sie das Geräusch wahrgenommen hatte.

Mit einem Räuspern stand Jolie auf, nahm ein Taschentuch, putzte sich die Nase und ging zur Tür, öffnete sie beherzt, zögerte einen Moment und schloss sie wieder. Dann wartete sie, die Augen auf die Wand gerichtet.

Nach einer Weile regte sich etwas dahinter, ein Brett wurde zur Seite geschoben. Auf allen vieren kroch ein Mädchen in den Raum, ging in die Hocke und stand auf. Es klopfte sich den Staub aus der Kleidung.

Sie erkannte Lilys Wuschelhaar sofort.

Mit verschränkten Armen stand Jolie da und wartete. Lily hatte sie offensichtlich noch nicht bemerkt. Jolie räusperte sich.

Lily zuckte zusammen, hielt sich die Hand vor den Mund und sah sie schuldbewusst an. Dann blickte sie zu Boden.

»Was machst du um diese Zeit hier, Lily?«, fragte Jolie und bemerkte dabei ihren strengen Tonfall.

»Ich …«, stammelte Lily, »ich habe mich versteckt.«

»Versteckt? Vor wem denn?«

»Wenn ich allein sein will oder Heimweh habe, bin ich oft hier. Es ist unser Geheimversteck. Das von Jean und mir.«

»Jetzt ist es kein Geheimversteck mehr«, gab Jolie zurück. »Jetzt wissen schon drei Leute davon.«

»Du darfst es niemandem verraten.«

Jolie winkte Lily zu sich, die sich ihr langsam näherte.

»Ach, Lily, wir alle haben doch Heimweh, weißt du das denn nicht? Und seit wann … Wie lange schon …?« Sie brach ab.

Wie viel von ihrer Unterhaltung hatte Lily mitbekommen?

»So lange, dass ich Bescheid weiß«, erklärte Lily, blieb vor ihr stehen, schlang die Arme um sie und schluchzte. »Geh nicht fort. Du darfst nicht fortgehen.«

Jolie umarmte Lily. Wie sehr sie dieses Kind liebte! Es war ihr so ans Herz gewachsen wie kein anderes hier in Beauvallon. Das Weinen erschütterte seinen zarten Körper, der inzwischen die ersten weiblichen Formen angenommen hatte. Zwischen Schluchzen rang Lily um Atem. Mechanisch streichelte Jolie ihren Rücken und hielt sie einfach fest. Nachdem sich das Mädchen beruhigte, löste sie die Umarmung und zwang sie, ihr in die Augen zu sehen.

»Du darfst niemandem sagen, was du gehört hast. Niemals. Verstehst du, Lily? Es ist sehr wichtig.«

Lily nickte und wischte sich die Tränen aus den Augenwinkeln.

»Versprichst du es mir?«

»Ich schwöre«, sagte Lily feierlich und hob die Hand. »Versprichst du mir, dass du wiederkommst?«

»Ja«, sagte Jolie zärtlich. Gemeinsam gingen sie Hand in Hand in den ersten Stock hinauf zu Lilys Schlafraum.

»Geh nicht«, flüsterte Lily. »Bleib hier bei mir.«

Jolie küsste das Mädchen auf die Stirn. »Schlaf noch ein bisschen. Bald ist Wecken. Es war alles nur ein Traum. Bald wird es vorbei sein.«

»Wird es wirklich richtigen Frieden geben?«, flüsterte Lily und hielt ihre Hand fest. »Ist es so, wie Mamie und Mado sagen? Wir müssen dann keine Angst mehr haben und uns nicht mehr verstecken?«

Jolie nickte. »Ja, so wird es sein. Ich schwöre.«

»Dann bleiben wir alle für immer zusammen? Ich werde meine Eltern wiedersehen? Mama und Papa?«

Jolie schluckte. Was sollte sie sagen? Niemand wusste, was mit den Eltern der Kinder geschehen war, ob sie das Lager überlebt hatten oder in den Osten deportiert worden waren. Zuweilen geschahen ja auch Wunder.

»Schlaf noch ein bisschen, *chérie*«, sagte sie, ließ Lilys Hand los und strich ihr über ihr Wuschelhaar.

Sie zog die Tür hinter sich zu und lief hinunter ins Dorf, bis sie die Pension erreichte. Leise klopfte sie an Poumys Tür. »Ich bin's, Poumy, Jolie.«

Sie vernahm ein Geräusch von innen, dann Schritte. Im Türspalt registrierte sie Poumys verschlafenes Gesicht. Die Freundin packte Jolie am Arm, zog sie herein und schloss die Tür hinter ihnen.

»Ist etwas passiert? Wir haben halb sechs.«

Poumy ließ sich auf ihr Bett fallen und zündete sich eine Zigarette an. Jolie setzte sich neben die Freundin und tat es ihr gleich. Gemeinsam bliesen sie Rauch aus.

»Willst du mir sagen, was passiert ist?«

»Nichts. Das ist es ja. Ich muss nach Lyon.«

»Jolie, du bist verrückt!«

»Ich brauche deine Hilfe, Poumy.«

»Du solltest nicht mehr nach Lyon fahren. Es ist viel zu gefährlich. Wir haben es bald geschafft. Dann kannst du meinetwegen wieder in Lyon leben oder an jedem anderen Ort in Frankreich. Der Apfel ist reif. Sie bringen es schon auf BBC.«

Der Apfel ist reif. Die Invasion der Alliierten musste wirklich unmittelbar bevorstehen.

Wie fremdgesteuert zog Jolie einen Zettel aus ihrer Hosentasche und reichte ihn Poumy.

»Kannst du das für mich an das Postamt von Chozeau funken?«, fragte sie mit flehendem Unterton. »Bitte!«

Poumy tat einen tiefen Seufzer, las die wenigen Zeilen, zerriss das Papier und verbrannte es mit ihrer Zigarette. Dann strich sie Jolie über die Wange. »Ach, Jolie. Ich kann dich ja verstehen. Du ahnst nicht, wie gut ich dich verstehen kann.«

»Du arbeitest für den Geheimdienst und ziehst alleine zwei Kinder groß, wenn du mich nicht verstehst, wer dann?«

Poumy drückte ihre Zigarette aus. »Ja, eigentlich hast du auch zwei Kinder. Jean und Lily. Ich werde es tun.«

Geliebte Eltern. Bin auf dem Weg. Halte durch, Papa! J.

»Bitte kein Wort davon zu irgendjemandem. Nicht einmal zu Marguerite, Atie oder Mado.«

Ihr war, als begehe sie in diesem Moment Verrat an ihren Retterinnen, an jenen Menschen, die sie hier beschützt und aufgenommen hatten. »Versprichst du es mir?«

Poumy lachte laut heraus. »Meine ganze Arbeit besteht aus Diskretion. In wenigen Minuten werde ich nicht einmal mehr wissen, was ich gefunkt habe, geschweige denn wohin.«

Sie schenkte Jolie ein aufmunterndes Lächeln und warf

einen Blick zur Tür, hinter der ihre beiden Kinder schliefen. »Ich würde mein Leben für meine Söhne geben, *ma chère. À la fin ce qui compte, c'est la famille.« – Am Ende ist es die Familie, die zählt.*

Die Freundinnen umarmten einander.

Am nächsten Morgen, lange bevor das Leben in Beauvallon erwachte, betrat Jolie auf Zehenspitzen Mados Büro. Ihr Schreibtisch sah aus wie immer. Berge von Büchern und Heften türmten sich darauf – einige der Fotos für die Sammlung Beauvallon lagen lose herum. Jolie stach jenes Bild der Kinder im Ortskern von Dieulefit ins Auge. Wie die Orgelpfeifen hatten sich sechs von ihnen aufgestellt, auch Lily und Jean, im Hintergrund die grauen Häuser von Dieulefit. Sie nahm es an sich, holte das *Goldene Buch von Beauvallon* aus der Schublade, öffnete es und schrieb auf eine leere Seite:

An die Feen von Beauvallon! Ihr habt mir nie das Gefühl gegeben, auf der Flucht zu sein. Ihr schenktet mir ein Zuhause inmitten des Kriegs. Ihr habt uns allen den Glauben an Freiheit und Menschlichkeit zurückgegeben. Von ganzem Herzen danke ich Euch. Eure Jolie

Ihre Entscheidung war gefallen und unumstößlich, weil es das Richtige war, was sie tat: Sie würde erst im Frieden hierher zurückkehren und in Chozeau gemeinsam mit ihren Eltern die Freiheit abwarten. Nach dem Krieg würde sie Lily zu sich nehmen, sollten ihre Eltern nicht überlebt haben. Jean hatte seine Ersatzfamilie in Paris. Vorsichtig legte sie das Buch zurück und strich mit der Hand über den Ledereinband.

Dann setzte sie ihren Rucksack auf und schlich aus dem Gebäude hinaus auf den Vorplatz.

Als sie losging, war ihr, als würde sie beobachtet. Rührte es von dem Gefühl, einen Teil von sich hier in Beauvallon zurückzulassen?

Im letzten Augenblick, sie war schon am Trampelpfad angelangt, drehte sie sich noch einmal um. Sie hätte schwören können: Die Balkontür im ersten Stock von Mados Büro stand einen Spalt geöffnet. Sie kniff die Augen zusammen, sah genauer hin. Hatte sie soeben einen Schatten gesehen, oder war es das Zwielicht?

Nein, sie musste sich getäuscht haben.

AGNES

35

Freiburg, 1965

Agnes befand sich auf dem Rückweg von einer Abendveranstaltung des Freiburger Theaters, im Gepäck den O-Ton eines zufriedenen Intendanten.

Es gibt keine Beweise für Forgers Schuld. Seit dem Telefonat mit Jean-Pierre gingen ihr immer wieder dessen Worte durch den Kopf.

Beweise. Auch sie besaß keinerlei Nachweise bezüglich ihrer Recherchen. Es existierte nicht einmal eine Dienstanweisung, kein Protokoll. Ihrem Auftrag lag lediglich eine mündliche Absprache zwischen ihrem direkten Vorgesetzten und ihr zugrunde. Alles, was sie mühsam zusammengestellt hatte, befand sich in ihrem Büro oder lagerte im Archiv des Senders. Wenn sich der Konflikt mit dem Sender zuspitzte, wäre ihre gesamte Arbeit umsonst gewesen. Sie würde mit leeren Händen dastehen.

Ihr plötzlicher Entschluss glich einer Art Notwehr. Anstatt in die Talstraße abzubiegen, fuhr sie mit ihrem Käfer geradeaus weiter in Richtung ihres Arbeitsplatzes. Sie folgte dem Schienenverlauf der Straßenbahnlinie 2 bis zum Ortsteil Günterstal. Zu ihrer Rechten lag das beleuchtete ehemalige Kloster, das frühere Waisenhaus. Agnes war diesen Weg so viele Male gefahren, jetzt war ihr, als sehe sie jedes Detail in einem ganz anderen Licht. Nur wenige Häuser waren beleuchtet, die Straßen menschenleer. Das Kopfsteinpflaster des Klosterplatzes reflektierte das Licht der Laternen. Auf einem Waldweg an den Ausläufern des Lorettobergs parkte Agnes ihren Wagen, stieg aus und ging in Richtung der kleinen Brücke, die über den Bohrerbach führte.

Am Himmel hing ein sichelförmiger Mond. Obwohl um diese Zeit die Radioübertragungen pausierten, brannte zu Agnes' Überraschung im Neubau schummriges Licht. Es kam aus der Kantine. Hinter dem Kyburg-Gebäude fiel kühle Luft von dem steilen bewaldeten Hang hinab ins Tal.

Sie schloss die Tür zum Altbau auf, wo lediglich die Notbeleuchtung eingeschaltet war. Agnes' Blick ging den langen Flur entlang zum Treppengeländer. Die Putzfrau hatte ihre Arbeit erledigt. Es herrschte eine gespenstische Stille.

In ihrem Büro angekommen, ließ sie die Jalousien herunter und entnahm ihrem Schreibtisch sämtliche Unterlagen zum Thema Gurs und Dieulefit. Alles, was sich über Wochen angehäuft hatte.

Mit einer Taschenlampe und ihren Recherchen ging sie die Stufen hinunter zum Archiv und holte die dünne Akte mit den Presseberichten über die *Badische Delegation zur Einweihung des Friedhofs im Lager Gurs, 1963*. Im Raum nebenan schaltete sie das Kopiergerät ein. Nicht einmal ein Fenster gab es hier. Sie konnte also unbehelligt arbeiten. Sie ließ die Tür einen Spalt geöffnet.

Zu Agnes' Überraschung schaffte das amerikanische Modell Xerox 914, nachdem es auf Betriebstemperatur war, sechs Kopien pro Minute. Mit einem grellen Lichtstrahl, der über das Papier wanderte, las es Buchstaben um Buchstaben, Zahl um Zahl, Blatt um Blatt. Mechanisch gab Agnes eine Seite nach der anderen in die Maschine. Die moderne Technik erleichterte ein derartiges Unterfangen, in das sich Agnes in diesem Augenblick verstrickte. Früher hatte es Skriptorien für so etwas gegeben: Mönche, die in riesigen Schreibstuben Wort um Wort in Schönschrift vom Original abgeschrieben hatten. Heute gab es die Xerox 914 – was für ein Segen! Bald würde sie ihre gesamte Sammlung eins zu eins zu Hause in ihrem Wohnzimmer haben.

Es war verboten, Originale aus der Redaktion mit sich zu führen. Von modernen technischen Errungenschaften wie Kopien stand in ihrem Arbeitsvertrag nichts. Sie erschrak über sich selbst: Das waren Gedanken von der Spitzfindigkeit eines Waldemar Straubs und Konsorten.

Mit gerunzelter Stirn überflog sie den ihr bekannten Artikel aus der *Badischen Zeitung*. Sie hatte Arno Breitlings Arbeit stets bewundert. Der Redakteur nahm kein Blatt vor den Mund.

1073 Gräber in Gurs, Pyrenäen … Juden aus Baden, Emmendingen, Lahr, Sulzburg, Freiburg am Tag der Deportation 22. Oktober 1940 nach Gurs … Fast zwanzig Jahre später fand sich mit führenden Landespolitikern und Presse eine badische Delegation im ehemaligen Lager von Gurs ein … sowie Vertreter der israelitischen Gemeinden aus Baden und der Pfalz … wurde ein Friedhof eingerichtet … Holztafeln ersetzt … Einzelschicksale des Verbrechens der Nationalsozialisten … Reden gehalten … Zeitzeugen berichteten von den katastrophalen Zuständen während des Zweiten Weltkriegs … Bernard Forger … Träger der Medaille der Résistance erinnerte an die geretteten Kinder aus dem Lager … ein Zeichen der Hoffnung …

Ein Absatz jedoch stach ihr ins Auge: *Was hat das mit uns zu tun?*

Als Antwort hierauf zitierte der Redakteur den neuen Präsidenten des Oberrats der Israeliten Badens, Werner Nachmann:

»Was haben wir mit der uns geschenkten Zeitspanne nach dem Krieg, aus diesen zwei Jahrzehnten, gemacht? Haben wir uns würdig der Opfer und würdig der Rettung gezeigt? Ich glaube nicht, dass wir das Soll der Geschichte erfüllt haben, die Verfolger nicht und auch nicht die Verfolgten, und auch nicht die Dritten, Unbetroffenen, die es im Grunde genommen überhaupt nicht gibt. Andernfalls wäre vieles nicht möglich, was wir heute sehen.«

Es gibt keine Unbetroffenen.

Es ging darum, Haltung zu zeigen.

Plötzlich, sie wollte gerade neues Papier nachlegen, vernahm sie ein Geräusch aus dem Treppenhaus. Das Schließen einer Tür, lautes Gelächter, das Geklapper eines dicken Schlüsselbunds, ein typischer Männerschlüsselbund. Außer Madeleine Defour kannte sie ausschließlich Männer, die mehr als drei davon mit sich herumtrugen. Einer von ihnen war Wolfgang.

Sofort schaltete Agnes das Gerät aus, schlich zur Tür und lauschte. Stimmen, die einander überschnitten. Hatte jemand etwas vergessen, oder war eine weitere Krisensitzung anberaumt worden?

Sie hielt den Atem an, ihr Herzschlag beschleunigte sich. Erinnerungen an Legenden und Gespenstergeschichten im Zusammenhang mit dem ehemaligen Hotel streiften sie. Wer nur hatte diesen Blödsinn in die Welt gesetzt? Ja, das Kyburg-Gebäude war wie ein Spukschloss, nur dass es hier am Waldrand von Günterstal in Wahrheit *tagsüber* spukte, wenn Männer wie Straub und der schöne Günter bei ihrem ersten Rotwein-Viertele um kurz nach elf beisammensaßen, Politik machten, wie sie so gern zu sagen pflegten, und dabei Zigarren rauchten. Der schöne Günter, von Haus aus Nichtraucher wie sie, paffte dann immer mit, verzweifelt bemüht, seinen Hustenreiz zu unterdrücken. Dabei gab es in Agnes' Augen nur *einen* berechtigten Grund für die kursierenden Spukgeschichten: Der Südwestfunk war direkter Nachmieter der *Spruchkammer,* die hier von 1945–1952 getagt hatte. Kaum zu glauben, aber vor nicht allzu langer Zeit beherbergte das Kyburg-Gebäude das *Badische Staatskommissariat für politische Säuberung,* eine von Männern wie Straub gefürchtete gerichtliche Instanz nach dem Krieg. Noch heute zeugten die Entnazifizierungsakten auf dem Dachboden von diesen vergeblichen Bemühungen, denn die alten Nazis waren ganz legitim an ihre Wirkungsstätten zurückgekehrt.

Agnes wartete so lange, bis nichts mehr zu hören war, und ging die Stufen hinauf ins Erdgeschoss, dann in den ersten Stock, zu ihrem Büro. Die Tür war angelehnt.

Hatte sie vergessen, sie zu schließen? Das passierte ihr eigentlich nie. Sie hievte die Kopien in ihre Aktentasche, trat zum Fenster und blickte durch einen Spalt der Jalousie nach draußen zum Neubau.

Das Licht in der Kantine war aus.

Auf Zehenspitzen schlich sie über den Flur.

Aus Wolfgangs Büro fiel unten durch den Türschlitz schummriges Licht auf den alten Holzboden. Der Geruch von Zigaretten. Oder Zigarren? Ihr war, als hätte sie all das genau so schon einmal erlebt.

Mit einem Schlag gewann sie Klarheit: Kein Spuk, sondern der Geist des Stillstands und des Verharrens in alten Mustern verseuchte dieses Gebäude, der den nimmersatten Männern ihren Machterhalt gewährleistete. Er lauerte in jeder Ritze, in den verstaubten Akten des Archivs, in jedem Möbelstück. Selbst im Büro des Chefredakteurs. Keine verstorbenen, verlorenen Seelen trieben ihr Unwesen im ehemaligen Hotel Kyburg, sondern leibhaftige Männer in dunkelblauen Anzügen, Schlips, Fliegen und mit buschigen Augenbrauen. Männer, an denen sie niemals vorbeikommen würde.

Hinter der Tür lachten die Männer jetzt, einer verlangte lallend nach einem weiteren Cognac. Dann hörte sie, wie angestoßen wurde. Einmal glaubte sie, ihren Namen vernommen zu haben. Eine Krisensitzung mitten in der Nacht klang anders. Wurde da gerade über ihre berufliche Zukunft entschieden, oder ging es schlichtweg um ein Saufgelage unter Männern? Einen winzigen Augenblick erwog sie, die Tür aufzureißen und einzutreten.

Verehrtes Schiedsgericht, ich sehe, Sie haben bereits ohne die Angeklagte angefangen.

Nein, sie würde sich kein zweites Mal demütigen lassen, denn diesmal, und das erfasste sie glasklar, hatte sie sich mit ihrer Nacht-und-Nebel-Aktion ins Unrecht gesetzt.

Sie drehte sich weg und verschwand im Schutz der Dunkelheit.

JOLIE

36

Lyon, 1944 – wenige Tage vor der Invasion der Alliierten in der Normandie

Der Zug kam im *Gare Lyon-Perrache* zum Stehen. Jolie hielt sich an einer Schlaufe fest.

In Gedanken ging sie jeden ihrer weiteren Schritte genau durch: Die Unterlagen mussten schnellstmöglich zu Andrée Salomon, der einzige Bus nach Chozeau fuhr heute um 12.15 Uhr. Jetzt war es kurz vor elf.

Sie stieg aus und passierte die ihr vertrauten Straßen bis zu Andrées Haus.

Im Treppenhaus registrierte sie eine merkwürdige Stille. Sie hörte den Hall ihrer eigenen Schritte. Wo sonst zur Mittagszeit hinter den Wohnungstüren Geschirr und Besteck klapperten und sich mit den Stimmen der Bewohner mischten, herrschte fast Totenstille.

Als sie das Dachgeschoss erreichte, war ihr mit einem Mal klar, woher die Stille rührte: Die Tür zu Andrées Wohnung stand sperrangelweit offen.

Instinktiv lehnte sie ihren Rücken gegen die Wand, spähte vorsichtig in die menschenleere Wohnung.

»Andrée?«, fragte sie leise.

Sie trat ans Geländer, warf einen Blick hinab. Nichts. Das sonst so umtriebige Haus schien menschenleer.

Langsam betrat sie Andrées Wohnung: Alle Schubladen des Schreibtischs waren aufgerissen und durchsucht worden, das Fenster geöffnet. Auf dem Boden lagen zerstreut Zeitungen und Bücher, ein umgekipptes Regal. Überall zertrümmertes Geschirr. Die einstige Zentrale der Organisation zur Rettung jüdischer Kinder glich einem Schlachtfeld. Wie konnte man einen Raum von fünfzehn Quadratmetern derart verwüsten? Über Jahre hinweg hatte die OSE im Herzen Lyons aus einem Tisch und einem Schrank mit einer Schreibmaschine, einer Kartei und einem Telefon bestanden. Andrée Salomon hatte es vermocht, in dieser bescheidenen Enge eine weitverzweigte Organisation zu leiten, und unzähligen jüdischen Kindern das Leben gerettet.

Jolie starrte zum Telefon hinüber, dann zur Tür. An einem Haken hing Andrées Strickjacke.

Ratlosigkeit, gefolgt von Panik und Entsetzen erfassten sie.

Sie atmete mehrmals tief durch und fing an, den Raum zu *lesen,* genau wie sie es gelernt hatte. Sie konzentrierte sich ganz darauf, sich die zurückliegenden Ereignisse auf jenen fünfzehn Quadratmetern zusammenzureimen. Das Wesentliche einer durchsuchten Wohnung bestand in dem, was *nicht* da war. Der Karteikasten war verschwunden, der Briefbeschwerer hingegen, in dem Andrée in einem

Geheimfach Ausweise versteckt hielt, da. Jolie öffnete ihn, er war leer. Im Ofen lag schwarz verkohltes Papier. Hatte Andrée fliehen können und vorher noch sämtliche Beweise verbrannt? Jolie lauschte in Richtung Tür – immer noch nichts. Nur aus dem Badezimmerfenster vernahm sie vom Innenhof her Kinderstimmen. Sie beruhigten sie in diesem Moment. Ein kleines Stück Normalität.

Ein ganzes Szenario ging ihr durch den Kopf, während sie die gefälschten Pässe aus ihrem Mieder herausriss. Mit zitternden Händen zündete sie die Dokumente an, öffnete den Ofen und warf sie hinein. Gebannt sah sie dabei zu, wie sich die Buchstaben der *cartes d'identités* im Feuer zusammenzogen und schrumpften. Viele Stunden aufwendiger, teils künstlerischer Arbeit der Fälscher verwandelten sich binnen Sekunden in Asche. Von der Seite las sie die glimmenden Buchstaben des Namens Pierre Courtin. Ein Name – eine mögliche Rettung für ein Kind. Was würde jetzt aus den Kindern im Pfadfinderlager werden?

Sie blieb so lange, bis nichts mehr zu sehen war.

Dann warf sie einen Blick auf die Uhr. Ihr Bus würde erst in einer Dreiviertelstunde fahren. Sie musste die anderen warnen! Die *boches* könnten jederzeit hierher zurückkommen. Wahrscheinlich beobachteten sie das Haus.

Valentine! Wie in einem Film sah sie sich selbst dabei zu, wie sie Andrées Telefonhörer abnahm, das Freizeichen für die Vermittlung hörte und schnell auflegte. Normalerweise kappten die *boches* bei ihren Durchsuchungen die Leitungen. Womöglich warteten sie nur darauf, dass sie in die Falle tappte.

Sie lachte laut auf und fuhr sich durch ihr Haar, das sich durch die chemische Reaktion des Färbens verändert hatte. Was einst weich war, fühlte sich jetzt störrisch und widerspenstig an.

Ehe sie sichs versah, fand sie sich in dem winzigen Badezimmer von Andrée wieder, eine Küchenschere in der Hand haltend. Im fast blinden Spiegel konnte sie ihre großen Augen sehen. Ihr war, als blicke sie in ein fremdes Gesicht mit fahler Haut, einem blassen Mund. Wie fremdgesteuert schnitt sie ihr blondiertes Haar – eine Farbe, die sie noch nie gemocht hatte – in einzelnen Strähnen streichholzkurz zu einem Herrenschnitt ab.

Wenn das alles vorbei sein würde, würde sie sich die Haare wieder wachsen lassen, mit Stolz ihre Naturfarbe tragen.

Vorsichtig trat sie ans Fenster des Wohnraums, und ihr Blick ging die Gasse hinauf, deren engen Verlauf entlang und wieder hinunter. Vor dem gegenüberliegenden Bistro saß der Wirt und rauchte. Jolie kannte Robert. Er war einer von ihnen. Regungslos blickte er zu ihr hinauf und gab ihr mit der Hand ein Zeichen. »Komm herunter«, winkte er sie zu sich, stand auf und ging in sein Bistro.

Beherzt eilte sie die Treppen hinunter, überquerte die Straße und folgte ihm.

»Sie waren da«, flüsterte Robert und deutete auf den Telefonapparat hinter einem schweren Vorhang. »Vor zwei Stunden.«

»Haben sie Andrée?«, fragte sie mit gedämpfter Stimme.

Er nickte.

Während das Telefon bei Valentine klingelte, sah sie

Robert in die Augen und konnte seinen Schmerz, aber auch seine Wut sehen.

»*Ça suffit*«, presste sie hervor. *Es reicht!*

Er nickte mit zusammengepressten Lippen, nahm zwei kleine Gläser vom Tresen und schenkte sie mit Rotwein voll. Er schob eines davon zu Jolie.

»Es wird bald vorbei sein, Robert«, flüsterte sie und legte den Zeigefinger auf ihre Lippen. »Der Apfel ist reif.«

»Der Apfel ist reif«, wiederholte er monoton.

Sie stießen an und kippten den *petit de rouge* hinunter.

Ja, es war an der Zeit, den Spuk zu beenden. Ein Gedanke an die Normandie, wo die Alliierten auf die passende Wetterlage für ihre Landung warteten, streifte sie. Die Normandie lag viele Kilometer von Lyon entfernt. Sie war noch nie dort gewesen, und sie wünschte, sie könnte sich an einem weißen Strand in die Fluten werfen und weit hinausschwimmen.

Ein Klacken in der Leitung riss sie aus ihren Gedanken. Valentine hatte den Hörer abgenommen.

»Jolie«, sagte sie knapp. »Etwas ging schief.«

Valentines kurzes Zögern verriet, dass sie nicht mit Jolies Anruf gerechnet hatte.

»Saône«, sagte sie schließlich nach einer kurzen Pause. »*Tout de suite*. Sofort.« Sie legte auf.

Das Codewort Saône stand für ein kleines Café in Vieux-Lyon direkt am Fluss.

Wie in Trance verließ Jolie nach einer Umarmung mit Robert das Bistro und ging durch die engen Gassen ihrer Heimatstadt, vorbei an Menschen mit ausdruckslosen Gesichtern. Im Stadtteil Croix-Rousse, wo einst die Weber zu

Hause gewesen waren, entdeckte sie drei Männer, die nicht hierhergehörten und von Weitem auf sie zukamen: Gestapo! Ihr war, als starre sie einer der Männer an. Vor ihrem geistigen Auge ging sie die unterirdische Fluchtroute durch – mindestens vier Varianten fielen ihr ein. Sie entschied sich für die letzte. Hier in Croix-Rousse kannte Jolie jeden Winkel, jede geheimnisvolle Querverbindung der *traboules* von Lyon.

Mit erhobenem Haupt ging sie geradewegs auf die Männer zu, fast beschwingt von der Vorstellung, dass sie gleich im wahrsten Sinne des Wortes abtauchen würde. Im letzten Moment bog sie in einen Innenhof ab und lief los. Durch einen Torbogen erreichte sie ein außen liegendes Treppenhaus, dessen handtuchschmale Balkone sich über die Stockwerke zogen. Neben einer Mülltonne befand sich eine schmale Tür, hinter der steile Stufen hinab in die Unterwelt Lyons führten. Sie spürte den harten abgetretenen Steinboden unter ihren Füßen, nahm die kühle Luft wahr und rannte bis zu einem lang gezogenen Kellergewölbe. Schritte verfolgten sie, aber sie vertraute auf das Labyrinth Lyons. Sie lief und lief. Genau hier hatte sie als Kind gespielt – ein Irrgarten, der bis zum Ufer der Saône reichte. Sie tauchte in einen Tunnel ab, der in einen schmalen Gang mündete, dessen Wände man mit den Händen abtasten musste, so dunkel war es dort. Jeder Winkel war ihr vertraut.

Nach einer Weile blieb Jolie stehen und wartete. Die Schritte hinter ihr waren verhallt. Sie zählte langsam auf zwanzig und lauschte ihrem eigenen Atem. Am Ende des Tunnels schimmerte ein Lichtstrahl. Aus der Ferne vernahm sie das Rascheln von Ratten, die hier unten lebten. Jedes Geräusch verstärkte sich im steinernen Gewölbe, in dem sie nicht einmal aufrecht stehen konnte. Ihr Atem beruhigte sich.

Als sie nach einer halben Stunde in einem Innenhof am Rand eines Wochenmarkts wieder in der Stadt auftauchte, mischte sie sich unter die Menschenmassen. Ein Händler schenkte ihr eine Aprikose, die sie lächelnd entgegennahm. Sie deutete das Geschenk als ein gutes Zeichen und wählte den direkten Weg zum Café.

Valentine war bereits da.

Durch die große Fensterscheibe konnte Jolie von außen sehen, wie sie an einem kleinen Tisch saß und nervös ein Glas Rotwein um die eigene Achse drehte. Jolie hätte jener Frau, die so lange als stiller Briefkasten ihre Anlaufstelle gewesen war, um den Hals fallen wollen, so froh war sie, diese zu sehen. Ohne sich noch einmal umzusehen, betrat sie das Café und ließ sich auf einen Stuhl neben Valentine fallen.

Valentine atmete erleichtert aus, reichte Jolie ihr Glas, und sie nahm einen kräftigen Schluck. Der Alkohol stieg ihr sofort zu Kopf.

Dann bot ihr Valentine eine Zigarette an. »Du siehst ja nett aus.«

Jolie nahm sie, fuhr sich durch ihr streichholzkurzes Haar und hielt mit der anderen Hand die Kippe in das von Valentine gereichte brennende Streichholz. »Es wächst ja wieder, meinst du nicht?«

Valentine schenkte ihr ein kurzes Lächeln, das sich sogleich verflüchtigte. Sie bedeutete ihr, näher an sie heranzurücken. »Sie haben Andrée verhaftet.«

Sie spürte Valentines warmen Atem an ihrem Ohr, vernahm die Anspannung in ihrer Stimme.

»Ich weiß, ich war dort.«

»Was hast du in Andrées Wohnung zu suchen? Jetzt, kurz bevor es vorbei ist?« Abrupt brach Valentine ab und schüttelte dann den Kopf. »Es ist besser, wenn ich es gar nicht weiß.«

»Besser so«, bestätigte Jolie mit einem amüsierten Lächeln.

»Wir sind aufgeflogen. Wir müssen alle untertauchen, Jolie.«

»Manchmal ist man dort, wo die Gefahr am größten ist, am sichersten«, entgegnete sie geistesabwesend.

Valentine sah sie stirnrunzelnd an, als wolle sie prüfen, ob die Freundin noch alle Sinne beisammenhätte.

»Hat mir Antoine einmal gesagt«, erklärte sie. »Wie lange ist das her?«

»Wir haben keine Zeit für Sentimentalitäten, Jolie.«

O ja, das hatte sie über die Jahre mehrfach zu spüren bekommen. Der Krieg bot keinen Raum für Romantik. Er erlaubte keine Rückblicke.

»Wo ist Antoine?«, fragte Valentine.

»In Toulouse, hoffe ich.«

Plötzlich war Jolie, als verließe sie auf die letzten Meter der Mut, als könne sie keinen Schritt mehr tun. Am liebsten wäre sie hier sitzen geblieben, so lange, bis die Freiheit da war.

»Werden sie Andrée töten?«, fragte sie. Tränen stiegen ihr in die Augen. Würde Antoine in Toulouse überleben? War er wirklich dort angekommen? »Was passiert mit dem

Kindertransport aus dem Pfadfinderlager?«, flüsterte sie. Ein Gedanke an die verbrannten Papiere streifte sie.

Valentine zuckte die Achseln. »Antoines Auftrag. Er wird sich schon gekümmert haben.«

Jolie hielt sich die Hand vor den Mund.

»Sie werden Andrée nichts nachweisen können, aber immerhin ist sie Jüdin.«

Jolie unterdrückte ein Schluchzen. »Sie brauchen weitaus weniger Gründe als ihren Judenhass, um zu töten.«

Valentine seufzte. »Wir müssen untertauchen, Jolie. Komm mit mir!«

»Wohin?«

»Ich habe eine Adresse am Ende der Stadt. Es wird Wochen, womöglich Monate dauern, bis Frankreich vollkommen frei ist.«

Nervös zündete sich Valentine eine zweite Zigarette an, inhalierte den Rauch und stieß ihn aus.

Jolie tat es ihr gleich. Das Nikotin benebelte kurz ihre Sinne. Entschieden schüttelte sie den Kopf. »Ich fahre nach Chozeau. Ich muss dort jemanden besuchen.«

»Das ist nicht die Zeit für Besuche, Jolie.«

Der Instinkt ist eines unserer wichtigsten Werkzeuge. Das erste Signal, das aus uns selbst kommt, ist ungefiltert, echt und wahr. Unser Verstand ist es, der uns in die Irre führt.

Wann hatte Antoine das zu ihr gesagt? Es schien ihr so lange zurückzuliegen, eine halbe Ewigkeit. Was war seitdem alles geschehen? Sie dachte an Antoine, an die vielen Warnungen Mados, Poumys Versprechen – hatte sie den Funkspruch wirklich absetzen können? Dann war da Lily, die sich in einem Verlies versteckt hatte, weil das Heimweh sie plagte. War denn die ganze Welt aus den Fugen geraten?

Binnen weniger Augenblicke schien sich alles aufzulösen, alles, wofür sie gekämpft hatten. Jolie stützte ihre Ellbogen auf den Tisch und legte ihre Stirn in die Hände. Was sagte ihr Instinkt? Sie horchte in sich hinein, aber da war nur Stille, Leere. Ihr war, als sei ihr der Zugang zu ihrem wertvollsten Instrument versperrt, als könne sie Gefahr von harmlosem Geplänkel nicht mehr unterscheiden, weder Räume noch Menschen, geschweige denn deren wahre Absichten lesen.

Valentine strich ihr über den Rücken und redete auf sie ein. »Nicht aufgeben, nicht jetzt, Jolie, ich flehe dich an, wir haben es fast geschafft. Es dauert nicht mehr lange.«

Sie vernahm die tröstenden Worte ihrer Verbindungsfrau, aber sie erreichten sie nicht. Mit geschlossenen Augen verharrte sie in ihrer Position. Sie wollte sich die Ohren zuhalten, die Augen zusammenpressen, blind und taub sein.

Dabei hatte sie die Szenerie hier in diesem Café im Herzen Lyons längst unbewusst wahrgenommen, nur nicht *gelesen*. Hätte sie ihre Augen jetzt geöffnet, die Ohren gespitzt, hätte sie gerade in diesem Augenblick all ihre Sinne eingesetzt, wie sie es einst gelernt hatte, wären ihr einige Dinge aufgefallen: das Paar am Tresen, das keines war. Sein Umgang miteinander, dem jede Vertrautheit fehlte, die stockende, zusammenhanglose Rede der Frau, deren nervöser Blick in Richtung Jolies Tisch. Auch der Mann in der Ecke wäre ihr unter normalen Umständen niemals entgangen, jener Mann, der ihnen den Rücken zudrehte, erwartungsvoll mit einer Zigarettenpackung spielte und dabei zur Seite sah, um den toten Winkel seines Blickfelds möglichst unauffällig abzudecken. Sie hätte sein Profil wiedererkannt, die banale Fratze des Bösen.

Aber Jolie hatte ihre Antennen eingefahren, ihre feine Wahrnehmung war bei einem Abschied im Morgengrauen, in Andrées Wohnung und in den verborgenen unterirdischen *traboules* auf der Strecke geblieben. Sie hatte alles gegeben, jetzt wollte sie nur noch nach Hause.

Mit einem tiefen Seufzer stand sie auf, umarmte Valentine, küsste sie auf die Wangen und trat wie ferngesteuert hinaus auf die Straße. Sie nahm das erstbeste Taxi, das an einer Ecke stand.

»Nach Chozeau, *s'il vous plaît, vite, vite*«, befahl sie und gab dem Fahrer ein großzügiges Fahrgeld, ihr letztes.

Es war der einzig richtige Weg in diesem Augenblick, das spürte sie deutlich. Eine tiefe Verbindung zu ihrer Familie zog sie magisch nach Chozeau, zu ihren Liebsten, die sie über Jahre vernachlässigt und im Unklaren gelassen hatte.

Ce qui compte – c'est la famille. Nur die Familie zählt.

Auf der Fahrt stadtauswärts bemerkte sie hinter sich einen Kastenwagen. Konstant fuhr er hinter ihnen her, mal mit mehr, mal mit weniger Abstand. Im Rückspiegel trafen sich für einen Moment die Augen des Taxifahrers und ihre. Auch er musste den Verfolger bemerkt haben. Hatte sie Angst in seinen gelesen, oder hatte sich ihre Furcht in seinen gespiegelt? Sie vermochte das eine nicht mehr vom anderen zu unterscheiden.

Der Kastenwagen näherte sich.

Adrenalin schoss durch ihren Körper.

»Wie heißen Sie?«, fragte sie den Fahrer.

»Gaston.«

Er beschleunigte, während er Augenkontakt zu ihr hielt.

Sie fixierte die vor ihnen liegende Kreuzung. »Hier! Rechts abbiegen, Gaston, jetzt sofort«, befahl sie.

Gaston bremste und bog im letzten Moment ab. Die Reifen quietschten, und der Wagen scherte hinten aus, bis er wieder geradeaus fuhr.

Ihr Kopf fiel gegen den Vordersitz, ihr Körper schaukelte von links nach rechts. Sie fasste sich an die Stirn. Es war nichts passiert.

»Wir haben ihn abgehängt«, sagte Gaston nach einer Weile, ein schelmisches Grinsen in den Rückspiegel werfend. Er legte den nächsten Gang ein und fuhr zurück auf die *Route Nationale* in Richtung Chozeau.

Für einen Moment fielen ihr die Augen zu, und sie konnte einen weißen Strand mit hohen Klippen sehen. Weit draußen auf dem Meer peitschte der Sturm die Wellen auf.

So stellte sie sich die Normandie vor.

AGNES

37

Ribeauvillé, Elsass, 1965

Pünktlich und bei leichtem Nieselregen erreichte Agnes die *Winstub zum Pfifferhus* im Zentrum des von Fachwerkhäusern geprägten Örtchens Ribeauvillé. Die blumengeschmückten Gebäude inmitten der engen Gassen verliehen dem Weinort etwas Idyllisches, Heimeliges. In einiger Entfernung fügten sich auf einem Berg majestätisch drei mittelalterliche Burgen wie maßgeschneidert in die Landschaft ein.

Sie betrat die Weinstube und sah sich um. Über den Tischen brannten kleine laternenförmige Deckenleuchten, durch die gläsernen Biedermeierfenster fiel nur wenig Tageslicht. Einige wenige Gäste hatten sich zum Mittagessen eingefunden und unterhielten sich in Elsässisch. Es duftete nach Speck, Gebratenem und warmer Butter.

Wände, Stühle und Sitzbänke, selbst die Decke, bestanden aus dunklem Holz. Das ganze Interieur wirkte mit seinen rot karierten Tischdecken wie eine urgemütliche Stube aus längst vergangenen Zeiten.

Agnes entdeckte Lily, die zeitunglesend am Kachelofen auf einer Holzbank saß. Sie trug eine schwarz-weiß gepunktete Bluse, die etwas zu groß geraten schien, ihr Haar glatt und akkurat geschnitten, als käme sie frisch vom Friseur. Als Agnes an den Tisch trat, sah Lily auf. Wie beim letzten Mal war Lily völlig ungeschminkt.

»Es war Jean-Pierres Idee«, sagte sie mit rollenden Augen, legte die Zeitung zur Seite und reichte Agnes die Hand. »Ich hätte was anderes ausgesucht.«

Agnes lächelte.

»Das ist doch nett hier«, sagte sie und dachte im Stillen, wie sehr ihre Berichterstattung über die elsässische Tradition bereits auf sie abgefärbt hatte. Inzwischen fand sie eine solch ländliche Idylle völlig normal.

»Schwindlerin«, erwiderte Lily und wartete, bis Agnes sich ihr gegenübersetzte. »Jean kommt später. Er kommt immer zu spät, musst du wissen. Wie ein echter Franzose.«

Sie zündete sich eine Zigarette an.

»Ich wusste gar nicht, dass Unpünktlichkeit eine französische Eigenschaft ist«, sagte Agnes und hängte ihre Tasche an die Stuhllehne.

»Ist es. Weil es in Frankreich als unhöflich gilt, beispielsweise zu einer Essensverabredung zu früh zu erscheinen. Man bringt doch die Gastgeber nicht in Verlegenheit, der Vorbereitungen wegen, verstehst du? Die Franzosen müssen das akademische Viertel erfunden haben.«

Lily lächelte verschmitzt.

»Wenn man dir so zuhört, kommen mir Jean-Pierre und du wie ein altes Ehepaar vor.«

»Gott bewahre«, sagte Lily kopfschüttelnd. »Nicht Jean.

Das wäre ja fast inzestuös. Er ist mein bester, ältester Freund. Mein Bruder.«

Sie nahm sich die Speisekarte, warf einen kurzen Blick hinein und gab sie weiter an Agnes.

Agnes lächelte. »Wie geht es dir, Lily?«, fragte sie leise, den Blick in die Karte gerichtet.

»Gut«, sagte sie und zog an der Zigarette.

»Ich hatte den Eindruck, du weichst mir seit unserer Begegnung in Ludwigsburg aus. Umso glücklicher bin ich, dich hier zu sehen. Du siehst gut aus. Ich mag deine Bluse.«

»Ich habe wenig Zeit.«

Agnes seufzte. »Uns allen mangelt es an Zeit.«

»Eine Wiedervereinigung nach so vielen Jahren. Du, mein Kinderfreund Jean, ich. Ist das nicht nett?«, fragte Lily mit ironischem Unterton.

Mein Kinderfreund Jean. Agnes überging Lilys Spitzfindigkeit.

Als die Bedienung an ihren Tisch trat, bestellten sie einen Krug Weißwein und drei Gläser.

»Ja, genau, Wiedervereinigung«, sagte Agnes, nachdem die Bedienung hinter dem Tresen verschwunden war. »Ich war mir unsicher, was *ich* dabei zu suchen habe.«

»Du bist der Blitzableiter, wenn es zwischen Jean und mir kracht«, sagte Lily und kniff die Augen zusammen. »Nein, im Ernst. Ich finde diese Konstellation völlig angebracht. Ihr habt euch ja schon kennengelernt. Zerbrich dir darüber nicht den Kopf, nicht darüber.«

Das sagt die Richtige, dachte Agnes und verbiss sich ihren Kommentar.

»Jean-Pierre war der Schlüssel bei meiner Suche nach dir. Er und Madeleine Defour.«

Verstohlen betrachtete sie die Freundin. Hatte Lily gerade gezuckt? Sie schien nervös zu sein, sah immer wieder zur Tür. Schließlich hatten Jean-Pierre und sie einander seit über zehn Jahren nicht mehr gesehen. Agnes fühlte sich deplatziert, als grätsche sie in eine alte Beziehung hinein, die sie nichts anging. Sie war weit davon entfernt, den Blitzableiter zu mimen, eher kam sie sich wie eine Statistin vor. Auch Bruder-und-Schwester-Beziehungen störte man nicht nach so vielen Jahren.

Der Wein wurde serviert.

»Wir warten noch mit dem Essen auf unsere Verabredung«, sagte Lily zu der Bedienung, schenkte zwei der drei Gläser randvoll und schob eines davon zu Agnes hinüber. Der Edelzwicker schimmerte im Glas blassgelb. Die Frauen prosteten sich zu. Er schmeckte leicht, etwas flach, ohne Tiefgang.

»Ich habe deinen Beitrag über die badischen Landfrauen gehört«, sagte Lily.

Agnes spürte, wie ihr die Röte ins Gesicht stieg. Du ahnst nicht, was inzwischen im Sender los war, dachte sie. Sie beschloss, in die Offensive zu gehen. »Vor diesem Hintergrund kannst du dir bestimmt vorstellen, dass ich mir die Zähne ausbeiße. Eine Reportage über Dieulefit und Gurs gleicht einem Aufstand. Es ist frustrierend.«

Lily blies Rauch aus. »Du könntest ja mal über unsere Arbeit in Ludwigsburg berichten.«

Agnes schloss die Augen und holte tief Luft. Nein, sie würde sich nicht provozieren lassen.

»Es ist eine sehr wichtige Arbeit, die ihr macht. Ich habe größten Respekt davor«, sagte sie beherrscht.

»Ach, Agnes«, erwiderte Lily in versöhnlichem Ton. »Frustration gehört auch bei uns zum Geschäft. Wir werten Hinweise aus, gehen den Verdachtsfällen nach und suchen nach Beweisen, nach Zeugen. Trotzdem finden diese Leute immer wieder Schlupflöcher. Die fetten Fische sind in Südamerika untergetaucht. Denk nur, welche Vorarbeit es benötigte, bis sie Eichmann geschnappt haben. Jahre! Man braucht die Ausdauer eines Langstreckenläufers.«

Agnes nickte. »Eine der Qualitäten, über die du verfügst. Du sitzt am richtigen Platz.«

»Und du?«, fragte Lily, während sie Agnes fixierte.

Nachdenklich strich Agnes über die karierte Tischdecke. »Meine Arbeit beim Sender kommt mir inzwischen vor wie ein Kleidungsstück, aus dem ich herausgewachsen bin. Das wurde mir in den letzten Wochen klar.«

»Und wenn du das Ressort wechselst?«

»Zu den Nachrichten?«, fragte Agnes mehr sich selbst. »Bei denen ist es nicht viel besser, und ob die eine Frau nehmen, sei dahingestellt.«

»Bonjour!«

Es war, als erkenne sie im Glanz von Lilys Augen, wer da hinter ihr stand. Aber auch die Stimme erkannte sie sofort. Über Lilys Gesicht ging ein strahlendes Lächeln. Agnes wünschte sich in diesem Moment, Lily würde sie ein einziges Mal so ansehen.

Jean-Pierre begrüßte Agnes à la française mit zwei Wangenküssen. Sie registrierte den frischen Duft seines Rasierwassers. Nach Kräutern, holzig.

Unmittelbar spürte sie eine Befangenheit angesichts der neuen Konstellation. Sie war mit Lilys verschiedenen Rollen von der Kinderfreundin über die Staatsanwältin bis hin zur Gesprächspartnerin an diesem fremden Ort noch nicht warm geworden, geschweige denn hatte sie ihre eigene Rolle gefunden. Jetzt war Jean-Pierre da, jener Mann, den sie zum ersten und letzten Mal in Apt in seiner Seifenfabrik gesehen hatte. Das schien ihr Jahre zurückzuliegen, obwohl gerade einmal ein paar Monate vergangen waren. Sie erinnerte sich an einen Hauch von Nähe beim Abschied, eine Art Vertrautheit beim letzten Telefonat, obgleich sie einander doch gar nicht kannten.

Lily sprang auf und umarmte ihren Kinderfreund. Lange lagen sich die beiden in den Armen. Verlegen blickte Agnes zur Seite. Zwischen die einstigen Kinder von Beauvallon passte kein Blatt, am liebsten hätte sich Agnes in ein Erdloch verkrochen.

Jean-Pierre setzte sich zwischen die beiden Frauen, versuchte den Wein und schob entsetzt das Achtelgläschen von sich weg. »Gibt es hier nichts Besseres?«

»Einen Bordeaux bekommst du im Elsass nicht«, erklärte Lily. »Manchmal muss man sich auch mit weniger zufriedengeben.«

»Das sagst ausgerechnet du«, konterte Jean-Pierre und orderte eine Karaffe Wasser.

»Du hast dich ja ganz schön in Schale geworfen für uns! Alle Achtung«, stichelte Lily.

Jean-Pierre trug ein helles Jackett, darunter ein akkurat gebügeltes weißes Hemd, Krawatte. Fast zu förmlich für den Anlass, fand Agnes.

»Ich komme von einem offiziellen Geschäftstermin«, gab Jean-Pierre gelassen zurück.

Sie einigten sich alle drei auf eine Bestellung von Münsterkäse mit Kümmel, Brot und Ofenkartoffeln, sprachen über Unverbindliches, das Wetter, die Region. Jean-Pierre berichtete von seinen Seifenkreationen, dem neuen Vertriebspartner, den er in Straßburg aufgetan hatte. Agnes von komischen Begegnungen auf ihren Rechercherereisen durch Südbaden und Lily davon, wie langsam ihre Arbeit in Ludwigsburg voranging.

Als das Essen serviert wurde, griffen alle beherzt zu.

Jean-Pierre trank Wasser.

»Am Ende sind es nur die kleinen Fische, die uns ins Netz gehen«, sagte Lily und tupfte sich mit einer Serviette die Lippen. »Leute wie Bernard Forger sind unantastbar, weil sie in Frankreich den Status eines prämierten Résistance-Kämpfers genießen.«

Agnes hielt die Luft an: Lily war bei ihrem persönlichen Rachethema angekommen, und das sogar schneller als gedacht.

»Das kannst du doch nicht vergleichen, Lily. Forger wird nicht gesucht«, sagte Jean-Pierre in neutralem Ton und sah jetzt Agnes eindringlich an. »Was Lily dem ehemaligen Liebhaber von Jolie vorwirft, ist …«, er suchte nach einem passenden Wort, »… ist eher moralischer Natur. Er hat nichts verbrochen.«

Er nahm einen kräftigen Schluck Wasser, gab der Bedienung ein Zeichen und bestellte eine Flasche Crémant mit drei Gläsern. »Bitte eiskalt«, sagte er.

Lautstark stellte Lily ihr Weinglas auf den Tisch, wobei etwas Flüssigkeit herausschwappte. »Woher weißt du das?«

Sie fixierte Jean-Pierre.

»Lily, er hat die Medaille der Résistance bekommen. Diese Leute werden vorher ganz genau unter die Lupe genommen, glaube mir das.«

»Jolie hätte diese Auszeichnung verdient«, sagte Lily trotzig.

»Da gebe ich dir uneingeschränkt recht«, räumte Jean-Pierre ein. »Aber sie lebt nicht mehr.« Ein Hauch von Wehmut hatte sich auf seine Stimme gelegt.

»Dieser Kerl ist nie mehr in Beauvallon aufgetaucht, was glaubst du wohl, warum?«

Lily fuchtelte mit ihrer brennenden Zigarette in der Luft herum.

Agnes hatte das Gefühl, inmitten eines Minenfelds zu sitzen.

»Das kannst du doch gar nicht wissen. Du warst nach dem Krieg selbst nicht mehr dort. Möchtest du mir endlich verraten, warum?«, fragte Jean-Pierre eindringlich.

Lily presste die Lippen zusammen.

AGNES

38

Ribeauvillé, Elsass, 1965

Alle verharrten in ihrer Position, als die Bedienung den Korken des Crémants aus dem Flaschenhals löste und die Gläser einschenkte. Mit einem Lächeln verließ sie den Tisch.

»Und du?«, fragte Lily provokativ, den Blick auf Jean-Pierre gerichtet. »Warum warst du nicht mehr in Beauvallon? Seit nunmehr zwanzig Jahren?«

Er hob sein Glas, Agnes tat es ihm gleich. Lily ließ ihres demonstrativ stehen. Agnes und er nippten an ihren Sektgläsern.

»Reiner Zufall«, sagte er ausweichend.

»Ach ja? Du meidest Beauvallon, weil du es nicht aushältst, mit deiner Vergangenheit konfrontiert zu werden!«

»Da schenken wir uns wohl beide nichts«, gab er frostig zurück.

Agnes kam sich wie eine Statistin vor. Sie saß mittendrin, zwischen zwei Stühlen, unfähig zu vermitteln, für jemanden Partei zu ergreifen. Es war schlimmer gekommen, als Madeleine Defour prognostiziert hatte. Alte Wunden brachen in dieser Weinstube im idyllischen Elsass auf, und es schien keinen Schutz zu geben, keine neutrale Instanz. Dabei war den beiden doch nur Gutes in Beauvallon widerfahren. Sie hatten in Dieulefit überlebt. Freundschaften, Zuwendung und Liebe gefunden. Familie.

In einem Zug leerte Agnes ihr Sektglas. Der Crémant schmeckte eindeutig besser als der Edelzwicker. Er belebte, aber ihr Puls lief auch so auf Hochtouren. Jederzeit konnte ihnen hier alles um die Ohren fliegen.

»Ich sage es zum letzten Mal, Jean-Pierre«, sagte Lily in einem Tonfall, als lade sie eine Pistole, nahm ihr Sektglas, kippte den Inhalt hinunter und schenkte sich sofort nach. Das Glas lief über. Hektisch legte sie ihre Serviette auf die Pfütze, die sich auf dem Tischtuch gebildet hatte. »Bernard Forger hat sie in den Tod geschickt und sich dann davongestohlen.«

»Es gab keinen Auftrag, Lily.«

Lily warf Jean-Pierre einen bitterbösen Blick zu. »Doch! Ich habe es mit eigenen Ohren gehört. Ich war in jener Nacht im großen Saal dabei. In unserem Versteck, Jean. Du nicht!«

In jener Nacht. In unserem Versteck. Was hatte Lily in jener Nacht erfahren? Offensichtlich hatten die beiden noch nie darüber gesprochen. Ausgerechnet jetzt müssen sie das klären, dachte Agnes. Am liebsten hätte sie sich die Ohren zugehalten.

»Du warst ein Kind, Lily. Du hast dir etwas zurechtgelegt. Es gibt keinerlei Zusammenhang zwischen Antoine und Jolies Tod.«

»Woher willst du das so genau wissen?«

Jean-Pierre lehnte sich zurück und strich mit den Handflächen über den Tisch. Er besaß wunderschöne, wohlgeformte Hände.

Agnes hielt den Atem an.

»Erinnerst du dich an den Tag unseres Abschieds in Beauvallon im August 1944?«, fragte er tonlos.

August 1944. Agnes horchte auf. Sie kannte die historischen Fakten: In jenem Monat war der Süden Frankreichs von den Alliierten befreit worden. Wovon sie allerdings keine Ahnung hatte, war das, was Lily und Jean seinerzeit erlebt hatten, was sich für sie als Kinder damals verändert haben musste.

Lily nickte stumm. »Und ob ich mich daran erinnere. Ich werde diesen Tag niemals vergessen. Niemals.«

»Mado brachte mich nach Montélimar zum Bus. Ich durfte zurück zu meiner Wahlfamilie.«

Lily nickte. Sie zündete sich eine Zigarette an. Agnes bemerkte das Zittern ihrer Hände. »Ja, deine Wahlfamilie. Sag schon! Was hast du mir verschwiegen?«

»Ich fragte Mado nach Jolie.«

»Das habe ich auch getan. Danach, davor, die ganze Zeit, bis sie mir endlich die verdammte Wahrheit sagten.«

»Wer hat dir die Wahrheit gesagt?«

»Mamie«, flüsterte Lily mit tränenerstickter Stimme.

»Was genau hat dir Mamie gesagt?«

Jean-Pierre sah Lily eindringlich an. Agnes schloss die Augen.

»Dass sie tot ist und was passiert war. Dass sie bei einem Einsatz in Lyon für die Résistance gefasst wurde und umsonst gestorben ist«, presste Lily mit erstickter Stimme hervor. »Aber Mamie wusste nicht, was ich weiß: Antoine hat sie nach Lyon geschickt. Er ist schuld!«

»Lily! Jolie wurde nicht in Lyon gefasst, folglich hat sie dort auch keinen Auftrag erfüllt. Akzeptiere das endlich!«

»Nicht in Lyon? Wo denn dann?«

Lilys Augen füllten sich mit Tränen.

Ohne nachzudenken, stand Agnes einem Impuls folgend auf, wechselte auf die Sitzbank neben Lily und legte ihre Hand auf Lilys. Sie zog sie nach kurzem Zögern zurück.

»Wo soll Jolie gewesen sein?« Lily inhalierte einen tiefen Zug, während ihr eine Träne die Wange herunterlief. Sie zitterte am ganzen Körper. Agnes rückte näher an sie heran.

»In Chozeau.«

Schweigen. Nur das Geklapper von Geschirr war hinterm Tresen aus der Küche zu hören. Irgendwo draußen bellte ein Hund.

»Wo ist Chozeau?«, flüsterte Agnes Jean-Pierre zu.

»Das wüsste ich auch gern«, fauchte Lily.

»Südlich von Lyon«, antwortete er, ohne Agnes anzusehen. Dafür ließ er Lily nicht aus den Augen. »Jolies Eltern besaßen dort einen Feriensitz. Es gab keinen Auftrag, Lily. Sie war bei ihrer Familie. Dort hat die Gestapo Jolie erwischt. Sie war einfach zur falschen Zeit am falschen Ort. Es war reiner Zufall.«

»Nein«, presste Lily hervor. »Antoine hat es ihr befohlen. Sie ist für ihn nach Lyon gereist. An seiner statt. Er hat sie ins offene Messer laufen lassen. Ich werde es dir beweisen.«

»Du musst mir nichts beweisen, Lily, mir nicht«, sagte er traurig.

Lily nahm sich ein Taschentuch und putzte sich die Nase. »Verdammt«, sagte sie, während sie sich wie eine Verlorene im Raum umsah.

Agnes tat es ihr gleich. Die Weinstube hatte sich geleert. Sie waren die letzten Gäste. Der Wirt saß am Stammtisch und löste ein Kreuzworträtsel.

»Hört das denn niemals auf?«, schluchzte Lily, sich hilflos umsehend.

»Lily«, stammelte Agnes.

Mit einem Ruck stand Lily auf und verschwand in Richtung Toiletten.

Agnes und Jean-Pierre blieben zurück.

Fragend sah sie ihn an. »War das nötig?«

»Sie muss es endlich akzeptieren und Frieden schließen. Rache ist kein Heilmittel gegen den Schmerz. Ich musste es einfach sagen. Ich bin sehr froh, dass Sie dabei sind. Lily hat sich in eine völlig absurde Idee verrannt.«

Er nahm sich den letzten Schluck Crémant.

»Ich sitze zwischen den Stühlen«, erwiderte Agnes. »Aber es geht hier nicht um mich.«

»Sie haben viel mehr Fingerspitzengefühl als ich«, gab er fast zärtlich zurück. »Und wenn es Lily weiterbringt, spiele ich gern den bösen Buben. Sie haben den Part der zugewandten solidarischen Freundin.«

Agnes stutzte, und zum ersten Mal dämmerte ihr, wer hier in dieser elsässischen Stube die Fäden in der Hand hielt.

»Das ist kein Spiel! Sie sind manipulativ«, fauchte sie.

»Und ich bin kein Blitzableiter, kein Puffer, kein Stoßdämpfer. Ich bin Lilys Freundin, die verzweifelt um ihr Vertrauen kämpft.«

»Erwischt«, sagte er.

Lächelte sein Mund, oder war das Zynismus in seiner Mimik?

Eigentlich mochte sie diesen Mann, schätzte seine feine Art, jetzt aber war ihr, als säße ihr ein Fremder gegenüber. Ein Fremder, der wie Lily ein Päckchen mit sich herumtrug.

»Eine Marotte von mir gegen den drohenden Kontrollverlust«, sagte er entschuldigend, und zum ersten Mal offenbarte sein Blick einen Hauch von Verletzbarkeit. »Ich neige zur Arroganz, wenn mir etwas nahegeht, oder ich rede geschwollen daher, wie Lily immer sagt. Wenn ich Einfluss nehmen kann, ist die Welt für mich berechenbarer. So ist man auf Kränkungen vorbereitet. Jeder muss sehen, wie er am besten mit seinen Beschädigungen klarkommt.«

Beschädigungen. Unwillkürlich fiel Agnes Madame Defour ein – ihre Warnungen.

Eine Viertelstunde später kam Lily zurück, setzte sich an ihren Platz und bestellte eine Tasse Kaffee. Stumm gab sie Milch und unter Agnes' verblüfftem Blick fünf Würfelzucker dazu und rührte in ihrer Tasse. Sie zündete sich eine neue Zigarette an und blies den Rauch demonstrativ in Jean-Pierres Gesicht.

»Eine amerikanische Studie vom letzten Jahr besagt, dass es einen Zusammenhang zwischen Rauchen und Lungenkrebs gibt. Wenn du so weitermachst, kommst du bald auf die Kippenanzahl von Fritz Bauer«, knurrte er. »Es geht dann bestimmt schneller, wenn du dir noch ein bisschen mehr Mühe gibst.«

»Sag nichts gegen ihn«, zischte Lily. »Er ist ein großer Mann.«

Agnes stützte die Ellbogen auf den Tisch und beschirmte mit den Händen ihre Stirn. Sie zählte die Karos auf der Tischdecke. Nach einem langen Schweigen kam man überein, die Zusammenkunft aufzulösen, bezahlte gemeinsam die Rechnung und stand auf.

Eine Brücke hatte ihr Treffen bilden sollen, aber unter ihr hatte ein reißender Fluss getobt, der sich das Unausgesprochene einverleibte. Worte waren zu messerscharfen, vernichtenden Waffen geworden. Agnes war es nicht gelungen zu moderieren, zwischen den Parteien zu vermitteln. Die Einblicke, die sie gewonnen hatte, warfen neue Fragen auf. Sie hatte versagt.

Still und mit traurigem Gesichtsausdruck verabschiedete Jean-Pierre vor der Tür beide Frauen mit zwei Wangenküssen. Lily drehte, als er sich ihrer Wange näherte, den Kopf weg.

Er steuerte ein Taxi an, das ihn zurück nach Straßburg brachte. Lily und Agnes liefen nebeneinander in Richtung des Parkplatzes am Ortseingang von Ribeauvillé, wo sie ihre Autos abgestellt hatten. Agnes hielt sich einen halben Schritt hinter Lily, ohne die Augen von der Freundin zu lassen.

»Was machen wir jetzt?«, fragte Agnes, als ihre Autos in Sichtweite waren. Im Stillen überlegte sie, dass es an der Zeit war, mit ihrem Elternhaus Frieden zu schließen. Agnes hatte ihren Standpunkt klargemacht. Veränderungen brauchten Zeit, auch in den Köpfen ihrer Familie.

Lily zuckte die Achseln. »Ich weiß nicht, was du vorhast, aber ich bleibe erst mal in Frankreich. Stell dir vor, ich habe zum ersten Mal seit einem Jahr richtig Urlaub.«

»Das ist toll. Wohin fährst du?«

»Richtung Süden. Mal sehen, wohin es mich zieht. Und du?«

»Zurück nach Freiburg. Ich muss mir über ein paar Dinge klar werden.«

»Deine Arbeit?«

Agnes nickte. »Sollte es dich auf dem Rückweg in Richtung Freiburg ziehen, du bist jederzeit bei mir willkommen. Meine Adresse hast du ja.«

»Kannst du dich an meine Puppe erinnern, die in meinem Regal im Büro sitzt?«, fragte Lily unvermittelt, ohne auf Agnes' Angebot einzugehen. Sie blieb stehen, zündete sich eine Zigarette an und warf das Streichholz auf den Boden.

»Zündlerin«, sagte Agnes zärtlich.

»Blitzableiter«, gab Lily freundlich zurück.

Sie schenkte Agnes ein warmes Lächeln und wurde dann wieder ernst.

Die Frauen hatten Lilys Wagen erreicht. Agnes' Käfer stand etwas abseits unter einem Baum.

Agnes nickte stumm.

»Es war das Abschiedsgeschenk aus Gurs von meiner Mutter, weil ich Rosalie kurz vor der Ankunft in Gurs aus dem Fenster geworfen hatte. Du erinnerst dich doch an Rosalie, oder?«

Irgendwo zwitscherte ein Vogel. Ein anderer antwortete.

Agnes schüttelte den Kopf. »Nicht an ihren Namen, aber es gab da eine Lieblingspuppe, das weiß ich noch.«

»Ich weiß noch den von deiner«, sagte Lily trotzig.

Ungläubig schüttelte Agnes den Kopf und überlegte, welchen Namen sie ihrer Puppe gegeben hatte. Er fiel ihr nicht ein.

»Da guckst du, hä? Sie hieß Helene.«

»Was du dir alles merkst. Das hatte ich komplett vergessen. Einfach ausgelöscht. Lenchen, das blonde Lenchen.«

Agnes wischte mit der Hand durch die Luft.

»Ich hab das Gedächtnis eines Elefanten.«

»Ja, das hast du.«

»Ich wollte, dass Rosalie frei ist.«

Agnes sah Lily in die Augen. Plötzlich schien ihr Lily einen Blick in ihre Seele zu erlauben. Ein kleiner, imaginärer Korridor hatte sich zwischen ihnen geöffnet, ein Moment von unverhoffter Nähe. Er war zerbrechlich wie kostbares, hauchdünnes Glas.

»Ich bin diese Puppe, Agnes, das ist mir heute klar geworden. Ich bin Adèle. Stumm, in mir gefangen wie eine leblose Puppe. In meine Haut wurde keine Nummer tätowiert, nein, das haben sie uns in Gurs erspart. Und was ist heute? Wir tragen keinen Judenstern mehr, aber das Gelb des Sterns haftet an unseren Augen, genau wie bei Adèle, es versperrt unseren Mund, unseren Blick auf die Welt. Kannst du damit etwas anfangen?«

Lily wischte sich über die verweinten Augen.

»Mehr, als du dir vorstellen kannst«, sagte Agnes und merkte, wie ihre Stimme kippte. »Vielleicht musst du die Wahrheit über Jolie herausfinden, wissen, was genau damals geschah. Vielleicht brauchst du das, um frei zu werden.«

»Steht so in eurer Bibel, nicht wahr? Die Wahrheit wird euch frei machen oder so ähnlich.«

Agnes presste die Lippen zusammen. Was hatte Jean-Pierre gesagt? *Jeder muss seinen Weg finden, und manchmal kreuzen sich Wege.* Heute war etwas mitten auf dem Weg missraten, aber Freundschaften mussten solche Schieflagen aushalten.

Das begriff Agnes in diesem Moment.

»Mama hat weder blaue noch rote Wolle für Augen und Mund bekommen. Deshalb das Gelb.«

Agnes war, als spüre sie Lilys Schmerz. Ohne nachzudenken, griff sie nach ihrer Hand. Lily ließ es geschehen, erwiderte zaghaft den Druck.

»Ich muss los«, sagte sie mit erstickter Stimme und warf ihre brennende Zigarette zu Boden. Sie drückte den Glimmstängel mit dem Fuß aus.

Es ging alles schnell und geschah ohne Vorwarnung, als wirke ein physikalisches Gesetz, eine Art Magnetismus. Ehe sich Agnes versah, spürte sie Lilys Umarmung, ihren zarten, starken Körper, den Druck ihrer Hände auf ihrem Rücken.

»Danke, Agnes«, flüsterte Lily in ihr Ohr, riss sich los, stieg ins Auto und fuhr davon.

JOLIE

39

Chozeau, Mai 1944

Als Jolie die Häuser von Chozeau entdeckte, schlug ihr Herz unmittelbar höher. Sie bat den Taxifahrer, etwas außerhalb an der Mauer des Schlösschens *Poizieu* anzuhalten, stieg aus und steuerte eine Bank neben einer Pinie inmitten des kahlen Vorplatzes an.

Hier hatte sie als Kind so oft gespielt.

»*Bon courage*«, rief ihr Gaston beim Abschied zu, wendete und fuhr weg.

Jolie hielt inne, den Blick auf den Ort ihrer Kindheit gerichtet. Sie zündete sich eine Zigarette an, nahm einige Züge und lief schließlich los. Sie überquerte den Marktplatz, ging an der Kirche vorbei bis ans Ortsende, dorthin, wo das Haus ihrer Eltern lag.

»Joséphine«, sprach sie eine Frau am Gartenzaun an. Sie hatte gerade Blumen gepflückt.

Ihren Namen nach so vielen Jahren zu hören, ließ sie kurz zusammenschrecken. Die Banalität des Alltags verscheuchte einen Moment, was in den letzten Stunden geschehen war. Mit einem Lächeln grüßte sie zurück. »Madame Dupont, *bonjour*!«

Alles würde gut werden, jetzt, da sie zu Hause war.

»Bist du es wirklich, Joséphine Colin? Geh schnell nach Hause! Beeil dich, mein Kind!«

Jolie beschleunigte ihren Gang. Von Weitem konnte sie das Gebäude sehen, ein kleines Herrenhaus inmitten einer Grünanlage mit Palmen und Zypressen. Daneben ihre Kinderschaukel. Im hinteren Teil des Gartens gab es die Apfel- und Aprikosenbäume mit den aromatischen Früchten der Region. Sie ging durch das geöffnete gusseiserne Tor bis vor zum Portal.

An einer von Baum zu Baum gespannten Wäscheleine hingen weiße Bettwäsche, eine Spitzentischdecke. Eine schwarze Katze saß auf einem Holzscheit.

»Bébé«, flüsterte sie. »Es gibt dich ja immer noch, kleine Bébé.«

Ihre Mutter hatte das Kätzchen einst seiner zarten Statur wegen auf diesen Namen getauft. Inzwischen musste Bébé mindestens fünf sein.

Die Katze machte einen Buckel und verschwand. Da erst bemerkte Jolie, dass sie trächtig war.

Auf den letzten Metern rannte sie und läutete schließlich entkräftet an der Haustür. Hinter der Tür vernahm sie Schritte von innen. Die Tür ging auf.

Ihre Mutter, sichtlich ergraut, aber gepflegt und schön wie eh und je, hielt sich erschrocken die Hand vor den Mund. »Joséphine«, stammelte sie und zog ihre Tochter an sich. »Was ist mit deinen Haaren passiert?«

Maman streichelte ihren Kopf, und sie hörte ihr Schluchzen. Jolie ließ einfach ihren Kopf an die Schulter ihrer Mutter fallen, ein Duft von Lavendel streifte ihre Nase, gefolgt von dem beißenden Geruch nach Desinfektion. »Nichts, Maman, nichts, sie wachsen ja wieder. Wie geht es Papa?«, flüsterte sie.

Ihre Mutter löste sich von ihr und sah ihr traurig in die Augen. Dann schüttelte sie stumm den Kopf.

»Ist er …?«

Maman nickte. »Heute Morgen ist er von uns gegangen. Seit dem Tod deines Bruders hat er irgendwie aufgehört zu leben. Als habe er es so beschlossen. Es war eine Erlösung für ihn.«

»Ich komme zu spät«, sagte Jolie. Sie war unfähig, das Ausmaß dessen zu begreifen, was hier die letzten Tage geschehen war, aber ein dumpfer Schmerz legte sich auf ihr Herz.

Aus der Küche trat Florence zu ihr, ging auf sie zu und umarmte sie. Sie hielten einander fest.

»Nein. Er hat gewusst, dass du kommst«, sagte Florence. »Er hat es immer wieder gesagt, *ma chère*. Jetzt bist du da. Sein Wunsch ist in Erfüllung gegangen.«

Jolie schloss die Augen und spürte die Tränen hinter ihren Lidern. Tiefe Scham erfasste sie. Dann ging sie mit schweren Schritten hinauf in sein Zimmer. Ihre Mutter folgte ihr.

Florence verschwand in der Küche.

Joseph Colin lag da, wie er gelebt hatte. Würdevoll im weißen Hemd und in einem Anzug aus nachtblauer Seide.

»Es war sein Hochzeitsanzug«, sagte die Mutter leise und putzte sich die Nase.

Da war keine Wehmut in ihrer Stimme, eher Dankbarkeit angesichts vieler gemeinsamer glücklicher Jahre. Arm in Arm standen Mutter und Tochter beieinander, den Blick auf das Bett gerichtet.

»Er liegt so aufgeräumt da, als habe er sich für einen Kundenbesuch zurechtgemacht.«

»Dein Vater hat jedes Detail um sein Ableben selbst bestimmt. Er ist jetzt an einem besseren Ort. Er hat jeden Tag gesagt: Mein Kind kommt. Sie wird hierherkommen. Jetzt bist du da. Alles ist gut.«

Jolie wischte sich die Tränen aus dem Gesicht.

Ihre Mutter räusperte sich. »Ich lasse dich jetzt mit ihm allein. Sprich mit ihm. Er wird alles verstehen. Ich koche uns inzwischen eine Tasse Tee. Ich habe eine Brioche gebacken.«

Eine Tasse Tee. Eine Brioche. Das klang wie ein Friedensangebot inmitten des Kriegs, ein winziger Schritt aus einem Trümmerfeld in den schönsten Park der Welt.

Leise fiel die Tür ins Schloss.

Jolie nahm sich einen Stuhl, zog ihn nahe ans Bett ihres geliebten Vaters und legte ihre Hand auf seine gefalteten Hände. Sie waren kalt, fremd, wächsern. In stockenden Sätzen erklärte sie, was sie getan hatte, warum sie ihrer Familie ferngeblieben war, was geschehen war in all den Jahren ohne Mutter und Vater.

»Du hast mir so gefehlt, Papa, aber du hast mir beigebracht, für die Schwächeren einzustehen. Verzeih mir, dass ich es dir nicht gesagt habe.«

Erschöpft legte sie ihren Kopf auf seine Brust und ließ ihren Tränen freien Lauf. Auf einmal war sie wieder ein Kind, das sich in den Armen seines Vaters beruhigte, nachdem es schlecht geträumt hatte. Eine Last fiel von ihr ab, als nähme der tote Vater ihr alles Leid von den Schultern, so stark fühlte sie seine Präsenz, als wäre er noch hier in diesem Zimmer und wachte über sie.

Ein Geräusch von unten ließ sie aufschrecken. Es klang wie ein unterdrückter Schrei, gefolgt von einem zweiten. Sie lauschte. Kurz darauf vernahm sie Schritte auf der Treppe. Schritte, die vor dem Sterbezimmer haltmachten. Es waren nicht die ihrer Mutter, nicht die von Florence.

Instinktiv hielt Jolie die Luft an.

Musste ihr Vater sich ihren schwersten Gang mitansehen? Mit dem Rücken zur Tür saß sie still da, die Hände des Vaters umklammernd. Sie nahm einen tiefen Atemzug. »Verzeih mir, Papa, verzeih mir!« Sie beugte sich über ihn und küsste ihn auf die Stirn. Dann richtete sie sich auf dem Stuhl auf. Mit geradem Rücken saß sie da.

Die Tür ging auf. Schritte näherten sich auf dem knarrenden Holzboden. Der ungebetene Gast musste jetzt direkt hinter ihr stehen. Sie hörte seine Atemzüge.

Dann das Knacken von Fingerknochen.

Sie zuckte zusammen.

Vor ihrem inneren Auge erstreckte sich eine Treppe in Lyon bis hin zu einem Portal – die ehemalige Villa, ihr Elternhaus. Auf der Straße eine schwarze Limousine an einem heißen Sommertag. Sie sah einen Mann, der beschwingt die Stufen hinablief. Ihr inneres Bild führte sie weiter in das Café an der Saône mit Valentine. Jetzt sah sie glasklar, was sie unbewusst wahrgenommen hatte. Entgangen war ihr nichts, nur ihren Instinkt hatte sie ausgeschaltet, dessen Warnung missachtet: das Paar am Tresen, das so stümperhaft ein Schauspiel gegeben hatte. Der Rücken eines Mannes mit einer Zigarettenschachtel in der Hand. Es war derselbe Mann, der einst im Zug einen ungezogenen Jungen zurechtgewiesen hatte.

Sie wusste, wer der Mann war, der direkt hinter ihr stand.

Dabei lag die erste Begegnung mit ihm viele Jahre zurück. Damals waren sie fast noch Kinder.

»Na, hübsche Joséphine, Tänzchen gefällig?«, vernahm sie seine Stimme, in der immer noch der beleidigte Unterton mitschwang.

Schwache Männer seiner Sorte nahmen Zurückweisungen nicht hin – sie warteten einfach auf ihre Stunde, den passenden Moment für ihre Rache. Die *boches* mochten sich wie Schweine in Jolies Heimat aufführen, ein Verräter mit französischem Blut war ein Monster.

Ja, sie hatte ihm damals beim Tanztee einen Korb gegeben. Er war ihr immer unheimlich gewesen, dieser etwas zu klein geratene Junge. Sie musste nicht hinsehen. Sie erinnerte sich an den durchdringenden Blick, an diese schreckliche Angewohnheit, die Fingerknochen zu knacken. Er war zu den *boches* übergelaufen, weil er einer von ihnen war.

Sie drehte sich nicht um, spürte, wie er direkt hinter sie trat, seine klebrigen Finger ihre Schulter berührten und sich langsam zu ihrem Dekolleté hinabtasteten bis zu den Brüsten. Sein säuerlicher Körpergeruch ekelte sie, auch wenn er mit Rasierwasser überdeckt war. Seine grobe Berührung verstärkte den Ekel und ließ ungeahnte Kräfte in ihr wachsen. Sie würde sich auf der Stelle hier übergeben, wenn er nicht sofort von ihr abließ.

»Hast du im Ernst geglaubt, wir wären dir nicht auf den Fersen? *Geliebte Eltern. Bin auf dem Weg*«, schnaubte er verächtlich, griff in ihr kurzes Haar und zog daran. Vor Schmerz schrie sie auf. »Wo ist denn dein schönes Haar geblieben? Wirst du es für mich wieder wachsen lassen?«

»Hubert Lacan, du bist ein Schwein«, presste sie hervor.

»Ich fühle mich geschmeichelt, du erinnerst dich an meinen Namen. Erinnerst du dich auch noch an meine Aufforderungen? Wie ich mich nach dir verzehrt habe, weißt du das noch? Nun, der Herr Papa hat wohl nicht durchgehalten, wie man sieht. Und die Salomon, diese Judensau, haben wir auch geschnappt. Du hast uns direkt zu ihr geführt, wir mussten nur deiner Fährte folgen. Du wirst uns schon noch verraten, wohin du deine Judenkinder gebracht hast und wo dein Freund jetzt ist.«

Mit einem Ruck stand sie auf und befreite sich aus seiner Umklammerung.

»Raus aus dem Sterbezimmer meines Vaters«, rief sie, und ihre Stimme klang wie ein gewetztes Messer.

Grinsend umklammerte er ihre Handgelenke und drückte zu. Vor Schmerz schrie sie erneut auf.

Sein Mund näherte sich ihrem. Sie hielt den Atem an und presste die Lippen aufeinander.

»Wild und ungestüm wie einst im Mai. So gefällst du mir am besten«, raunte er, legte seine Handflächen auf ihre Wangen und drückte zu, als wolle er ihren Kopf zermalmen. »Wir werden schon sehen, was dir deine Freiheit wert ist, schöne Jolie, oder sage ich besser Mademoiselle Portier, Madame Mourin, Madame *Renard*? Du wirst mir keinen einzigen Tanz mehr verweigern. Du wirst die Beine spreizen und um dein Leben wimmern, das schwöre ich dir!«

Ihr Kopf schmerzte. An den Schläfen spürte sie das Hämmern ihres Bluts. Sie bündelte ihre letzten Kräfte und stieß ihn von sich.

Er taumelte rücklings, fing sich kurz vor dem Sturz ab. Während er auf sie zuwankte, wischte er sich über den Mund wie nach einem ausgiebigen Festmahl. Er lachte. Niemals, niemals würde sie dieses Lachen vergessen. Es klang wie zerschmetterndes Porzellan auf Steinboden. Er hielt seinen Zeigefinger gegen die Schläfe und fletschte die Zähne.

»*Bang* – du bist tot!«

Mit seiner Rechten holte er aus und schlug ihr ins Gesicht. Ihr Kopf fiel zur Seite.

»Niemals!«, schrie sie. »Niemals. Vorher sterbe ich!«

Sie reckte ihren Hals, öffnete ihr Brustbein und drückte die Schultern zurück, während sie einen tiefen Zug nahm, als inhaliere sie Rauch. Dann spuckte sie ihm ins Gesicht.

LILY

40

Dieulefit, 1944

»Wir müssen fahren«, sagte Mado, warf einen nervösen Blick auf ihre Armbanduhr und sah Lily und Jean liebevoll an. »Abschied nehmen, ihr zwei siamesischen Zwillinge! Du denkst an unsere Verabredung in meinem Büro um halb fünf, Lily?«

Jean presste die Lippen zusammen.

»Ja«, gab Lily zögernd zurück. Abschiednehmen – das hieß zum ersten Mal seit Jahren, sich von Jean zu trennen. Das hatte ihr die neue Freiheit eingebrockt. Erst war Jolie verschwunden und jetzt auch noch Jean!

Mit der Fußspitze schob sie einen Stein zur Seite. Eigentlich wollte sie zusammen mit Jean nach Paris fahren und dort auf ihre Eltern warten.

Seufzend setzte sich Mado hinters Steuer, kurbelte das Seitenfenster herunter, schlug die Tür zu und tippte mit den Fingerspitzen gegen das Lenkrad: »Sagt einander Adieu, bitte. Der Bus in Montélimar wartet nicht.«

Unbeholfen stand Jean vor der Freundin und blickte zu Boden.

Seit der Befreiung der Drôme durch die Amerikaner im August dieses Jahres hatten einige Kinder die Schule verlassen, um zu ihren Verwandten zurückzukehren – sofern deren Familien überlebt hatten.

Aber es gab auch noch zahlreiche Kinder in Beauvallon, die auf ein Lebenszeichen ihrer Eltern warteten – darunter Lily. Noch war Frankreich nicht vollständig befreit.

Mamie hatte ihr erklärt, dass die Rettungsorganisationen in ganz Frankreich alle Hände voll damit zu tun hatten, nach verschollenen Eltern und Kindern zu suchen. Manch eine Suche könnte sich über Monate hinziehen.

Für die Feen von Beauvallon war es eine Selbstverständlichkeit, ihre Kinder so lange hier in Dieulefit zu beherbergen wie nötig.

»Freunde für immer«, sagte Jean und riss Lily aus ihren Gedanken.

Sie lächelte ihn an.

Er warf seinen Rucksack auf den Rücksitz von Mados Auto, reichte Lily die Hand und zog die Nase hoch. »Du wirst sicher auch bald von deiner Familie hören. Nur Mut.«

Jeans französische Wahlfamilie in Paris, wie er sie immer nannte, hatte sich umgehend nach der Befreiung von Paris in Beauvallon gemeldet, während Lilys Zukunft in der Schwebe war. Das Wort Wahlfamilie kam von einem Roman von Johann Wolfgang von Goethe, dessen Titel *Die Wahlverwandtschaften* hieß. Das hatte Mado einmal im Deutschunterricht erklärt.

»Es gibt auch familiäre Bande ohne Blutsverwandtschaft«, behauptete Jean seitdem.

Lily schluckte. »Freunde für immer.«

Mado zündete sich eine Zigarette an, stützte ihren Arm auf den Rahmen des geöffneten Seitenfensters und blies mit einem tiefen Seufzer Rauch aus dem Fenster.

»Jean«, mahnte sie noch einmal mit einem strengen Blick in den Seitenspiegel. »Ihr seht euch ja wieder. Es ist nicht für immer.«

Für Lily fühlte es sich aber wie für immer an. Sie starrte auf Jeans Schuhe, schluckte ihre Tränen herunter und wischte sich die Augenwinkel.

»Gib mir noch eine Minute, bitte«, gab er zurück und wandte sich dann wieder an seine Freundin. »Du wirst jetzt aber nicht wie ein Mädchen heulen, Lily. Tu mir das bloß nicht an. Du warst die ganze Zeit so passabel.«

Lily rang sich ein Lächeln ab.

Ungeschickt zerrte er ein Taschentuch aus seiner Hosentasche heraus und tupfte Lily damit die Wangen.

»Lass das«, sagte sie abwehrend und rieb sich die Augen. »Ich hab nur was ins Auge gekriegt. Schreibst du mir aus Paris?«

»Ja, klar. Du mir auch?«

»Versprochen.«

Lily seufzte. Auch sie hatte einmal Familie in Paris gehabt: Onkel Louis, 34, Rue de Turenne – das war der Treffpunkt von Mama, Papa und ihr nach dem Krieg gewesen. Wie gut sich Lily an das letzte Gespräch mit ihrem Vater am Stacheldrahtzaun von Gurs erinnerte! Mado hatte Onkel Louis vor Wochen angeschrieben, aber noch keine Antwort erhalten.

»Wir bleiben jedenfalls beide für immer in Frankreich, nicht wahr? Wir sind waschechte Franzosen, verstehst du, Lily?«

Mado warf den Motor an und trat demonstrativ aufs Gas.

»Klar«, sagte Lily. »Ist ja ausgemacht.« Verstohlen spreizte sie kurz den Daumen, Zeige- und Mittelfinger ab. Dann holte sie aus und gab Jean einen Klaps auf die Schulter. »Hau schon ab. Nicht, dass *du* noch anfängst zu heulen. Mado reißt gleich ihr dünner Geduldsfaden.«

Jean machte einen Schritt auf Lily zu und drückte ihr einen Kuss auf die Wange. »*À bientôt,* wir sehen uns. Ich gehe, sobald ich in Paris bin, in der Rue de Turenne vorbei und schreibe dir. Es war mir eine große Freude, Lily.«

Wenn es um Gefühle ging, redete Jean immer ganz schön geschwollen daher. Daran war Lily längst gewöhnt.

Mechanisch wischte sie sich über die feuchte Stelle ihrer Wange. »Mir auch, Jean. Das ist sehr nett von dir. *À bientôt.*«

»Na endlich«, sagte Mado, rollte die Augen, warf ihre brennende Zigarette aus dem Auto und fuhr los. »Bis später, Lily!«

Lange winkte Lily dem sich entfernenden Auto hinterher.

Jean fuchtelte mit beiden Händen hinterm Heckfenster herum, bis er nicht mehr zu sehen war. Es war wie damals mit Agnes, nur dass sie es jetzt war, die zurückblieb.

Jean war ihr allerbester Freund, einen besseren konnte man sich gar nicht wünschen, ihr *Wahlverwandter*.

Sie machte sich auf den Weg ins Gebäude. Als sie den Vorplatz erreichte, registrierte sie in einiger Entfernung spielende Kinder auf der Wiese in unmittelbarer Nähe der Schule.

Im großen Saal von Beauvallon setzte sie sich ans Fenster, dort, wo einst Jolie mit Antoine gestanden war, während sich Lily in ihrer Nische versteckt gehalten hatte.

Du kannst etwas für mich tun, Jolie. Antoines Worte. Seit jener Nacht war Jolie verschwunden, wie vom Erdboden verschluckt.

Lilys Puppe Adèle saß stumm auf dem Fenstersims. Sie nahm sie und drückte sie an sich.

Jetzt war es ganz still im Haus.

Die erwachsenen Flüchtlinge waren in den Berghütten und Pensionen geblieben. Die deutschen Juden unter ihnen konnten noch lange nicht nach Deutschland zurückkehren. Es würde noch einige Zeit dauern, bis die deutsch-französischen Grenzgebiete frei sein würden, von Deutschland ganz zu schweigen. Einige der Geflüchteten wollten nie mehr in ihre Heimat. Neue Worte waren entstanden: Flüchtlinge, das hieß jetzt Überlebende. Es war bekannt, dass immer mehr jüdische Überlebende versuchten, nach Palästina zu gelangen. Dort wollten sie einen neuen Staat gründen. Ob sie willkommen waren?

Eine Erinnerung an Sulzburg, an *ihre* Stadt, streifte Lily. Der Sulzbach, der jüdische Friedhof, ihre Spiele mit Agnes. Aber sie würde ihren Geburtsort nie wiedersehen. Sie hatte in Gurs einen Schwur geleistet, ihn in Beauvallon mit Jean feierlich erneuert. Frankreich war jetzt ihre Heimat.

»Es gibt nur noch etwa hundert Häftlinge in Gurs«, hatte Poumy neulich bekannt gegeben.

Was mit den vielen anderen geschehen war, bildete ein

offenes Geheimnis – die meisten Gefangenen hatte die Vichy-Polizei in das Zwischenlager nach Drancy bei Paris verfrachtet. Von dort, so hieß es, gingen bis heute die letzten von den Nazis hektisch organisierten Menschentransporte nach Auschwitz. Die *boches* waren gut in Logistik, sagte Atie immer, große Menschenzahlen schreckten sie nicht, im Gegenteil, sie hatten die Lagertransporte perfektioniert, besonders jetzt am Schluss, wo sie nichts mehr zu verlieren hatten.

Lily hatte noch alles zu verlieren.

Waren Lilys Eltern auch deportiert worden? Die Ungewissheit über den Verbleib ihrer Liebsten quälte Lily, seitdem sich ein Ende des Krieges abzeichnete, noch mehr und hatte ihre Erleichterung, die Freude über die Niederlage der *boches* sehr schnell versiegen lassen. Manchmal glaubte sie, all ihre Liebsten seien tot. Und jetzt hatte sie auch noch Jean verlassen, ihr allerbester Freund.

Ein schmerzlicher Gedanke an Jolie streifte sie. Wenn wenigstens sie hier wäre, Lily vermisste sie so sehr!

»Jolie ist in Sicherheit und wird zurückkommen«, hatte Mamie Lily in den letzten Wochen immer wieder getröstet.

In Sicherheit – was hieß das schon in diesen Zeiten? Tröstungen dieser Art nutzten sich ab. Aus welchem Grund wollte Mado sie nach ihrer Rückkehr aus Montélimar sprechen? Würde sie eine traurige Nachricht überbringen? Lily wusste es nicht.

Langsam ging sie hinauf in den ersten Stock zu Mados Büro. Sie war über eine Stunde zu früh dran. Wohin sollte sie auch gehen? In einen leeren Schlafraum, ein stummes

Gemeinschaftszimmer? Zum Tanzen und Singen war ihr jetzt, da Jean Beauvallon verlassen hatte, nicht zumute.

Die Tür war angelehnt.

Lily spähte hinein.

Auf Mados Schreibtisch sah es aus wie immer: Ein voller Aschenbecher stand inmitten aufgeschlagener Bücher, zwei leere Gläser, ein Stapel von Briefen, jede Menge Schulhefte, ein Tintenfass, ein Füller, Bleistifte. Mados legendäre Unordnung war ihr vertraut und tröstete sie für einen kurzen Augenblick. Manche Dinge änderten sich nie. Trotzdem war Mado noch nie etwas verloren gegangen. Kein Heft, kein Ausweis, kein noch so nebensächliches Stück Papier, keine Rechnung, keine Postkarte, keine winzige Notiz, kein einziges Foto. Es dauerte nur manchmal länger, bis sie das Gesuchte fand.

»Mein Chaos besitzt eine geheime Ordnung, die nur ich durchschaue«, pflegte sie immer zu sagen und mahnte die Kinder, Ordnung zu halten, denn nicht jeder, davon war Mado überzeugt, besaß ihr Talent der Spurensuche.

Mamie lachte stets über Mados Rechtfertigungen und winkte ab. Nach Jean-Jacques Rousseau stellte Tante Marguerite ihre Beauvallon-Kinder wie in vielen anderen Dingen vor die freie Wahl zwischen Ordnung und Chaos. Das reguliere sich schon von selbst, pflegte sie zu sagen. Bei Mado jedenfalls hatte sich nichts reguliert, aber jeder mochte Mado so, wie sie nun mal war.

Lily ließ ihren Blick über den Stapel Papiere, die Bücher und die Briefumschläge schweifen. Ihr war, als veranschauliche Mados Chaos, wie eigensinnig das Leben hier in Beauvallon gewesen war. Sie wollte all das in ihrem Gedächtnis aufsaugen, um nie zu vergessen. Die Unordnung auf Mados Tisch war der beste Beweis dafür, dass Dinge auch planlos funktionieren konnten.

Sie trat einen Schritt näher, und ihr Blick ging über die Ansammlung von Papieren und allerlei, das wahllos aufeinanderlag. Vorsichtig setzte sie Adèle auf einen freien Stuhl.

Die Standuhr schlug einmal zur Viertelstunde.

Als sie genau hinsah, begriff sie: Bei den Briefen handelte es sich um Kinderbriefe der Kinder von Beauvallon, geschrieben an ihre gefangenen Eltern in Lagern wie Gurs oder Drancy, nach Auschwitz in Polen oder an einstige Heimatadressen in Deutschland. Lily kannte all die Handschriften, jene von dem kleinen Pierre, der ihnen um ein Haar verloren gegangen wäre, die von Berthe mit den großen Kulleraugen. Sie identifizierte Luciens Krakelschrift, die immer steil nach oben ging, und mit einiger zeitlicher Verzögerung ihre eigene.

À Monsieur Gustav Blum, Camp de Gurs, France.

LILY

41

Dieulefit, 1944

An Monsieur Gustav Blum, Camp de Gurs, Frankreich.

Lily wurde schwindelig, der Boden unter ihren Füßen brach weg. Ein Schmerz durchfuhr sie wie der eines Stromschlags. Zwei Jahre Beauvallon lösten sich auf, versickerten im Nirwana. Alles, was sie hier an Gutem erfahren hatte, geriet aus dem Zusammenhang. Plötzlich bedeutete ihr das Selbstverständliche, das Mamie immer herausgestellt hatte, nichts mehr. Für sie gab es keine Exklusivität an diesem Ort, keine geheimnisvolle Ordnung, kein Regulativ, nur Lüge, Verrat, Verlust und Tod. Was zählte, war nicht die Güte, das selbstlose Handeln der Frauen von Beauvallon, das Überleben an einem magischen Ort, sondern ein Konvolut nicht verschickter Briefe. Ein missbrauchtes Vertrauen. Was schwerer wog als die allerbesten Absichten der Welt, waren die nicht verschickten kindlichen Briefe voller Sehnsucht nach einem Zuhause, nach der elterlichen Geborgenheit, der naiven Hoffnung auf einen guten Ausgang.

Von draußen war ein Summen zu hören. Marguerites Gitarrenspiel drang von unten an ihr Ohr. Die Kinder sangen dazu.

Wahllos ging sie mit den Fingerspitzen über die Umschläge, unfähig zu begreifen, welche Geschichte ihr Inhalt offenbarte. Diese Briefe sollten an einem anderen Ort sein, in den Händen ihrer geliebten Eltern.

Ihre Eltern gab es nicht mehr.

Niemals sonst hätte Mado die Briefe zurückgehalten.

Geliebte Eltern, es geht mir gut …

Mama, Papa, ich vermisse Euch …

Liebe Mama, lieber Papa, ich lebe jetzt in einem wunderschönen Ort in Frankreich, wo der Lavendel im Sommer blüht. So ein Lila habt Ihr noch nie gesehen, noch viel lilaner als der Flieder bei uns …

Warum, Mado, warum, dachte sie verzweifelt, warum hast du das getan?

Mit einem Ruck schob sie den Stapel zur Seite. Die Briefe fielen zu Boden.

Zurück blieb ein mit Schreibmaschine beschriftetes Blatt Papier. Zerknittert und wieder glatt gestrichen lag es auf dem Tisch, die Buchstaben an einigen Stellen wie gebrochen. Auf dem Briefkopf ragte das Symbol des Roten Kreuzes, Genf.

Wie in Trance nahm Lily das Schreiben und las mit gesenktem Kopf Zeile um Zeile. Der Inhalt sprengte ihre Vorstellungskraft. Ein unbeschreiblicher Schmerz erfasste sie, ihr ganzer Körper tat weh. In ihr implodierte ein einziger Schrei. Lilys Welt hörte auf, sich zu drehen.

Genève, 13/6/1944

Chère Madame Defour!
Nous regrettons de vous informer concernant votre demande Gustav et Else Blum: Gustav Blum, Îlot E. Bar. 83, Camp de Gurs, a été déporté à destination Auschwitz en Pologne le 28 décembre, 1942, où il est décédé le 6 janvier, 1943. Son épouse Else, Îlot J. Bar. 58, est décédée à Gurs le 21 décembre, 1942, probablement pour cause de maladie.

Cordialement et avec nos sincères condoléances

Unser aufrichtiges Beileid.

Lilys Vater war wenige Tage nach Lilys Flucht von Gurs nach Auschwitz deportiert und dort ermordet worden, ihre Mutter im Lager Gurs verstorben – wahrscheinlich an einer Krankheit. Die Krankheit in Gurs besaß viele Namen, das wusste Lily bereits mit ihren zwölf Lebensjahren. Niemand musste ihr das erklären: Hunger, Kälte, Hitze, Ungeziefer, Ruhr, Typhus, Verzweiflung, Angst, Sehnsucht.

Mado hatte die Nachricht vom Tod ihrer Eltern erreicht – und das schon vor zwei Monaten.

»Die Achillesferse ist die verwundbarste Stelle eines Menschen, dessen größte Schwäche.« – *Mados Worte.* In welchem Zusammenhang hatte sie davon gesprochen? Eine griechische Sage? Lily war all das gleichgültig.

Mados Achillesferse war ihre Unordnung. Schonungs- und rücksichtslos brachte sie die Wahrheit ans Licht. Eine Wahrheit, die zu viel war für Lilys verwundete Kinderseele.

Ratlos sah sie zu Adèle, die regungslos auf dem Stuhl verharrte. Ihre gelben Augen starrten ins Leere. Lily wünschte, die Puppe würde ihre Tränen weinen. Sie fühlte sich wie ausgehöhlt, eine leblose Hülle. Sie wünschte, sie wäre bei ihren Eltern in Gurs geblieben und mit ihnen gestorben. Ihr Platz wäre bei ihren Eltern gewesen, nicht hier in der Freiheit.

Noch in diesem Jahr würde Lily ihren dreizehnten Geburtstag feiern. Bald würde ganz Frankreich frei sein. Sie war es nicht. Lily war in ihrem Schmerz gefangen. Sie hatte alles verloren.

Nur Adèle war ihr geblieben.

JOLIE

42

Lyon, Gefängnis Montluc, 1944

Die Feuchtigkeit im Keller des Gefängnisses *Montluc* kroch ihr bis in die Knochen. Das vergitterte Fenster von Jolies winziger Gefängniszelle, die aus einer Pritsche und zwei Wasserkübeln bestand, gab aus einem bestimmten Winkel ein kleines Stück Himmel preis. Manchmal am Abend sah sie einen dunkelroten Sonnenuntergang. In einer Ritze der feuchten Wände steckte ein Foto, das Jolie sich heimlich immer wieder ansah. Sie hatte es geschafft, ihre Kinder von Beauvallon ins Gefängnis hineinzuschmuggeln, genau wie Antoines Ring.

Welche Kraft die Imagination besaß! Sie klammerte sich an diesem Stück Freiheit fest.

Ein Geräusch von draußen ließ sie aufschrecken. Die Wärterin betrat den Raum und stellte einen Eimer mit Wasser auf den Boden.

»Psst«, sagte Jolie und winkte die Frau zu sich. Im Laufe der letzten Tage hatten sie sich aneinander gewöhnt, und

Jolie hatte durchaus gespürt, dass Claudine Mitleid mit ihr empfand. Erst gestern hatte sie ihr ein kleines Döschen von Valentine in die Zelle geschleust. Wenigstens Valentine hatte es geschafft! Jolie hatte sofort begriffen, was der Inhalt bedeutete. Ihre Lage war aussichtslos – die Zyankalikapsel der einzige Weg in die Freiheit.

Danach hatte sie Claudine um einen Umschlag, Papier und einen Stift angefleht und war erhört worden. Jetzt reichte Jolie der Wärterin ihren letzten Brief, postlagernd an Madeleine Defour in Montélimar adressiert. Schweren Herzens hatte sie sich von dem Foto verabschiedet und es in den Umschlag gegeben. Sie öffnete Claudines Hand und legte ihren silbernen Ring hinein. Wo sie hinging, würde sie keinen Schmuck brauchen.

Die Wärterin warf einen kurzen Blick darauf, sah sich verstohlen um und steckte beides in ihre Jackentasche.

»Versprich es mir, Claudine, dass du ihn zur Post bringst«, flehte sie. »Niemand darf davon erfahren.«

Claudine nickte mit ernster Miene, tätschelte verlegen ihre Hand und verließ den Raum.

Jolie hörte, wie die Zelle abgeschlossen wurde.

Vorsichtig griff sie in die Tasche ihrer Sträflingsschürze und nahm die Kapsel heraus.

Gleich würde ihr Peiniger wiederkommen, um sie höchstpersönlich zum nächsten Verhör abzuholen. Dieses Vergnügen ließ er sich nicht nehmen. Nachdem sie tagelang geschwiegen hatte, hatte er für heute die ultimativen Methoden angekündigt. Ihr geschundener Körper war am Ende seiner Kräfte. Nur noch seine Fragen hämmerten in ihrem Ohr: *Wer verbirgt sich hinter le berger? Wer ist Antoine? Hast du ihn rangelassen? Wo ist Valentine? Wohin habt ihr die Juden gebracht?*

Dieser Mann würde sie nicht brechen, nicht dieser.

Vor ihrem inneren Auge zogen Bilder vorbei: Antoine und sie bei ihrer ersten Begegnung, ein Kuss in einer Häusernische, der Vollmond, der ihr den Weg zurück zu den Kindern ausgeleuchtet hatte. Lilys und Jeans Hände in den ihren, ihre gemeinsamen abendlichen Gespräche mit Mado und Poumy, die letzte Begegnung mit Maman, ihr toter Vater.

Der Abschied von Antoine auf dem Vorplatz von Beauvallon im Morgengrauen. Die rote Sonne, die aus den Feldern Dieulefits aufgetaucht war.

Ihr Streben nach Freiheit hatte sie angetrieben und würde es ein letztes Mal tun. Sie hatte niemanden verraten, auch nicht ihren Glauben an eine höhere Macht, die sie Freiheit nannte.

Der gedeckte Tisch aus ihrem Traum kehrte vor ihrem inneren Auge zurück, eine Hochzeitsgesellschaft im Freien unter Bäumen, Kinderlachen, ein opulentes Essen. Wärmende Sonnenstrahlen bahnten sich ihren Weg durch die Blätter, und der Champagner beschlug die geschliffenen Kelche, die aussahen wie geöffnete Orchideenblüten. Jolies gewelltes Haar flatterte im Wind. Sie spürte Antoines Lippen an ihrer Schläfe, seine letzten Worte an ihrem Ohr: *Il faut du courage. Encore une dernière fois. Nur noch ein letztes Mal Mut.*

Ihr war, als erreiche sie jetzt mit nackten Füßen und einer Sträflingsschürze einen ihr bekannten Pfad mit zwei Wegweisern, als ginge sie zurück zu einem Versprechen, das sie sich einst selbst gegeben hatte. Ja, sie hatte sich für den richtigen Weg entschieden.

Weit aus der Ferne, aus einer anderen Wirklichkeit, von der sie sich in diesen Sekunden löste, hörte sie sich nähernde harte Schritte, die vor der Gefängnistür haltmachten.

Sie öffnete ihren Mund, und ein Lächeln legte sich auf ihre Lippen. Am Ende war sie es, die triumphierte.

Die Tür ging auf.

Dann wurde es ganz still in ihr. Nur das Zwitschern von Vögeln drang durch die Gitterstäbe, und ihre Flügel rauschten im Wind.

Mein Name ist Joséphine Colin, ich bin neunundzwanzig Jahre alt. Ich bin eine Geliebte, Freundin, Verbündete, Tochter … Encore une dernière fois du courage. Noch ein letztes Mal Mut.

Ihr Denken riss ab.

Noch in derselben Nacht verkündete die BBC zusammenhangslos eine Strophe aus Paul Verlaines Gedicht in der Originalsprache Französisch. Im pathetisch literarischen Ton überbrachte das Herbstlied des Dichters jene verschlüsselte Botschaft, die den französischen Widerstand unmittelbar elektrisierte.

»Les sanglots longs des violons de l'automne blessent mon cœur d'une langueur monotone.«

Das lange Schluchzen herbstlicher Geigen verwundet mein Herz mit langweilender Mattigkeit.

In der achthundert Kilometer entfernten Normandie begann die Operation *Neptune*, die als die größte Invasion auf See in die Menschheitsgeschichte eingehen sollte.

LILY

43

Chozeau, 1965

Lange verharrte Lily mit gesenktem Kopf an Jolies Grab. Die jüngste Inschrift auf dem Grabstein offenbarte, dass vor einem Jahr Jolies Mutter, Irène Colin, verstorben war. Sie war sechsundachtzig Jahre alt geworden. Das Todesjahr von Joséphines Vater Georges und Joséphine war identisch: 1944. Wie in Frankreich üblich, befanden sich über den Namen gerahmte Porträts der Verstorbenen. Jolie mit ihrem gewellten Haar, den großen dunklen Augen. Der Vater besaß ein markantes Gesicht mit hohen Wangenknochen und tiefbraunen Augen – ihm sah Joséphine sehr ähnlich. Ihr Bruder Georges schien mit einer blassen Haut, einem zurückhaltenden Lächeln und aschblondem Haar eher nach der Mutter geraten. Georges war sechsundzwanzig Jahre alt geworden.

Bevor Lily hierhergekommen war, hatte sie in Lyon an der Saône die Villa der Familie Colin mit der danebenliegenden ehemaligen Stofffabrik von außen angesehen, um eine

Vorstellung davon zu erhalten, in welcher Umgebung Jolie aufgewachsen war. Jetzt befand sich in dem Gebäude ein Modehaus. Anschließend war Lily zum Gefängnis Montluc gepilgert, hatte dort innegehalten, von außen die Gitterstäbe betrachtet und war nach Chozeau gefahren, ihrer letzten Station, bevor es wieder nach Hause ging.

Schmerzlich war Lily auf ihrer Reise in den Süden bewusst geworden, dass sie außer dem offiziellen Porträt des OSE in ihrem Büro kein privates Erinnerungsfoto von Jolie, kein einziges aus Beauvallon besaß.

Der Grabstein sagte nichts über Jolies kurzes Leben: Da stand nichts von ihrer Hilfeleistung als Fluchthelferin im Zweiten Weltkrieg, nichts von der Liebe, die sie gegeben hatte, nichts von ihrer Bedeutung in Lilys Leben.

Nach einer Weile setzte sich Lily in der Nähe auf eine Bank unter einer alten Pinie. Mit geschlossenen Augen hing sie ihren Gedanken nach. Wärmende Sonnenstrahlen legten sich auf ihr Gesicht, der würzige Duft der Pinie kitzelte in ihrer Nase.

In Wellen kamen die Erinnerungen an Beauvallon, an Jolie, Mado und Jean zurück, an die kleine Adrienne mit ihren schwarzen Augen. Die Spiele von einst, die *heure calme*, die morgendlichen Versammlungen, die vielen Dinge, die in Beauvallon Lilys Anlagen geformt hatten. Mamies liebevolle und stets auf Freiheit ausgerichtete Erziehung, Jolies Loyalität, ihre Gutenachtgeschichten, Jeans und Lilys Geheimversteck. Es hatte so viel Gutes gegeben, so vieles, wofür sie dankbar war. Sie besaß das Privileg, Jolie gekannt und geliebt zu haben. Und sie hatte einen Freund wie Jean, ihre Freundin Agnes war ihr aus einer Zeit vor Beauvallon geblieben.

Sie nahm den Zettel aus ihrer Jackentasche, auf dem sich die Adresse der Colins, die sie aus einem Telefonbuch auf dem Postamt von Lyon übertragen hatte, befand. Sie seufzte: Wie leicht es war, jemanden zu finden, wenn man wusste, wo man suchen musste. Dann steckte sie ihn zurück und machte sich auf den Weg.

Nach einer Viertelstunde erreichte Lily ein Herrenhaus am Ortsrand und warf einen Blick durch das geöffnete gusseiserne Tor. Hier musste es sein, Jolies ehemaliges Zuhause. Es lag inmitten eines großen Gartens mit Zypressen und Palmen. Etwas abseits stand eine vernachlässigte Kinderschaukel, deren Kette gerissen war.

Eine schwarze Katze sprang von einem Holzscheit, das unter einem Vordach lagerte, und lief in Richtung Haus. Lily verfolgte mit den Augen, wie sie im Gebüsch verschwand.

In einem schmalen Streifen direkt vor dem Gebäude ragten pralle Rosmarin- und Thymianbüsche bis zu den Fenstern hinauf. Aus einiger Entfernung miaute die Katze. Mit Verzögerung bemerkte Lily eine Frau, die etwas abseits an einem Blumenbeet hantierte.

Nachdenklich beobachtete Lily die Frau. Sie schätzte sie auf Ende vierzig. Sie trug ein geblümtes Sommerkleid und besaß ein markantes Profil, unverwechselbar. Die Ähnlichkeit mit Jolie versetzte Lily einen Stich mitten ins Herz. Ihr brünett gewelltes Haar, ihr langer Hals. Die Frau ging in die Hocke, lockerte mit einem kleinen Spaten die Erde eines Rosenbeets, stand auf und begutachtete ihr Werk.

Dann trat sie einen Schritt zurück, griff sich an den Hinterkopf und zwirbelte ihr langes, von grauen Strähnen durchzogenes Haar zu einem Knoten, den sie sogleich wieder löste. Unmittelbar fiel Lily ihre erste Begegnung mit Jolie ein. Wie sie im Lastwagen neben dem Fahrer gesessen, ihre Baskenmütze heruntergenommen hatte.

Allons-y! Le voyage commence. N'oubliez jamais – il faut toujours parler français.

Auf geht's – die Reise beginnt – immer Französisch sprechen. Jolies Worte.

Lily starrte immer noch zu der Frau hinüber, und als hätte diese ihre Blicke gespürt, drehte sie sich um und sah direkt in Lilys Richtung.

Ihre Blicke trafen sich.

Es war, als erkannten sie einander, ohne sich je zuvor gesehen zu haben. Für einen Moment streifte Lily der Gedanke, Jolie hätte in diesem magischen Moment an jenem Ort ihre Finger im Spiel.

Beherzt ging Lily auf die Frau zu. »Entschuldigen Sie mein Eindringen, Madame. Das Tor stand offen. Ich bin Lily Blum, eines der Kinder von Beauvallon. Joséphine Colin hat hier einmal gewohnt.«

Die Frau sah sie lange an, als suche sie in ihrem Gedächtnis nach einer Verbindung. Dann plötzlich änderte sich ihr Gesichtsausdruck, ein Strahlen erfasste ihre feinen Züge.

»Ihr Name ist mir bereits begegnet, und ich kenne ein Kinderfoto von Ihnen. Joséphine hat mir von Ihnen erzählt. Wir standen während des Kriegs in Kontakt. Ich war ihre Verbindung zu ihrer Familie.«

Lilys Herzschlag beschleunigte sich. »Jolie war meine Fluchthelferin. Und *Sie* sehen aus wie Jolie. Es ist fast unheimlich«, sagte sie ergriffen.

Tatsächlich sah die Frau Jolie wie aus dem Gesicht geschnitten ähnlich, nur war sie bedeutend älter.

Aber es waren ja auch zwanzig Jahre vergangen.

»Das sagen viele«, erklärte die Frau und reichte Lily die Hand. »Ich bin Florence, Joséphines Cousine. Was führt Sie hierher?«

Lily öffnete den Mund, brachte aber keinen Ton heraus.

Sie spürte, wie Florence sie behutsam am Arm berührte und sie in Richtung Haustür lenkte. »Was für eine dumme Frage, entschuldigen Sie bitte. Seien Sie mein Gast, Lily. Ich freue mich, dass Sie den Weg hierher gefunden haben.«

»Es erscheint mir wie ein Wunder, hier überhaupt noch jemanden anzutreffen«, presste Lily hervor.

»Meine Familie und ich, wir verbringen seit Jahren unsere Sommer hier in Chozeau. Mein Mann und die Kinder sind schon zurückgefahren nach Bordeaux. Ich reise erst morgen ab. Joséphines Mutter ist vor einem Jahr gestorben. Ich habe sie gepflegt.«

Lily spürte, wie sich ihre Augen mit Tränen füllten. Wie viel Leid hatten die Nazis über die Colins gebracht! Mit Madame Colin war nun Lilys letzte Zeitzeugin gegangen.

Quietschend ging die Tür auf, und Lily folgte Florence in das Entree.

Von dort warf Lily einen Blick in einen mit antiken Möbeln ausgestatteten Salon. Eine Holztreppe führte hinauf ins erste Stockwerk. Durch das Küchenfenster fiel warmes Licht.

»Lass uns auf die Veranda gehen«, schlug Florence vor, und gemeinsam gingen die beiden Frauen dorthin. Eine blau gestreifte Markise war zum Schutz gegen das Sonnenlicht ausgefahren, die Schiebefenster, die in Richtung Garten zeigten, geöffnet.

»Was möchtest du trinken, Lily? Wir können doch Du sagen, oder was meinst du? Ich habe selbst gemachte Limonade, Tee, Kaffee, Brioche.«

»Gerne Limonade und gerne sagen wir Du«, erwiderte Lily lächelnd und setzte sich auf einen Holzstuhl. Den Tisch zierte eine Leinendecke mit dem aufgestickten Schriftzug *Colin et fils*.

Es dauerte nicht lange, und Florence kam mit einem vollgestellten Tablett zurück, schenkte die Gläser aus einer Karaffe voll und schob Lily eines davon zu.

Lily nippte an ihrem Glas. Die Limonade erfrischte und belebte sie unmittelbar.

»Joséphine würde sich so sehr freuen, dich hier zu sehen.«

Lily rutschte unruhig auf ihrem Stuhl hin und her.

»Du hast sicherlich viele Fragen«, sagte Florence nach einer Pause und warf ihr einen aufmunternden Blick zu.

Lily schluckte, schließlich fasste sie sich ein Herz. »Hat dir Jolies Mutter erzählt, was hier in Chozeau damals …?«

Abrupt brach Lily ab.

Florence nickte wehmütig lächelnd, rückte näher an den Tisch und ließ ihren Blick in Richtung Fenster schweifen. »Das musste sie nicht, ich war dabei. Ich weiß, was an jenem schrecklichen Tag passiert ist, und ich habe von deinen Bemühungen gehört, Lily Blum, Dr. Lily Blum.«

Sie sah Lily direkt in die Augen.

Lily legte die Stirn in Falten und blickte fragend in Florence' Gesicht.

»Du hast bei der OSE angefragt, deinen Antrag auf Verleihung der Medaille der Résistance für Joséphine Colin nach allen Kräften zu unterstützen.«

»Ja«, sagte Lily. »Das habe ich. Aber ich habe nichts erreicht. Zu meinem Bedauern.«

»Meine Tante stand mit der Organisation in Verbindung. Sie und ich sind die einzigen Augenzeugen von Joséphines Verhaftung. Irène hat mir vor ihrem Tod sämtliche Papiere übergeben.«

Lily rang um Atem. Papiere. Gab es Beweise über den Ablauf der Vorgänge? Würden sie jene Fragen Lilys beantworten, die sie seit Jahrzehnten quälten? Sie wusste nicht, was sie sagen sollte.

Warum war sie erst so spät hierhergekommen?

Durch die geöffneten Schiebefenster strich ein warmer Windzug und trug den Duft mediterraner Kräuter hinein.

LILY

44

Chozeau, 1965

»Das Tragische war, dass Joséphine kurz vor der Befreiung Frankreichs festgenommen wurde«, fuhr Florence fort, und ihre weiche Stimme erfüllte den Raum. »Sie hat die Freiheit um einen Wimpernschlag verpasst.«

»Ich weiß«, sagte Lily.

Florence seufzte und bedeutete Lily, sich an den Brioches zu bedienen, aber Lily schüttelte stumm den Kopf. »Joséphine war hierhergekommen, um bei ihrer Familie zu sein. Ihr Vater lag im Sterben. In Lyon hatte die Gestapo Andrée Salomon gefasst.« Florence sah auf. »Sagt dir der Name etwas?«

Lily nickte, nahm ihr Glas und trank einen kräftigen Schluck. »Die Vorsitzende der OSE, der Organisation zur Rettung jüdischer Kinder. Sie lebt heute in Israel. An sie habe ich mich auch gewandt, meinen Antrag betreffend.«

»Genau. Du bist natürlich sehr gut informiert.«

»Berufskrankheit«, erwiderte Lily lächelnd. »Als Staatsanwältin bei der Zentralen Verfolgungsstelle für Naziverbrechen lebt man von Informationen. Dort begegnet man *auch* den Heldinnen und Helden, den Guten. Leider viel zu selten.«

Florence sah sie eindringlich an. »Bis ich deinen Namen zum ersten Mal hörte, wusste ich nicht einmal, dass es bei euch in Deutschland so etwas gibt. Deine Arbeit ist wichtig, Lily, sehr wichtig. Ich habe großen Respekt davor.« Sie strich mit der flachen Hand über das Tischtuch. »Jedenfalls kam Joséphine hierher. Von ihrer Kontaktperson Valentine wissen wir, dass sie in Lyon war.«

Kontaktperson. Lyon. Lily stockte der Atem. Es gab diesen Auftrag! Lily hatte sich nichts zusammengereimt.

»Was hat sie in Lyon gemacht?«, fragte sie, und sie vernahm den strengen Verhörton ihrer eigenen Stimme.

Florence zuckte die Achseln. »Niemand weiß das, Lily. Ein Kneipier hat sie in Salomons Wohnung gesehen. Sie hatte Andrée Salomon um einige Stunden verpasst und traf sich mit Valentine, die sie beschwor, gemeinsam mit ihr unterzutauchen. Aber sie wollte unbedingt jemanden besuchen, so hat sie sich wohl ausgedrückt.«

Lily sah Florence fragend an.

»Als Joséphine hier ankam, war es zu spät. Ihr Vater war bereits gestorben.«

»Was für ein Schock muss das für euch gewesen sein«, sagte Lily und bemühte sich, eine chronologische Ordnung der Ereignisse in ihrem Kopf herzustellen.

Florence lehnte sich zurück und schloss die Augen. »Zuerst glaubten wir an Zufall. Sie war am falschen Ort zur falschen Zeit, so sagt man doch, nicht wahr? Dann stellte sich heraus, dass der Kerl, der sie festgenommen hat, schon die ganze Zeit hinter ihr her war. Er hat sie gekannt.«

Lily schluckte. *Er hat sie gekannt*. Von wem sprach Florence?

»Sie wurde hier in diesem Haus festgenommen?«

Florence nickte. »Vor unseren Augen.«

Lily fuhr sich durchs Haar, nahm sich ein Taschentuch aus ihrer Hosentasche und trocknete ihre Augen.

»Hubert Lacan – ist dir dieser Name auch schon begegnet?«

Stumm schüttelte Lily den Kopf. »Nein.«

»Nun, das war eine alte Geschichte. Er war eine Jugendbegegnung von Joséphine, man könnte ihn nicht mal als Freund bezeichnen. Ein kleines Schreibtischlicht der Vichy-Regierung, tätig für die Gestapo. In jungen Jahren hat sie ihm einen Korb gegeben.«

»Tätig für die Gestapo? Und er hat sie wegen eines Korbs …?« Lily versuchte, die Informationen einzuordnen, war unfähig zu glauben, was sie da hörte. Wie banal konnten Motive sein, so banal, dass es nach einem Märchen mit schlechtem Ausgang klang. Eine erfundene Geschichte um Kränkung, Rache und Hass. »Wegen einer Abfuhr?«, fragte sie noch einmal ungläubig.

Florence nickte und zog die Mundwinkel hinab.

»Joséphine muss zu Beginn ihrer Aktivitäten bei einer Fluchthilfe mit zwei Kindern in Viviers fast aufgeflogen sein, aber sie hatte Glück. Die Résistance hatte die Funkverbindungen nach Montélimar gekappt. Das Vorkommnis landete später auf dem Schreibtisch von Lacan, und seit jenem Tag war er auf der Suche nach ihr. Wie besessen hat er daran gearbeitet, Joséphine zu kriegen, im wahrsten Sinn des Wortes.«

Vor ihrem inneren Auge sah Lily die Brücke von Viviers mit den schwach beleuchteten Pfeilern, fast glaubte sie zu spüren, wie sie bei der Überquerung geschwankt hatte.

»Ich war eines dieser Kinder«, sagte Lily leise. »Ich war in Viviers dabei. Es war ein unglaubliches Glück, das wir hatten. Danach erhielt Jolie einen neuen Namen. Jean hat uns gerettet.«

»Jean?« Florence legte ihre Hand auf ihre.

»Mein bester Freund«, erklärte Lily. »Er hat es geschafft, den Gendarm an der Nase herumzuführen. Und Jolie wurde wirklich hier in diesem Haus gefasst?«, fragte sie noch einmal.

Florence nickte.

Ein Gedanke streifte Lily: Jolies Spur hatte hierhergeführt, was, wenn sie zurück nach Beauvallon gegangen wäre? Nicht auszudenken, was passiert wäre – ein ganzes Dorf hätte auffliegen können. Mehr als tausendfünfhundert Flüchtlinge!

Florence nahm einen kräftigen Schluck Limonade und stellte ihr Glas zurück auf den Tisch. »Es muss einen Funkspruch nach Chozeau gegeben haben. Er kam irgendwo aus den Bergen der Drôme und war abgefangen worden. Joséphine hatte angekündigt, nach Hause zu kommen. Lacan konnte in Seelenruhe warten, bis sie auftaucht. Ich persönlich glaube, dass er sie nirgendwo mehr hätte demütigen können als in ihrem Elternhaus. Von hier aus ließ er sie nach Montluc bringen.«

Lily holte tief Luft. »Darf ich rauchen?«, fragte sie

schließlich und holte ihre Zigaretten und Streichhölzer aus der Tasche.

»Ich könnte auch eine brauchen«, erwiderte Florence lächelnd, und die Frauen zündeten sich nacheinander ihre Zigaretten an.

»Woher weißt du all das?«, fragte Lily nach einer langen Pause.

Florence warf den Kopf zurück, während sie Rauch ausblies.

»Es gab einen ehemals hochrangigen Offizier aus der Résistance, der hat nach dem Krieg die Untersuchungen geleitet und keine Ruhe gegeben, bis er nicht auch das letzte Puzzlestück gefunden hatte. Noch heute sehe ich ihn im Salon nebenan sitzen, wie er uns die ganze Geschichte berichtet hat. Er gab uns ein Dossier, in dem alles steht. Für die gesamte Zeitachse jenes schicksalhaften Tags hat er über Jahre akribisch und lückenlos Zeugen befragt und konnte so Joséphines Spur von Lyon bis hierher verfolgen. Die letzten Zeugen, die sie gesehen hatten, waren der Besitzer eines Bistros gegenüber von Andrée Salomons Wohnung, ein Taxifahrer und schließlich eine Nachbarin aus unserem Ort.«

Lily schloss die Augen.

»Heute lebt der Mann in Aix-les-Bains und arbeitet für das Rote Kreuz in Genf«, hörte sie Florence wie aus der Ferne sagen.

Vor Schreck hielt sich Lily die Hand vor den Mund. Aix-les-Bains – Rotes Kreuz: Es konnte sich bei dem Ermittler nur um einen einzigen Mann handeln.

Florence erhob sich, ging hinaus in den Salon und öffnete

eine Vitrine. Mit einem großen Umschlag kam sie zurück und legte ihn vor Lily auf den Tisch.

»Bernard Forger«, flüsterte Lily, während sie immer wieder den Kopf schüttelte. Mit beiden Händen strich sie sich über ihr Gesicht. »Ein ehemals hochrangiger Offizier. Sein Name ist Bernard Forger. Wir kannten ihn nur unter dem Namen Antoine.«

Sie stützte die Ellbogen auf den Tisch und legte ihre Stirn in die geöffneten Hände.

»Jetzt staune *ich* über das Ausmaß deines Wissens«, sagte Florence anerkennend. »Du kennst ihn?«

»Jolie und er haben sich geliebt.«

Es klang wie ein Geständnis, als zementiere sie das Besondere, das es zwischen Antoine und Jolie gegeben haben musste und an dem sie nicht beteiligt war. Es war, als akzeptiere sie Jolies vergangene Liebe in diesem Augenblick. Jolie hatte sie deshalb nicht weniger geliebt. Es war, wie Mamie einmal erklärt hatte: *Wir haben so viel Liebe, sie reicht für jeden Einzelnen von euch!*

»Ja, das dachten wir uns. Wir haben ihn nicht gefragt. Er war ein gebrochener Mann, so kam er uns vor, getrieben von dem Wunsch, Joséphines Tod zu rächen.«

»Hat er den Kerl gekriegt, diesen Lacan?«, fragte Lily mit zusammengekniffenen Augen.

Es war, als stünde ihre Welt auf dem Kopf. Plötzlich wurde ihr klar, dass Antoine und sie dasselbe Ziel verfolgt hatten.

»Das hat der liebe Gott erledigt«, gab Florence zurück. »Er starb kurz nach dem Krieg bei einem Autounfall. Zu hohe Geschwindigkeit. Er landete an einem Baum.«

Florence schob den Umschlag zu Lily hinüber. »Du kannst das Dossier gerne mitnehmen. Ich kann nichts damit anfangen. Aber ich habe noch etwas anderes für dich.«

Entschieden drückte Florence ihre Zigarette aus und reichte Lily einen zweiten Briefumschlag.

Auf Anhieb erkannte Lily Jolies Handschrift. Die Buchstaben schienen vor ihren Augen zu verschwimmen.

An die Feen von Beauvallon, an meine Mitkämpfer und Freunde, an meine geliebte Familie, geliebte Lily, geliebter Jean!

»Nimm ihn an dich, jetzt, da Irène tot ist, gehört Joséphines Abschiedsbrief in die Hände der anderen Adressaten.«

Lily erstarrte. Ihr war, als stürze in diesem Moment alles auf sie ein. Jolies letzter Gedanke hatte auch ihr, Lily, gegolten.

»Habt ihr diesen Brief auch von Antoine? Ich meine, hat er ihn hierhergebracht?«, fragte Lily mit gedämpfter Stimme. Sie deutete auf den vergilbten Umschlag.

Warum fragte sie? Es spielte keine Rolle, wie der Brief nach Chozeau zu den Colins geraten war. Wichtig war, dass es ihn gab.

»Nein. Eine Frau war hier bereits 1945 aufgetaucht, das weiß ich von Irène. Damals war ich nicht hier. Sie muss gesagt haben, sie sei so was wie eine Botin. Und dass sie sich mitverantwortlich fühle für das, was Jolie widerfahren war.«

»Mitverantwortlich?«

Florence zuckte die Achseln. »Sie soll ziemlich durcheinander gewesen sein.«

»Wie hieß sie, weißt du das?«

Florence sah zur Decke und dachte angestrengt nach. Dann schüttelte sie den Kopf. »Nein. Ich habe keine Ahnung. Tut mir leid.«

Lange saßen die beiden Frauen da, rauchten und tranken die Limonade leer. Die Brioche war unberührt geblieben.

Als sich Lily schließlich erhob und sie gemeinsam aus dem Haus heraustraten, stand die Abendsonne so tief, dass sie blendete.

»Darf ich dir noch eine letzte Frage stellen?«, fragte Lily beim Abschied.

Florence nickte.

»Warum hast du nie versucht, mit mir Kontakt aufzunehmen? Du wusstest, wo ich bin.«

Florence schloss seufzend die Augen, öffnete sie wieder, den Blick in Richtung Tor gerichtet. »Zunächst hatte ich das vor, dann zögerte ich. Es waren ja nur traurige Nachrichten, die ich hätte überbringen können. Irène verweigerte nach Bernard Forgers Auftauchen jegliches Gespräch über die Vorfälle. Es mache ihr Kind nicht lebendig, sagte sie immer und immer wieder und hat die Unterlagen weggesperrt. Ich glaube, an jenem Tag seines Besuchs schloss sie ab. Ich selbst hatte Angst davor, alte Wunden aufzureißen. Es ist nicht leicht, sich der Vergangenheit zu stellen. Und du? Warum bist du erst so spät gekommen?«

Betrübt sah sie Lily an.

»Weil ich auf der Jagd nach dem falschen Mann war. Tatsächlich habe ich nach dem Krieg in Lyon nach den Colins gesucht, aber dort gab es euch ja nicht mehr. Von diesem Feriendomizil erfuhr ich erst vor einigen Tagen.«

Florence hakte sich bei Lily ein, und gemeinsam gingen sie nach vorn zum Tor. Von schräg gegenüber krähte ein Hahn.

»Mir ist da noch etwas eingefallen zu der Botin«, sagte Florence.

Lily horchte auf.

»Sie soll geraucht haben wie ein Schornstein. Das waren Irènes Worte. Vielleicht kannst du damit etwas anfangen.«

»Und ob«, sagte Lily lächelnd, und ihr kam es vor, als könne sie plötzlich befreit durchatmen.

Lange umarmten sich die Frauen.

Dann löste sich Lily und ging zurück zum Friedhof. Immer wieder drehte sie sich um und winkte. Florence winkte mit beiden Händen zurück und blieb so lange am Tor stehen, bis sie außer Sichtweite war.

LILY

45

Chozeau, 1965

Kurz nach dem Ortsschild entdeckte Lily eine Einbuchtung, die über einen Waldweg zu einem Château führte. Inmitten eines verwilderten Parks lag ein sichtlich unbewohntes, vernachlässigtes Schlösschen. Sie stellte ihren Wagen ab, stieg aus und nahm auf einer verschlissenen Holzbank Platz. Direkt daneben befand sich eine Pinie.

Vorsichtig öffnete sie den Umschlag, der außer einem vergilbten Briefbogen ein Foto enthielt. Es war mehrfach zusammengefaltet worden, voller Bruchstellen.

Das Foto zeigte sie selbst mit geflochtenen Zöpfen, Adrienne, Sophie, Lucien, Jean und Patrice in Reih und Glied vor der Kulisse des Ortskerns von Dieulefit. Lily hatte es nie zuvor gesehen, aber sie erinnerte sich ganz genau an den Moment, als Mamie es aufgenommen hatte. Vorsichtig strich sie mit den Fingern über die Köpfe der Kinder, die sich wie Orgelpfeifen aufgestellt hatten.

An die Feen von Beauvallon, begann Lily zu lesen, *an*

meine Mitkämpfer und Freunde, an meine geliebte Familie, geliebte Lily, geliebter Jean!

Unser Kampf für die Freiheit war nicht umsonst, und ich gehe ohne Reue, mit geöffnetem Herzen. Mein Name ist Joséphine Colin, ich bin neunundzwanzig Jahre alt. Ich bin eine Geliebte, Freundin, Verbündete, Tochter, Enkelin, Cousine und Nichte. Es wird nicht mehr lange dauern, und Frankreich wird frei sein. Ich bin es schon.

In Liebe

Jolie, Lyon-Montluc, Juni 1944

Lily ließ das Blatt auf ihren Schoß sinken, saß einfach nur da und starrte ins Leere. Zwei Jahre Beauvallon gingen ihr durch den Kopf, zwei Jahre, die sich wie eine halbe Kindheit anfühlten. Ihr war, als schließe sich ein Kreis. Jolie hatte ungeachtet der Gefahr in ihrer schwersten Stunde ein Foto von *ihren* Kindern von Beauvallon bei sich gehabt und ihren Liebsten einen Abschiedsbrief zukommen lassen.

Ein Prozess der Versöhnung mit sich selbst setzte sich in Lilys Innerem in Gang, langsam, aber unaufhaltsam.

Die Vögel begannen mit ihrem Abendgesang. Im Schutz der Dämmerung entdeckte Lily im dichten Geäst zwei Rehe auf der Suche nach einer Futterstelle.

Auf Zehenspitzen zog sie sich zurück.

In der Nacht erreichte Lily die Region Apt.

Dort mietete sie sich in einer kleinen Pension ein. Der Vollmond beschien die Landschaft. Wenn sie aus dem Fenster blickte, sah sie steile Bergfelsen, im Tal Weinreben und

Olivenbäume. Einen Steinwurf von hier entfernt befand sich das Zuhause von Jean. Sie konnte es kaum erwarten, ihn wiederzusehen.

Sie schämte sich für die negativen Gedanken, die sie für Antoine gehegt hatte. Jean hatte recht gehabt: Rachegefühle vergifteten die Seele. Voller Reue dachte sie an Agnes, wie sie die Freundin seit ihrem Wiedersehen behandelt hatte.

Agnes war, anders als sie, auf der Suche nach ihr gewesen und hatte sich, seitdem sie Lily gefunden hatte, um ihre Freundschaft bemüht. Agnes konnte nichts für die bornierten Entscheidungen ihres Senders. Es war unfair, die Freundin für das, was sie tat, zu verurteilen. Jeder nahm seinen Platz ein, tat das, was er konnte. Eigentlich war sie stolz darauf, dass ihre Freundin als *die* weibliche Stimme des SWF galt. Beim nächsten Mal würde sie ihr das sagen.

Dennoch würde sich Lily, wenn sie Agnes wäre, nicht mit Berichten über Backrezepte und Schiffsfahrten auf dem Rhein zufriedengeben und hartnäckig nach anderen Wegen suchen.

Aber sie war nicht Agnes.

Am liebsten wäre sie jetzt sofort zu Jean gefahren, um mit ihm zu sprechen. Gleich morgen früh würde sie ihm Jolies Brief zeigen, der ja auch an ihn gerichtet war. Ihm, Lily, ihrer Familie und den Feen von Beauvallon hatte Jolies letzter Gedanke gegolten. Warum Antoine nicht darin vorkam, würde für immer Jolies Geheimnis bleiben. Und doch hatte sie in ihrem Selbstverständnis, mit den Rollen, die sie in ihrem Leben eingenommen hatte, auf ihn Bezug genommen. *Ich bin eine Geliebte, Freundin, Verbündete, Tochter …*

Dabei war Jolie so vieles mehr gewesen.

»Du hattest recht«, brach es aus ihr heraus, als sich am nächsten Morgen die Tür von Jeans Haus öffnete. »Antoine konnte nichts dafür.«

Verwirrt sah er sie an.

Es war kurz nach sieben.

Sie fiel ihm um den Hals und ließ ihren Tränen freien Lauf. Wie eine wärmende Decke im Winter spürte sie den sanften Druck seiner Umarmung, die Geborgenheit aus Kindertagen. Stets würde dieser hochgewachsene Mann der Junge für sie bleiben, jener, der ihr immer Schutz gewährt hatte, ihr Kinderfreund, mit dem sie Erinnerungen von unschätzbarem Wert teilte. Sie wären füreinander durch die Hölle gegangen und würden es heute noch tun.

»Du warst also in Chozeau«, sagte er, nachdem sie sich beruhigt hatte, nahm sie an die Hand und führte sie ins Haus.

»Warum hast du es mir nicht einfach gesagt?«, fragte sie.

»Weil ich dich kenne, Lily. Du musstest die Wahrheit selbst herausfinden. Ich wusste, dass ich dir nur ein Stichwort geben muss. Den Weg nach Chozeau musstest du allein gehen.«

Ja, Jean kannte sie wirklich gut, und ja, Jean besaß von jeher ein Talent, die Fäden in der Hand zu halten.

Lily fand sich in einer aufgeräumten Küche wieder, sah dabei zu, wie ihr Freund Wasser auf den Herd stellte und Kaffeepulver aus einer Dose nahm. Er stellte zwei Bols auf den Tisch und deckte ihn mit einer Brioche, Brot, Käse, Oliven. Ihr Blick fiel durchs Fenster in einen kleinen verwunschenen Garten mit Palmen und Olivenbäumen.

»Ich könnte meine Puppe Adèle begraben. Es ist Zeit, Abschied von ihr zu nehmen.«

»Gute Idee«, sagte Jean knapp, schnitt eine Scheibe Brioche herunter, legte sie auf einen Teller und schob ihn Lily zu. »Iss!«

Ohne die Augen von ihm zu lassen, biss sie von dem süßlichen Gebäck herunter und kaute. Sie bat um eine zweite Scheibe, denn erst jetzt fiel ihr auf, dass sie seit vorgestern nichts gegessen hatte.

»Das ist die beste Brioche, die ich je gegessen habe«, sagte sie mit vollem Mund.

Jean lächelte.

Vielleicht würde sie die ihr angebotene kleine Zweizimmerwohnung am Blühenden Barock mieten, sich zum ersten Mal in ihrem Leben mit eigenen Möbeln umgeben und neu anfangen. Sie würde sich nicht länger als Untermieterin bevormunden lassen, ein eigenes Zuhause haben. Vielleicht würde sie endlich Freunde einladen, für sie kochen, abends ausgehen, mit Agnes in den Urlaub fahren, wenn die es auch wollte. Sie konnten gemeinsam Jean besuchen.

Vieles schien ihr auf einmal möglich.

Ihr war, als lächle ihr ihre Mutter jetzt aufmunternd zu, als streiche sie über ihr widerspenstiges Haar. »Du brauchst deine Puppe nicht mehr«, flüsterte eine innere Stimme ihr zu. »Du bist jetzt erwachsen.«

Diesmal klang die Stimme ganz weich, nicht nach Entweder-oder. Sie gab ihr Raum.

Sie konnte es sich noch anders überlegen, auch gut.

Der einzige Weg hieß Verzeihen, vor allem sich selbst. Was ihre Seele jetzt brauchte, war Zeit. Lily musste mit sich selbst und ihren Erinnerungen ins Reine kommen.

Niemand konnte ihr dabei helfen, aber sie hatte Freunde, die für sie da waren. Zum ersten Mal kam ihr der Gedanke, dass diese Freundschaften nicht nur ein Geschenk, sondern auch ihr Verdienst waren.

»Danke, Jean«, sagte sie, als er sich ihr gegenübersetzte und Kaffee einschenkte, die heiße Milch hinzugab und die verbliebene Brioche auf ihren Teller legte.

AGNES

46

Freiburg, 1965

»Wir müssen reden, Wolfgang«, sagte Agnes und lugte durch den Türspalt in Wolfgangs Büro, das einzige, in dem noch Licht brannte. Es war kurz nach zwanzig Uhr, das Kyburg-Gebäude menschenleer.

Ihr Vorgesetzter sah von seinem Schreibtisch auf. »Komm rein.«

Er räumte eine Akte zur Seite, lehnte sich auf seinem Stuhl zurück, hievte die Füße auf den Tisch und zündete sich eine Zigarette an.

Agnes nahm ihm gegenüber Platz. »Zugegebenermaßen werde ich dieses Bild vermissen«, eröffnete sie lächelnd.

Wolfgang deutete auf seine legere Sitzposition und die Zigarette in seiner Hand. »Du meinst das hier?«

Sie nickte.

»Hast du dir das wirklich gründlich überlegt, Agnes?«, fragte er dann und zog an seiner Zigarette.

»Habe ich. Mein Büro ist geräumt. Mit den restlichen

mir verbleibenden Urlaubstagen war heute mein letzter Arbeitstag. Ich habe dich rechtzeitig über diesen Schritt informiert. Bisher hast du keinen Gesprächsbedarf gesehen. Das finde ich sehr schade. Nicht deine Zurückhaltung während der Angelegenheit, sondern dein Schweigen danach.«

Sie beugte sich nach vorn, legte ihre Büroschlüssel auf seinen Schreibtisch und schob sie zu ihm hinüber.

Wolfgang fuhr sich verlegen durchs Haar. »Weil ich mich beschissen fühle. Ich bin an deiner Situation nicht unschuldig, Agnes.«

»Ich gehe aus freien Stücken.«

Wolfgang seufzte.

»Nicht einmal eine Abmahnung habe ich bekommen. Und ein sehr gutes Zeugnis, alle Achtung. Ich nehme an, das war dein Verdienst? *Stets zu unserer vollsten Zufriedenheit …*«

Fragend sah sie ihn an.

»Das war das Geringste, was ich für dich tun konnte.«

»Niemand muss etwas für mich tun, Wolfgang. Ich sorge für mich selbst. Es ist alles gut. Du kannst nichts dafür.«

Sie beide wussten, dass das so nicht ganz stimmte: Wolfgang hatte sie zu ihren Recherchen autorisiert, wenngleich es auch keinerlei Beweise, nicht einmal eine Aktennotiz oder ein Memo gab. Sie hätte sich dem Boss gegenüber ohne Weiteres auf ihren Chefredakteur berufen können, was sie aber nicht getan hatte. Stattdessen hatte sie, als es vor einigen Wochen zu einem großen Streit in der oberen Etage gekommen war, alle Schuld auf sich genommen, ihr autonomes Handeln betont: Ja, sie hatte heimlich an einer Serie gearbeitet, ja, sie hatte Unterlagen aus dem Sender hinausgetragen. Ja, sie war ohne einen Dienstreiseantrag in die Drôme gefahren. Ohne Spesenabrechnung. Rückwirkend hatte sie sich dafür Urlaub eintragen lassen. Aber das zählte nicht.

Für die Studioleitung war Agnes' Kündigung die logische Konsequenz aus ihrem Fehlverhalten gewesen. Sie war der Geschäftsleitung nur zuvorgekommen. Das *Arrangement* hatte darin bestanden, aus Agnes' fristloser Kündigung eine fristgerechte zu machen. Aus bürokratischer Sicht war die Geschäftsleitung im Recht.

Niemand im Sender konnte auch nur erahnen, wie unendlich befreiend dieser Schritt für Agnes gewesen war, wie überfällig.

»Möchtest du es dir nicht noch mal überlegen?«, fragte Wolfgang geradeheraus, zog an seiner Zigarette und sah sie mit zusammengekniffenen Augen an. »Du könntest, wenn Gras über die Sache gewachsen ist, als freie Mitarbeiterin bei uns einsteigen.«

Sie stutzte: Was sollte das heißen?

»Straub hat heute nach der Redaktionskonferenz angedeutet, er könnte ein Auge zudrücken, wenn du versprichst …«

Sie unterbrach ihn schroff: »Ich verspreche nichts. Nein. Ich habe mich entschieden, und es ist gut so, glaub mir. Habt ihr durch meine Kündigung einen personellen Engpass?«

»Ich wollte nie, dass du gehst, Agnes«, erwiderte Wolfgang, ohne auf die Spitzfindigkeit ihrer Frage einzugehen. »Aber mit dieser Kopieraktion bist du übers Ziel hinausgeschossen. Hättest du mich vorher gefragt, ich hätte …«

»… du hättest *nein* gesagt.«

»Ja«, sagte er und lächelte amüsiert. »Hätte ich.«

»Es wurde dir zu heiß.«

Er nickte und hob beide Hände in die Luft. »Schuldig im Sinne der Anklage.«

»Ich mache dir keine Vorwürfe, Wolfgang. Meine Entscheidung hat nichts mit dir zu tun. Indirekt ja, aber du hast mir einen großen Gefallen getan, wirklich. Erst durch den Widerstand hier im Sender bin ich mir darüber klar geworden, dass ich mehr möchte. Mehr als Kleintierzüchterversammlungen, eine Anhörung wegen Überschreitung der Höchstgeschwindigkeit, ein kurzes Interview mit einem Theaterintendanten, eine O-*wie-schön-ist-unser-Rhein-Schifffahrt*. Denk nur an die Sache mit der Antibabypille. Ich möchte mehr …«

»*Das Wunder von Dieulefit*, das ist es, was du willst.«

»Wir wollten es beide einmal, Wolfgang«, sagte sie ernst. »Hast du mein Dossier gelesen?«

»Klar. Du hast es mir ja zu Hause in den Briefkasten geworfen. Außerhalb des Senders betrachte ich es folglich als dein persönliches Eigentum, das ich leihweise erhalten habe«, gab er zurück, öffnete eine Schublade und zog Agnes' Konzeption einer Sendereihe über *Das Wunder von Dieulefit* heraus. Er legte sie auf den Tisch. Agnes nahm das Konvolut an sich.

»Es ist großartig, Agnes. Eine außergewöhnlich gute Arbeit.« Er brach ab und sah zum Fenster hinaus. »Ich könnte bei Arno von der *Badisch*en ein gutes Wort für dich einlegen«, sagte er stockend, und es klang, als wolle er sein schlechtes Gewissen beruhigen. »Er ist inzwischen zum Chef vom Dienst aufgestiegen.«

»Das wird nicht nötig sein, Wolfgang. Nein danke. Deine Protektion scheint nicht das Richtige für mich zu sein. Nicht mehr.«

Jetzt lachte sie laut heraus, und er stimmte befreit mit ein.

»Du denkst, ich sei ein Feigling.«

»Ich denke, dass du eine Familie mit drei Kindern zu ernähren hast und den Kredit für ein bescheidenes Haus in Freiburg Haslach abbezahlst. Ich kann es mir leisten, nur für mich selbst zu entscheiden. Das ist ein Unterschied.«

Seufzend drückte Wolfgang seine Zigarette aus. »Ich habe für deine Serie gekämpft, Agnes, auch wenn du das nicht mitbekommen hast, hinter den Kulissen habe ich es getan.«

»Das glaube ich dir.«

Nur hast du nicht genug getan, dachte Agnes.

»Aber hier im Sender fehlt den Verantwortlichen offensichtlich die Reife und der Mut, so etwas durchzuziehen«, sagte er entschuldigend.

Agnes schloss die Augen und rezitierte langsam und konzentriert: *»Ich glaube nicht, dass wir das Soll der Geschichte erfüllt haben, die Verfolger nicht und auch nicht die Verfolgten, und auch nicht die Dritten, Unbetroffenen, die es im Grunde genommen überhaupt nicht gibt.«*

»Woher hast du das?«

»Aus der *Badischen Zeitung*, 1963. Arno zitiert in seinem Artikel den Präsidenten des Oberrats der Israeliten Badens, Werner Nachmann, bei der Einweihung des renovierten jüdischen Friedhofs in Gurs. Das liegt gerade einmal zwei Jahre zurück. Du warst dabei, Wolfgang, wenn ich dich daran erinnern darf. Du warst vor Ort.«

»Stimmt. Das hat er gesagt, damals. So lange ist das nicht her.«

Agnes nickte zustimmend. »Irgendwann werden die Verantwortlichen der öffentlich-rechtlichen Sendeanstalten Haltung zeigen müssen. Mundartstücke über unsere braune Vergangenheit reichen nicht aus. Es gibt keine Unbetroffenen. Ich weiß nicht, wann es so weit sein wird, aber der Tag wird kommen. Du bist dann auf alle Fälle vorbereitet«, sagte sie aufmunternd.

Der letzte Satz klang ziemlich überheblich, aber es war ihr egal.

Verlegen kratzte sich Wolfgang am Kopf. »Du hättest dich hinter mir verstecken können, sagen, dass ich dich autorisiert habe, diese Arbeit zu machen. Hast du nicht.«

»Warum sollte ich? Am Ende habe ich, angeregt durch deine Zufallsentdeckung in der Drôme, meine Kinderfreundin wiedergefunden. Das ist es, was heute für mich zählt. Vor einem halben Jahr wusste ich nichts über die Geschichte eines kleinen französischen Orts, über seinen zivilen Widerstand während des Zweiten Weltkriegs. Jetzt weiß ich mehr über mich und meine Ziele. Ich bin einzigartigen Menschen begegnet, und aus diesen Begegnungen sind Freundschaften erwachsen. Ich gehe wirklich aus freien Stücken. Ich wäre auch ohne Straubs Machtdemonstration gegangen.«

Wolfgang winkte ab. »Er hat sich unmöglich benommen.«

»Er *darf* sich unmöglich benehmen. Das ist das Gesetz der Macht. Auch das wird sich hoffentlich irgendwann ändern.«

Seufzend erhoben sie sich von ihren Plätzen.

Agnes klemmte das Dossier unter den Arm. Wolfgang tat einen Schritt auf sie zu und umarmte sie. Sie erwiderte seine Umarmung.

»Wir sehen uns beim Journalistenstammtisch im Feierling-Biergarten?«

»Na klar.«

»Das Radio wird deine Stimme vermissen«, sagte er in wehmütigem Ton.

Die Zweideutigkeit versetzte ihr einen Stich in den Magen. »Man kann seine Stimme auch anders erheben.«

AGNES

47

Freiburg, 1965

Mit einem Lächeln drehte sich Agnes weg, nahm ihre Tasche aus ihrem Büro, den Trenchcoat vom Haken, warf ihn über und trat hinaus auf den Flur.

Ein letztes Mal sog sie die Atmosphäre des Gebäudes auf, genoss den Geruch des alten Holzes, diese unvergleichbare Stimmung, wenn die meisten Mitarbeiter den Sender verlassen hatten.

Bald würde die Putzfrau kommen und sich mit dem Wischmopp im Takt zu Roy Blacks Schlager über das Parkett bewegen.

Du bist nicht allein.

Gegenüber in der Kantine brannte die Notbeleuchtung.

Agnes atmete tief durch.

Draußen hatte die Dämmerung eingesetzt, der Herbstnebel sich auf den Baumwipfeln abgesetzt.

»Ich habe Sie unterschätzt, Fräulein Engler«, hörte sie

plötzlich kurz vor dem Ausgang eine Stimme in ihrem Rücken.

Unmittelbar zuckte sie zusammen, drehte sich um.

Der Studioleiter kam direkt auf sie zu.

»Und ich habe Sie überschätzt, Herr Straub«, sagte sie schlagfertig und blieb stehen. »Sie, als Repräsentanten des Senders«, korrigierte sie hastig. »Ich meine das nicht persönlich, nicht despektierlich.«

»Ich nehme es aber persönlich«, sagte er grinsend, zog an seinem heruntergebrannten Stumpen und blickte sie herausfordernd an. Sein angehobenes Kinn zeigte unmissverständlich: Ich sitze nun mal am längeren Hebel.

Verstohlen betrachtete Agnes ihren ehemaligen Boss. Seinen Mantel hatte er über den Arm gehängt, die Aktentasche daruntergeklemmt. Wie immer trug er Anzug und Krawatte, ein frisch gestärktes weißes Hemd.

»Ich finde, Sie haben das ziemlich gut gemacht. Ihre regionalen Beiträge haben wir sehr genossen. Wir mochten sie alle. Wir, die Radiomacher hier drinnen, draußen das Publikum.«

Agnes zog die Nase nach oben. »Nur ich mochte sie nie besonders, Herr Straub, das war das Problem. Mein Fehler war, dass ich geglaubt habe, ich könnte etwas verändern, ich könnte in den Köpfen etwas bewegen.«

Verständnislos schüttelte er den Kopf und bedeutete Agnes, mit ihm die wenigen Schritte bis zum Parkplatz gemeinsam zu gehen. Nacheinander traten sie durch die Tür.

In einiger Entfernung erkannte sie Lilys Käfer, der sich dem Parkplatz vor dem Neubau näherte und anhielt.

Straub warf den Stumpen weg und zündete sich umständlich einen neuen an.

»Ihr Fehler lag nicht in der Qualität Ihrer Arbeit, selbst Ihre Absichten waren doch vom Grundsatz her aller Ehren wert, Fräulein Engler, aber Sie haben die Hierarchien nicht verstanden. Dienstweg – Sie müssten doch wissen, was es heißt, den Dienstweg einzuhalten. Das war ein unverzeihlicher Fehler. Dienstreisen ohne Genehmigungsverfahren, ich bitte Sie. Mitten in der Nacht unbefugt Kopien machen, ja, wo kommen wir denn da hin?«

»Es war Abend«, verteidigte sich Agnes. »Ich habe oft bis in die Nacht Überstunden gemacht. Unbezahlte Überstunden. Das hat niemanden interessiert.«

Das Saufgelage fiel ihr ein.

»Wir werden doch jetzt nicht anfangen aufzurechnen«, sagte er stirnrunzelnd. »Sie haben unbefugt Unterlagen aus dem Dienstgebäude mitgenommen. Warum haben Sie Ihren Vorgesetzten nicht um Erlaubnis gefragt?«

Seine tiefe, sonore Stimme vermischte sich mit dem Geräusch des Windes, der durch die Bäume strich.

»Weil mein Vorgesetzter nichts von meinen Recherchen wusste, wie hätte ich ihn da um Erlaubnis bitten können?«, gab sie zurück. »Es handelte sich um meine eigenen Unterlagen, meine Recherchen. Ich habe nichts Unrechtes getan.«

Es war vertrackt: Durch den Mangel an schriftlichen Beweisen für einen Auftrag hatte man ihr im Nachhinein vorwerfen können, Agnes habe sich während ihrer Arbeitszeit mit privaten Angelegenheiten beschäftigt.

»Dienstweg, Fräulein Engler, Sie müssten doch wissen, was das bedeutet: Dienstweg.«

Für einen winzigen Augenblick stutzte er, dann zog er an seinem Stumpen und ließ den Blick in Richtung der Ausläufer des Sternwalds schweifen. Seine linke Hand hatte er in die Hosentasche gesteckt.

In diesem Moment dämmerte Agnes: Straub wusste von Wolfgangs und ihrer Absprache. Zumindest ahnte er, dass es indirekt einen Auftrag gegeben hatte. Agnes' Schuldeingeständnis der Nichteinhaltung des Dienstwegs hatte es Straub erspart, Entscheidungen weiteren Ausmaßes treffen zu müssen. Wolfgang würde es die nächste Zeit nicht leicht haben. Wahrscheinlich hatte hinter den Kulissen ein Handel zwischen den Männern stattgefunden, und ganz sicher war Straubs Entgegenkommen für Wolfgang in naher Zukunft nicht umsonst. Auf diese Weise hatten beide Männer ihr Gesicht gewahrt.

Für Agnes zählte nur, das ihre nicht verloren zu haben.

»Wie ich höre, werden Sie zur *Badischen Zeitung* gehen?«

»Ich habe mich bei der schreibenden Zunft beworben«, sagte sie in neutralem Ton.

»Dann werden Sie diese Sache bei den Kollegen der *Badischen* einbringen?«

Diese Sache. »Wenn die Kollegen das wollen, ja.«

Sie vernahm ein einmaliges Hupen. Lily. Agnes gab ihr mit der Hand ein kurzes Zeichen.

Waldemar Straub drehte den Kopf in Richtung des Käfers. »Gilt das Ihnen?«

»Ja, ich werde abgeholt.«

Plötzlich zog er seine Hand aus der Tasche, reichte sie ihr und drückte die Schultern herunter. »Alles Gute, Fräulein Engler. Ich wünsche Ihnen alles Gute. Wir waren all die Jahre, bis auf diesen kleinen Fehltritt, sehr zufrieden mit Ihnen.«

Der kleine Fehltritt. Innerlich schmunzelte Agnes.

»Vielen Dank«, sagte sie mit klarer Stimme, legte ihre Hand in seine und spürte einen kurzen Druck.

Sie drehte sich um und steuerte Lilys Wagen an.

Lily beugte sich über den Beifahrersitz, öffnete die Tür und sah Agnes, nachdem sie sich auf den Sitz hatte fallen lassen, skeptisch an. »War er das, der Boss?«

»Ja«, entgegnete Agnes knapp, schlug die Tür zu und kurbelte das Fenster hinunter.

»Er sieht ja aus wie Kiesinger.«

Erst jetzt registrierte Agnes, dass Lily wieder ihr Wuschelhaar trug, ihr wunderschönes gelocktes Haar. Es war etwas kürzer als in geglättetem Zustand, sah einfach umwerfend aus.

»Wie fühlst du dich?«

»Frei!« Sie warf den Kopf in den Nacken und ließ ihn in Lilys Richtung kippen. »Dein Haar, Lily, es freut mich, dass du wieder deine Locken trägst.«

»Neue Frisur, neuer Lebensabschnitt«, gab die Freundin zurück und zuckte die Achseln. »Hast du an unser Foto gedacht?«

Agnes nickte und entnahm ihrer Tasche das halbe Foto von Lily – jenes, das sie ihr vor über zwanzig Jahren gegeben hatte.

Lily beugte sich hinüber und öffnete das Handschuhfach. »Hier ist die andere Hälfte«, sagte sie gelassen und reichte es Agnes.

Schweigend nahm sie es entgegen und betrachtete dann

die beiden ungleichen Hälften. »Jetzt können wir es wieder zusammenkleben. Wir haben es geschafft. Deines sieht wesentlich mitgenommener aus.«

»Es hat auch eine lange Reise hinter sich«, gab Lily zurück. Sie umfasste das Lenkrad und drückte die Arme durch, den Blick starr zur Frontscheibe hinaus gerichtet. »Ich finde, wir müssen was anstellen, meinst du nicht?«

In ihren Augen spiegelte sich die kindliche Abenteuerlust von einst. Sie drehte das Radio an.

»Can't buy me love«, sangen die Beatles.

»Klar«, erwiderte Agnes und bewegte ihren Oberkörper im Takt der Musik. »Früher haben wir in solchen Situationen Klingelputzen gemacht.«

»Ich weiß was viel Besseres, Agnes. Im Fuchsbau spielen sie tolle Musik. Ich finde, wir haben es verdient, uns ein bisschen zu betrinken, oder was denkst du?«

»Bourbon mit Soda?«, fragte Agnes, während sie gebannt beobachtete, wie Straub nicht weit von ihnen entfernt nach einer längeren Inspektion die Tür seines schwarzen Mercedes öffnete.

Can't buy me love. Love.

Lily startete den Motor, drehte die Lautstärke auf und gab mehrmals hintereinander mit durchgedrückter Kupplung Gas.

Abrupt warf Straub, der gerade im Begriff war einzusteigen, seinen Kopf in ihre Richtung. Lily winkte ihm zu, als sei er ein alter Bekannter von ihr. Sichtlich verwirrt winkte Straub zurück.

Agnes rutschte auf ihrem Sitz so weit sie konnte hinunter.

»Lily«, sagte sie vorwurfsvoll und rollte die Augen.

»Ja, das hört sich gut an«, sagte Lily schmunzelnd. »Sehr gut. Ein richtiges Männergetränk. Genau das Richtige nach einer Kündigung. Es klingt nach Vergessen.«

»Und nach einem Kater«, gab Agnes lachend zurück.

»Jede Medaille hat zwei Seiten«, sagte Lily und fuhr los.

LILY

48

Beauvallon, 1966

Lily ging durch die Fotoausstellung von Beauvallon, die sich durch das ganze Schulgebäude zog. Einundzwanzig Jahre lagen zwischen den Dokumenten und ihrem heutigen Besuch. Das ganze Gebäude mitsamt der Umgebung erschien ihr wesentlich kleiner als in ihrer Erinnerung.

Die Einladung war an alle ehemaligen Schüler von Beauvallon gegangen. Gemeinsam mit Agnes war Lily vor einer Stunde in Dieulefit angereist, und Agnes war im Ort geblieben, um einige Fotos zu schießen. Zum Festakt würde sie hierherkommen.

Lily genoss es, nahezu inkognito die Bilder von einst zu betrachten und auf sich wirken zu lassen. Da waren die Kinder von Beauvallon auf dem Boden sitzend beim Brettspiel auf der Veranda, Schnappschüsse von Landausflügen mit der Pfadfinderjugend, die bei den Kindern beliebten Picknicks, Marguerite mit einem kleinen Mädchen bei dessen ersten Schwimmversuchen.

Im oberen Stock traf Lily auf die Fotos ihrer prägenden Jahre von 1942–1945: Kinder, die einander an den Händen hielten. Wann immer es möglich gewesen war, hatte Mamie die Gymnastikstunden ins Freie verlegt. Es folgte ein Foto mit einem überfüllten Klassenzimmer, vorne an der Tafel stand Mamie. Jedes Pult war besetzt, teils saßen die Kinder im Schneidersitz auf dem Boden. Auf einem weiteren Bild spielten Kinder unter Anleitung einer Lehrerin Blockflöte.

Lily blieb vor einem Foto der damals zwanzigjährigen Jeanne Barnier, der Sekretärin des Bürgermeisters, stehen. Neben ihrem Porträt hingen Fotokopien von gefälschten Ausweisen, Lebensmittelmarken – es handelte sich um Dokumente aus der ehemaligen Fälscherwerkstatt Dieulefits.

Zu ihrem Bedauern fand sie kein einziges Foto mit Jolie.

Eines der letzten Exponate zeigte drei Kinder in einem amerikanischen Jeep. Jean hatte sich in stolzer Pose hinters Steuer gesetzt, als habe er sein Leben nichts anderes getan, als Jeeps gelenkt – darunter stand das Datum der Befreiung: 27. August 1944. Wenige Tage später war er zu seiner Wahlfamilie nach Paris aufgebrochen.

Lily lächelte.

Lange blieb sie vor einer Abbildung eines blühenden Lavendelfelds stehen, das spielenden Kindern als Kulisse diente. Das Schwarz-Weiß-Motiv zeigte die Farbenpracht nicht, aber Lily erinnerte sich an dieses intensive Lila.

So ein Lila habt Ihr noch nie gesehen.

Zur nächsten Lavendelblüte würde sie wiederkommen und Jean besuchen, womöglich mit Agnes zusammen.

»Erinnerst du dich an die Lavendelblüte, unten in den Tälern?«, durchbrach eine Stimme Lilys Gedanken. Sie erkannte die Stimme sofort und drehte sich um.

Mado. Sie war älter geworden, aber immer noch strahlten ihre Augen. Nach wie vor kam es Lily vor, als durchschauten sie ihr Gegenüber in einem einzigen Blick.

Mado hatte man nie etwas vormachen können.

»Ja, ich erinnere mich, als sei es gestern gewesen«, erwiderte Lily und reichte ihrer ehemaligen Lehrerin die Hand.

Für einen Augenblick machte Mado Anstalten, Lily zu umarmen, dann aber schüttelte sie sich, als habe sie es sich anders überlegt. Sie reckte ihren Hals. »Begleitest du mich bitte in mein Büro, Lily?«

Ehe Lily antworten konnte, hatte sich Mado weggedreht und ging voran. Es war wie früher: Mado zitierte in ihr Büro, die Kinder folgten ihr.

Mit gemischten Gefühlen betrat Lily Mados Büro. Wie oft war sie als Kind hier gewesen! Zu ihrer Überraschung war der Schreibtisch trotz eines vollen Aschenbechers aufgeräumt. An der Seite lag ein Stapel von Heften, daneben ein Heine-Gedichtband, *Deutschland – ein Wintermärchen*, und ein aufgeschlagenes Buch mit einem vergoldeten Buchschnitt.

»Du unterrichtest immer noch Deutsch«, sagte Lily in neutralem Ton.

»Bis ich ins Grab gehe«, gab Mado mit ernster Miene zurück. »Ich liebe die deutsche Sprache.«

Mado setzte sich und schob das aufgeschlagene Goldene Buch von Beauvallon zu Lily hinüber.

Stehend warf Lily einen Blick darauf. »Das *livre d'or*«, sagte sie andächtig.

»Wir werden es beim Festakt an Marguerite überreichen.«

»Ja, ihr habt allen Grund zu feiern, ihr habt Großes geleistet.«

Mado überging Lilys Lob und deutete mit dem Kopf auf einen Eintrag. »Sieh dir diesen Eintrag an, die aufgeschlagene Seite«, befahl sie.

Jolies Handschrift hätte sie unter Tausenden erkannt. Mit einem Anflug von Traurigkeit las sie Jolies Zeilen. Jolie hatte Spuren hinterlassen, nicht nur in den Herzen der Menschen, sondern auch in diesem unvergleichlichen Dokument.

»Sie hat hineingeschrieben, bevor sie Beauvallon verließ«, sagte Mado mit beherrschter Stimme und nahm das Buch wieder an sich.

Lily nickte.

»Setz dich bitte, Lily.«

Lily zögerte einen Augenblick, dann nahm sie langsam Mado gegenüber Platz.

»Du siehst hübsch aus, Lily.«

Lily senkte die Augen.

Mit den Fingerspitzen strich Mado über den Buchrücken. »Ich habe Jolie an jenem Tag gehen lassen«, erklärte sie, während sie zum Fenster hinausblickte. »Sie war mit Antoine zusammen, danach ist sie verschwunden.«

Mados Stimme kippte. Hektisch zündete sie sich eine Zigarette an, blies den Rauch aus.

Mit einem Mal befand sich Lily wieder im Großen Saal in ihrem Versteck. Sie glaubte, die Stimmen zu hören, Antoines Auftrag, seine eindringliche Bitte an Jolie.

Du musst etwas für mich tun, Jolie.

»Es war ein Zusammentreffen unglücklicher Umstände«, sagte Lily nach einer langen Pause.

»Antoine, dieser Draufgänger«, gab Mado zurück und zog die Mundwinkel herab. »Wäre er in jenem Sommer nicht hier aufgetaucht, sie würde noch leben. Das waren meine Gedanken, damals.«

Lily schüttelte traurig den Kopf und sah Mado an. »Nichts und niemand hätte sie aufhalten können, Mado. Niemand. Gib es zu, du mochtest ihn!«

War Mado schlichtweg eifersüchtig gewesen? Hätte sie damals gern Jolies Platz an seiner Seite eingenommen? Bilder zogen in ihrem Inneren vorbei: wie Mado mit Antoine draußen auf der Bank gesessen, wie sie eine Unterredung mit ihm in einer Nische im Flur geführt hatte, ein gemeinsamer Abendspaziergang. Ohne Jolie.

Mado lachte laut auf und wischte durch die Luft. »Nein, Gott im Himmel, nein, mein Kind, ich habe *Jolie* geliebt, über alles, sie war so etwas wie meine Seelenverwandte. Ich wollte nur den Kontakt zu Antoine nicht verlieren, damit ich ihm immer wieder ins Gewissen reden konnte, das war alles. Ich weiß, sie hätte alles für ihn getan, sie hätte ihr Leben gegeben.«

»Das hat sie«, sagte Lily mit gedämpfter Stimme. »Aber nicht für ihn.«

»Jolie war mir ans Herz gewachsen wie einer dieser schwierigen Schüler, verstehst du?«, fuhr Mado unbeirrt fort. »Diejenigen, die man am meisten liebt, gerade, weil sie einem das Leben schwer machen. Aber wenn sich Jolie etwas in den Kopf gesetzt hatte …« Sie brach ab. »Wem sage ich das?«

Eindringlich sah sie Lily an.

»Jolie war etwas ganz Besonderes«, sagte Lily.

»Ich habe sie in jener Nacht gehen lassen, das werfe ich mir bis heute vor, Lily. *Ich* hätte sie zurückhalten können. Den Tag werde ich niemals vergessen. Noch heute sehe ich, wie sie den Trampelpfad hinablief.«

»Du warst nach dem Krieg bei ihrer Familie in Chozeau«, gab Lily zurück, während ihr Blick über Mados Schreibtisch ging. »Du hast Ordnung geschaffen.«

»Woher weißt du …?«

Mado winkte ab, als besänne sie sich eines Besseren, als wäre es nicht an der Zeit zu erörtern, wer wann wo gewesen war. Nicht mehr. Ein jeder hatte getan, was zu tun war.

Mit zusammengekniffenen Augen zog Mado an ihrer Zigarette. »Es war meine Pflicht. Ein letzter Brief von Jolie ging an mein Postfach, obgleich er nicht für mich gedacht war. Ich habe ihn nicht einmal gelesen, weil ich das Gefühl hatte, kein Recht dazu zu haben.«

Vorsichtig nahm Lily den Brief aus ihrer Tasche und legte ihn auf den Schreibtisch.

»Wie ist er in deine Hände gekommen?«, fragte Mado überrascht. »Warst du in …?« Sie brach ab und nickte. »Natürlich warst du in Chozeau.«

»Spät genug. Jean hat mich mit der Nase draufstoßen müssen. Ich habe Florence getroffen, Jolies Cousine. Antoine war kein Verräter, er hat nichts getan, nichts, was ich mir in meiner kindlichen Fantasie zurechtgelegt habe.«

»Ach, Lily«, sagte Mado und strich sich über die Wangen.

Sachte schob Lily den Umschlag in Mados Richtung. »Er

ist auch an dich gerichtet. Du bist nun einer der letzten Adressaten, die ihn zu lesen bekommen. Bitte nimm ihn an dich und zeige ihn, wenn der Trubel hier vorbei ist, Mamie, Atie und Simone. Vielleicht wollt ihr ihn danach ins *livre d'or* einkleben. Dort wäre er sehr gut aufgehoben.«

Lily lehnte sich zurück und faltete die Hände.

Mado zögerte kurz, schüttelte zerstreut den Kopf, dann steckte sie den Brief ungelesen in ihre Schublade. »Du schaffst es immer noch, mich zu überraschen.« Sie sah auf ihre Armbanduhr, drückte ihre Zigarette aus und machte Anstalten, sich zu erheben.

Lily warf ihr einen strengen Blick zu. »Ich wollte auch noch etwas mit dir besprechen, Mado. Wir sind noch nicht fertig.«

Für einen Moment spiegelte sich ein Hauch von Unsicherheit in Mados Augen, die sofort wieder verflog. Demonstrativ lehnte sie sich mit angehobenem Kinn zurück und sah Lily mit halb geschlossenen Augen an. »Schieß los.«

Die Standuhr schlug zur Dreiviertelstunde.

LILY

49

Beauvallon, 1966

»Schieß los«, wiederholte Mado.

Lily warf einen Blick zum Fenster hinaus.

Der Vorplatz hatte sich gefüllt. Stimmen überschnitten einander. Menschen fielen sich in die Arme. Sie sehnte sich danach, dabei zu sein.

»Warum hast du unsere Briefe zurückgehalten, Mado, all die vielen Briefe, die wir nach Gurs an unsere Eltern geschrieben haben oder nach Hause? Warum hast du das getan?«

Mado schloss die Augen, griff nach einer neuen Zigarette und bot Lily mit hochgezogenen Brauen eine an.

Sie schüttelte stumm den Kopf.

Als Mado die Zigarette in die Flamme des Feuerzeugs hielt, bemerkte Lily das Zittern ihrer Hände, ein Zucken ihrer Lippen. Mit einem tiefen Zug inhalierte Mado Rauch. Dann blies sie eine Wolke aus, die wie Nebel über dem Schreibtisch zwischen den beiden Frauen schwebte. Nach dem dritten Zug stand sie auf, klemmte sich die Kippe in den Mundwinkel, nahm eine Cognacflasche aus der Vitrine und schenkte von der braunen Flüssigkeit zwei bauchige Gläser ein.

Auch diese Angewohnheit hatte Mado beibehalten. Der Cognac, den sie in ihrer Vitrine hortete und den sie nur in sehr exklusiven Augenblicken mit ausgewählten Gästen teilte.

Mado schob das Glas zu Lily hinüber, nahm ihres und ging damit zum Fenster, den Blick ins Freie gerichtet.

Lily starrte auf Mados geraden Rücken. Er ähnelte dem von Mamie, Atie und Simone.

Im Fenster spiegelte sich Mados Gesicht, und sein Ausdruck offenbarte, wie sehr sie Lilys Vorwurf getroffen hatte. Mado zog an ihrer Zigarette und nahm anschließend einen großen Schluck aus ihrem Glas.

Lily tat es ihr gleich. Der Alkohol brannte im Hals, entspannte sie aber nicht.

»Anfangs habe ich sie verschickt, Lily. Das musst du mir glauben. Die meisten Briefe kamen zurück, und ich musste auch von den anderen befürchten, sie hätten ihre Adressaten niemals erreicht. Ich wollte aber, dass ihr die Hoffnung nicht verliert, jedes einzelne Kind. Deshalb habe ich euch aufgefordert zu schreiben. Es war meine tiefe Überzeugung, von der ich auch heute nicht abrücke. Es war das Richtige, was ich getan habe.«

Mado trank ihr Glas leer, stellte es lautstark auf den Schreibtisch und stemmte die Hände in die Taille. Mit einem Ruck wandte sie sich an Lily. »Das war nicht immer so, ich habe viele Fehler in meinem Leben gemacht. Aber nicht in dieser Sache. Ich würde es genauso wieder tun.«

»Jolie hat immer gesagt: Jede Medaille hat zwei Seiten, vielleicht trifft das auch auf dich zu, Mado, ach, eigentlich haben wir alle mindestens zwei Seiten. Du wolltest das Beste für uns und hast riskiert, dass uns die Wahrheit überrollt, wir ihr hilflos ausgeliefert sind. In meinem Fall geschah das leider zum denkbar ungünstigsten Zeitpunkt.«

»Es ist immer der falsche Zeitpunkt, vom Tod eines geliebten Menschen zu erfahren.«

Lily schluckte.

»Aber ohne mein verdammtes Chaos wäre das niemals geschehen. Ich hätte dir in Ruhe alles erklärt. Das war der Plan. Ich hätte dich auffangen können, ich …« Sie zog an ihrer Zigarette und sah Lily eindringlich an.

»Deine Achillesferse«, sagte Lily lächelnd und fischte in ihrer Tasche nach den Zigaretten. Mit zitternden Händen zündete sie sich eine an, blies den Rauch aus. »Hast du deshalb jetzt aufgeräumt?«

Rauchwolken zogen durch den Raum.

»Mit einiger Verzögerung. Es kam alles wieder hoch, als deine Freundin aus Deutschland im letzten Jahr hier aufgetaucht ist. Man kann sich auch nach Jahrzehnten von alten Gewohnheiten trennen, wenn sie Unheil anrichten«, knurrte Mado. »Du ahnst nicht, Lily, wie leid es mir tut. Noch heute. Ist das der Grund, weshalb du dich fast zwanzig Jahre nicht hast sehen lassen?«

In ihren Augen las Lily eine einzige quälende Frage.

Lily zuckte die Achseln. »Es kam vieles zusammen, Mado. Aber es war, als wären diese nicht verschickten Briefe, die Nachricht vom Tod meiner Eltern aus Genf, als wäre all das mein letztes Gepäck, das ich aus Beauvallon mitnahm.

Alles hatte sich verdreht. Mein Leben stand auf dem Kopf. Das tut es immer noch, nur komme ich jetzt damit klar.«

Mado schenkte ihr ein warmes Lächeln. »Ja, das scheint so zu sein. Und es freut mich, dass du einen Weg gefunden hast, Lily.«

Sie drückte ihre Zigarette aus und zeigte auf ihre Uhr.

»Du hättest Jolie nicht zurückhalten können, Mado. Niemand hätte das.«

Mit einem Ruck richtete sich Lily auf.

Mado runzelte die Stirn. »Du sprichst, als wüsstest du das ganz genau.«

Augenblicklich verstummte Mado, und die beiden Frauen warfen sich einen langen Blick zu.

»Weiß ich auch. Ich bin sozusagen eine Ohrenzeugin, eine, die aus einer Unterhaltung, die sie nichts anging, die falschen Rückschlüsse gezogen hat.«

Stockend berichtete ihr Lily von jener Nacht, die ihr Bild von Antoine maßgeblich geprägt hatte. Von Antoines Auftrag, Lilys Versteck und wie sie das ganze Gespräch belauscht hatte.

»Jolie hat mich erwischt und mir das Versprechen abgenommen, dass ich niemals auch nur einer Menschenseele davon erzählen darf. Aber der Tod löst Versprechen dieser Art, vor allem, wenn es um Versprechen geht, die niemandem etwas nutzen. Es ist wie mit den Schwüren. Sie binden dich, während du dich veränderst, neue Perspektiven einnimmst. Sie sind ein Fluch. Du musst dich an deinen moralischen Kompass halten, aber nicht an Versprechen, die dein Denken und Handeln begrenzen.«

Mado lächelte. »Ich bin stolz auf dich, Lily.«

»Antoine trägt keine Schuld, auch wenn er de facto Jolies Verhaftung billigend in Kauf genommen hat. Jolie wollte bei ihrer Familie sein. Und vielleicht glaubte sie sogar, wir alle seien hier ohne sie und Antoine sicherer.«

Nachdenklich nickte Mado, zog ihren Stuhl heran und setzte sich wieder.

Lange saßen die beiden Frauen einander gegenüber und teilten ein Schweigen, nur das Ticken der Uhr war zu hören.

Lily trank ihr Glas leer und drückte ihre Zigarette aus. Es gab nichts mehr zu sagen. Von draußen hörte man immer seltener Gelächter und fröhliche Stimmen.

»Wir werden zu spät kommen«, flüsterte Lily.

Bestimmt würde ihr Agnes einen Platz freigehalten haben.

»Und wenn schon«, gab Mado trotzig zurück. »Das hier ist es, was jetzt zählt. Marguerite legt sowieso keinen Wert auf derartige Glanzveranstaltungen.«

Lily lächelte. »Du ja auch nicht.«

»Nein, keine von uns. So sind wir nicht. Wir haben geholfen, weil es selbstverständlich ist. Niemand muss uns dafür feiern.«

Die Standuhr schlug zur vollen Stunde.

»Ihr alle habt einen moralischen Kompass und habt uns gelehrt, unseren zu finden. Trotzdem ist es schön, wenn durch Veranstaltungen wie diese die Öffentlichkeit die Wahrheit über diesen Ort erfährt. Agnes wird in Deutschland weiter darüber berichten, wirst schon sehen.«

Seufzend stand Mado auf. »Wir müssen dann wohl los. Es wird ganz schön emotional werden. Du weißt, wie wenig ich solche Feierlichkeiten leiden kann. Wenn du mich fragst, würde ich mich am liebsten verkriechen.« Mado trat zu Lily hinüber und reichte ihr die Hand. »Dann wollen wir mal …«

Lily nahm sie, stand auf, und gemeinsam traten sie hinaus in den Flur.

Im Flur legte Mado behutsam den Arm um sie.

Die Tür, die zum großen Saal führte, war angelehnt. Einige Nachzügler liefen eilig hinein.

Für einen Moment ließ Lily ihren Kopf an Mados Schulter sinken. Mado tätschelte ihre Hand.

Dann richteten sich beide auf, warfen sich einen Blick zu und betraten den Saal, der festlich mit Blumenbouquets aus Rosen, Margeriten und Sonnenblumen geschmückt war.

Jeder einzelne Platz war belegt.

Die Menschen tuschelten. Auf den Stühlen drehten sich einige zu ihnen um und winkten Lily und Mado zu. Es handelte sich um ehemalige Freunde und Freundinnen. Auch wenn zwanzig Jahre zwischen ihrer letzten Begegnung und heute lagen, in den erwachsenen Gesichtern erkannte Lily die kindlichen Züge von einst: Adrienne. Sophie. Lucien. Sie konnte es kaum erwarten, ihre Freunde zu umarmen.

Auf einer kleinen, eigens angelegten Bühne befand sich im Hintergrund eine überdimensional große Leinwand mit einem Foto der Feen von Beauvallon in Lebensgröße.

Lily glaubte ihren Augen nicht zu trauen, als sie auf der Abbildung Jolie neben Mado entdeckte. Alle Frauen umarmten einander und strahlten in die Kamera. Es musste vor Jolies Verwandlung in einen amerikanischen Filmstar entstanden sein, denn sie trug noch ihr wunderschönes Naturhaar, eine weite Bundfaltenhose mit Bluse und eine Baskenmütze. Lily hielt den Atem an.

Ohne das Bild aus den Augen zu lassen, ging sie an ihren Platz neben Agnes, während Mado nach vorne zur ersten Reihe schritt.

»Ist das nicht ein wunderschönes Foto?«, hörte sie eine vertraute Stimme hinter sich.

Es war die von Jean. Sie fiel ihm um den Hals, küsste ihn auf die Wange. »Ach, Jean, du bist doch gekommen.«

»Ich kann dich doch nicht allein dem Mundwerk von Mado überlassen«, sagte er liebevoll.

Er trat zu Agnes, berührte ihre Schulter, küsste sie auf die Wange und nahm neben Lily Platz.

Agnes legte ihren Fotoapparat unter ihren Stuhl. Jean strich sich über das Revers seines Jacketts. Mit einem Anflug von Freude registrierte Lily eine Vertrautheit zwischen ihren beiden Freunden und blickte schließlich gebannt nach vorn.

Nach einer Weile erhob sich Marguerite aus der ersten Reihe und ging in ihrer unnachahmlichen beschwingten Art zu der kleinen Bühne mit dem Pult. Als sie Lily entdeckte, schenkte sie ihr ein Lächeln und warf ihr eine Kusshand zu.

Lily lächelte zurück.

»*Silence, s'il vous plaît*«, befahl Mamie, und ihre Stimme klang genau wie vor zwanzig Jahren. *Bitte Ruhe.*

Sie klatschte in die Hände.

Ein magischer Moment lag über dem Saal. Es war wie früher: Mit einem Fingerschnippen gelang es Mamie, sich

Gehör zu verschaffen. *Ihr* Geist schwebte über dem Publikum, nicht der Rousseaus.

Lily klammerte sich an das lebensgroße Foto der Feen von Beauvallon, als vermöge es ihr Kraft zu geben. Plötzlich nahm sie einen Schatten wahr, der sich seitlich von hinten in ihr Sichtfeld schob.

Ein Mann schritt zwischen den Sitzreihen bis nach vorn. Obwohl sie ihn nur flüchtig gesehen hatte, erkannte sie ihn an seinem leichten Gang sofort. Er trug einen blauen Anzug, Krawatte.

Ihr Magen zog sich zusammen, und sie bemühte sich, regelmäßig zu atmen. Sie spürte Agnes' Hand auf ihrer. Zu ihrer Linken legte Jean seinen Arm um ihre Stuhllehne.

Als sich der Mann dem Publikum zuwandte, registrierte Lily die Auszeichnung, die an seinem Revers steckte. Eine Brosche mit dem Lothringer Kreuz – die Medaille der Résistance. Antoines grau meliertes Haar schimmerte.

Am Pult stand Bernard Forger.

LILY

50

Beauvallon, 1966

Gebannt sah Lily nach vorn, wie Bernard Forger sein Redemanuskript auf dem Stehpult ablegte, die Augen auf die vor ihm liegenden Blätter gerichtet.

Dann sah er auf, ließ seinen Blick über die Köpfe des Publikums schweifen. Er rückte das Mikrofon zurecht und räusperte sich.

Aus der fünften Reihe, in der Lily saß, schienen die Köpfe der Anwesenden mit Antoine an der Spitze zu einem Bild zu verschwimmen. Hinter ihm jedoch war es ihr, als atmete das lebensgroße Foto mit Jolie, als könnte sie ihr Lachen hören. Ein Lachen aus glücklichen Tagen.

Der Geruch nach frisch gebohnertem Holz streifte ihre Nase. Der harzige Duft ihrer Kindheit katapultierte Lily zurück in die Zeit jener schicksalhaften Jahre hier in Beauvallon: die vielen Stunden im Großen Saal, die sie in der Geborgenheit der Gemeinschaft erlebt hatte, die Schweigeminuten, die das Erinnern geschult hatten, die Erfahrung der Hilfsbereitschaft, das daraus erwachsende selbstverständliche Erlernen von Toleranz, Großzügigkeit. Zwei Jahre dehnten sich zu einer Ewigkeit aus und verdichteten sich gleichzeitig in diesem Moment der Erkenntnis.

Du kannst etwas für mich tun.

Ihr Blick fiel auf einen großen Schrank, hinter dem sich ihr ehemaliges Versteck befinden musste.

Wie oft musste sich Antoine gefragt haben, was geschehen wäre, hätte er jenen Satz nicht ausgesprochen? Zum ersten Mal vermochte Lily die Tragik von Jolies Tod aus seiner Warte zu sehen. Er hatte diese Frau geliebt!

Niemand war schuld.

Jolie hatte ihre eigenen Entscheidungen getroffen. Ihre Reise, die sie über Lyon nach Chozeau geführt hatte, war aus freien Stücken geschehen. Niemand hatte sie gezwungen.

»Wusstest du, dass er kommt?«, durchbrach Agnes' leise Stimme Lilys Gedanken.

Lily neigte den Kopf in ihre Richtung. »Nein. Nicht einmal Mado wusste es. Sie hätte es mir gesagt.«

Wie hypnotisiert sah sie nach vorn zu Antoine.

»Er wirkt hilflos«, sagte Agnes. »Wie ein Verlorener.«

Lily nickte. »Ja, das stimmt.«

Jean schwieg. Lily schluckte, nahm einen tiefen Atemzug.

Wie aus der Ferne hörte sie die stockende Rede eines Mannes, den Jolie und Mado immer als Draufgänger, als einen Wagemutigen bezeichnet hatten. Dabei war es Jolie gewesen, die alles riskiert hatte.

»*Ce jour est un jour exceptionnel*«, hörte sie Bernard Forger sagen. Er sprach von dem Besonderen dieses Orts, der Exklusivität der Schule von Beauvallon und dessen Menschen, der Hilfsbereitschaft, dem Ausbleiben jeglicher Denunziation während des Zweiten Weltkriegs.

Heute ist ein besonderer Tag.

Lily vernahm nur Bruchstücke: *Das Wunder von Dieulefit. Die Feen von Beauvallon. Widerstandskämpfer. Eintausendfünfhundert gerettete Flüchtlinge. Ziviler Widerstand.*

Lily schloss die Augen und holte sich das Bild einer langen Fahrt in den Süden Frankreichs zurück, einer Veranda in Chozeau, eines heilenden Gesprächs mit Florence, einer Bank im Schutz einer Pinie. Dann den Marktplatz von Sulzburg an einem Oktobertag des Jahres 1940. Agnes und sie als Kinder am Tag der Deportation, fünfundzwanzig Jahre danach sprachlos einander gegenübersitzend in einer Ludwigsburger Pizzeria. Lilys Arbeit in Ludwigsburg, die kleinen Erfolge der engagierten Kollegen, Agnes' jüngster zweiseitiger Artikel in der *Badischen Zeitung* über das *Wunder von Dieulefit*, die Eröffnung einer Serie. Interessierte Leserbriefe.

Auf einmal erschien ihr alles wie eine Kette von Kausalitäten, als hinge eines mit dem anderen zusammen und als schließe sich jetzt ein Kreis.

Ein Räuspern neben ihr holte sie zurück in die Gegenwart. Sie spürte Jeans Arm in ihrem Rücken, seinen vertrauten Duft, seine unerschütterliche Freundschaft, den sanften Druck von Agnes' Hand.

Sie war nicht allein.

Langsam öffnete sie die Augen. Im Saal war es jetzt ganz still, fast so wie bei den legendären Schweigeminuten.

War Antoine am Ende seiner Rede angekommen?

Sie blickte nach vorn, konnte sehen, wie Antoine innehielt, in seinem Manuskript blätterte, als suche er dort nach den richtigen Worten.

Dann sah er auf.

Mit einem Mal schien sich ein Korridor inmitten der vielen Menschen aufzutun, eine unsichtbare Diagonale von einer Seite des Raums zur anderen. Ihre Blicke trafen sich. Lily las in seinen Augen etwas Vertrautes, nichts Fremdes, aber auch Fragen.

Im Hintergrund seiner Gestalt erstreckte sich die Leinwand, als stünden Antoine und Jolie als Paar beieinander. Ja, es musste Jolies imaginäre Anwesenheit sein, die ihn um Fassung ringen ließ.

»Ich …«, hörte sie seine Stimme, während er Lily immer noch fixierte, als zöge ihr Anblick sie ganz in den Bann seiner Erinnerungen an Jolie, als müsse er sich an Lilys Augen festhalten.

Sie presste die Lippen aufeinander.

Mit einem Ruck sah er weg, trat vom Mikrofon zurück, blieb mit überkreuzten Händen vor dem lebensgroßen Foto stehen und sah wie durch es hindurch.

Dann verbeugte er sich.

Es war, als hielte der ganze Saal den Atem an.

Jemand im Publikum putzte sich die Nase. Nur die wenigsten der Anwesenden kannten Antoines und Jolies Geschichte, aber jeder schien zu spüren, was ihn in diesem besonderen Augenblick bewegte.

Nach einer langen Pause, in der sich die Stille im Raum ausdehnte, stand Jean auf, während er rhythmisch in die

Hände klatschte, immer und immer wieder, seinen Blick zur Leinwand gerichtet. Agnes tat es ihm gleich, dann Lily. Die drei klatschten unermüdlich, so lange, bis der ganze Saal ihnen folgte und in ihren Applaus mit einstimmte.

Keinen der Besucher hielt es länger auf seinem Stuhl, jeder stand auf und applaudierte. Etwas Magisches war plötzlich am Werk. Es war, als schlüge in diesem Augenblick im Großen Saal das Herz der Kinder von Beauvallon im selben Takt.

Einige drehten sich um und winkten Lily und Jean zu.

Diesmal suchte *Lily* Antoines Augen, und als sich ihre Blicke trafen, nickte sie ihm langsam zu. Es war, als offenbare eine einzige Geste das Unsagbare zwischen ihnen und als stünde ihnen Jolie auf geheimnisvolle Weise zur Seite.

»*C'est un bon jour*«, formte Lily lautlos mit ihren Lippen. »*Un jour exceptionnel.*«

Er legte seine rechte Hand auf die linke Brust, ohne seine Augen von Lily zu lassen, und deutete eine Verbeugung an.

EPILOG

Sulzburg, 1966

Kühle Herbstluft strömte über den menschenleeren Marktplatz, der Himmel darüber war wolkenverhangen. Der Krämerladen war noch da, das Lokal *Hirschen*, die Schule, das Bekleidungsgeschäft, an dessen Schaufenster einst gestanden hatte: *Kauft nicht bei Juden.*

Lily hatte ihren Wagen am jüdischen Friedhof geparkt.

Als sie vor ein paar Jahren überstürzt Sulzburg besucht hatte, war sie nur auf dem Friedhof gewesen, hatte den Ortskern gemieden. Rückblickend erschien ihr das wie eine viel zu verfrühte Annäherung an ihre Kindheit. Damals war sie noch nicht so weit gewesen, hatte es nur bei den Toten, nicht unter den Lebenden ausgehalten. Jetzt war sie eine erwachsene Frau, die an ihren Geburtsort zurückkehrte. Es existierten keine Verwandten mehr in Sulzburg.

Sie drehte sich einmal im Kreis. Dieser Platz weckte Erinnerungen, jene, die sich in ihrem Gedächtnis eingebrannt hatten.

Der 22. Oktober 1940 hatte ihre Kindheit beendet. Gefolgt waren die Läuse und Wanzen von Gurs, die Kälte im Winter, die unerträgliche Hitze im Sommer.

Unwillkürlich kratzte sie sich am Kopf.

Dann waren Jolie und Jean in ihr Leben getreten. Die Flucht nach Dieulefit, das rettende Beauvallon. Dort – eine fast normale Kindheit, aber was war das Überleben wert, wenn man mit der Freiheit alles verlor? Sie hatte damals Jean, ihre Eltern und Jolie an einem einzigen Tag verloren. Jean an Paris, ihre Eltern und Jolie unwiederbringlich an eine höhere Macht. Ihre Kinderseele hatte weit mehr aushalten müssen, als sie verkraften konnte.

Gegenüber von ihrem Standort erkannte sie Agnes' Elternhaus und wunderte sich darüber, wie nah sie auch räumlich einander gewesen waren. Ja, an diesem Ort waren sie fast Tür an Tür miteinander groß geworden, und doch war ihr Leben, ihre Kindheit, so unterschiedlich verlaufen.

Sie ertappte sich bei dem Gedanken, dass es an der Zeit war, Agnes zu verzeihen, dass sie unbehelligt in Sulzburg hatte bleiben können, sie ihr keinen Schutz hatte gewähren können.

Der Marktplatz hatte sich fast nicht verändert seit damals. Immer noch gab es den mittelalterlichen Brunnen in der Mitte des kopfsteingepflasterten Geländes, das Rathaus mit der gelben Fassade und den Sprossenfenstern, das kleine orangefarbene Stadtschloss.

Vor der Villa, der ehemaligen Praxis ihres Vaters, machte Lily halt. Innen hingen weiße Spitzengardinen – die Balustrade zum Eingang war mit Geranien geschmückt.

Lily mochte keine Geranien. Flieder war in Ordnung, Lavendel unvergleichlich. Tieflilafarbener Lavendel.

Liebe Mama, lieber Papa, ich lebe jetzt in einem wunderschönen Ort in Frankreich, wo der Lavendel im Sommer blüht. So ein Lila habt ihr noch nie gesehen, noch viel lilaner als der Flieder bei uns.

Im danebenliegenden ehemaligen *Judenhaus* waren neue Bewohner eingezogen. Wo sich einst die Sulzburger Juden auf engstem Raum arrangieren hatten müssen, lebten jetzt laut Klingelschild vier Familien.

Die Erinnerung an den Tag der Deportation kam mit Wucht zurück, unmittelbar, dicht, fast körperlich spürbar. Sie konnte sich nicht dagegen wehren.

Vor ihrem inneren Auge sah sie den sich dem Marktplatz nähernden Lastwagen, die vielen Menschen in dunkler Kleidung, das Gepäck. Sie hörte die ängstlichen Stimmen, die harten Schritte des Militärs, spürte ihre Hand in der ihres Vaters.

»Wo gehst du denn hin?«, hatte Agnes gefragt.

Agnes mit ihren heruntergerollten Strümpfen. Agnes mit dem halben Foto in der Hand.

Was hatte Lily geantwortet? Sie wusste es nicht mehr.

Siebenundzwanzig Menschen. Es waren siebenundzwanzig Mitglieder der jüdischen Gemeinde gewesen. Das hatte sich Lily gemerkt. Heute gab es keinen einzigen Juden mehr in Sulzburg.

Im Hintergrund konnte sie die Umrisse der nahen Schwarzwaldhöhen sehen. Schon als Kind hatte diese Landschaft sie ganz erfüllt. Später hatte sich über die Nadelbäume das Bild der Lavendelfelder und Kastanienbäume von Dieulefit gelegt, die Grotten, die Schluchten, die als Verstecke gedient hatten – eine unendliche Geborgenheit.

Die Rathausuhr schlug zur vollen Stunde.

»Ja, das ist doch die Lily.«

Eine Stimme riss Lily aus ihren Gedanken, und abrupt drehte sie sich um.

Sie registrierte eine ältere Frau mit dauergewelltem, hellem Haar. Die Frau, die das vertraute Alemannisch ihrer Kindheit sprach, trug einen Regenmantel und hielt eine Leine in der rechten Hand. In der Verlängerung wedelte ein weißer Pudel mit dem Schwanz, näherte sich ihr, und Lily hielt ihm ihre Hand entgegen.

Vorsichtig schnupperte er daran und schmiegte sofort seinen Kopf in Lilys geöffnete Hand. Seine Schnauze fühlte sich weich und feucht an, sein lockiges Haar wie Seide.

Sie sah in das fremde Gesicht der Frau, das, je länger sie hinsah, desto vertrauter wirkte, während sie über die Ohren des Pudels strich. Ein Gesicht aus alten Zeiten. Die Welt in Sulzburg war immer noch klein, überschaubar.

»Kennst du mich denn nicht mehr?«, fragte die Frau und nahm Lilys Hand, tätschelte sie. Der Hund winselte. »Ich bin die Frau Schneider, ihr habt immer so schön bei uns gespielt. Die Agnes und du. Unten bei mir am Sulzbach.«

Der Hund bellte und wuselte um Lily herum, als müsse er darauf achten, dass sie nicht weglief. Dabei wickelte sich die Leine um ihre Beine. Lachend befreite sich Lily, indem sie sich drehte.

»Ja, ich erinnere mich. Hallo, Frau Schneider.«

»Ich habe dich schon mal gesehen, auf dem jüdischen

Friedhof. Wie lang ist das her? Schau nur, das ist das Fritzle, ein reinrassiger Pudel. Wir haben ihn seit zwei Wochen. Noch ungestüm und wild. Aber er ist lieb, der macht nix.«

Das Wort *reinrassig* versetzte ihr einen Stich. Lily ging in die Hocke. Der Hund legte seine Schnauze auf ihren Oberschenkel.

»Fritzle ist sonst gar nicht so«, sagte Frau Schneider irritiert. »Mit Fremden eher schüchtern. Er ist ja ganz aus dem Häuschen. Ich glaub, er mag dich.«

»Der Hund macht keinen Unterschied zwischen einem Juden und einem Arier«, erwiderte Lily und stand auf.

Frau Schneider errötete.

»Die Agnes hat nach dir gesucht, weißt du das?«, fragte sie schließlich zerstreut, während sie sich bemühte, ihren Hund von Lily wegzuziehen, aber der Vierbeiner rückte keinen Millimeter von Lily ab. Wie ein Wachhund saß er dicht vor ihren Füßen und schaute zu ihr hinauf.

»Ja, Agnes hat mich gefunden.« Sie blickte Frau Schneider direkt in die Augen.

»Sie war beim Radio, so eine von den modernen Frauen, die unbedingt arbeiten wollen. Unverheiratet. Jetzt schreibt sie für die Zeitung, die *Badische*. Hast du das gewusst?«

Lily nickte und warf einen Blick zum Himmel. »Ich weiß von Agnes' Arbeit, und ich bin sehr stolz auf sie.«

»Ihr wart immer so dicke Freunde.«

»Sind wir immer noch«, sagte Lily.

Ganz aus der Ferne war ein Donnerschlag zu hören.

Frau Schneider blickte missmutig in Richtung Horizont.

»Ich muss dann weiter, Frau Schneider, es war schön, Sie wiederzusehen. Hat mich sehr gefreut.«

Sie machte sich auf in Richtung ihres Wagens, den sie am Ortsausgang beim Friedhof geparkt hatte. Fritzle sah ihr mit gespitzten Ohren und geneigtem Kopf hinterher.

»Kommt mich mal besuchen, du und die Agnes, das wäre doch schön. Ach, dann ist alles wieder wie in alten Zeiten«, rief sie Lily hinterher. »Ich kann auch Kuchen backen, jetzt, wo's so gute Zwetschgen gibt. Meinen Zwetschgenkuchen mochtet ihr doch so, gell?«

»Das wäre sehr schön«, rief Lily zurück und winkte. »Ihr Zwetschgenkuchen war der beste von ganz Sulzburg.«

Am Parkplatz angekommen, nahm Lily eine Zigarette, zündete sie an und blies den Rauch aus. Sie ließ die Streichholzschachtel durch die Finger gleiten, öffnete die Tür zu ihrem Wagen und drehte das Radio an.

»Siebzehn Jahr, blondes Haar …«, tönte die Stimme von Udo Jürgens, »… so stand sie vor mir.«

Lily drehte an dem Schaltknopf, während sie einen tiefen Zug inhalierte.

»Hier ist Radio Luxemburg. Und jetzt die Beatles«, kündigte der Radiosprecher an.

Gebannt wartete sie. Sie stellte einen Fuß auf das Trittbrett und stützte ihre Unterarme aufs Dach. Genüsslich zog sie an der Zigarette.

Ein Gitarrenakkord, dann Paul McCartneys Stimme. *»Yesterday, all my troubles seemed so far away … I believe in yesterday.«*

Im Hintergrund setzten die Streicher ein.

Lily hörte dieses melancholische Lied zum ersten Mal und verliebte sich auf Anhieb in die ruhigen Töne, in den schlichten Text. Es ging um Verlust, um das Schwelgen in Erinnerungen, um Verlassenwerden.

Sie war nicht verlassen worden, von keinem ihrer geliebten Menschen, vielmehr hatte sie deren Verlust erdulden und verkraften müssen und tat es immer noch. Wut ersetzte keine Trauer. Rachegefühle machten Tote nicht wieder lebendig, und denjenigen, der sie hegte, machten sie krank, verbittert, einsam.

Vor nicht allzu langer Zeit war für Lily an einer Grabstelle und anschließend auf der Veranda eines Herrenhauses unweit von Lyon etwas geschehen, etwas, das sie gar nicht richtig benennen konnte und das in Beauvallon weitergegangen war. In Mados Büro hatte der Riss in ihrem Herzen wieder zaghaft begonnen zuzuwachsen, eine dünne Haut hatte sich auf den Wunden gebildet. Ein einziger Blickkontakt hatte Antoine und sie über die Distanz versöhnt.

Manches musste nicht ausgesprochen werden, es heilte, wenn die Zeit dafür reif war.

Mit geschlossenen Augen inhalierte Lily einen tiefen Zug von ihrer Zigarette, einen zweiten, einen dritten. Sie öffnete die Augen, den Blick über die Terrassen mit den Gräbern gerichtet. Wie schön und friedlich es hier war. Neben ihr vernahm sie das Rauschen des Bachs.

Sie drückte ihre Zigarette auf dem Boden aus, hob sie auf und warf sie zusammen mit der noch fast vollen Zigarettenpackung und den Streichhölzern in den Mülleimer, der für die Wanderer bereitstand.

Dann ging sie ein paar Schritte bis zu der kleinen Brücke, an der sie so oft mit Agnes gespielt hatte. Vom Hang sank kühle Luft herab.

»Now I need a place to hide away, I believe in yesterday.«

Nein, sie brauchte kein Versteck, nicht mehr. Das kleine Versteck in Beauvallon, das ihr als Rückzug von der Welt gegolten hatte, hatte ausgedient.

Ja, sie hatte angefangen, sich selbst zu verzeihen. Niemals würde sie aufhören, sich zu erinnern. Zu lieben war um so vieles leichter, als zu hassen.

NACHWORT DER AUTORIN

Dieser Roman basiert auf wahren Begebenheiten.

Dieulefit (übersetzt: »Gott hat es gemacht«) liegt dreißig Kilometer östlich der Rhône in der Drôme. Der Ort versteckte während des Zweiten Weltkriegs mehr als 1 500 Flüchtlinge, fast so viele, wie er selbst Einwohner*innen besaß. Unter ihnen französische und deutsche Jüdinnen und Juden, spanische Republikaner*innen und andere politisch Verfolgte, Widerstandskämpfer*innen, Intellektuelle, Künstler*innen.

Wie es zu erklären ist, dass es Dieulefit geschafft hat, sowohl die Retter*innen als auch die Geretteten zu schützen? Darüber kann nur spekuliert werden. Ein wichtiger Grund liegt sicher in der protestantischen Prägung der Bewohner*innen, die sich von jeher der Tradition verpflichtet fühlen, mit Verfolgten Solidarität zu zeigen. Bis heute ist Dieulefit einer der wenigen französischen Orte mit einem hohen Anteil an protestantischer Bevölkerung. Auch die

Leiterinnen von Beauvallon waren Protestantinnen. Im Ortskern befindet sich die protestantische Kirche direkt neben der katholischen. Eine weitere mögliche Antwort offenbaren deutsche Militärarchive: Der Landkreis wurde von den Besatzungsmächten nie als relevant eingestuft. Das hat nach neuem wissenschaftlichen Kenntnisstand auch damit zu tun, dass es in näherer Umgebung nie Sabotageakte oder Attentate gegen die Besatzer gab (obwohl sich im Landkreis Dieulefits ein Netz der Résistance befand). Schwere militärische Zusammenstöße folgten erst ab August 1944 auf dem Rückmarsch der Wehrmacht und nach dem Vordringen der amerikanischen Armee, also zum Zeitpunkt der Befreiung durch die Alliierten.

Die Flüchtlingskinder besuchten zusammen mit den Einheimischen die in einem Seitental gelegene Internatsschule Beauvallon, die die Gründerin Marguerite Soubeyran gemeinsam mit ihrer Lebenspartnerin Catherine Krafft und mit Simone Monnier leitete. Die Pädagoginnen orientierten sich an den reformpädagogischen Ideen der ersten Hälfte des 20. Jahrhunderts. Beauvallon galt als das geistige Zentrum des Orts.

Neun Bewohner*innen aus Dieulefit wurden bislang in der israelischen Gedenkstätte *Yad Vashem* mit dem Titel eines/einer »Gerechten unter den Völkern« ausgezeichnet, darunter Jeanne Barnier, Marguerite Soubeyran, Catherine Krafft und Simone Monnier.

Kenner*innen meiner Romane werden es bemerkt haben: Oft streue ich in der Romanhandlung Hinweise auf spätere Bücher ein: In meinem 2018 erschienenen Roman

Das geheime Lächeln erzählt eine Episode von dem Ort des Wunders, wo der jüdische Flüchtling Jean-Pierre Roche in Dieulefit ein Refugium findet. Schon damals wusste ich, dass ich den vorliegenden Roman eines Tages schreiben würde. Vieles fügte sich dann im kreativen Prozess, bis es so weit war.

Das historische Vorbild für meine Heldin Lily Blum heißt Marga Kahn, verheiratete Birnbaum. Sie wurde 1927 in Sulzburg geboren und wanderte 1946 nach New York aus. Marga Kahn war das einzige Kind, das von Sulzburg aus am 22. Oktober 1940 deportiert wurde. Sie wurde von Gurs aus in andere Lager verlegt und 1943 von der OSE illegal in die Schweiz gebracht. Ihre Eltern wurden im Sommer 1942 von Gurs über Drancy nach Auschwitz deportiert und dort ermordet. Marga Kahn war im Gegensatz zu meiner Heldin Lily Blum nie in Beauvallon. Es ist der Gesamterzählung geschuldet, eine fiktive Rettungsaktion in dem sich an historischen Begebenheiten orientierten Roman auf diese Weise einzubinden. Als gesichert gilt, dass mindestens ein Kind aus Gurs den Weg nach Beauvallon fand.

Der Fluchtweg meiner fiktiven Heldin Jolie und der Kinder ist exemplarisch. Viele Fluchtrouten führten über die Pyrenäen nach Spanien oder durch die französischen Alpen in die Schweiz. Von dem Vorfall um die Deportation der Kinder aus Beauvallon im Jahr 1942 (Kapitel 25) gibt es in der Literatur mehrere Versionen, die mir als Grundlage für die aufgegriffene Episode dienten.

Bei den Dorfbewohner*innen in Dieulefit handelte es sich um sogenannte *Stille Held*innen*, Menschen, denen ihr selbstloses Handeln selbstverständlich war. Das Ausbleiben jeglicher Denunziation, das Schweigen der Bevölkerung, wurde in einem Radiobeitrag 2015 für den WDR von Thomas Pfaff als das *Wunder von Dieulefit* beschrieben.

Die stillen Held*innen, *die Gerechten* Frankreichs, sind von der französischen Résistance nach dem Krieg wenig oder gar nicht anerkannt. So formuliert Simone Veil, ehemalige französische Politikerin und Holocaust-Überlebende, in ihrer Rede im Panthéon in Paris (18.1.2007) bezugnehmend auf den *zivilen Widerstand* sehr treffend:

»Ihr habt mit eurem Herzen gehandelt. Ihr seid einer ungeschriebenen Verpflichtung gefolgt, die für euch Vorrang hatte vor allem anderen. Ehrungen habt ihr nicht gesucht. Umso mehr seid ihr es würdig, geehrt zu werden. Die Gerechten Frankreichs glaubten, die Geschichte nur erlebt zu haben. In Wahrheit haben sie Geschichte geschrieben.«

Die Schule Beauvallon existiert immer noch. Das Gebäude wurde renoviert, blieb aber im Kern unverändert. Noch heute wird sie im Geiste der Feen von Beauvallon geführt, und an einer Wand hinter der Schule sind ihre Konterfeis überdimensional groß in Schwarz-Weiß verewigt. Immer noch befindet sich auf dem Vorplatz eine mächtige Kastanie. Als ich im Frühjahr 2022 vor Ort war, um mir die Räumlichkeiten und die Umgebung anzusehen, herrschte normaler Schulbetrieb. An den Wänden im Inneren der Gemeinschaftsräume finden sich noch heute Originalgemälde der Kinder von Beauvallon: kindliche Abbildungen von Freizeitaktivitäten inmitten von freier Natur, die den Alltag in einer nahezu heilen Welt widerspiegeln. Die

Geborgenheit, die das Gebäude ausstrahlt, ist immer noch spürbar, genau wie die Selbstverständlichkeit der Gastfreundschaft, die ich in der Schule und im gesamten Ort Dieulefit selbst erfahren habe.

Ohne großes Aufsehen überreichte mir der heutige Schulleiter Patrick Savoie in seinem Büro das *livre d'or* von Beauvallon, das ich angesichts der darin enthaltenen handgeschriebenen Danksagungen von Geretteten und berühmten Persönlichkeiten fast nicht wagte anzufassen. »Darf ich wirklich darin blättern?«, fragte ich ihn vorsichtig. »Ja, natürlich«, bekam ich zur Antwort. »Nur zu! *Allez-y*!«

Überraschende Begegnung mit einer Zeitzeugin

Im April 2022 bekomme ich in Dieulefit ein Geschenk von unschätzbarem Wert: Vor dem Schaufenster des geschlossenen Touristikbüros der Stadt entdeckt mich eine Mitarbeiterin, die gerade noch in der Mittagspause ist. Trotzdem fragt sie freundlich nach meinem Anliegen.

»Waren Sie schon in Beauvallon?«, will sie nach einer kurzen Schilderung meines literarischen Vorhabens wissen und vermittelt mir binnen Minuten einen Termin beim heutigen Schuldirektor von Beauvallon.

Als ich mich dankend verabschieden möchte, fragt sie, ob ich an einer Zeitzeugin interessiert sei, die Schülerin in Beauvallon war.

Vor Schreck über das unverhoffte Glück fällt mir fast mein Notizbuch aus der Hand.

Nach einem kurzen Telefonat der Mitarbeiterin erhalte ich ohne irgendwelche Formalitäten die Telefonnummer von Marie-Ange Vard, einer ehemaligen Schülerin von Beauvallon, heute fünfundachtzig Jahre alt. Bis heute lebt sie in Dieulefit und lädt mich spontan zu sich nach Hause ein.

Auf einem Tisch stapeln sich Bücher der begeisterten Leserin, eine Leidenschaft, die Marie-Ange, wie sie mir berichtet, Marguerite Soubeyran verdankt. Stets war die Pädagogin darauf bedacht, ihre Schützlinge zum Lesen zu animieren.

»Was lesen Sie gerade, Madame?«, stelle ich die berühmte Eisbrecherfrage, während sie meine mitgebrachten Blumen versorgt.

»Einen Roman über den italienischen Widerstand. Den müssen Sie unbedingt lesen. Ein wichtiges Buch!«

Und schon sind wir mitten im Thema, im Widerstand von Dieulefit, der Schule Beauvallon und dem großen Geheimnis des Schweigens – dem »Wunder von Dieulefit«.

Die Zeit vergeht wie im Flug, während mir Marie-Ange Vard detailliert und äußerst eloquent von ihren Erinnerungen an Marguerite, Catherine und Simone, von ihrem Schulalltag, dem Internatsleben berichtet.

»Wir nannten Marguerite Soubeyran alle Mamie«, erklärt sie mit strahlendem Lächeln, und wie stolz sie darauf sei, eines der Kinder von Beauvallon zu sein. »Wir haben sie sehr geliebt.«

In Marie-Ange Vards Wohnzimmer in einem typischen kleinen Steinhaus in unmittelbarer Nähe zum Rathaus von Dieulefit streift mich die Ahnung von einer Idee, welche die Menschen an diesem magischen Ort einst bewegt haben muss. Wie aus einem Guss sind die Häuser in engen kopfsteingepflasterten Gassen aneinandergebaut. Auch wenn dieses Stadtbild für den Süden Frankreichs typisch ist, ahnt man die Besonderheit von Dieulefit: Hier gab es keinen Raum für Geheimnisse, nur Schweigen, Diskretion, stille Unterstützung.

Während des intensiven Gesprächs mit Marie-Ange verwerfe ich meinen ursprünglichen Plan eines strukturierten Frage- und Antwortspiels. Jetzt bin ich es, die auf Formalitäten verzichtet. Stattdessen sauge ich diese besondere Atmosphäre auf, genieße die »gute Chemie« zwischen uns, den tiefen Einblick in etwas Exklusives. Alles, was mir diese aufgeschlossene Zeitzeugin so authentisch aus erster Hand berichtet, findet später zu Hause an meinem Schreibtisch seinen gebührenden Platz in *Die Kinder von Beauvallon*.

Inzwischen ist mir Marie-Ange zu einer liebenswerten Freundin geworden, mit der ich regelmäßig in Kontakt stehe. Am kulturellen Leben von Dieulefit lässt sie mich mit kleinen Videos, die sie selbst aufnimmt, teilhaben, und ich schicke fleißig Fotos vom schönen Bodensee zurück, dessen Landschaften sie so sehr mag. Oder von meinem Hund.

Marie-Ange liebt Tiere. In Dieulefit versorgt sie fünf streunende Katzen. Der Futternapf vor ihrer Haustür ist immer gefüllt, ein schattiges Plätzchen für die Samtpfoten eingerichtet. Im Winter schlafen die scheuen Gäste selbstverständlich in einem eigens eingerichteten Katzenzimmer.

Bettina Storks, August 2022

DANKE

Herzlichen Dank an alle, die mich bei der Arbeit an diesem Roman unterstützt haben. Meine Freundin Sabine Herrle, Freiburg, hat ein herausragendes historisches Lektorat beigesteuert und selbst auf knifflige historische Fragen Antworten gefunden. Magdalena Wiechert und Hajnal Müller haben als kritische Leserinnen mit ihren Anregungen und Nachfragen den Text bereichert. Mein Mann Michael hat mir auch für die Arbeit bei diesem neunten Roman-Projekt den Rücken freigehalten und penibel für die Schlussredaktion die Fahnen gelesen.

Mein besonderer Dank gilt Dr. Klaus Amann, der sich viele Jahre mit der deutschen Rundfunkgeschichte befasst hat und mir daher einiges zum Radio-Zeitgeist und zur Geschichte des Freiburger Landesstudios erklären konnte.

Danke an die Menschen in Dieulefit, die mich mit offenen Armen empfangen haben. Karin Felix-Faure (Touristik-Büro, Dieulefit) hat mir sofort den Kontakt zum heutigen Direktor der Schule Beauvallon Patrick Savoie und zu der ehemaligen Beauvallon-Schülerin Marie Ange Vard vermittelt.

Ich danke meiner Literaturagentur Schlück für ihren Einsatz und nicht zuletzt meinen beiden Lektorinnen Britta Hansen und Theresa Klingemann, die sich von Anfang an für diesen Stoff begeisterten und meinen kreativen Prozess mit großer Sensibilität und Professionalität begleiteten.

WAHRHEIT UND FIKTION

ORGANISATIONEN

OSE: *Œuvre de secours aux enfants* (Kinderhilfswerk) ist eine in St. Petersburg von Ärzt*innen gegründete Organisation zum Schutz kranker jüdischer Kinder mit Niederlassungen in fast allen europäischen Ländern. Der französische Zweig der OSE trug während des Zweiten Weltkriegs maßgeblich zur Rettung jüdischer Kinder in Frankreich bei. Schätzungen gehen von bis zu 5000 geretteten Kindern aus.

Résistance de fer: eigenständiger Zweig innerhalb der Résistance, bestehend aus den Angehörigen der französischen Eisenbahn.

HISTORISCHE FIGUREN

Klaus Barbie (1913–1991), Chef der Gestapo von 1942–1944 in Lyon. Aufgrund seiner Grausamkeit auch als der *Schlächter von Lyon* bekannt. 1983 Auslieferung an Frankreich, 1987 zu einer lebenslangen Haftstrafe verurteilt. Er stirbt 1991 im Gefängnis von Lyon.

Jeanne Barnier (1918–2002) fälschte während des Zweiten Weltkriegs als Sekretärin des von der Vichy-Regierung eingesetzten Bürgermeisters von Dieulefit Ausweispapiere und Lebensmittelmarken für Flüchtlinge. 1969 erhielt sie in Yad Vashem die Auszeichnung als *Gerechte unter den Völkern*.

Fritz Bauer (1903–1968), deutscher Jurist und Generalstaatsanwalt in Hessen von 1956–1968. Während des Nationalsozialismus wegen seiner jüdischen Wurzeln und seines Widerstands als Sozialdemokrat verfolgt. Bauer überlebte die Nazidiktatur in Dänemark und Schweden und kehrte 1945 in seine deutsche Heimat zurück. Er trug maßgeblich zur Ergreifung von Adolf Eichmann im Jahr 1960 in Argentinien bei und gilt als der Initiator der Frankfurter Auschwitzprozesse.

Charlotte und Roger Martin betrieben mit ihren Söhnen ein Hotel in Saint-Germain-de-Calberte, in dem sich im Zweiten Weltkrieg Flüchtlinge auf ihrer Durchreise verstecken konnten – ab 1942 zunehmend jüdische Flüchtlinge.

Andrée Moreuil (1911–2003), genannt Poumy, flüchtete mit ihren beiden Söhnen aus dem Elsass nach Dieulefit. Sie übersetzte BBC-Nachrichten und arbeitete für den britischen und amerikanischen Geheimdienst. In der Résistance wurde sie zudem als Kurierin und Spionin eingesetzt. Sie bleibt dem Ort ein Leben lang treu und bekleidet nach 1945 die Funktion der Präsidentin des Trägervereins von Beauvallon.

Jean Moulin (1899–1943) war der Kopf des französischen Widerstands. Ihm gelang es, die zahlreichen unterschiedlichen Widerstandsgruppen in Frankreich zusammenzuführen. Er gilt als der Organisator der Résistance und als Kontaktperson für den im britischen Exil lebenden de Gaulle.

Andrée Salomon (1908–1985), eine der großen weiblichen Figuren des jüdischen Widerstands in Frankreich. Als Leiterin des Sozialdienstes der OSE zeichnet sie für die Rettungsmaßnahmen jüdischer Kinder aus den Internierungslagern verantwortlich, dabei wurden schätzungsweise tausend Kinder in Sicherheit gebracht. Sie wurde kurz vor der Befreiung Frankreichs von der Gestapo gefasst, überlebte aber und starb 1985 in Israel.

Marguerite Soubeyran (1894–1980), Catherine Krafft (1899–1982) sind die Gründerinnen der Schule Beauvallon in Dieulefit und leiteten gemeinsam mit **Simone Monnier (1913–2010)** das Internat. 1969 wurden die *Guten Feen von Beauvallon* als eine der Ersten in der israelischen Gedenkstätte Yad Vashem als *Gerechte unter den Völkern* geehrt.

Velodrôme d'Hiver, Paris, 16./17. Juli 1942. Bei der sogenannten *rafle du Velodrôme d'Hiver* wurden von der Vichy-Polizei mehrere Tausend staatenlose und ausländische Pariser Juden in der Winterradsporthalle festgesetzt. Von dort aus führten die Deutschen die Deportationen in die Vernichtungslager Osteuropas durch.

Deportation der Kinder von Beauvallon mit anschließender Rettungsaktion im Internierungslager Vénissieux, August 1942. Im Sommer 1942 wurden drei Schüler von Beauvallon auf einem Bauernhof im Zuge der großen Razzien von der Vichy-Polizei deportiert. Die Kinder konnten aus dem Internierungslager Vénissieux in der Nähe von Lyon befreit werden. Einige Quellen besagen, die Befreierinnen seien die guten Feen von Beauvallon gewesen.

Razzia Marseille, 22.–24. Januar 1943 am Alten Hafen: Auf Anordnung Himmlers wurde ein Quartier am Alten Hafen von Marseille abgeriegelt und in die Luft gesprengt. Die Bewohner erhielten zwei Stunden Zeit, ihre Häuser und Wohnungen zu verlassen. 1642 Menschen wurden in diesem Zusammenhang verhaftet und deportiert, darunter 782 Juden.

Verhaftungen hochrangiger Résistance-Kämpfer am 21. Juni 1943 in Lyon: Die sieben wichtigsten Köpfe der Résistance wurden in einer Arztpraxis in einem Vorort Lyons festgenommen und nach Fort Montluc gebracht, unter ihnen Jean Moulin.

Frankfurter Auschwitzprozesse, 1963–1968. Erstmals standen die *Handlanger*innen* der Verbrechen der Nationalsozialisten wie Wachpersonal des Konzentrationslagers Auschwitz, unter ihnen Ärzte, Sanitäter und SS-Wachmannschaften, vor einem deutschen Gericht. Dieser Prozess trug nachhaltig dazu bei, dass sich die öffentliche Auseinandersetzung mit der Nazivergangenheit in der Bundesrepublik veränderte.

Internierungslager Gurs, Einweihung des renovierten Friedhofs im Beisein einer badischen Delegation, 1963: Am 22. Oktober 1940 wurden rund 6500 badische, pfälzische und saarländische Juden in ersten Deportationsaktionen zu Sammelstellen gebracht und in Züge verfrachtet. Dies geschah am helllichten Tage, unter den Augen der »arischen« Bevölkerung. Vier Tage und drei Nächte rollten sieben Eisenbahnzüge aus Baden und drei aus der Pfalz in die nicht besetzte Zone Frankreichs nach Oloron-Sainte-Marie am Fuße der Pyrenäen. Ziel war das französische Internierungslager Gurs, welches ursprünglich für republikanische Flüchtlinge aus Spanien angelegt worden war. Das Lager war in durch Stacheldraht voneinander abgetrennte Bereiche, die sog. *îlots* (îlot = Häuserblock), gegliedert und umfasste insgesamt 382 Baracken. Die sanitären Einrichtungen spotteten jeder Beschreibung, die hygienischen Zustände waren katastrophal. 1038 Menschen fanden im Lager den Tod. Die Beerdigungen fanden am Ende des Lagers auf einem Friedhof statt.

Von den nach Gurs deportierten badischen Juden überlebten nur einige wenige die Gräuel des Völkermords. Alle

Kinder im Lager entkamen der Vernichtung. Nach der Befreiung 1945 wurde das Lager aufgelöst. Der Besuch einer christlich-jüdischen Delegation aus Baden im Jahr 1957 führte dazu, dass der Karlsruher Oberbürgermeister Günther Klotz gemeinsam mit dem Vorsitzenden des Oberrats der Israeliten Badens Otto Nachmann die Initiative zur Instandsetzung und Pflege des Friedhofs ins Leben rief. 1961 übertrug der französische Staat das Gelände für neunundneunzig Jahre an den Oberrat der Israeliten Badens. Der renovierte Friedhof – die Kosten wurden durch Spenden derjenigen Gemeinden, aus denen Menschen nach Gurs deportiert worden waren, aufgebracht – wurde am 26.3.1963 eingeweiht. Eine badische Delegation aus Vertretern israelitischer Gemeinden, Lokalpolitikern und Presse reiste zur Einweihung an.

Aktuell sind sechzehn Gemeinden aus Baden unter Federführung der Stadt Karlsruhe Mitglied in der Arbeitsgemeinschaft badischer Städte und des Bezirksverbands Pfalz zur Unterhaltung und Pflege des Deportiertenfriedhofs in Gurs.

LITERATUR, RADIOSENDUNGEN, FILME (EINE AUSWAHL)

Brigitte und Gerhard Brändle: Jüdische Kinder im Lager Gurs. Gerettete und ihre Retterinnen, Israelitische Religionsgemeinschaft Baden. Karlsruhe (Hg.) 2020

Bernard Delpal: Dieulefit, Rettungswiderstand eines Dorfes in der Provence während der Nazi-Besatzung, übersetzt von Ursula Bös, Brandes & Apsel Verlag, Frankfurt am Main, 2021

Bernard Delpal: L'album de Beauvallon, fondation et période historique de l'école 1929–1945, Avril 2016

Katy Hazan, Georges Weill: Andrée Salomon, une femme de lumière, Éditions le Manuscrit, 2011

Günter Klimsch: Besinnung vor den Gräbern in Gurs, Badische Zeitung 30./31.3.1963

Corinna von List: Frauen in der Résistance 1940–1944, Ferdinand Schöningh, Paderborn, 2010

Thomas Pfaff: Das Wunder von Dieulefit, WDR, 10.7.2015

Dietmar Schulz: Dokumentarfilm – Der Hölle entkommen, Kinder von Gurs überleben im Versteck. Online gestellt von der Gedenkstätte Osthofen, (c) 2021 DS

Simone Veil: Rede im Panthéon (Paris) am 18. Januar 2007, Auszug in: Bernard Delpal 2021

Erhard Roy Wiehn (Hg.), Martha Liefmann (Autorin), Else Liefmannn (Autorin): Helle Lichter auf dunklem Grund. Die »Abschiebung« aus Freiburg nach Gurs 1940–1942, Konstanz (Hartung-Gorre), 1995

Hans Woller: Dieulefit – Refugium in Zeiten der Barbarei, Spurensuche in einer südfranzösischen Kleinstadt, Deutschlandfunk, 27.8.2021